桂冠译丛

转吧，
这伟大的世界
Let the Great World Spin

〔爱尔兰〕科伦·麦凯恩 著
Colum McCann
方柏林 译

人民文学出版社
PEOPLE'S LITERATURE PUBLISHING HOUSE

著作权合同登记号　图字 01-2010-4075

LET THE GREAT WORLD SPIN
Copyright © 2009，Colum McCann
All rights reserved

图书在版编目(CIP)数据

转吧，这伟大的世界/(爱尔兰)科伦·麦凯恩著；
方柏林译.—北京：人民文学出版社，2018
（桂冠译丛）
ISBN 978-7-02-014396-2

Ⅰ.①转… Ⅱ.①科… ②方… Ⅲ.①长篇小说-爱尔兰-现代 Ⅳ.①I562.45

中国版本图书馆 CIP 数据核字(2018)第 127740 号

责任编辑　卜艳冰　潘爱娟
装帧设计　李　佳

出版发行　人民文学出版社
社　　址　北京市朝内大街 166 号
邮政编码　100705
网　　址　http://www.rw-cn.com
印　　制　上海盛通时代印刷有限公司
经　　销　全国新华书店等
字　　数　250
开　　本　889 毫米×1194 毫米　1/32
印　　张　13.125
版　　次　2010 年 12 月北京第 1 版
印　　次　2018 年 10 月第 1 次印刷
书　　号　978-7-02-014396-2
定　　价　55.00 元

如有印装质量问题，请与本社图书销售中心调换。电话：010－65233595

目　录

译者前言　1
观者噤声　1

第一部
不是我不想上天堂，我喜欢这里　9
米罗米罗墙上挂　81
爱的恐惧　133
让那伟大世界永远旋转而下　181

第二部
标　签　193
以太网　202
这个家是海马造　232
变化的刻槽　277

第三部
零件中的零件　287
分　币　319
哈利路亚齐欢呼　331

第四部
  向着大海咆哮而去 377

作者后记 406

译者前言

2010年6月底,我刚到爱尔兰的时候,在机场叫了辆出租车。司机是一位自称六十一岁的都柏林人,留着小胡子,模样让人想起演员、007的扮演者之一肖恩·康纳利。路上,我们说起了爱尔兰面临的经济萧条。我问他的反应如何,他说爱尔兰有句名言:我们全部都躺在阴沟里,但是我们中的有些人在仰望星空。这句话给我留下了极深的印象,因为这一心态,也正是人类的精神文明生生不息的一大原因。

说来也巧,刚到都柏林时,我住的宾馆房间由于贴近斜屋顶,窗户就是天窗,每当我躺倒的时候,我就在"仰望星空"。后来到了都柏林马里安广场,看到王尔德塑像前的名言碑上,刻着这句关于仰望星空的话。这话本为王尔德名言,从出租车司机的口中,我得知这名言已经成了爱尔兰名言。

爱尔兰是一小小岛国,在加入欧盟之前的很多年,来的人不多,但是走出去的不少。土豆歉收的那些年,爱尔兰出现大饥荒,爱尔兰人乘坐"棺材船",远走他乡,很多爱尔兰人到了北美闯世界。包括王尔德在内,爱尔兰很多著名作家如同文学界的吉普赛人,流离于世界各地。贝克特、乔伊斯、叶芝都曾长期旅居海外,王尔德后来在英国、巴黎等地居住。文学的世界山不转水转,他们最终又一一"荣归故里"。爱尔兰政府颇为注重文化,态度开明,不怎么计较一个作家是在爱尔兰本土还是在异国他乡,统统认同,不分彼此。在世界文学版图上,世界很小,爱尔兰很大。

在爱尔兰,我遇到了一个越南裔澳大利亚作家潘华。她办有一份亚裔澳洲文学杂志,说认识一个华裔作家,在澳大利亚用英文写了一部小说，想在中国出版，但未能成功，皆因出版方担心作家丑化了中国。海外华裔作家现在越来越多，可是根在中国，花在墙外。由于得不到国内认同，耐心欠缺点的，在感情上就和祖国日渐疏远。这一点希望能跟爱尔兰学学，打开胸襟，视海外华人作家为中国作家，让其能自如出入，我相信这能增加他们对中国和中国文化的认同感，也有利于以他们为交流使者，提升中国的文化影响，这不正是推广"文化软实力"所要达到的效果吗？

《转吧，这伟大的世界》的作者科伦·麦凯恩是引发如上思考的一个典型范例。麦凯恩本人是爱尔兰人，后到美国，揣着一本《在路上》，游历美国，后来在美国大学教写作，同时从事创作。在美国，其作品享有盛名，《转吧，这伟大的世界》刚一出版，在美国出版界便好评如潮。人民文学出版社、美国文学研究会每年推荐一部美国作品为年度获奖作品，美国文学研究会的会长刘海平先生就选中了这本书。挑选图书期间，我曾和刘老师以及上海的彭伦先生有过交流，讨论科伦·麦凯恩算不算"美国作家"。刘老师认为美国作家定义不必过于狭隘。美国毕竟是一移民国家，包容性强，认同来自世界各地的作家和他们所写的作品。海纳百川，有容乃大，这也正是美国文学的底气所在。

人文社和美国文学研究会最终决定给此书颁奖。决定做出三日后，此书获得了美国国家图书奖。此奖本来是颁发给美国作品的，可见此书也被美国人视作美国作品，虽然这不乏讽刺性——美国"本土"作家戴夫·艾格斯写道："居然让一个爱尔兰人，写出了一部关于纽约的最伟大的小说之一。"

但这其实又不奇怪。任何一个地方，一个人待久了，都会失去对于当地风俗人情和社会文化的一些敏锐，以至于见怪不怪，就如同南京人对于中山陵或是俄罗斯文化部官员对于《天鹅湖》那样。朱光潜先生谈论审美距离时，举过一个很好的例子，大意是游人去海边看海,问附近的渔夫,渔夫曰,海有什么好看的,屋后有块菜地,绿油油颇为好看。土生土长会让一个人对于一个地域出现审美疲劳。科伦·麦凯恩来自爱尔兰,对纽约光怪陆离的人物和风景,尚不失一个"新鲜人"的观感。但他又不是一个走马观花的游客——毕竟在纽约待了一些年,故了然于胸而又不至于视而不见,感慨万千而又不至于一知半解。对于小说中的纽约城,作为居民之一的他能认识其自身特质,作为一个移民,他又能将它和其他城市对比:"这个城市不相信历史。怪事的发生,正是因为对过去缺乏必要的尊重。这个城市过着混一天是一天的日子。它不同于伦敦或者是雅典,甚至不同于悉尼、洛杉矶这些新世界的标志性城市,因为它没有必要相信它自己。不,这个城市才不去管自己的定位呢。他看到有人穿着一件 T 恤,上面的字样是:纽—他—妈—的—约。仿佛从古至今,从现在到未来,世界上就纽约这么一个地方。"这部美国小说同时又是一部出色的爱尔兰小说。"我们认他为爱尔兰人!"爱尔兰文学交流会的主任施涅德·麦基达(Sinéad Mac Aodha)女士说。在爱尔兰的文学交流会档案室,我看到了此书的各个译本。该组织积极向世界各地宣传这位移民出去的作家。在爱尔兰,我问过很多人,他们都说知道他。美国人不介意这个爱尔兰人当爱尔兰作家,爱尔兰人也不介意他写出伟大的美国小说。世界日趋多元,越来越多的作家来自多重文化背景,这也是当代文学激动人心之处。

《转吧,这伟大的世界》,是以爱尔兰式的抒情,去再现一个美国的大都市,和一个逝去的时代。小说的背景主要是在二十世纪七十年代初。那是一个多事的时代:互联网的发明、越战、尼克松下台、涂鸦艺术的兴起、解放神学的兴盛……如何把握这一切,展开一个我们通常所谓的"宏大叙事"呢?恰恰相反,作者十分巧妙地用法国人菲利普·珀蒂在世贸双塔之间走钢丝这么一个看似无厘头的事件,将各样的历史和社会元素串到了一起。在一个繁忙的都市，人们熙熙攘攘经营各自的生活，却又如一个个孤岛。"……每个人都守着自己的小小世界，心里都怀有与人交流的深层愿望，人人都有自己的故事，每个故事都从某个奇怪的中间部分开始，讲述者努力想全部表达出来，让其一下子充满意义，充满逻辑，充满终极感。"

孤独的存在和对交流的向往，是书里的重要主题。人与人之间交往的时候，往往是带着各自的目的或期待，偏见或成见，情感或理解，以至于交流往往是鸡同鸭讲，一次对话极易变成两个独白，就如同两条平行但不相交的直线。交流的功课，仅靠听道理是学不来的，你得放下自己，走近对方——而这也是文学作品的一个妙用，它让人对这些沟通道理掌握"知其然"背后的诸多细节，让我们"知其所以然"，而这"所以然"，会如一道闪电的强光，刹那间让我们瞥见对方的心灵深处，生活从此而不同。顺便说一句，而今一些管理培训，开始用文学作品当教材，因为故事强过道理。《转吧，这伟大的世界》可作学习换位思考的一个出色教材。

如《转吧，这伟大的世界》这样，文学作品之所以能够在孤独的鸿沟上架设桥梁，是因文学的世界里游走着不少异类。他们将大家熟悉的陌生化，陌生的熟悉化，借此促成意想不到的交流。这些人冷不丁地来搅和一下，把其余的人甩出素常生活的轨道，撞击起来，以新的方式进入对方的生活，或是重新感受自己。在世贸双塔上面走钢丝的那个法国人就是其一。此人用俗话来说叫"吃饱撑的"，跑到刚建的世贸双塔上方，拉起钢丝在空中行走。升到那上面的时候，喧嚣的世界似乎停止了，所有人都开始举头仰望，且各怀各的心思：表面得意内心失落的法官，发现了一个空中的纽约丰碑；阵亡的越战母亲在思考儿子死亡的意义；一群早年的计算机高手则没心没肺地拿其是否会跌落开展赌博……

菲利普·珀蒂的那根钢索，连接了很多不同的故事。故事有多个叙述者,不同声音交织在一起,便让我们看到了一次难得的"交流",看到那无法相交的平行之线,串到了一起。

在世贸双塔上走钢丝,也将过去和现在连到了一起。科伦·麦凯恩说他是刻意用结构主义手法来写这小说的。他用越战预兆了阿富汗和伊拉克战争,用菲利普·珀蒂对世贸中心的突袭预兆"九一一"事件——虽然前者是一次诗意的、善意的突袭,而后者则是一种恐怖。

书里没直接提到"九一一",但是有趣的是,很多评论者认为此书是一部"九一一"小说。这确实也是一部"九一一"小说,如果非得辟出这个类别的话。"九一一"是一次恐怖袭击事件,事件撕裂了很多家庭,撕裂了美国和世界的关系,而今的主题,应该是疗治而非制造新的伤口。此书借古喻今,讲述了越战后破碎的心灵以不同方式走向愈合的过程,讲述人们如何走向独自和解或相互沟通。所谓时势造英雄,而今的美国,"九一一"后发起的两场战争还没有解决,人们无法不去寻找新的意义和出路,这包括向过去的时代寻找答案。此书搭上了后"九一一"时代的顺风车,写得又味道十足,所以想不被关注都难。

可是,希望读者千万莫为批评家的标签所误,光去读"九一一"了。任何一部好的小说,主题都是繁复的,大家的解读也各有不同,横看成岭侧成峰,带着一个固定的预期去看小说,会剥夺阅读的很多乐趣。慢慢走,欣赏吧,但愿您带着去陌生花园闲逛的心态,走进这部小说,这样兴许惊喜更大,收获更多。

小说的抒情多过历史,而正是在这样的抒情里,我们看到爱尔兰文学传统完美地着陆于美国的情境。此书进入中国后,如作者所言,还会发生新的互动,具有新的生命。作为读者,您有权利按自己的方式,去解读这部小说。一个人可以从里面看到历史和社会,另外一个人可以看到神学和玄秘。

但是不管你怎么去解读，我想大家都不会错过此书构思的奇妙。居然以走钢丝为主线，让纽约城这个叫人简直无从下手的大城市，在作者的笔下旋转了起来。《百年孤独》的作者马尔克斯看完卡夫卡的《变形记》之后，说他一下子傻了，说小说怎么还能这样写？早知道这样，他早就开始写起来了。麦凯恩的这部小说也给人同样的印象，切入点选得特别好，用一根钢丝，串起了一个城市和一个时代。

这些故事，有的质地坚硬，纹理精致，色彩华美，比如走钢丝的前前后后。这些故事也刻画了一些叫人难以遗忘的人物，比如内心温柔但心理脆弱的法官夫人；技术高超但言语笨拙的程序员；养尊处优且最后陷入失败的女艺术家和日渐色衰需靠阳伞遮颜的妓女。作者的写法很独特，比如老妓女蒂莉，一个出卖肉体的人生，在麦凯恩笔下充满抒情。传教士科里根的形象也让人过目不忘。和法国走钢丝人一样，他也是我们寻常生活里难得一见的异类。此书之后，他必定会成为一个新的参照，进入我们认识世界的坐标之中。

可是，有一些地方情节松散了些。比如涂鸦艺人的故事，虽然也是当时社会的一部分，但在小说里显得多余，不紧凑。这种故事的撞击式结构本身是强项也是弱项，须知，作者在写作艺术上也是在走钢丝。

和美国几近一边倒式的好评相比，在爱尔兰，本地一些批评家对于小说的结构毁誉参半。批评者倒很少质疑作品的文采和人物，但有人批评小说结构"不严谨"。这些批评或许出自震惊——毕竟这种形式尚且新颖。另外，小说之所以显得"松散"，也是因为它是一部颇有野心、内容庞杂的"交响乐"式作品。作者的好友，已故作家弗兰克·麦考特（《教书匠》和《安吉拉的灰烬》的作者）说："现在我替科伦·麦凯恩担心了。写出这么一部鸿篇巨制、空前绝后、令人心碎、形同交响乐的大作之后，他怎么办？纽约没有哪个小说家在写作上如此高峰入云，却又这般深不见底。"话虽如此，任何事情，摊子铺得太大，战线拉得太长，难免有失手之处。

当然，这些得失成败，是读者的解读任务。作为一个译者，关于小说的内容和艺术成就，我早该闭嘴了。

关于翻译，需要指出的是：文学翻译其实也是走钢丝，是平衡的艺术，得在理解和再现之间，在阅读流畅和背景理解之间，在读者期待和作者要求之间做出各种平衡。以注释为例，此书翻译中，遵照作者本人的意见，尽量减少注解，但是有一些地方是外来语，如西班牙语，直接译成中文怕是不妥，所以在删去备注后，将中文的意思直接放在文后括号里。一些双关语或文字游戏，虽然作者授权可以寻找中文类似的对应，但出于忠于原著的考虑，我多半选择直译，略加注释。

翻译是漫长而耗时的工作，译者编者虽然都尽心尽力，但两双眼睛比不上千万双眼睛，翻译的风格取舍和遣词造句，难免会有不当或错谬，恳请读者指正。

翻译过程中，我得到了芭芭拉·彭尼老师的大量帮助。世界上学问渊博、语言浅白、富有耐心的人都有，合在一起的则凤毛麟角，彭尼老师三者兼具。我实在幸运，每次翻译，她都帮我解答大量的问题。不怎么肯定的时候，有时我宁可错问，也不敢不问，所以一些纯属愚蠢的问题，但她照样认真回答不误。

科伦·麦凯恩先生也不厌其烦地解答了我的诸多问题，并在翻译的一些处理方法上和我细致切磋，足见他对于中文译本的重视。

在爱尔兰期间，爱尔兰文学交流会主任施涅德·麦基达女士、伊娃·沃尔什（Aoife Walsh）女士和丽塔·麦凯恩（Rita McCann）女士给予大量宝贵的支持。施涅德·麦基达带我步行前往科里根故乡的海滩实际勘察，并安排我去世外桃源般的爱尔兰泰隆·古思里创作中心，安静地从事一段时间的翻译。

南京大学刘海平教授、上海九久读书人的彭伦先生在翻译过程中给予多方鼓励和支持。

我的夫人奚本丽一直在照顾全家,让我能腾出时间从事翻译,如果没有她的理解和支持,我这翻译根本完成不了。

在这里,对以上各位亲朋好友和师长的支持一并表示感谢!

方柏林
二〇一〇年六月二十五日
爱尔兰泰隆·古思里创作中心

本书献给约翰、弗兰克和吉姆
当然,也献给艾利森

所有那些无缘经历的生活，无从认识的人们，无法体验的生命，遍布各地。这就是世界的本相。

——亚历山大·黑蒙《生死之间》

观者噤声

看到他的人都驻足噤声。在教堂街。自由街。科特兰街。西街。富尔顿。维西。这样的沉默！除了静还是静，糟糕，却又美丽。刚开始，有的人认为这景象是光学效果，和天气有关，是阴影偶然导致。其他一些人理解为，这可能是个完美的都市笑话——只要有个人站住，向上指着，就会有人聚集过来，歪着脑袋，点着头，表示肯定，直到所有人都仰头看，看到上面原本空无一物，大家好比是在等一个莱尼·布鲁斯式[1]包袱的抖落。但他们看的时间越长，就越肯定那是个人。那人站在大楼的边缘，衬托在灰黑的晨光下。也许是个洗窗户的。或许是个建筑工人。或许是要跳楼的。

在那里，在一百一十层的高度，那人完全静止着，如一个黑色玩具，衬托着多云的天空。

你只能从特定角度看到他，所以看客只得停到街角，在建筑物之间找空隙，或者从阴影处漫步走出来，看个清楚，不让飞檐、滴水嘴、栏杆、屋檐挡住视线。他脚下有根线，悬在两幢大楼之间，大家还没看明白究竟是怎么回事。不过是那个人的模样吸引了大家。大家的脖子伸着，寻思着接下来是厄运的降临，还是平平淡淡、令人失望的收场。所有看客面临这样的进退两难：不希望最后发现是个白痴站在绝壁般的大楼边缘，空等一场，又怕那人滑落下来，被逮捕，或是伸长双臂俯冲下来，而自己却与这结局失之交臂。

看客的周围，城市平日的噪音一切照旧。汽车喇叭声。垃圾车声。渡轮汽笛声。地铁单调的奔驰声。M22 号公交停靠到路边，刹

---

[1] 莱尼·布鲁斯（1925—1966），二十世纪五六十年代美国著名的喜剧演员和社会批评家。

车，轧着路上坑洞，声如叹息。一片巧克力包装纸飞到了消防栓上。出租车车门砰一声关上的声音。幽暗的小巷深处破烂碰撞的声音。运动鞋鞋底擦地发出的尖锐的声音。公文包的皮革与裤腿的摩擦声。雨伞伞尖在路面划动的声音。推开旋转门，从屋内传到屋外来的谈话声。不过，看客也可以将所有声音收集起来，捶到一起，变成一种噪音，仍然不会听到什么。大家即使咒骂，也是悄悄地骂，毕恭毕敬地骂。大家三三两两，聚在教会街和德伊街路口的红绿灯附近，在山姆理发店的遮阳篷下，或是在查理音像店的门口。一群男女，如剧院观众一般，挤在圣保罗教堂栏杆处。还有在伍尔沃斯大楼窗前的，一个个在挤着去看。律师。电梯操作员。医生。清洗工。助理厨师。钻石商人。鱼贩子。穿破牛仔裤的妓女。大家在相伴之中找到一些慰藉。速记员。交易商。快递工。挂活广告牌的人。街头玩赌牌的人。联合爱迪生公司。马贝尔公司。华尔街。戴伊街和百老汇街角一个锁匠，坐在自己的面包车里。一个骑自行车的送信人，靠在西街一根电线杆上。一个红脸酒鬼大清早跑出来买醉。

人们从斯塔藤岛渡轮上看到了他。从西边的肉类加工仓库看到了他。在炮台公园那些新建的高楼里看到了他。在百老汇的那些餐车边看到了他。从下面的广场看到了他。从这两幢大楼里看到了他。

当然，也有一些人不管这些大惊小怪，对这一切不理不睬。这时是早上七点四十七分，他们已经疲于应付，什么也懒得管，有一张桌子，一支笔，一个电话就够他们对付了。他们从地铁站下面上来，从轿车里下来，从城市公交上下来，匆匆过了街，不想抬头傻看。寻常的一天，寻常的忧愁。不过，当他们经过骚动的人群时，也开始放缓脚步了。有些人完全停了下来，耸耸肩，漫不经心地转过去，走到角落，和其他看客挤到一起，踮起脚尖，看看人群，然后像是在自我介绍一般，突兀地说上一声"哇噻、我的天"，或是"耶稣基督啊"。

上面那男子还僵着没动，不过他的神秘却不胫而走。他站在南楼的观景台栏杆之外，随时会从那上面跌落下来。

在他身下，有只鸽子从联邦办公室大楼的顶层猛扑下来，仿佛是预兆这人的跌落一般。鸽子的飞动，吸引了大家的眼睛，大家看着那灰色的翅膀，衬托着站在上面的小小人影。鸽子从一个屋檐飞向另一个屋檐。看客这时候才注意到，其他人也在各自的办公室里，和他们一样在看着。有百叶窗拉起来了。有人将玻璃窗吃力地推起来了。大家看到的不过是那人的胳膊肘，袖子口，或是吊带，然后又看到一个头，或是头上方模样怪异的双手，那举起的手，让那人的身形愈发显高了。在附近摩天大楼的窗户里，各样的人都凑上来看——穿着衬衫的男人，穿着鲜艳衣裳的女子，在那玻璃后晃着，如同游乐宫里的鬼魅。

更高的地方，一架气象探测直升机作了一个俯冲式转弯动作，就好比是在行屈身礼，告诉大家夏季的日子多云而凉爽之类的胡话。直升机的旋翼在西区库房的上方发出有节奏的声音。一开始，这直升机前进中模样歪斜，边上有个窗户被推开，仿佛机器要透气似的。打开的窗口出现了一个镜头。接着是一道短暂的闪光。很快，直升机恢复了状态，在那无垠的蓝天上，姿势优美地转着圈子。

西区高速公路上有些警察，亮起了那鬼见愁的警灯，快速换道下了出口，使得这样的早晨更有磁性了。

警笛的声音，仿佛宣告了白天的正式来临，这时，看客中间有什么能量在向空中释放。人群开始叽叽喳喳，大家的平衡即将打破，其沉默也在接近尾声。大家转过去互相看着，开始在猜测，他会跳吗？会掉吗？会不会踮脚沿着楼沿走呢？他在那儿上班吗？他是不是一个人在那里？会不会是个什么诱饵？这人身上穿了什么制服没有？哪位有望远镜？根本就是萍水相逢的人，这时也会用胳膊肘碰碰身边的人。大家开始骂骂咧咧，有的在低声说这可能是场搞砸了的抢劫，这人没准是个偷猫的小贼，或许劫持了人质，还有说这人是阿拉伯人，犹太人，塞浦路斯人，爱尔兰共和军的人。或许这只是一场什么公关表演，是某个企业搞的噱头，"多喝可口可乐，多吃油炸玉米饼，多抽百乐门烟，多喷些来苏消毒剂，多爱耶稣一点！"没准他是一个示威者，要在这里，在楼的边沿，挂什么示威标语，让它在风中飘扬，如一件在空中晾晒的大尺码衣裳——标语上会写：**尼克松马上下台！别忘了越南，山姆大叔！支持印度支那独立！**——然后有人说，也许他是滑翔机手或跳降落伞的人，所有的人都笑了，但他们不解的是，这人脚下有根缆索。大家又开始七嘴八舌了，咒骂的咒骂，低语的低语，一片嘈杂。警笛声也越来越多了，大家心跳更快。直升机在大楼西侧找到了一个降落点，在世贸大厦的大厅里，警察在大理石地板上飞也似的跑着，便衣们匆匆亮出衬衫下的工作徽章；消防车进广场了；那些红蓝两色映在玻璃上让人眼花缭乱。一辆带着载人平台的平板卡车开过来了，肥大的车轮碰着路沿，载人平台歪向一边，有人笑了起来，司机抬起头，仿佛那载人平台能一直伸到那遥不可及的高度。保安人员在用步话机喊话。这八月二日的整个上午，就好像炸了锅一般。看客一个个像木桩似的站着不动，那会儿谁也不会走，这时候人群的声音高到了顶峰，各种各样口音都有，巴别塔一般。末了，教堂街一个房契担保公司的红发男子，打开窗扇，胳膊肘支在窗台上，深深地吸了一口气，探出身子，远远地吼了声：你这混蛋，跳啊！

人群顿了一下，然后一起大笑起来。不久，人群中出现了一种崇敬，一种对这人大不敬口气的肃然起敬，因为他把大家心里想说不敢说的话说了出来——看在老天份儿上，跳吧，跳啊！接着出现了一阵喧哗，喊话的回话的，从那窗台，一路荡漾下来，传到人行道上，到开裂的路面上，一路传到富尔顿角落，顺着百老汇大道过了一个街区，蜿蜒穿过约翰街，绕过拿骚街，然后接着下去，笑声如多米诺骨牌一般继续着，不过笑中有些其他滋味，有些渴望，有些敬畏。很多看客不寒而栗地意识到，无论他们嘴上在说什么，事实上他们不过是想看到一次惊心动魄的跌落，看到一道弧线从那样的高处一路划下来，消失在视线外，啪的一声，砸在地上，让这样一个星期三充充电，增添点意义。对那跌落瞬间的向往，成了一个纽带，将这些人变成了一个家庭。而别的一些人希望他活着，在那根缆索上站好，成为命悬一线的一种边缘，但仅此而已。他们开始对那些叫喊者感到厌恶：他们希望这个男子自救，希望他后退一步，退到警察的臂膀里，而不是在空中跌落。

大家一个个都激动。

都兴奋。

大家阵线分明。

跳啊，混蛋！

别跳！

那高高的上方，好像有些动静了。那人的深色衣服里，身体每个小小的扭动都至关重要。他弯腰了，身体只有一半了，弯下来了，好像在打量自己的鞋子，好像是一个大部分被擦掉的铅笔记号。这是一个跳水的姿态。然后，大家看到了。看客全站着，一片寂静。即使是希望该男子跳的人，也觉得空气凝滞了。大家后退着，嘴里哼哼唧唧。

一个大活人，就好像扬帆出海一样，走在半空中。

他不见了。他跳了。有人在祝福自己。闭上了眼睛。等着落地的一声闷响。那身体在转着，勾住了什么，在风中翻转着。

然后，看客中发出一声叫喊，一个女人的声音：上帝，啊，上帝，是一件衬衫呢，不过是件衬衫呢。

它在下降，下降，下降，是的，是件运动衫，在风中飘动，然后大家任由那运动衫在半空飘动，因为上面那人已经从蹲姿站了起来，上面的警察和下面的看客中，再次出现了一阵宁静，百味杂陈的情绪在人群中汹涌着。那人屈身站起来之后，手里拿了根杆子，在摇动，在测试它的重量，在空中上下摆动着，一根长长的黑条，非常柔韧，柔韧得末端都在晃动。他的目光盯紧对面的大楼，那楼的四周仍围着脚手架，就如同一只受伤的野物，在等着人来搭救。现在，大家终于明白他脚下那缆索是怎么回事了，其实就是别的，他们现在也没法动脚了。没人去喝什么早晨的咖啡了，没人去会议室吸什么烟了，没人拖着步子在地毯上瞎转了。这样的等待有了一种魔力，大家看着他穿着黑色软底鞋的脚抬了起来，就如要走进温暖而灰色的水里。下面的看客集体吸了一口气。突然间，大家感觉这样的空气，是大家一起共享的。上面的男子似乎是一个词语，一个他们似乎知道，却又未曾听人提起的词语。

他走出去了。

第一部

不是我不想上天堂，我喜欢这里

我和弟弟科里根最喜欢妈妈的一点，是她的音乐才华。我们都柏林家里的客厅里，妈妈在施坦威钢琴的顶上总会放着一个小收音机。星期日下午，我们会用收音机搜台，什么都搜，爱尔兰广播电台和英国广播公司，然后她会把钢琴上了漆的顶盖打开，裙子掀开盖到木头琴凳上，然后根据记忆弹出她听过的那些曲子：即兴演奏的爵士乐，爱尔兰民谣，如果我们台找对了的话，还会有老豪吉·卡迈克尔的曲调。母亲的手以前骨折过多次，不过琴仍能弹得如行云流水。我们从来不知道骨折的原因，这方面我们没问，她也不说。一曲终了，她会轻轻揉搓腕背。我常常想象那些音符的颤音，从她的骨间穿过，越过骨裂，前后衔接自如。多年后，我坐在博物馆里的那些下午，回想起那些光洒在地毯上的时刻，仍觉身临其境。有时候，母亲伸出双臂，从我们俩身后搂过来，手把手地教我们如何铿锵有力地击琴键。

那还是二十世纪五十年代中期，那时窗外的噪音主要是风声和海潮声，我估计那时候，像我们这样对母亲的尊敬，已经不怎么时髦了。换作别人，或许会去想那些白璧微瑕，美中不足，想到那些横亘在我们和她之间的悲伤，不过事实上我们很喜欢在一起，尤其是星期日，当那灰白的雨飘落在都柏林湾，当那清新的风吹向窗台的时候。

我们在桑迪蒙特的家正对着海湾。我们有一段短车道，上面长满杂草，还有一个方形的草坪，围着黑色的铁栏杆。过了马路，我们就可以站到弯弯的海堤上，远眺海湾。路的尽头，长着一片棕榈树。这些棕榈树站在路的尽头，比其他地方的棕榈树更矮，更显得发育不良，不过那种异国情调还是有的。它们就好像是被人请来，到都柏林来看雨一般。科里根坐在墙上，脚后跟在墙上踢着，眼睛从平平的海滩看过去，看向那大海。我本该知道，即使在那时，他的心里都揣着大海，迟早是要用什么方式离开的。海潮悄悄过来，海水涨到他的脚前。晚上，他会沿着马路一直走，走过圆碉堡，走到那被遗弃的公共澡堂，在那里的海堤顶部走着，伸开双手保持着平衡。

周末的早晨，我们与母亲一起散步，浅浅的海潮刚没过脚踝，一回头，能看到成排房屋、高塔，还有烟囱吹出的状若头巾的黑烟。电站两个巨大的红白相间的烟囱，打破了东边的地平线，除此之外，视线里是那柔和的弯弯海岸线，海鸥在空中飞翔，邮船驶出了邓莱里，地平线上白云匆匆掠过。退潮后，沙上呈波纹状，有时候可以在上面走上四分之一英里，中间路过一个个水洼，零碎的旧垃圾，长形的剃刀贝，还有旧床管子。

都柏林湾潮来潮往都是慢悠悠的，就像被它如马蹄状包在中间的城市，不过这一切说变就变，让人措手不及。时不时会有大风暴，那潮水会猛冲过来，砸着这防波墙。大海来了，便会有东西留下。有盐会凝结在我家的窗户上。门环生了锈，成为红色。天气恶劣的时候，科里根和我就坐在楼梯上。我们的父亲，一位物理学家，几年前就离开了我们。每个星期，我们都会收到一张支票，邮戳显示支票来自伦敦。从来没有只言片语的来信，就一张支票，从牛津的银行开出。支票在空中旋转着，然后落地。我们跑过去将它交给母亲。母亲将信封放在厨房窗台的花盆下，次日它就不见了。大家再也不说什么别的。

父亲留下的另外一个印迹，就是妈妈卧室衣橱里的那些旧西装和裤子。科里根将门打开。在黑暗中，我们坐着，靠着粗糙的木隔板，脚踩进父亲的皮鞋，让他的袖口碰到我们的耳朵，感受他袖口纽扣的冰凉。有天下午，母亲在这里找到了我们，我们正穿着爸爸的灰西装，袖子卷着，裤子用松紧带固定在我们身上。我们穿着他那硕大的粗革拷花皮鞋，在作行军状，突然她进来了，在门口傻住了，除了那散热器的滴答，屋子里鸦雀无声。

"嗯，"她说着，跪在我们面前的地上。她的脸上露出一丝微笑，不过似乎带着痛苦。"过来。"她吻了我们俩的脸颊，轻轻拍了拍我们的屁股，"一边去吧。"我们匆匆脱了父亲的衣服和他的鞋子，任由它们堆在地板上。

那天晚上，我们听到衣架子碰撞的声音，她在挂这些外衣，然后又重新再挂。

那些年，我们也和常人一样，有耍性子的时候，有鼻子流血的时候，有坐木马跌倒摔破头的时候，妈妈还得对付邻居的闲话，有时候还要打发一些对她格外关注的鳏夫，不过总体来说，我们面前的一切还算舒心：平静，开阔，还有一片灰色沙滩。

科里根和我共用一间卧室，卧室里可以看海。比我小两岁的弟弟，不知怎的，就把上铺给占去了。这事悄无声息地发生了，我至今想不起来它的具体经过。他趴着睡，看着窗外的黑暗，嘴里用明快的节奏，念着他的祷告词——他说这些是入睡经。这些是他自己的一些咒语般的话，中间夹杂着古怪的笑声，还有长长的叹息，这一切的意思，我基本上听不懂。越是要到入睡的时候，他的祷告就越有节奏，就如一种爵士乐，不过中间我有时候会听到他的咒骂，让他这些祷告不那么神圣了。天主教的祈祷词我只知道那些最常用的，如"圣父颂"，"万福马利亚"之类，仅此而已。我是个很糙但很安静的孩子，很早就对上帝感觉厌烦了。等科里根沉默一会儿，我就开始踢他的床底，然后他又重新开始他的祷告。有时候我早晨醒来，会看到他睡到我旁边，手搭在我肩膀上，嘴里在默默祷告，胸口一起一伏。

我会转向他。"得了，看在耶稣份儿上，科里根，闭嘴吧。"

我这弟弟浅色皮肤，黑头发，蓝眼睛。是人人见了都会笑的那种孩子。他看你一眼，你都会为之出神。

大家喜欢他。在大街上，女人会过来揉揉他的头发，干活的劳工会拍拍他的肩膀。他不知道他的出现让人满足，让人快乐，让人心生莫名的渴望，他对这一切视而不见，只是埋头向前。

十一岁那年的一天晚上，我夜间醒来，感到有冷风吹在身上。我摸到窗口，但窗是关着的。我摸到开关把灯开了，屋子里顿时一片炽烈的黄色。有个人形在屋子中间，弯着腰。

"科里？"

他身上仍能看到外头天气留下的印迹。他的两颊通红。头发上有一点湿湿的雾水。他身上有烟味。他伸出手指放在嘴前示意我不要说话，而后爬上木梯回到床上。"睡觉去。"他在上面轻声说。空气中仍有烟草的味道。

次日早晨，他跳下床，睡衣外面套着厚厚的带帽棉袄。他颤抖着，打开窗户，将鞋子上的沙从窗沿磕到下面的花园里。

"你去哪儿了？"

"去水边了。"他说。

"你是不是抽烟了？"

他扭过头去，用手摩擦着胳膊取暖。"没有。"

"你不应该抽烟，你知道的。"

"我没抽烟。"他说。

到了早晨，妈妈带我们步行去上学，我们肩膀上挎着皮书包。街上寒风劲吹。到了学校大门口，她单膝跪下，给我们理了理围巾，分别亲吻了我们一下。当她起身离开时，她的目光看到了路对面的什么东西，在教会门口的栏杆边上，有个黑黑的人形，身上包裹着大红的毛毯。那人伸手作敬礼状。科里根也向他挥手。

林森德的老酒鬼并不少，不过这人的样子还是让妈妈吃了一惊，那一刻我感觉可能有什么秘密我不知道。

"他是谁，妈妈？"我问道。

"你去吧，"她说，"我们放学后再说这个。"

弟弟一言不发地走在我身边。

"这人是谁啊，科里？"

我拍他一下，"他是谁？"

他跑进自己的教室去了。

我终日坐在木课桌前，咬着铅笔，想着自己是不是有个被遗忘的叔叔，或是爸爸在落魄之中回来了。在那些时候，凡事皆有可能。教室后面有个钟，但教室前面的水池上方，有个略有斑驳的旧镜子，如果找准角度，能从上面看到钟的时针，反着在走。铃响时，我第一个冲出了大门，而科里根则取一条远路回去，看上去身材矮小，步子缓慢，走在屋子之间，路过棕榈树，沿着海堤。

上铺有个柔软的牛皮纸包裹给科里根。我把包裹塞给他。他耸耸肩，手指摸了摸捆在上面的线，小心翼翼地将其拉开。里面是另外一张毯子，是那种柔和的福克斯福德牌蓝色毯子。他翻开毯子，竖着让其抖开，然后抬头看了看母亲，点了点头。

她用指背摸了摸他的脸，说："下不为例，明白吗？"

两人再也没有说别的。直到两年后，也是在一个寒冷的夜晚，他蹑手蹑脚地下了楼梯，走进黑暗里，再一次将这毯子送了出去，送给了一个无家可归的醉汉。对他来说，这是个很简单的算术问题：其他人对毯子的需要大于自己的需要，他就送出去，哪怕这样做他会遭受惩罚。我就是通过这事，看到了弟弟日后会成为怎样的人，也初次瞥见日后在纽约会再次看到的社会底层，那些妓女、混混、绝望的人们，所有这些人都像是在这个臭狗屎的世界遇到个大救星似的，跟着我弟弟。

科里根很早开始酗酒,十二三岁就开始了,每周一次,在星期五下午放学之后。他会从黑岩学校的门口,跑向公交车站,学校的领带他给扯了,校服他也已经折了起来。我那时则会留在学校打橄榄球。我会看到他跳上45路或7A路车,车子开出时,我能看到他的身影,从巴士前面走到后座。

科里根喜欢在灯光昏暗的地方。船坞。廉价旅社。路面卵石破碎的角落。他经常去法国人小巷或者斯宾塞路,和醉汉们在一起坐着。他会带一瓶酒过来,递出去让大家喝。酒瓶回到自己手里,他就动作夸张地猛灌一口,用手背擦擦嘴巴,仿佛自己是个久经考验的老酒鬼。大家都能看出他不是一个真正的酒鬼,他不去找酒瓶过来喝,而是传到自己手里才喝。我想,他这可能是要和人打成一片吧。那些老酒鬼会笑他,他也不怎么介意。当然,他们是在利用他。他不过是个妄自尊大的臭小子,想尝试一下做穷人的滋味罢了,不过他总有几个便士,他们打发他去外卖酒商店[1],或是去街角小店买散装香烟。

有些日子,他回家的时候袜子都没了。有的时候,上衣没了,他会赶紧跑上楼梯,免得被母亲抓住。他跑去刷牙,洗脸,然后下来,衣服穿得整整齐齐,眼睛有点迷糊,但还不至醉醺醺不成样子,倒也能侥幸过关不被抓住。

"你去哪里了?"

"给上帝做善事了。"

"照料母亲,不也是上帝分派的善事吗?"他坐下来吃饭的时候,她会来理理他的衣领。

和这些下九流相处一段时间后,他开始融入进去。他与他们一

---

[1] 爱尔兰的一些只能购买但不可在店里饮用的卖酒商店。

起走到拉特兰街的廉价旅社,歪坐下来,靠着墙。科里根听他们讲故事:这些故事漫长,散漫,简直就像在一个完全不同的爱尔兰所发生的一样。他这是在当学徒,悄悄进入他们的贫穷,好像自己也想拥有这贫困一般。他喝酒。他抽烟。他从来不提父亲,对我对他人都不提。可是我知道,我们这位失踪的父亲还在,还活着。科里根呢,他会用雪利酒将对他的记忆淹没掉,要不就一口啐掉,就如同在吐舌头上的烟草。

他十四岁生日那天,母亲为他烤了蛋糕,可是他人一整天都不在,母亲让我去找。傍晚的小雨,飘落在都柏林。一辆马车驶过来,马车的车灯亮堂堂地照过来。我看着马车在马蹄声中沿着街道离去,近时看那小小的灯光,现在也慢慢散开了。我讨厌这时的城市——它自甘堕落地赖在那灰闷之中,压根儿没有钻出来的意思。我接着走,路过那些包早餐的小客栈、古董店、蜡烛制造厂、礼拜仪式牌供应商。廉价旅社的显著标志是一道黑色大门,门上有铁尖。我到了后面放垃圾箱的地方。有雨水滴滴答答从破裂的管道里滴出来。我站到一堆木箱和纸箱上头,高喊着他的名字。找到他时,他喝得酩酊大醉,站都站不起来。我抓住他的胳膊。"你好,"他微笑着说。他倒到墙上,把手给弄破了。他站着,看着手掌发呆。血顺着他的手腕流淌着。一个年轻的醉鬼,穿着红色 T 恤,整个一阿飞造型,冲着弟弟吐口水。这是我唯一一次看到科里根出拳打人。可惜没打中,血从他手里飞出来,——即使是我在看着的时候,我都知道这个时刻我永远不会忘记:科里根挥拳过去,甩出的血滴洒到墙上。

"我是和平主义者。"他含含糊糊地说。

我扶着他一直沿着利菲河走,路过煤船,走到林森德,在爱尔兰城路的手泵边,打了水让他洗。他伸手捧住我的脸。"谢谢你,谢谢!"到了伸向我们家的海滩路,他哭了起来。沉沉暮色降临到了海面上。路边棕榈树上有雨滴落下来。我把他从沙滩上拉回来。"我很蠢。"他说。他用袖口擦了擦眼睛,点燃一支香烟,然后一阵咳嗽,继而呕吐起来。

到了家门口,他抬头看母亲卧室的灯光。"她还醒着吗?"

他轻手轻脚地走在车道上,可一旦进了屋子,就飞也似的跑上楼梯,冲进她的怀抱。当然,她闻到了他身上的酒味烟味,可是并没有说什么。她让他去洗澡,自己坐在门外。开始,她一言不发,将脚伸开,伸在楼梯平台上,然后头靠在大门柱上,叹了口气:她自己似乎也在浴缸里,身子伸向未来,伸向那些会被记住的日子。

科里根穿好了衣服,走到了楼梯平台上,母亲用毛巾把他的头发擦干。

"亲爱的,以后不要喝酒了,行不行?"

他摇了摇头,示意不喝了。

"星期五我们开始宵禁。五点钟必须回到家。听见没有?"

"随便吧。"

"你答应我。"

"一言既出,驷马难追。"

他的眼睛布满血丝。

她亲吻他的头发,将他抱紧。"亲爱的,楼下有蛋糕,是给你做的。"

科里根好了两个星期,可是很快故态复萌,又跟那些醉鬼混到了一起。这种聚会已经成了一种仪式,他戒都戒不掉。这些下九流对他也有所需求,至少是有所期望。对他们来说,他是一个疯狂而荒谬的天使。他还是和他们一起喝酒,不过只在特别的日子里喝。他多半时候并不喝。他觉得大家都是在找一个伊甸园,喝醉的时候,这伊甸园就找到了,不过到了伊甸园,他们并不能停留。他没有去劝他们戒酒。这不是他的做派。

照理说,弟弟这么人见人爱,我应该不喜欢他才是,不过他身上有种特质,叫你很难不喜欢他。他所关注的生活主题是快乐:快乐是什么,怎样会不快乐,在哪里能找到快乐,在哪里快乐会消失。

母亲去世那年,我十九岁,科里根十七岁。母亲得的是肾癌,她和病魔搏斗了没多久就去世了。她告诉我们的最后一件事,是要我们注意关窗帘,不让阳光把客厅地毯照褪色。

她是在夏季的第一天被带到圣文森特医院的。救护车在沿海的公路上留下湿湿的印迹。科里根发疯似的骑车跟在后面。医院让妈妈住在一个爆满的长形病房里。我们设法给她弄了个单间,在里面到处都摆上鲜花。我们轮流坐在她床边,梳着她那长长的、一碰即断的头发。梳子每次都会带出一团头发来。她第一次面带听天由命的神情:她的身体已经不听她使唤了。床边的烟灰缸里装满了头发。我执拗地认为,如果我们保住她的灰白长发,我们就能一切恢复如初。我也只能做这一点了。她坚持了三个月,然后,九月的一天,她去了。那天的阳光仿佛让一切分崩离析。

我们坐在病房里,等护士来将她的遗体运走。科里根正在做一个长长的祈祷,突然有个人影出现在医院的门口。

"你好,孩子们。"

我们的父亲来奔丧了,他的话带着英国口音。从三岁之后,我就没见过他。一道光柱照在他身上。他脸色苍白,背有些驼。几根稀稀拉拉的头发,耷拉在他的头皮上,但他的眼睛是明净的蓝色。他取下帽子,放到胸口。"小伙子们,很抱歉。"

我走过去和他握手。让我吃惊的是,我比他更高大。他紧抓着我的肩膀,捏了捏。

科里根一言不发地待在角落里。

"跟我握握手吧,儿子。"我们的父亲说。

"你怎么知道她生病了?"

"来啊,像男人一样跟我握手吧。"

"说说你是怎么知道的。"

"要不要跟我握手啊?"

"谁告诉你的?"

他用脚后跟站着,身子晃来晃去。"你就用这个样子对待你父亲吗?"

科里根转过背,在母亲冷冷的额头上亲吻了一下,一言不发地离开了。门啪的一声关紧了。笼子一样的阴影罩到床上。我到了窗前,看见他使劲地从一根管道上拉开他的自行车。他骑着车子穿过花圃,融入梅林路的车流当中,他的衬衫在风中抖动。

我的父亲拉过一把椅子,坐在母亲遗体边,摸着床单下她的前臂。

"她没去兑支票。"他对我说。

"什么?"

"她不兑支票,我就知道她病了。"他说,"她没去兑支票。"

一阵凉意涌上心头。

"我只是实话实说。"他说,"如果你听不得实话,那你就不要去问。"

那天晚上,我们的父亲到了我家睡觉。他随身带着一个小手提箱,里面装着一件丧礼穿的黑色西装,和一双打了光的皮鞋。他要上楼的时候,科里根挡住了他。"你想去哪儿?"我们父亲的手紧抓着栏杆。那手上有老人斑。我能看到他停住了,在颤抖。"你的房间不在这里。"科里根说。我们的父亲在楼梯上颤颤巍巍。他又上了一级。"不要上了。"我的弟弟说。他的声音清晰,响亮,信心十足。父亲呆住了。他又上了一级台阶,然后转过身,下来,环顾四周,神情迷惘。

"这就是我的两个儿子。"他说。

我们把客厅沙发收拾出来给他当床，但即使如此，科里根还是拒绝和他同在一个屋檐下：他开始向市中心的方向走。今宵他酒醒何处，吃谁拳头，被谁灌醉？我都一无所知。

葬礼那天早上，我听到父亲喊科里根的大名："约翰，约翰·安德鲁。"门砰的一声关上了。接着又是一声关门声。然后是长时间的沉默。我靠在枕头上，让一片寂静包裹着我。楼梯上有脚步声。最上面一级发出了咯吱声。这声音充满了神秘。科里根稀里哗啦在楼下壁橱里翻找着什么，然后将前门砰的一声摔上。

我走到窗前，看到一排穿着得体的男子，站在我们房子外面的海边。他们穿着父亲的旧西装，戴着他的帽子，围着他的围巾。其中一个人还在黑西装的上衣口袋里放了只红色手帕。另外有个人手里拿着一双擦亮的皮鞋。科里根和他们在一起，步子有点歪斜，手抓着一瓶酒，插进裤子口袋里。他没穿上衣，模样狂野，头发蓬乱。他的手臂和脖子都是褐色，但身体的其余部分白白净净。他笑着，向父亲挥着手。父亲站在门口，光着脚，吃惊地看着十几个自己的翻版在潮来潮往的沙滩上走着。

还有两个妇女，我过去在廉价旅社看过她们排队领救济，她们现在穿着妈妈夏季的衣服，这一身新衣让她们兴高采烈。

科里根跟我说过，基督其实很容易理解的。该去哪里他就去哪里，哪里需要他就待在哪里。他轻装上阵，只是穿双草鞋，披件旧衫，带上一些零碎东西排遣寂寞。他从不拒绝世界。如果他拒绝世界，他也就是在拒绝神秘。如果他拒绝了神秘，他就是在拒绝信心。

科里根需要的是一个完全可信的上帝，一个能从日常尘垢中看到的上帝。从肮脏、战争、贫困这些艰难而冷酷的真相里，他得到的安慰是，他能看到生活中小小的美丽。他对来世的荣华和天国的甜蜜都没有什么兴趣。在他看来，这不过是地狱的更衣室。相反，让他感到安慰的是，在现实世界，如果他定神去看，他能在黑暗中看到光亮。这光亮或许残缺不全，但终归还是小小的光亮。他只是想让这世界变得更好，他也始终不渝地怀着这样的希望。在这样的思维之下，他有了一种得胜感，这得胜感并无神学上的明证，但即便是身处逆境，这得胜感仍叫人心生乐观。

"有一天，温柔的人真有可能期望这样的得胜感。"他说[1]。

母亲去世后，我们卖掉了房子。父亲拿走了一半的钱。科里根的那一份他送了出去。他开始靠他人的接济生活，并开始研究圣方济各[2]的著作。他常常会在城里走，一走几个小时，边走边读书。他用些废皮革自己做了双鞋，鞋子里穿着荒野颜色的袜子。他头发细长而枯干，下身穿着木匠裤子，胳膊下总夹着书：在二十世纪六十年代中期，他这样子成了都柏林街头的一景。他走路的时候步子迈得很大，但歪歪倒倒。他身无分文，衣不蔽体，四处转悠。每年八月，在广岛周年纪念之际，他会在基尔代尔街的议会门口将自己锁住，一个人在那里举办守夜纪念，没有照片，没有记者，只有他和他铺在地上的纸盒子。到了十九岁，他便开始在耶稣会的伊默学院学习。凌晨的时候做弥撒。接连几个小时开展神学研究。下午在田间散步。晚上，他会沿着巴罗河散步，在星空下向上帝祈祷。晨祷，午祷，黄昏祷，晚祷。荣耀颂歌，赞美诗，福音书阅读。这些活动为他的信仰加添了严谨，将他锚定在他的目标上。尽管如此，莱伊什的山区还是留不住他。他不可能变成一个普通的神甫，这种生活不适合他，不合他的性格，他需要更多怀疑的空间。他于是在见习期离开了，前往布鲁塞尔，在那里，他和一群年轻的僧侣一起，宣誓过贞洁、贫穷、服从的生活。他住在城中心的一个小公寓房。头

---

[1] "温柔的人"是耶稣"登山宝训"中所谈的"有福"的人之一。
[2] 圣方济各是意大利阿西西人，爱好动物和自然，生活极其简朴，是圣方济各会的创办人。

发长得长长的。成天在埋头读书：奥古斯丁、埃克哈特[1]、马西农[2]、嘉禄富高[3]。这是一种以普通劳作、友谊和团契为特征的生活。他给一个本地合作社开一辆运水果的卡车，还给一小群工人组织了工会。工作当中，他不穿宗教服装，没有衣领，也不带《圣经》，宁愿保持沉默，即便是在同一修会的兄弟之间也是这样。

遇到他的人，很少知道他的宗教背景。即便在他度过最长时间的地方，都很少有人知道他的信仰。大家只觉得他来自另外一个时代，一个时光缓慢的时代，一个不那么复杂的时代。人类彼此之间即便有丧尽天良的恶行，也不会挫败科里根的信仰。或许他很天真，但他也无所谓。他说他宁可不长心眼地死掉，也不愿让这世上再多一个犬儒出来。

他唯一的家具是他拥有的橡木祈祷跪垫，和他的书架。书架上摆的是一些宗教诗人的作品，这些诗人主要是些极端分子，还有一些解放派神学家。他一直想找机会被派驻某个第三世界国家，但总无法如愿。布鲁塞尔对他来说太平常了。他想去贫苦点的地方。他去过那不勒斯的贫民区，在西班牙居住区和穷人一起生活。后来，在二十世纪七十年代初，他又被派到纽约。他不喜欢去，竭力反对，他认为纽约太礼貌，太干净，不过他抗不过修会的那些头头——他们派他去什么地方他就得去什么地方。

他登上了飞机，带着一手提箱的书，他的跪垫，和一本《圣经》。

我那时候已经从大学退学，二十好几快三十的那些年，我多半时间住在拉格兰道一座地下室的房子里，赶上了嬉皮年代的末班车。

---

1 埃克哈特（1260—1328？），德国神学家、哲学家。
2 马西农（1883—1962），法国研究伊斯兰教的学者，本人为天主教徒。
3 嘉禄富高（1858—1916），法国修士，宣扬贫困、祈祷和简朴的生活。

爱尔兰的很多事情总比别人晚上几年,我自己也是一样。我昏头昏脑地过到三十多岁,找了一个白领工作,但仍想和过去那样,过那种肆无忌惮的日子。

北边发生的一些事情我也没怎么留心。有时,北爱尔兰仿佛是个完全陌生的国家,但在一九七四年春,北方的暴力开始南下。

有个星期五晚上,我去蒲公英市场买大麻。我偶尔抽抽大麻。蒲公英市场是都柏林少数几个热闹的地方之一,这里有非洲的珠子、熔岩灯、熏香。我在一个二手唱片摊买了半盎司的摩洛哥哈希什大麻。我沿着南伦斯特街,向基尔代尔街走,突然,空气都震动起来。一瞬间,四周一片黄色,完美的亮光,然后是白色。我被气浪冲倒,撞在一个围栏上。回过神来,见周围是一片慌乱。玻璃碎片到处都是。有个排气管在边上。一个方向盘在街上滚动,旋了几旋,累极一般,倒在地上,接下来一片宁静,再接着,警车声响了起来,仿佛是哀悼已经开始。一女子从边上走过,裙子从上到下撕裂开,好像是专门设计来展示她胸部伤口似的。一个人弯腰扶我起来。我们一起跑了一段路,然后分手。我跌跌撞撞绕过莫尔斯沃思街角,这时候有个警察拦住了我,指了指我衬衫的几处血迹。我昏了过去。在医院醒来时,他们告诉我,我当时倒在一个护栏的矛尖上,右耳垂的肉被戳掉了些。鸢尾花饰栏杆。这真是莫大的讽刺。我的耳朵尖留在街上。其余的部分,包括我的听力,丝毫无损。

在医院,警方搜我的口袋找身份证件。我因携毒被逮捕了。带到了法院,法官对我表示同情,说警察的搜索不妥,他给我说教了一通,然后把我打发走。我径直去了道森街的旅行社,买了票离开。

经过肯尼迪机场的时候,我戴着一根长长的项链,身穿阿富汗大衣,拿着一本破烂的金斯堡诗集《嚎叫》。海关男子在窃笑。我正要将背包的布带子重新系起来,但带子断了。

我站在那里四处寻找科里根。他给我发过明信片说要来接我的。

那一天，阴处气温都有 87 度[1]。那热就像斧头一样向我袭来。候机室里悸动不息。有些人一家人一起，在漫无目的地转着，或是挤上前去看航班信息。出租车司机一个个模样凶猛。我弟弟影子都不见。我坐在背包上，等了一个小时，后来一个警察拿警棍来戳我，将书从我手里打掉。

闷热和喧嚣之中，我上了一辆巴士。后来上了地铁，我晃悠到了一个旋转的风扇下。一个黑人妇女站在我身边，用杂志在扇风。她的腋下满是汗珠子。我从来没有这么近地见过黑人妇女，她的皮肤黑得发蓝，我都想去摸一摸，用手指摸摸她的前臂。她见我在看，便把上衣拉紧："看啥呢？"

"爱尔兰，"我脱口而出，"我是爱尔兰人。"

过了一会儿，她又朝我看过来。"真的假的啊？"她说。到了第一百二十五街下了车，地铁戛然而止，她下了。

到布朗克斯的时候，夜幕已经降临。出了车站，进入傍晚的炎热之中。灰色的砖和各样广告牌。有广播传来有节奏的声音。有个穿着无袖衬衫的孩子，以肩膀为全身支点，在一块纸板上旋转。身形千变万化。无拘无束。他的双手着地，双脚在旋转，转出一个个大圈。他低下来，突然以头为支点，转了起来，然后身子后弓，弹跳，腾空而起，那黑色的身影在空中划过。

一些无牌黑色出租车在广场上转着。还有几个戴着宽边帽的老年白人。

我将背包扔进一辆黑色大轿车的行李箱里。

"哥们儿挺急的嘛，"司机说。他从座位上侧过来。"那孩子用头在那里瞎鸡巴转，你想他以后还会有什么出息？"

我将上面写着科里根地址的纸条给他。他咕咕哝哝说了些关于

---

[1] 指华氏温度，约等于 30 摄氏度。

动力转向什么的话，说这些越南没有的。

过了半小时，他急刹车停到一拐弯处。他一直是在带我兜圈子。"十二块，伙计。"跟他争也没用。我把钱扔到座位上，下了车，将背包抓出来。我还没把行李箱关上，那出租车司机就开走了。我将那本《嚎叫》攥在胸口。"我看见这一代最优秀的心灵。"[1] 出租车后盖在上下磕着，那司机在红绿灯处一个急转弯时，那后盖终于合上了，车开走了。

我的一边是一排高高的租住楼，楼前面有链式栅栏挡着。有段栅栏上面有尖铁丝网。我的另一边是高速公路：汽车疾驰而过，留下一道道淡淡的痕迹。高架下一长溜女子。汽车和卡车驶入阴影之中。那些女子在搔首弄姿。她们身穿紧身短裤，比基尼上装，还有穿泳装的，整个一道奇怪的城市海滩景观。阴影中，一只胳膊斜伸出来，伸向高速公路。有个人影爬到了铁丝网栅栏顶上。一条腿的影子拖下来，几乎有半个街区长。一群夜鸟从高架公路下方飞出，向着天空飞了一阵，很快又俯冲下来，回到藏身处。

一个女人从高架下出来了，穿一件毛皮大衣，肩膀处袒露着，下面穿着齐膝高的靴子，双腿叉开着。有汽车经过，她便打开外套。外套下面她什么也没有穿。车按了一声喇叭便疾驰而去。她在后面大叫着，开始走向我这边，手里拿着好像是伞似的什么东西。

我扫了一眼上面的那些阳台，希望看到科里根的踪迹。街灯闪烁了一下。一只塑料袋掉了下来。有鞋挂在高高的电线上。

"嘿，亲爱的。"

"我一分钱都没有。"我身子转都没转就说。那妓女在我的脚前啐了一口，将那粉红色的阳伞撑了起来。

"混蛋。"她走开了，嘴里骂道。

---

[1] 《嚎叫》中的诗句。

她站到有光照着的街那侧,撑着阳伞等着。一有车经过,她就低下身子,撑起阳伞,看上去就像光明和黑暗交替的小小行星。

我背着包,尽量装出漫不经心的样子,向着那些公寓房走去。栅栏里侧,有注射海洛因的针管躺在杂草中间。有人在公寓入口处的标志上喷了漆。三两老人,坐在大厅外头,在高温中扇着扇子。他们看上去颓败,衰残,很快就会人去椅空的模样。其中一人拿过写着我弟弟地址的纸条,摇了摇头,又有气无力地坐了下去。一个小孩子跑了过去,有硬币从他身上掉下来,掉地上叮当一声,轻轻弹跳了一下。那孩子接着消失在黑暗的楼道,他的身上有新鲜油漆味传过来。

我拐了个角,又拐了个角:到处都是角落。

科里根的住处是在一个灰色的公寓楼里。二十楼五层。门铃上有一小小贴纸:荆冠下有和平与正义。门上上了五把锁。一把锁也不管用。我推开门。门猛然转开,砸在后面墙上。有点白石灰从墙上掉下来。我叫科里根的名字。屋子里光秃秃的,只有一张破沙发、一个矮桌、一张单人木床,上面是一个简单的木头十字架。他的祈祷跪垫对着墙。地板上有好几本书,仿佛是在对话一般:托马斯·默顿[1]、鲁本·阿尔维斯[2]、多萝西·戴伊[3]。

我走到沙发前,精疲力尽地躺下。

那打阳伞的妓女咣当一声将门推开,我顿时醒了。她站着,擦着额头的汗,将手提包扔到我旁边的沙发上。"哎呀,对不起,亲爱的。"她说。我转过脸,怕她认出我来。她从房间走过去,走时将那毛皮大衣也脱了,除了靴子,身上全裸。她停下一会儿,在墙上一个破碎的长镜子上照着。她的小腿光滑,曲线分明。她提了提臀,

---

[1] 托马斯·默顿(1915—1968),美国天主教作家。
[2] 鲁本·阿尔维斯(1933—),巴西神学家、哲学家、作家,解放神学的奠基人之一。
[3] 多萝西·戴伊(1897—1980),美国记者、社会活动家、无政府主义者、天主教徒。

叹了口气，然后伸出双手，揉了揉自己的两个乳头。"该死。"她说。卫生间传来自来水的声音。

那妓女出来时，嘴上涂着鲜艳的口红，步子有种刚才没有的轻快。空气中弥漫着刺鼻的香水味。她给我打了个飞吻过来，挥舞着阳伞，离开了。

这个过程发生了五六次。门把手转动。高跟鞋砰砰地踩在光秃秃的地板上。每次都是不同的妓女。有一个甚至俯下身子，那细长的乳房悬在我的脸上方。"大学生哥哥，"她像是要委身一般跟我说。我摇了摇头，她只是短短说了声："我想也是。"她在门口转过身来，微微一笑，"下次你再不会遇到这么好的事了，除非律师能上天堂。"她笑着从走廊上走开。

浴室里有个金属垃圾桶。卫生棉条，还有用卫生纸包着的一团团其状悲哀的避孕套。

后来，晚上的时候，科里根将我叫醒。我不知道是什么时候。他穿着多年来一直穿的薄衬衫：黑色，无领，长袖，木纽扣。他很瘦，好像这络绎不绝的穷人让他不堪承受，把他打回到了过去的模样。他的头发及肩，留了鬓角，太阳穴处有些白发了。他的脸上有点轻伤，右眼处也有伤痕。他看上去比三十一岁的实际年龄要老。

"科里根，你这里可真是美丽新世界啊。"

"你带茶来没有？"

"发生什么事了？你脸怎么回事？有伤口啊。"

"就跟我说你最起码带了些袋装茶过来吧，哥哥？"

我打开背包，拿出五盒他最喜欢喝的茶。他吻了吻我的额头。

他的嘴唇干燥，胡碴戳痛了我的脸。

"谁打你的，科里？"

"我嘛你不用担心，让我来看看你。"

他伸手摸了我的右耳，那里的耳垂尖没了。

"你没事吧?"

"我想这算是一个纪念吧。你还是一个和平主义者?"

"还是。"他咧嘴一笑。

"你这里高朋满座啊。"

"她们只是用我的卫生间。她们不能在这里卖身的。她们刚才没在这里卖吧?"

"她们赤身裸体,科里根。"

"没有,她们没有。"

"伙计,我告诉你,她们真是赤身裸体。"

"她们不喜欢穿麻烦的衣服。"他轻轻笑着说。他拍了拍我的肩膀,将我推回沙发上。"不管怎样,她们总是穿了鞋子吧。这是纽约。必须有双好高跟鞋。"

他把水壶装了水烧上,将杯子摆好。"我哥挺正经的嘛。"他笑着说。不过,去将炉子火焰调高的时候,他的笑淡了下去。"你看,伙计,她们走投无路。我只想给她们一个小地方,让她们有家可归,避开一阵子热浪,在脸上洒点水什么的。"他的背部转了过来。我这时候再次想起,多年前,我们一起去散步,他一个人走开,被海潮包围的情景来——科里根孤零零地,站在一片沙洲上,纷乱的电筒光从四处照向他,海滨的声音向他飘过来,叫着他的名字。水壶响了起来,声音更大更尖锐了。即使从后面看,他也是饱经沧桑的模样。我叫他的名字,一次,两次。第三次的时候,他突然回过神来,转过身,微笑着。这和他小时候那次一样——他抬起头,挥挥手,从齐腰深的水里蹚回来。

"你一个人在这里过,科里?"

"暂时的。"

"没有其他修会弟兄?没其他人一起住?"

"哦,我开始认识那些古老的感觉了,"他说,"饥饿,干渴,一天下来疲倦至极。夜里醒来,我都开始怀疑上帝还在不在。"他似乎是在对我肩膀上方的一个小点点说着话。他眼窝深陷,眼袋分明,"这就是我喜欢上帝的地方。你在他偶尔不在的时候认识他。"

"你没事吧,科里?"

"我好得不得了。"

"那么是谁打你的?"

他扭过头去,"我跟一个皮条客发生了点摩擦。"

"为什么?"

"因为。"

"因为什么,伙计?"

"因为他说我占了她们的时间。一个自称伯德豪斯[1]的家伙。只有一只好眼。谁知道怎么回事。他突然过来,敲门,打招呼,跟我兄弟长兄弟短的,很和善很礼貌的样子,甚至将帽子挂在门把手上了。坐在沙发上,看了看十字架。说他十分欣赏过圣洁生活的人。然后拿出他从厕所扯出的一根铅管。你想象吧。他一直坐在那里,听任浴室里水在涨。"

他耸耸肩。

"但她们还是来,"他说,"这些女孩子。我不鼓励她们来,真的。我的意思是说,她们又能怎样呢?在街上撒尿?我没做什么。不过是点善意。有个地方让她们用。小便处。"

他将茶倒好,拿出一盘饼干,然后去拿跪垫去祈祷。跪垫是一块简简单单的木头,跪下祷告的时候,他将这跪垫插在身后,好将身体支撑着。他为饼干、茶叶和哥哥的出现向上帝谢恩。

他还在祈祷时,门突然掀开,三个妓女大踏步进来了。"哎呀呀,这里凉得就跟下雪一样。"那个拿阳伞的妓女站到风扇下,嗲嗲地

---

[1] 意为"鸟笼"。

说,"你好,我是蒂莉。"她浑身发热:小滴的汗水从她前额涌出来。她将阳伞放到桌子上,似笑非笑地看着我。她脸上上着大老远就能看到的浓妆,戴着大墨镜,玫瑰色镜框,眼睛周围上了闪亮的眼妆。另一个女孩吻了一下科里根的脸颊,然后开始在那破镜子上备妆。个子最高的那个,穿着白色薄纱迷你裙,坐到我旁边。她看上去一半墨西哥一半黑人血统。她身体结实,身段轻盈,去当模特走T台都完全可以。"你好,"她笑着说,"我叫爵士琳。你可以叫我爵士。"

她很年轻,十七八岁的样子,眼睛一只绿色,一只褐色。由于化妆线条的效果,她的颧骨被拉得更显高了。她走过来,拿起科里根的茶杯,吹冷了,在杯口留下了一道口红印。

"科里尔,我不明白你怎么不在这狗屁茶里放冰呢?"她说。

"不喜欢。"科里根说。

"如果你想做美国人,你就得放冰。"打阳伞的妓女咯咯笑起来,就好像爵士琳刚说了什么非常粗鲁的话。他们之间好像有什么暗号似的。我挪到边上,可是爵士琳斜靠过来,把我肩上一道绒条捏掉。她的口气很香。我再次转向科里根。

"你叫警察抓他了吗?"

我的弟弟一头雾水的样子:"谁啊?"他问。

"打你的那小子?"

"为什么抓他啊?"

"你这不是开玩笑吧?"

"我干吗要警察抓他?"

"又有人揍你啦,亲爱的?"阳伞妓女说。她盯着自己的手指。她从大拇指指甲上咬下长长的一条边,然后盯着那窄小的指甲碎片看。她用牙齿将指甲油刮掉,然后用伸出的手指将那碎指甲片弹向我。我瞪了她一眼。她咧嘴一笑,露出白白的牙齿。"我最受不了被人揍了。"她说。

"老天!"我对着窗口咕噜了一声。

"够了。"科里根说。

"他们总会留下点什么痕迹来,是不是?"爵士琳说。

"好了,爵士,够了好不好?"

"有一次,这个家伙,这个混蛋,这狗娘养的东西,他用一本电话簿砸我。电话簿不知你们晓得不晓得?上面名字不少,可是什么痕迹都不留下。"爵士琳站起来,脱掉了宽松上衣。她下面穿着霓虹黄的比基尼。"他打我这里,这里,还有这里。"

"好吧,爵士,该走了。"

"我打赌你会在这里找到自己的名字。"

"爵士琳!"

她站起来,叹了口气。"你弟很可爱,"她对我说。她将衬衫扣起来。"我们就像喜欢巧克力一样喜欢他。像喜欢尼古丁一样喜欢他。是不是啊,科里尔?我们爱你就像爱尼古丁。蒂莉喜欢上他了。是不是啊,蒂莉?蒂莉,你在听吗?"阳伞妓女离开了镜子前。她碰了碰有点口红印的嘴角。"玩杂技太老,去死又太小。"她说。

爵士琳在桌子下摸索着什么,手里拿着一半透明玻璃纸包着的什么东西。科里根侧过去,碰到她的手。"不行,你知道你不能在这里来。"那妓女转了转眼珠,叹了一口气,将针管放回手提包里。

铰链门一推即开。几个人都在打飞吻,包括背转了过去的爵士琳。她看上去就像衰残的向日葵,走的时候胳膊向后弯曲着。

"可怜的爵士。"

"真是一团糟。"

"嗯,至少她在尝试。"

"尝试?她是个烂摊子。她们全部都是。"

"啊,不,她们是好人,"科里根表示,"她们只是不知道自己在做些什么。或者说不知道别人是怎么在对她们。这都是害怕闹的。

你知道吗？她们个个都很害怕。我们全都是。"

他没把口红印擦掉，就直接喝起茶来。

"全在空中飘浮，"他说，"就像灰尘似的。你走来走去，不会看到它，不会注意它，但它们存在着，而且在下降，将一切都覆盖住。你在呼吸它。你在碰它。你在喝它。你在吃它。但它实在太细小，你都不会注意到。但你身上覆盖着它。它无处不在。我的意思是说，我们都有所担心。你只要站上一会儿，它就来了，这害怕，它将我们的脸盖住，舌头盖住。如果我们停下来去想它，我们便会陷入绝望。但是，我们不能停，必须继续下去。"

"为什么？"

"我不知道，这就是我的问题。"

"科里，你到底要说什么？"

"我想我得把自己的话付诸现实，你知道。不过，伙计，我有时候就在这里给困住了。照说我是皈依上帝的人，但我几乎从不跟人提到他。甚至没跟这些女孩提过。我这些想法都保留给我自己。让我自己心态平和。让我良心平安。如果我开始大声说出这些想法，我想我会疯掉的。但上帝也听我的。大多数时候，他听的。"

他将杯子里的茶一饮而尽，用衬衫下摆擦了擦杯子口。

"不过伙计，这些女孩。有时我觉得她们比我更虔诚。至少她们看到摇下的车窗时，可能怀有信心。"科里根将茶杯倒扣在手掌上，玩起了平衡。

"葬礼你没去。"我说。

他掌心有几滴茶水。他将手伸到嘴前，用舌头舔掉了那几滴茶。

父亲几个月前去世了。是在他的大学教室里去世的，当时他正在讲一堂关于夸克的课。基本粒子。他的左手突然一阵剧痛，但是他坚持把课上完。马可老师，可夸可夸！谢谢了，同学们。回家注意安全。晚安。再见。我并没有哀痛欲绝，不过我倒是给科里根多次留言,甚至打电话找到了布朗克斯警察,但他们说爱莫能助。

在墓地我一直在回头,希望看到他沿着狭窄的小巷过来,甚至穿着父亲的旧西服,但他一直没有出现。

"去的人不多,"我说,"小小的英国墓地。一个男子在割草。葬礼上,他都没把割草机关了。"

他不停地将茶杯在手上倒来倒去,就好像要把最后一滴倒出来似的。

"他们用了什么经文?"他最后问。

"我不记得。对不起。问这个干什么?"

"算了。"

"要是你,你会用什么经文呢,科里?"

"噢,我不知道,真的。或许从《旧约》里引点吧。一些基本的经文。"

"举个例子吧,科里?"

"不太清楚。"

"得了,说说吧。"

"我不知道。"他叫道,"好了吧?我他妈的不知道!"

这骂人的话让我惊呆了。他的脸羞红了。他目光低垂下来,又用衣下摆擦他的杯子。擦杯子发出很高很不寻常的吱吱声,我那时就知道,以后我们不会再谈父亲了。他已经又快又狠地把这条路堵死了,划了界,不得越雷池半步。我很高兴他也有缺点,很深层的缺点,他都无法对付。科里根为他人的痛苦操心,他不想对付自己的痛苦。我也为自己这么想感到一阵羞耻。

兄弟间的心照不宣。

他将跪垫放到膝盖后,就像一个木头垫子似的,他开始喃喃自语。

站起来的时候他说:"对不起,我说脏话了。"

"我也感到抱歉。"

在窗口,他心不在焉地将百叶窗拉开,又合上。楼下,隧道口有女子尖叫。他再次用两根手指分开百叶窗。

"好像是爵士。"他说。

他穿过屋子,那一刻,有橙色的灯光从窗外照过来,在他身上照出一条条的格子。

疯狂,逃跑,一个小时接着一个小时地在上演着。这些公寓楼盗贼横行,风吹雨打。下降的气流自成一番气候。塑料袋子在夏日的风中飞舞。玩多米诺骨牌的老人坐在院子里,在漫天飞舞的垃圾下面玩着牌。塑料袋的声音如若步枪在响。如果你盯着那些垃圾看上一阵子,你都能看出风的形状来。也许在某种程度上,它也有一定的魅力,它跟周围别的一切区隔开来:它完整,明亮,如硕大的花体字,硕大的八字形,如螺旋,如漩涡,如开瓶器。有时候,会有小小的塑料袋挂到管道上,或者是碰到铁围栏顶上,旋即优雅地飘开,就像受到了警告一般。袋子的把手揪到一起,整个袋子破掉。无枝可依。邻近公寓一个男孩从窗外伸出一根钓鱼竿,但是一无所获。这些塑料袋往往停在一处,就好比在思考着这一片灰蒙蒙,然后它们就像是在礼貌地行屈身礼一般,跌落下来,飘走。

在都柏林的时候,我自欺欺人地以为自己是个诗人。这就好比拿旧衣服在外面晾干一样。都柏林每个人都是诗人,没准那个放炸弹的也是个诗人,是下午一时兴起,邀我们来同乐呢。

我在布朗克斯南部待了一个星期了。天潮潮的,有些晚上,我们用肩膀去抵才能把门关上。十楼的孩子端着电视机要砸下面巡逻的片警。航空邮件来啰!警察来了,挥舞着警棍。楼顶有枪声。电台在播着一首关于革命进入贫民区的歌曲。街上有人在纵火。这个城市的手指插在垃圾里,这个城市用脏盘子吃着东西。我得离开。

我打算去找份工作，租个小地方住下，也许开始写点戏，或者找个报纸的差事什么的。广告信件中有招收工人和侍应生的广告，但是我不想走这条路，戴个平顶帽子穿个小衬衫，一副爱尔兰佬模样。我找到了一个电话推销的差事，但需要在科里根的屋子里装条专用的电话线，而让技术员到我们这楼里来，简直比死还难。这不是我所想的美国。

科里根写了一个让我去观光的清单，上面有格林尼治村里的查姆列酒吧，布鲁克林大桥，还有白天去看的中央公园。不过，我没什么闲钱。我只好走到窗前，看着一天天的故事在展开。垃圾气味扑面而来。那气味已经升到五楼的窗口。

科里根由于所在修会的道德需要，给一家养老院老人开面包车，挣几个小钱。车保险杠用生锈的铁丝捆着。窗户上贴满了他的和平贴纸。前大灯松松垮垮地悬在护网中。他一天大部分时间都不在，在照料那些老弱病残。别人避之唯恐不及的事情，他甘之如饴。快到中午的时候，他去柏树大道养老院去接他们，这些人大部分是爱尔兰人，意大利人，还有个犹太老头，绰号艾尔比，身穿灰色西装，头戴犹太无檐帽。"艾尔比是艾尔伯特的简称，"他说，"可你要是叫我艾尔伯特，瞧我怎么踢你的屁股！"有几个下午我跟他们坐在一起，有男有女，其中大多数是白人，这些人瘦得都能像他们的轮椅一样折叠起来。科里根把车开得慢如蜗牛，以免他们在里面闪着摔着。"你这车子开得就跟臭娘们儿似的。"艾尔比从后座说。科里根头埋在方向盘上大笑，不过脚还在踩着刹车不放。

我们后面的车子在按喇叭。地狱一般吵闹的喇叭声。空气中弥漫着腐朽窒息的味道。"伙计，快点儿啊，快点儿！"艾尔比喊道，"把这该死的车开快点啊！"

科里根松开了刹车，慢慢把车转到圣玛丽附近他的游乐场，一个接着一个，将老人们用轮椅推到他能找到的阴凉处。"空气好新鲜啊。"他说。男人们纹丝不动地坐着,就好比拉金[1]的诗歌一般。那些老年妇女模样衰弱不堪,头在风中点着,眼睛看着游乐场。游乐场主要是些黑人或拉美裔孩子,在滑梯上匆匆滑下,或是在平衡木上晃来晃去。艾尔比自己动手,设法将轮椅推到一个角落里,拿出一叠纸来,弯下腰来,一言不发地用铅笔在纸上划着。我蹲坐在他身边。

"你要干吗,朋友?"

"关你屁事!"

"下象棋,是吗?"

"你会下?"

"会的。"

"你什么等级?"

"等级?"

"得,滚你妈的一边去,你也是一臭娘们儿德性。"

科里根在游乐场边冲我挤了挤眼睛。这是他的地盘。显然,他喜欢得很。

养老院里午餐已准备好,不过科里根过了马路,到当地小酒店给他们再去买薯片、香烟,另外还给艾尔比买一瓶冰镇啤酒。黄色的遮阳篷。地上放着一个泡泡糖机,有三道链子拴在活动护窗上。垃圾桶翻倒在角落里。那年春天清洁工人罢工,垃圾至今还未全部清理完。老鼠沿着街道的排水沟跑。穿着无袖上衣的男子,不怀好意地站在门口。他们好像认识科里根,科里根一进去,就跟他们一个个郑重其事地握手。他在里面待了很长时间,然后抓着大牛皮纸袋出来。其中一个流氓在背后拍了他一下,抓住他的手,将他拉到身边。

---

[1] 菲利普·拉金(1922—1985),著名英国诗人。

"你怎么做到的?"我问道,"你怎么跟他们攀谈起来的?"

"这有何难呢?"

"这个好像有点,我也说不好,这些人样子很野的,你知道。"

"对他们来说,我不过是一个老实人。"

"你不担心?你知道,一支枪,或别的什么,比如弹簧刀什么的?"

"有什么好担心的呢?"

我们一起,将老人们送到车上。他发动引擎,驱车前往教堂。老人们举手表决过,想去教堂的超过想去犹太会堂的。

教堂墙上四处涂鸦,黄色,红色,银色。Tags173。Graco76[1]。彩花玻璃窗已经被小石头打破。即使是顶部的十字架上都有涂鸦。"活的圣殿啊。"科里根评价说。犹太老头拒绝下车。他坐在那里,低着头,一言不发地匆匆在翻看书里的笔记。科里根打开车后厢,又拿出一瓶啤酒塞到椅子上。

"他没事的,我们这位艾尔比,"科里根边从车后面走开边说,"他成天都在钻棋谱。过去好像是大师什么的。从匈牙利来到这里,住到了布朗克斯。他把棋谱寄到什么地方。同时能下二十场比赛。蒙着眼睛都能下。他就是靠这棋撑着的。"

他帮助其他人下了车,我们将大家一个个推到入口处。"我们来上木板吧。"教堂前面是几级破烂的台阶,但是科里根在两边靠近圣器室的地方放了长条板。他让两条板平行,然后推着轮椅向上。在轮椅的压力之下,木头翘了起来,短短那一瞬,木头像要飞到天上一般。科里根将他们往前推过去,木板又啪一声下来了。他神态自若,眼角有光泽,这时候能从他身上看到那个出走的孩子,那个在桑迪蒙特时才九岁的孩子。

---

[1] 均为涂鸦艺人的独特签名方式:字母加数字。

他离开了老人,让他们自己在圣洗池边上等待,直到他们排了队,准备出发。

"一天最喜欢的时刻,就是这个。"他说。他走向教堂里凉爽的阴凉处,将大家推向各自要去的地方,有的在后面座位上,有的在两侧。

一个老年爱尔兰女子被推到最前面,她在那里将念珠绕了又散开,散开又绕起。她一头的白发,眼角有血丝,整个人像一个鬼魅。"来见见希拉吧。"科里根说。希拉几乎没法说话,连声音都发不出了。过去她当过酒店歌手,可是由于喉癌,声音丧失殆尽。她出生在盖尔维,但第一次世界大战刚结束便移民了。她是科里根最喜欢的一个,他跟在她旁边,跟她一起说着正式祷文,念了一组念珠。我敢肯定,她并不知道他的宗教背景,不过在这教堂里,她身上出现了在其他地方所没有的活力。她和科里根两人就像是在一起求雨一般。

我们出了教堂,回到街上,艾尔比在车上打瞌睡,下巴上有点痰。"该死,"车子发动起来的时候,他叽里咕噜地说,"你们两个,全是臭娘们儿。"

傍晚时分,科里根的车开到了养老院,然后他在公寓前将我放下来。他还有另外的事情要做,他说,有别的人要见。

"是我在张罗的一桩小事情,"他转过头来说,"不用担心。我们回头见。"

他爬上面包车,开动之前,在手套箱里摸了摸什么东西。"不要等我了。"他喊道。他手伸在窗外,挥了挥。我看着他离开。他有什么事情瞒着我,我知道。

天一片漆黑的时候,我终于看见他回来了,在梅杰·迪根大道边上,被那些妓女簇拥着。他在车行李箱处一个银色大盒子里,拿出些冰咖啡来。那些女孩围到他四周,他拿勺子给她们舀冰。爵士琳身穿霓虹灯色连体泳装。她拽了拽后背,将松紧带弹了一下,挨近科里根,对着他的臀部作出跳肚皮舞的暗示。她身材高挑,充满异国情调,她翩翩若飞舞时的样子非常年轻。她调皮地将他向后推了推。科里根则踩着高踏步,绕着她跑了一圈。尖笑声。她跑开时,听到了汽车喇叭的声音。科里根的脚前,放着一排空咖啡杯。

后来他回来了,上了楼,模样瘦弱,黑眼圈,精疲力尽。

"你的会怎样了?"

"哦,好得很,"他说,"没问题的。"

"去翩翩起舞啦?"

"啊,是的,去的是科帕卡巴纳[1]。我这人你还不晓得。"

他倒在床上,不过次日一早就醒了,匆匆喝上一罐茶。家里什么食物都没有了,只有茶、糖和牛奶。他做着祷告,然后碰了十字架,再次走向门口。

"又去找那些女孩啦?"

他看着自己的脚,"我想是的。"

"你觉得她们真需要你吗,科里?"

"不知道,"他说,"我希望如此。"

铰链门随即关上了。

我从来都对道德审判没兴趣。这不是我的本分。不是我的工作。各人自管自好了。各人有各人的报应。科里根有他的理由。但这些女子让我不安。她们和我所熟识的生活如有光年之隔。她们带着吸毒快感的眼神。她们受海洛因的摆布。她们的泳衣。她们有的膝盖后针扎的黑印。她们对我来说陌生无比。

在下面院子里,我绕着公寓楼走远路,沿着水泥地上的裂缝走,只是为了避开她们。

---

[1] 纽约著名夜总会。

几天后,有人轻轻敲门。是个老人,手里提着手提箱。是同一个修会的修士。科里根上前拥抱他。"诺伯特兄弟。"诺伯特来自瑞士。诺伯特那忧伤的棕色眼睛让我感到高兴。他看了看公寓四周,深深吸了口气,说了点主耶稣,还有什么深层隐修之类的话。诺伯特来的第二天,就在电梯里遭到了持枪抢劫。他心甘情愿地把自己所有东西都交出去了,包括他的护照。他的眼睛里,似乎闪耀着一种自豪。这个瑞士人连续两天枯坐着认真祈祷,没离开过公寓半步。科里根则大部分时间在街上逗留。对他来说,诺伯特太正式、太古板了点。"他好像是牙痛也希望上帝给他治愈的这种人。"科里根说。

诺伯特拒绝睡沙发,他睡地板。每次门打开,有妓女进来的时候,他都闪到一边。爵士琳坐到他腿上,用手指去摸他的耳廓,玩他的矫形鞋,将鞋藏沙发后面。她告诉他说可以做他的小公主。诺伯特脸红得差点都要哭了。等她一走,他的祈祷声音就开始尖锐,癫狂。"死罪已免,活罪难逃。死罪已免,活罪难逃。"他泪如雨下。科里根设法找回了诺伯特的护照,开着那褐色面包车送他去机场,去赶前往日内瓦的航班。他们一起祈祷完毕,科里根就送他离开了。他看着我,似乎希望我一道离开。

"我不知道这些都是什么人,"他说,"他们是我的兄弟,但我真的不知道他们是谁。我让他们失望了。"

"你得离开这个洞一样的地方,科里。"

"我为什么要离开呢?我的生活就在这里。"

"我们两个一起,找个有阳光的地方。我一直在考虑去加利福尼亚州,或者别的这类地方。"

"我是受呼召来这里的。"

"你也可以受呼召去别的任何地方啊。"

"我就在这里了。"

"你是怎么把他的护照找回来的?"

"哦,我只是四处打听。"

"他是被人持枪抢劫的,科里。"

"我知道。"

"你这样下去总得吃亏的。"

"得了,省省吧你。"

我去靠窗的椅子前,看大型拖车从高速公路下过来。女孩们推推搡搡向大拖车挤过去。远处有霓虹灯标志亮了一下,是一个燕麦广告。

"这里是世界的边缘。"科里根说。

"你可以回去做点事啊。回爱尔兰。北上。贝尔法斯特。我们一起做点什么,为自己的同胞。"

"是啊,这也是可以的。"

"或者去巴西感化几个农夫什么的。"

"是啊。"

"那你为什么还要留在这儿?"

他笑了。他的眼睛里现出狂野的神情来。我说不出这是什么。他把手近距离伸到天花板电风扇下面,好像要把手伸上去,伸到那风扇叶子之间,将手就插进那里,看着它们被扎烂。

天蒙蒙亮,女孩们就沿着街区站成了一排,只不过天亮后,她们渐渐稀少了。科里根早上晨祷后,到街角的熟食店买《天主教工人报》。穿过隧道,穿过道路,在遮阳篷下。穿着汗衫的老人们坐在门口,白鸽子在啄他们脚前的面包屑。科里根买好报纸夹在胳膊下出来了。我一直看着他走回来,背后衬着水泥眼睛一般的隧道。出了阴影,他从妓女们中间经过,她们有节奏地喊着他。她们用三种不同的音符,喊出了这唱一般的声音。科-伊-甘。考-里-甘。考-瑞-公。

他走出了这夹道欢迎的场景。爵士琳在站着跟他讲话，她的拇指勾在她的泳装带子下。她那样子就像投错了胎的旧时警察。她在拉着那细细的、酸橙色的带子，弹在自己的胸脯上。她再一次凑近他，几近赤裸的皮肤差点碰着他的翻领。他没有退缩。我能看出，这一切让她十分来劲。那年轻的身体在倾斜着。带子硬硬地弹在胸脯上。乳头摩擦着泳衣布。她的头斜过来，离他越来越近。

汽车从边上通过，她转身看它们，早上的阳光拉长了她的影子。她的样子，就好像她希望自己分身有术，无处不在。她又靠近了些，凑近弟弟耳朵低声说着什么。他点点头，转过身，回到熟食店，拿了一罐可乐出来了。爵士琳开心地拍着手，将可乐从他手里拿走，将拉环拉掉，溜开了。高速公路边停着一辆十八轮大卡车。她将腿支在那银色护栅上，喝着罐装可乐，然后突然将可乐扔下，爬到卡车里。

身子还有一半在门外，她就开始脱泳装了。科里根转过身去。可乐躺在她下面排水沟的黑色水洼里。

后来，爵士琳又让弟弟给她买可乐，看到目标了，就将可乐扔地上，如此反复多次。

我想我应该去找她，谈谈价格，看看她都有哪些可卖的，我也来享受享受，我要将她头发从身后揪住，让她面向我，我要闻闻那香香的口气，然后咒骂她，唾弃她，骂她拿我弟弟的善心当儿戏。

"喂，给她们留个门，好不好？"他回家后对我说。我到了下午开始锁门，哪怕她们在外面咚咚咚地捶门。

"她们为什么不在自己家小便，科里根？"

"因为她们没有家，她们是租公寓住的。"

"她们为什么不在自己公寓小便？"

"因为她们都有家庭。有父母，兄弟，儿女。她们不希望家人看到她们穿这种衣服。"

"她们有小孩？"

"当然了！"

"爵士琳呢，她有小孩吗？"

"两个。"他说。

"呜呼，伙计。"

"蒂莉是她妈。"

我开始指责他。我知道这话听起来是什么感觉。这就好比下了河就上不了岸。我的指责如滔滔江水喷涌而出。我说到了她们的恶心，她们吸着他的血，她们全都是，把他吸瘦，榨干，无路可走，把他的生命抽走！一群蚂蟥，比蚂蟥还糟糕！是从墙纸上爬下来的臭虫！他真是个大傻子！所有这些宗教热情，所有这些虔诚的废话，全都是没用的，实际上世界邪恶得很！人的希望，不过是双眼能看到的这些！

他在拉衬衫袖子上的一根细纱，不过我抓住了他的胳膊肘。

"不要跟我说什么主会高举跌倒者提升谦卑者之类的屁话了。主太大了，她们这些迷你裙也罩不住。你猜怎么着，老弟？你看看她们。看看窗外。你不管有多少同情，她们这些本性也改不了的。你怎么就不醒醒呢？你这不过是安抚自己的良心罢了。神来到世间，将我们的内疚神圣化了。"

他的嘴张了一张。我等着，但他仍然没有说话。我们挨在一起，我都能看到他的舌头在牙齿后面上下蠕动，就好比紧张的动物似的。他的眼神认真专注。

"醒醒吧，弟弟。收拾收拾行李，找个把你当回事的地方吧。她们这样纯粹活该。她们可不是抹大拉的马利亚。她们把你只是当成她们中间的混混一个。你要找到自己心中的穷人是不是？那干吗不在富人脚前谦卑一回呢？难道你的上帝就专门喜欢这些人渣？"我能从他的瞳仁中，看到那小小的长方形白门打开了，我一直在想那是他的某个妓女,他的某个堕落天使要进来,我想我会看到她的影子一闪而过。

"你为什么不拿出你的慈善来,让富人难堪一下呢?去坐在一个阔太太的台阶上,也把她带到上帝面前?告诉我,如果穷人身上真有耶稣的形象,为什么他妈的这些人个个都这么惨不忍睹呢?告诉我,科里根。她们为什么站在街上,将自己的悲惨展示给世人看呢?我想知道。这是虚荣心,是不是?爱邻如己。全是废话。你在听吗?你为什么不把这些妓女聚拢起来,让她们去唱诗班唱诗呢?高瞻远瞩教会。你为什么不让她们坐在教堂第一排?我的意思是,你低三下四服侍这些流浪汉、麻风病人、残疾人和大烟鬼。他们为什么不做点什么呢?因为他们只是把你吸干榨干,这就是原因。"

我累极了,将头靠到窗台上。

我一直等着他来上一段抱怨式的说教,说点什么对弱者温柔,对强人要坚决,除了耶稣没有平安,自由是施不是受之类的话,不过他却听由我滔滔不绝。他的脸上什么表情也看不出来。他抓了抓自己的胳膊,点了点头。

"留个门就行了。"他说。

他沿着楼梯间下去了,脚步声回响在院子周围。他消失到一片灰色之中。

我沿着公寓大楼光滑的台阶跑了下去。墙上是一团一团肥大的涂鸦之作。哈希什大麻的味道一阵阵飘过来。台阶最下一级有碎玻璃。小便和呕吐物的气味。过了庭院。一名男子用训练的绳子牵着一只斗牛犬。他在教那狗咬。那狗咬住了他的胳膊。那人腕部有巨大的金属套子。狗的狂吠声滚滚惊雷一般穿过整个院子。科里根在倒他停在街对面的褐色面包车。我拍了拍车窗。他没有转过来。我还在猜,在想,我是不是让他长了点心眼呢?不料一会儿工夫,车子就无影无踪了。

回头去看，狗还在咬那人的胳膊，那男子反倒在瞪着我，仿佛是我在咬他胳膊一样。他脸上皮笑肉不笑，那模样尽显邪恶。我在想：黑鬼。我实在忍不住，就是这么想的：黑鬼。

这个地方会毁掉我的，科里根怎么熬下来的？

我在街区附近散步，手插在口袋深处，我没在人行道上走，而是挨着停靠的车子边走，换了换视角。出租车就在我屁股后不远处，刷刷刷驶过。风把地铁的气味，经过车流，一直吹了过来。一股刺鼻难闻的霉味。

我去圣安路的教堂。沿着破碎的台阶上去，进入门厅，经过圣水池，进入黑暗之中。我怀疑他会在那里低头祈祷，但我没看到他。

教堂后面有小小的红色电蜡烛可以点。我扔了一枚两毛五的硬币进去，硬币叮当一声响，回荡在一片空寂之中。我耳边响起父亲的古老的声音来：如果你听不得实话，那你就不要去问。

科里根那天深夜才回公寓。门我没有锁，不过他照样带着一把螺丝刀回来了，开始将链子和锁上所有螺丝卸掉。"这事得做。"他有点昏昏欲睡的样子，深陷的眼珠子在转着，我当时就应该明白有什么地方不对劲，但我没有意识到。他跪在地上，眼与门把手齐平。他的凉鞋下面都走烂了。鞋底已经磨掉，只剩一块平平的橡胶。他的木匠裤子用一根带子系在腰上，不然，那裤子也会掉的。他穿的长袖衫紧贴身上，让他胸口的一排排肋骨显露出来，看上去就像一种奇怪的乐器。

他专注地在忙着，不过是在用平头螺丝刀转十字头螺栓，所以得斜着把螺丝刀插到螺口里。

我已经收拾好了我的包，准备搬出去，找个房子住下，找份酒吧侍应或者其他任何工作，只要能离开就行。我把沙发推到屋子中间的电扇下面，双臂交叉着，等待着。风扇叶子也赶不走这炎热。我第一次看到科里根后面头发上开始有了些秃斑。我想跟他开个玩笑,说他越来越有僧侣的样子了,不过我们之间已经没有了什么交流,没有对话,也没有对视。他还在忙着卸锁。几个螺丝掉到了地上。我看到汗珠子从他脖子后面滚下来。

他心不在焉地挽起袖子,然后我明白了。

如果你以为你知道所有的秘密,你会以为你知道所有的疗治方法。科里根注射海洛因!这一点我想也不奇怪:他总是向最落魄最潦倒的人看齐,他们怎么做他就怎么做。这是他信仰中的一个很变态的信条。他是那种听不到自己步子声都不相信自己在走路的人。他这个毛病总是逃不过去。在都柏林的时候他就这样,只不过那时候折腾他的,是另外一种放纵罢了。现实如悬崖,他站在窄窄的崖边。可是在我看来,他没有扎海洛因把自己扎高,他只是扎到了平处。他和痛苦有种默契。如果他不能治愈痛苦,他就染上这痛苦。他之所以扎海洛因,是因为他不忍看到有人独自受海洛因折磨。

他在忙乎这些锁的时候,袖子就那么卷了个把钟头。他肘弯里的伤处是青紫色。把锁拆完后,门都没有咔嗒一声扣上,而是绕铰链在晃着,开开关关。

"好了。"他说。

他走进浴室,我都肯定我能听到他在里面给手臂包扎松紧带。他穿着长袖子出来了。

"别再动这该死的门。"他说。

他无声无息躺到床上。我肯定是睡不着的,但还是睡去了,醒来时候仍然听到迪根大道上那咚咚咚有节奏的声音。

外面的世界实实在在。发动机的噪声和轮胎的声音。有几处坑洼上有人铺上了巨大的铁皮。卡车轧上去的时候,铁皮发出轰隆隆的声音。

我这时候要做的选择并不难,但这倒不是因为科里根不会赶我走的缘故。我一大早起床,剃了胡子,准备跟着他去做事。我伸手晃着毯子叫醒他。

他有点流鼻血,在胡子的衬托下,那鼻血显得发黑。他转过身去。"把茶沏上,行不行?"

他伸懒腰的时候,碰到了墙上的木制十字架。挂在钉子上的十字架来回摇摆起来。墙上十字架后面的地方亮亮的,那粉刷还没褪色,这是十字架留下的淡淡痕迹。他伸手将十字架稳住,嘴里含含糊糊说了句什么上帝也可以两边摇摆之类的话。

"今天走啊?"他问。

我收拾好的背包放在地上。

"我想我再留几天吧。"

"没问题的,哥哥。"

他在小小的破镜子前梳了梳头,在身上洒了点除臭剂。至少他表面上还是装一装的。我们没走楼梯,而是乘坐电梯下去。

"一个奇迹,"科里根说。门叹息一般打开,月牙形的光,照在里面的墙板上。"还真管用。"在外面,我们穿过公寓前面的小小草地,草地上到处都是碎掉的瓶子。突然,在多年间,我第一次觉得和他在一起感觉很好。有那种老式的目标感。我知道我该怎么做了,我要带他去过正常的生活,哪怕这个过程十分漫长。

在清晨出来的妓女中间,我感受到了一种奇怪的魅力。科-干。考-瑞-公。考瑞-甘。毕竟,这也是我的姓。这是一种奇怪的放松。

她们的身体不再像是从远处看那样让我觉得难堪了。她们羞怯地用手挡住乳房。其中有一个将头发染成鲜红色。另一个涂着亮晶晶的银色眼线。爵士琳,穿着霓虹灯色泳装,将泳装带子挪了挪,盖住乳头。她深吸了口烟,然后娴熟地从鼻子和嘴里吐出来。她的皮肤亮亮的。换一种生活,她去做一个贵族都可以。她的眼睛盯着地上，好像在找什么自己掉下来的东西。我对她突然生出一种温柔，一种渴望。

她们一直浪声浪气在说笑着。弟弟看着我，咧嘴一笑，仿佛他这是在我耳边低语，认同我不明白的一切。

有几辆车子从边上驶过。"出来吧，"蒂莉说，"我们要做业务了。"她说，那语气好像是在说炒股票一般。她向爵士琳点点头。科里根将我拉到阴影里。

"她们都用白粉？"我问。

"有一些用。"

"很可怕的东西。"

"世界折腾她们，然后也给她们一点快乐。"

"谁给她们买白粉？"

"不知道，"他说。从他的木匠长裤里掏出一个小小的银色怀表来。"为什么？"

"我随便问问。"

上面的车子隆隆驶过。他拍拍我的肩膀。我们驱车前往养老院。一位年轻护士在台阶上等着。面包车开过来的时候，她站起来，高兴地挥着手。她看上去像是南美人，娇小美丽，黑头发，黑眼睛。两人之间似乎过了电一般。他在她旁边尽显放松，身体更显柔韧了。他伸手拍了拍她后背下面，两人一起消失在电子门后。

在车手套箱里，我到处寻找吸毒的蛛丝马迹：针、包、吸毒用具，什么都行。可是里面除了一本翻旧的《圣经》，什么也没有。在《圣经》封皮里页，科里根写了些给自己看的字样："矢志清空欲望。闲适自然。追随他们，恳求宽恕。阻力乃平安的核心。"他还是个孩子的时候，他的《圣经》都不肯折页，力求保持《圣经》的原状。现在他的处境不利。他的笔迹紊乱，还用深黑色的笔在一些经文下划了线。我记得我上大学的时候，听过一个神话：这个世界上有三十六个圣人，藏在世界各处，全在做着一些谦卑的事情，他们中间有木匠，鞋匠，牧羊人。他们承担着世上的酸楚，他们几乎都能和上帝单线联系，只有一个人例外，这人被上帝忘了。那个被忘记的圣人只得自己挣扎，想和上帝联系，却始终缺乏那联系的渠道。科里根，他失去了与上帝的联系，他在独自承受着人生的痛苦，就如一个永恒的故事。

我看着那矮个子护士推着轮椅越过坡道。她在脚踝跟部有一文身。我突然在想可能是她供应海洛因的，只不过在斜阳下，她的神情爽朗阳光。

"我叫艾德丽塔，"她从车窗伸手出来说，"科里根常跟我提起你。"

"嘿，别在那里僵着，来帮我们一把。"弟弟在车子另外一侧说。

他在费力地帮那盖尔维老太太从车门进来，颈部青筋一跳一跳。希拉的样子就如一个布娃娃。我突然想起弹钢琴的母亲来。科里根喘着粗气，将希拉上车来，在她身上绑上几道带子。

"我们得谈谈。"我对弟弟说。

"是的，随便，我们先得把这些人弄上车。"

他在车座靠背上方和护士对视了一眼。她嘴唇上方有小小汗珠子，她用制服的短袖子擦了擦。我们驾车离开时，她斜靠在残疾人便道上，点燃了一支香烟。

"可爱的艾德丽塔。"转过街角的时候，他说。

"我不想说这个。"

"可是我除了她什么也不想说。"他说。他瞟了一眼后视镜说，"对不对啊，希拉？"他在方向盘上装出打鼓状。

他又恢复了平淡超然的原状。我怀疑，也许他在养老院里就吸过毒：我对毒瘾了解不多，总觉得任何情况都有发生的可能。但他那样子活泼开朗，不像是吸过海洛因的模样，至少不是我想象的瘾君子模样。他开车的时候一只手放在窗外,微风将他的头发吹向脑后。

"你这人啊,我实在猜不透。"

"我没什么可猜的,哥哥。"

艾尔比从后座尖声说:"娘们儿!"

"闭嘴吧你。"科里根笑着说,他的话里带着点布朗克斯的口音。他只关注眼前,只关注他所处的当下。我们小时打架的时候,他会站着挨我打,我只要不打他,我们的打斗即告终结。现在,我轻而易举就可以一拳砸过去,将他推到车门上,匆匆在他口袋里搜出那些害他的毒品包。

"我们应该回去看看,科里。"

"好啊。"他心不在焉地说。

"我的意思是回桑迪蒙特。一两个星期就行了。"

"屋子不是卖了吗?"

"是的,不过我们可以找别的地方住。"

"那些棕榈树,"他面露一丝笑意说,"都柏林最古怪的景象。我过去跟别人讲,他们总也不信我。"

"你愿不愿意回去?"

"或许未来什么时候吧。我甚至会带人去。"他说。

"当然可以。"

他又匆匆瞟了一眼后视镜。我无法想象他把老太太带回爱尔兰是什么局面,不过我愿意给科里根留足他所需的任何空间。

到了公园,他把大家推到靠墙的阴处。这是晴朗的一天,阳光灿烂,空气闷热。艾尔比掏出一卷纸,一边钻研棋谱,一边含混不清地说着棋步。每走了一步好棋,他就松开轮椅的手刹,开心地在那里前后摇晃。希拉长长的白发上面戴着宽边草帽。科里根用手帕在她额头上点着擦了擦。她的喉咙里发出了一点沙沙的声音。她有那种移民常有的悲伤,她永远不会回到故国——在很大程度上说,故国也已不复存在——可是她依旧频频回首。

附近有些孩子打开了一个消防栓,在喷出的水里舞动着。其中一人拿出了厨房托盘,作为冲浪板在用。水擦着他冲过去,把他冲到平衡木边上,他大笑着,一头跌倒在那里,倒在了围栏上。其他人吵着要用那托盘。科里根走到围栏边,手放在围栏的钻石形格子上。在他前面,更远处,有一些人在打篮球,一个个浑身大汗,向着没篮网的球篮冲过去。那一瞬间,科里根似乎是对的,这里有需要去认可、需要去拯救的东西,这里也有一些快乐。我想告诉他,我开始理解了,或者至少看了个端倪,但他大声对我说,他要去小酒店一趟。

"帮我看一会儿希拉好吗?"他问,"她帽子歪了,别让她被太阳晒伤。"

一伙包着头巾的小青年,穿着紧身牛仔裤,在小酒店前面闲逛着。他们郑重其事地互相点烟。他们照常那样跟科里根击掌,然后和他一起进去了。我就知道会这样。我生出一股无名烈火。我一溜小跑着过去。那廉价的亚麻衬衫下面,我的心在怦怦跳。我走过店外堆积的垃圾、啤酒瓶、撕碎的包装纸。一排金鱼碗放在窗台上。橙色的金鱼身子在没有目标地转着圈子。门铃响了一声。在里面,立体声喇叭里响起摩城音乐[1]的声音。有几个孩子刚从消防栓的水中跑过来,浑身滴着水,站在冰淇淋冷柜前。大一些的,戴着红色头巾的那些,站在装啤酒的冰箱跟前。科里根在柜台边上,手里拿着一品脱装牛奶。他抬起头看了看,一点也没有不安的样子。"我还以为你在看希拉呢。"

"你是这么认为的?"

---

[1] 摩城为一唱片公司,曾推出很多黑人歌手,后打入白人市场。

我原以为会看到里面有推搡，看到他赶紧把一包海洛因塞进口袋里，看到柜台上的毒品交易，或是他跟这中间某个人击掌什么的，不过事实上我什么也没有看到。"记在我的账上好了。"科里根跟店主说，出去的时候他还拍了拍金鱼缸。

店门铃响了。

"那里也卖白粉？"穿过人流车流前往公园的时候，我问他。

"卖你个头白粉。"他说。

"你肯定吗，科里？"

"我肯定什么？"

"你告诉我啊，弟弟。你气色不好啊。照照镜子就知道了。"

"你是在跟我开玩笑吧？"他身子向后仰着，笑了起来。"我？"他说，"我扎海洛因？"

我们到围栏了。

"你就是让我拿船篙去碰那些东西，我都不会干的。"他说。他的手抓紧了围栏格子，指关节上一点点发白。"不是我不想上天堂，我喜欢这里。"

他把目光转向靠着围栏的一小溜轮椅。他身上还有点新鲜的东西，甚至还有点年轻。十六岁的时候，科里根在一个香烟盒里面写着，世界上所有好的福音可以写在一个香烟盒里面。就是这么简单。己所不欲，勿施于人。不过那时候，他还没有搞懂人生这潭水究竟有多深。

"你有没有觉得自己心里有种游移不定的东西？"他说，"你不知道它是什么，像一个球，一块石头，可能是铁，棉花，草，或其他什么，但它在你心里面。不是烈火、愤怒之类。只是一个大球，你就是抓不住它？"他的话戛然而止，扭过头去，轻拍着左胸，"在这儿，就在这儿。"

当我们第一次听到一个说法的时候，我们会对听到的话迷惑不解，但可以肯定的是，我们知道，当时的述说方式以后再不会听到。我们想回到当初那个时刻去体验它，但是我想，也不会找到了，只剩淡淡的记忆，只剩下那说法本身及其含意的淡淡痕迹。

"你在蒙我吧？"

"我倒希望在蒙你呢。"他说。

"好了好了……"

"你不相信我？"

"爵士琳？"我问，这下我自己蒙了，"你不会喜欢上了那个妓女吧？"

他开心地笑了，不过只是短促一笑。他的目光在操场上扫过，手插在围栏里面。"不，"他说，"不，不会是爵士琳，不会。"

天空残阳似火。科里根驱车带我经过布朗克斯南边。夕阳是肌肉一样的颜色，粉红，夹杂着灰色条纹。有人纵火。科里根说该楼的业主试图骗保险。整条街的公寓楼和仓库成了一片废墟，火仍在闷烧。

孩子们成群结队在街角逛。红绿灯固定在红色不变了。消防栓附近有大量积水。威利斯街的一幢大楼向着街道半坍塌下来。几只野狗在废墟中间翻找着。一个被烧过的霓虹灯在直立着。消防卡车过去了，几辆警车一个跟着一个，仿佛是借此互相安慰。时不时会有人走出阴影来，无家可归的男子，推着购物车，上面堆满铜线。他们看上去就像一个个西进牛仔，赶着马车横穿夜幕下的美国。

"他们是谁？"

"他们洗劫这些大楼，将墙的内脏掏出来，然后将铜线卖掉，"他说，"一磅能卖个一毛钱左右。"

科里根将车子停到一排没烧着但已废弃的楼前，将方向盘前的换挡杆换到停车位置。

街道上笼罩着一片阴霾，眼睛都很难看到路灯顶部那么远。楼门口拉着警告隔离带，但警告带背后的门已被踢开。科里根将脚架到座位上，那双拖鞋偎在裤裆边。他点燃一根烟，一直抽完，将烟屁股扔到窗外。

"我好像有轻度 TTP 什么的，"他终于说，"我身上到处是这些伤痕了。这里有，这里也有。最糟糕的是腿。斑斑点点的。大约一年前开始的。起初我没觉得有什么，真的。有点发烧。有点头晕而已。

"然后，二月份的时候，我到了养老院，帮他们搬家具，从一楼搬到三楼。有些家具太大，电梯里放不下。楼里面热得像地狱。他们为照顾这些老人，把暖气开得很高。你无法想象里面多热，尤其是楼梯井，暖气管道都在那里。这地方简直是但丁装修的一样。很苦的差事。于是，我脱下衬衫。一直脱到背心。你知道我多少年没有脱到背心了吗？我跟几个小伙子一起上楼梯，上到一半，突然有人指着我，指着我的胳膊和肩膀，说我一定是跟什么人打架了。确实，我是打过架。因为我让女孩来用我的洗手间，那些皮条客一直来跟我过不去。我被打过几回。眼睛上头都缝过针。有一个家伙穿着牛仔靴，将我打得不轻。可是我也没怎么去想，直到上了三楼，看到了艾德丽塔在那儿指挥着。'这个放这儿。这个放那儿。'我们将那大办公桌推到一个角落里。而这些小伙子还在为难我，说我是这一片唯一跟人干架的白人。仿佛我是什么落伍者一样。仿佛我是什么大杰克·道尔[1]之类的人物，你知道。他们都在开玩笑：'来吧，科里根，我们比划比划，较量较量！'他们说像我这么能打的，应该送扎伊尔去才是。他们不知道我是修士。没有人知道。那时候还不知道。这时候，艾德丽塔走过来，用手在我的一处伤痕上猛按下

---

1 杰克·道尔（1913—1978），英国拳击手，后闯入娱乐界。

去，说：'你这是TTP（紫癜）。'我于是说了点关于DDT的笑话，她说，'不，我想可能是TTP（紫癜）。'原来，她在上夜校。她希望从医。在危地马拉的时候，她就在几个比较高档的医院当过护士。她一直想当医生，甚至上了大学之类的，但是战争爆发了，她陷了进去。丈夫没了。于是，跑这里当护士来了。她的资历这里不认。她有两个孩子。他们现在都有美国口音了。总之，她说了些什么血小板数偏低，血流入组织之类的话，说我得去看。她这话让我吃了一惊，哥哥。"

科里根将车窗摇下来，拿出一张薄纸，在上面撒了点烟叶，点了起来。

"所以，好吧，我就去看。她说得一点没错。我这毛病医生也懂得不多。这是特发性病例，你知道，他们也不知道是什么病因，但他们说很严重，会让人一病不起的。我是说，这病要是不去治，最后会死的。所以，晚上回了家，我就在黑暗中呼唤上帝，我说：'谢谢，上帝，又多了件要操心的事了。'但是，哥哥，上帝这一回在。他在。明明可见。他要是不在，反倒好一些。我可以假装我正在寻找他。但是，没有，他在，他这王八蛋。他跟我说了些司空见惯的话，什么生病了得去克服，得去面对，得用一种新的眼光看待世界，得像他那样看世界，像他跟你说话那样说话，还有什么身体与灵魂，独处的神圣，有烈怒但需有的放矢，应将其用对地方造福大众，诸如此类的话。面向应许，打开自己的心。但是，你看，这个逻辑的上帝，我不是那么喜欢。甚至他的声音，他这个声音，我都没办法，我也不知道怎么回事，没办法喜欢上。我可以理解，但我未必喜欢。他跟我没有默契。但这不是什么问题。很多时候，我并不喜欢他。跟上帝之间有摩擦是好事。很多好人经历过我这处境，甚至更糟糕。

"我估计人生病本来就不是什么新闻，死亡甚至更为古老。最要命的，是我每次试探他，结果都遇到巨大而空洞的回声。你看，我每次试图跟他对话，结果都有这种空洞感。我该付出的都付出了，哥哥。该发的誓也都发了，你知道，关于坚持信仰这些。我跟圣安教堂马立克神父谈过。很好的一位牧师。我们一起苦苦交谈。他跟我。一谈几个小时。也和上帝谈，一天无时无刻不跟他谈。但是过去，和他谈话，能激发我心里最深层的东西。在他面前，我痛哭流涕。不过，现在他总是用纯粹的逻辑来对付我。不过，我知道这会过去的。我知道我会克服过去的。我那时候甚至都没有想到艾德丽塔。她甚至没有出现在我脑海里。我是说我在失去上帝。想想看失去上帝会是什么结局吧！我理性的一面知道这是我自己的问题。我的意思是说，我只是自己跟自己说话呢。我在阻挡他。不过理性对待也解决不了这个问题。遇到一个理性的上帝，你说，好了，天父啊，这个目前对我不合适，我等以后时机合适的时候再来。

"你知道，当你还年轻的时候，神会提升你。让你待在那高处。真正的麻烦，是你待在那里，知道自己会怎么跌落下去。你无法坚持的那些日子。下跌的那些日子。真正的挑战是能够再次攀登上去。我现在找的就是这个。可是我上不去。我没有这个能力。

"总之，有个星期五下午，我在养老院。艾德丽塔坐在储藏室里，在忙着准备那些咳嗽药瓶子。我只是坐在下面台阶上，跟她聊着。她问我是不是在医院接受治疗，我不知不觉跟她撒谎了，完全是撒谎，说，是的，当然了，一切都很好，我一点不觉得这有什么问题。'那就好，'她说，'因为你真的需要照顾自己。'然后，她走过来，到我身边，拉过一把椅子，开始摩擦着我的臂弯。她说我得保持血液流动。她把手伸到我胳膊这里。这就像她把手插到地里一样。就是这个感觉。我浑身起鸡皮疙瘩，我的血液在她手指下涌动。我的另外一只手抓住了梯子一侧。我里面有一个声音在说，'坚强点，抗住这个，这是一个考验，你要准备好，准备好。'我知道，这是我不喜欢的那同一个声音。我透过表面去看，看到的只有这个女人，这是一场灾难，我在下沉，就像一个不会水的人在水里一样。我说，上帝啊，不要让这事发生啊。不要。她用指甲轻轻拍着我胳膊里面。我闭上眼睛。不要纵容啊。求求祢了！不过她的触摸是那么愉快。太让人愉快了。那一刻，我又想继续闭着眼睛，又想睁开偷看。哥哥，这个感觉语言无法形容。我无法忍受。我起身冲出了这个地方，跌跌撞撞上了车。

"我想我开了一夜。我只是不断在开着。沿着白线开着。我在高架桥上开晕了。不知道我是要去哪里。不久，城市的灯火渐渐黯淡下去。我想我在上州什么地方，不过这里是一个岛屿，伙计，是长岛。我以为我是在往西跑，穿过大片空地，我会在这里将思路理清楚，不过不是，我是在这开阔的高速公路上往东开。我只是在继续向前。开着开着。汽车从我边上疾驰而过。我得在那里自言自语，或是点火柴闻硫黄气味以保持清醒。中间我试图祈祷。想让二加二等于五似的奇迹发生。然后高速公路结束了，四周似乎是一片荒凉。我于是沿着一条较小的路接着开，穿过农田，经过一幢幢各自独立的屋子。屋子里面透出针尖一样小小的灯光来。这里是蒙托克。我以前从来没有去过。夜色深了，什么灯光也没有了。接着，路变成了单车道。伙计，就是这路，把人带到这个国家的边缘来了。这条小小的坑坑洼洼的路，在灯塔结束。我想：'这就对了，在这里我可以找到他。'

"我从车上下来，走上起伏的沙地，沿着海滩。在云彩之下，我一个人在走着，在向他呐喊着。连一点儿星光也没有。没有回应。本来指望起码有一弯月亮吧。总得有点什么。什么都行。甚至船都没有。仿佛一切都抛弃了我。我的臂弯里，仍能感觉到她的触摸。仿佛这触摸很深入，好像那里有什么东西在长一样。可我在外面，在这漫长无际的沙滩上，背后灯塔的光在转动着。我脑子里涌出了很多愚蠢的想法来。就像你说的那样。我搬走，放弃一切，离开修会，回爱尔兰去，寻找一种不同的贫困。但是，这些都是没意义的。伙计，我到了这个国家的尽头，可是我没有看到什么启示。

"过了一会儿，我平静下来，一言不发，坐在沙滩上跟自己说：'好吧，或许从长远来看，这一切是要把我塑造成对他更合用的人，我这么抵抗，这么斗争，也可以反过来，为我自己所用。这是个神迹。'我听命了。大难不死必有后福，等等等等。我有点发烧，但我离开了海滩，回到车上，自己冷静下来，告别了灯塔，水和东部，说一切都会好的，神圣的东西不会白来，然后我一路开回公寓，将车停好，倒在电梯里，把门关上。我真在电梯里睡着了。电梯开始移动的时候，我才醒过来，看到自己在盯着一个黑人妇女惊恐的脸。我的样子将她吓坏了。我把自己在家里锁了两天。疖子熟透自然好，你知道，诸如此类的东西。等着这一切尘埃落定。我将门链子扣上了。你能相信吗？我把门锁死了。你瞧，哥哥，先前我还为了锁跟你这么过不去呢。"

他笑了一笑，大道另一侧照过来的车大灯灯光从他脸上扫过。

"这些女孩子以为我已经死了。她们敲打着门，想要用里面的卫生间。我没有回答。我只是躺在那里，试图通过祈祷，找到一些温柔怜悯的迹象。不过，艾德丽塔不断出现在我的脑海里。闭上眼睛，睁开眼睛，都是一样。我在想着不该想的东西。她的脖子。她的脖子后面。她的锁骨。她半边脸照在一片光里。她在带我进去。我想向她吼叫，不，不，不，你只是纯粹的肉欲，我和上帝已经立约，矢志抵抗肉欲，你别来烦我，拜托离开吧。但她还是站在那里，善解人意地微笑着。我想再次向她耳语：请离开。但我知道这不单是肉体欲望，它比这欲望严重得多。我是想找到一个简单的答案，一个可以跟儿童去讲的那种，你知道的。我一直在想，我们过去都做过儿童，也许我们可以回去继续做儿童。这就是在我脑海里回响的一些话。返回过去，继续做个孩子。在那海滨蹦蹦跳跳。绕过那座塔。

沿着防波堤跑。我希望有那样的快乐。希望再次简单化。我努力祈祷，真的很努力地在祈祷，希望上帝除掉我的欲望，好让我回归良善，回归纯真。转了一圈又一圈。哥哥，当你在转圈的时候，这个世界很大，可是如果你勇往直前，这个世界就很小。我想沿着辐条降到圆心，那里没有这些转动。伙计，我没法解释。我感觉像是在盯着天花板，等着天空出现。砰砰砰的敲门声还在继续。然后是几个小时的沉默。

"有一次，我听到爵士琳的声音了，你知道，她的声音，就像她刚刚把整个布朗克斯吞下去了一样，她靠在锁眼那里，喊着：'好了！见鬼去吧，你个蠢蛋土老帽！'我也就这次笑了起来。可惜她不知道。'见鬼去吧，你个蠢蛋土老帽！我去别的地方撒尿好了！'

"接着，她们居然把警察请来了，将门砸开。大家一拥而入，亮出徽章，手上拿着枪。他们停下来盯着，看着我，躺在沙发上，脸上盖着《圣经》。一个警察在问，'伙计，怎么回事啊你这里？他妈的究竟是怎么回事？他没死。他气味是难闻，但人还没死。'我只是躺在那里，把《圣经》从脸上推开，用前臂挡住眼睛。爵士琳从他们后面冲进来说，'我憋不住了，我憋不住了。'然后是打着粉红色阳伞的蒂莉。接着，她们两个都走了出来，开始叫喊起来。'你怎么把大门这么锁着啊，科里？混蛋！你这也太黑了，这个惩罚也太怪了。伙计，你这太不靠谱了！'警察张着嘴站在那里。他们简直不能相信眼前发生的这些。一个警察在自己手指上绕着一团口香糖，一直在绕一直在绕，那样子就像是要掐死我。我敢肯定，他们以为自己白跑了一趟，不过是些打工妹要来上厕所。他们不高兴，很不高兴。他们想为我浪费他们的时间找个什么罪名，可是想不出什么名目来。我说他们或许可以以丧失信仰为我定罪，他们觉得我真是疯了。其中一人对我说，'你看你把这地方弄的，像一茅厕，伙计，过点人过的日子吧！'这是那年轻警察说的，对着我的脸说，说得简单直接:'伙计,过点人过的日子吧!'出门的时候,他还在花盆上方踢了一脚。

"蒂莉、朱丽、爵士琳等女孩子给我开了一个派对,庆祝我'大难不死'。她们甚至给我买了个蛋糕。一支蜡烛。我得吹灭。我本想将其当作一个异象。但没有什么异象。我回到养老院,那天晚上,我问艾德丽塔能不能帮我活络活络血液,我就是这么说的,'帮我活络活络血液,行不行?'她露出了爽朗的笑容来,说她手头正忙着,或许等一会儿再来帮我。我坐在那里,想到上帝,我浑身颤抖,我所有的悲伤,都藏在自己心里。果然,她不久之后回来了。这一切都很简单。我只是盯着她的乌发。没法看她的眼睛。她摸我的肩膀和背下方,甚至还有我的小腿肌肉。我一直希望有人进来,看到我们,吵闹一番,但是没有任何人进来。我吻她了。她吻了回来。我的意思是,这一刻,哪个男人愿意在别的地方呢?这正是我当时的感受。在那一刻。那一刻,我什么都不想,就想着此时此地,别的任何地方都不想。在地如同在天。那一个时刻。几天后,我开始去她家。"

"她有三个孩子,你说的。"

"两个。另外她还有丈夫,不过是在危地马拉死了。战死的。给个叫卡洛斯·阿拉纳·奥索里奥什么的人打仗,这名字我也说不准。是一个法西斯来着。她恨这个家伙,我是说她丈夫。她还小的时候就卷入了这门亲事,不过她还在书柜上放了他的照片。这是让孩子们知道他的存在,知道他们有个父亲。我们只是坐在那里,他看着我们。她不谈他。他的眼神很毒的样子。我就坐在她的厨房里。她在煮着什么东西,我将食物在盘子上挪来挪去,我们聊天,然后她给我揉肩膀。她的孩子在另外一间屋子里看卡通片。她知道我在修会里,也知道禁欲的规定,她全都知道。我都告诉她了。她说,如果我没有问题,她也不介意。她是我所认识的最可爱的人。我实在忍受不了了。我无法应付。我坐在那里，感觉心如刀绞。我回到家的时候，听到的不是我平时听到的那声音了。我捕捉不到旧日的那声音了。他走了。夜间，我不由自主地伸手出去，想捕捉到那声音，可是他不在了。我所有的，只有失眠和厌恶。这感觉你怎么说都行。你甚至可以说这是喜乐。里面有这些，我怎么祈祷呢？我该如何去尽我的本分呢？我甚至都不去评判自己的行为了。我评判我的内心。这内心是腐败的，因为它想要它自己的东西，但它又不是腐败的，因为它从来没有这么满足过，她也一样，从来没有这样满足过。我们就那么一起，坐在那里。我们很高兴。我一直在怀疑这样的高兴对不对。哥哥，我没有和她上床。至少还没有……我们是考虑过，是的，不过，我的意思……"

他的声音黯淡了下去。

"你知道我的誓言。你知道这些誓言的意思。我过去总觉得心里没有其他人，没有人，只有我自己，虔诚的自己。我觉得我孤独而刚强，我的誓言就是一切，我不会被人试探到的。我在脑海里左右掂量这些。如果这样会如何？如果那样会如何？也许这不光是丧失信仰的问题。我自己成了一个烂摊子。这些都和我过去的本性抵触，突然之间，我眼睁睁看着过去的一切在消失。还有，我跟她在撒谎，甚至包括我的治疗情况我也跟她撒谎。"

"这是什么病呢？这 TTP？"

"意思是我不治不行。"

"怎么治？"

"我得接受治疗。换血浆，诸如此类的。我会去治的。"

"痛吗？"

"疼痛没什么。疼痛是一种给予，而不是承受。"

他拿出一小叠卷烟纸，在一张纸的卷边上撒了点烟叶。

"她呢？艾德丽塔呢？你打算怎么办？"

他在卷着碎烟叶，眼睛看着窗外。

"她的孩子暑假不上学。他们跑来跑去。他们有大把的时间。过去我找借口，说去给他们补习功课。可是到了暑假，没有功课可补了。你猜怎么着？我还是去。事实上，我也找不到什么真正的借口，只有大实话一个，那就是我想见她。我们只是坐在那里，艾德丽塔和我。我要为自己想出其他借口了。哦，他们需要有人帮着清理公寓前的垃圾。她很需要把那烤面包机修好。她需要时间来看医学书籍。什么都行。唯一的例外是不能跟他们讲教义，因为他们是路德会的，伙计，路德会的信徒！来自危地马拉。伙计，你看我这运气！终于找到了一个来自中美洲但不是天主教徒的女子了。看这巧的！不过，她信上帝。她有一颗宽宏而善良的心。她真的是有。她跟我讲她成长的地方。我一有机会就去她家。我想去。我也需要去。这些天的下午我人不在家，就是去她家的。我想我也不想让大家知道。

"每次我在她家，坐在那里，总想着我不该来这里。我也在想，如果有朝一日我走出了这个乱局，会剩下什么来。然后，她的孩子们从外面进来，跳到沙发上看电视，把酸奶洒得垫子上到处都是。最小那个孩子，埃利安娜，才五岁，慢慢走进来，在地上拖着一个毯子，将我的手抓住，带我到客厅里。我用膝盖颠她，很漂亮的孩子，两个人都是。雅各布刚过七岁。我在想，过上平常的生活，需要多少勇气呢？看完《猫和老鼠》，或者《我爱露西》，或者《脱线家族》，或是其他这类充满讽刺意味的节目之后，我告诉自己，没有关系——这一切是真实的，我能对付，我只是坐在这里，也没有干什么坏事。可是，后来我又离开了，因为我受不了我自己这种背叛。"

"所以，你离开修会啊。"

他双手叉在一起。

"或者离开她。"

他的指关节处发白。

"一个都不能离开,"他说,"可是也不能兼得。"

他看着香烟点燃的那一头。

"你知道怪不怪吧?"他说,"星期天的时候,我还是有过去那种冲动,那残存的感情。这是我最感到内疚的时候。我一直在走,心里想着天父。一遍又一遍。为了减少一点内疚。你说这荒谬不荒谬?"我们后面有车慢慢接近过来,闪亮的车灯从我们后窗照过来。红蓝色的警灯亮了,但是没有警笛声。我们静静地等警察下车,但他们只是在扩音器里喊:"往前走,你们两个变态佬,往前走!"

科里根面露微笑,然后将车挡打到驾驶位置。

"你知道,我每个晚上都在做一个梦,梦见我的嘴唇沿着她的脊梁吻下来,就如一条小船顺流而下。"

他慢慢把车开到街上,此后就再没说话,直到靠近公寓的时候。那些妓女在那里。他没有走到她们中间,而是挥手让她们离开。他带我过了街,到了一个黄灯闪烁的角落。"我得喝个大醉才是。"他搂着我的肩膀,推开了一个小酒吧的门。

"过去十年,我都规规矩矩的,你看我现在这样子。"

他坐在吧台边,竖起两个手指,要两份啤酒。有些时刻我们总能回味起来,不论是在现在,还是永远。家庭就好比是水,它有记忆,它记得过去流淌之地,它总想回到开始的那条小溪。我仿佛又到了那双层床的下面,听他在念那些入睡的经文。我们童年的信箱打开了。打开门,面对的是那海浪。

"伙计,你问我是不是注射海洛因?"他笑了,但看着酒吧窗户外面高架公路的横梁。"比这糟糕多了,哥哥,糟糕多了。"

所有的钟表仿佛达成了一致似的,冰箱在嗡嗡响,外面响起了警报,声若横笛。言谈之间,他得着了自由。提到她的名字对他来说就够了:他已经焕然一新。

接下来几天,他们两人逮着机会就见面,大部分时候是在养老院。她为了跟他见面,特意换了班。但艾德丽塔也来公寓,敲门,打开一瓶酒,隔着桌子坐着。她右手上戴着戒指,心不在焉地将它转来转去。她身上有种优雅,有种坚强,二者相互交织。他们需要我在那儿。我想站起来都不成。"坐下,坐下。"我还是他们之间的一道安全屏障。他们还不打算完全放开。他们受到了礼节拘束,不过从他们的模样看来,两人好像也想放肆放肆,哪怕只是短短的一瞬。

她是那种越看越耐看的女子:乌黑的头发,在光中几乎是淡蓝色,她的脖子曲线优美,左眼处有个漂亮的美人痣。

夜渐渐深了。我想可能是我在旁边的缘故,他们也觉得自己在照应他人,两人一起在照应,就这样,两个人在一起,反显得像是体面的独处。

她对科里根慢声细语地说着话,仿佛想要他靠过来的样子。他看着她,那眼神让人感觉如在诀别。有时候,她只是坐在那里,头靠在他肩上。她眼光从我身边看过去。外面,布朗克斯燃起了大火。对他们来说,这就好像是阳光透过高架钢梁照过来一般。我将椅子从地板上拖了过去。

"坐下,坐下。"

艾德丽塔有野性的一面,科里根喜欢,不过不能笑着去面对。一天晚上,她穿着一件宽大的白色露肩女衫,下面穿橙色的热裤。那女衫倒还算得体,但裤子紧紧贴着大腿。我们喝了点廉价葡萄酒,艾德丽塔似乎酒兴上来了,将衬衫从前面揪起来,打了个结,露出了褐色的肚子。那肚子由于生过孩子,略显凸出,肚脐如一小小凹点。这贴身裤子让科里根颇觉难堪。"看看你,艾迪,"他面红耳赤地说。可是他没让她将那衬衫的结解开,而是煞有介事地拿出一件自己的衬衫,披在她衣服上面。好像这是一种温存的表示。他将他的衬衣从她肩上披下来,吻着她的脸颊。这是他那件旧的黑色无领衬衫,很长,盖住了她的大腿,几乎垂到她膝盖上。他将衣服从她肩膀上提了提,那样子,一半是在担心自己显得古板,一半是为眼下的情形,错愕而惊喜。

艾德丽塔在公寓里转着,还略略作出转呼啦圈的动作。

"我现在上天堂都没有什么遗憾了。"她说,将那衬衫往下拉得更低了。

"主啊,接她去吧。"科里根说。

他们都笑了,不过笑中有种别样的东西。科里根似乎是希望生活重现意义,似乎他在上帝眼前失宠了,现在只剩下过去的放肆和诱惑,他也不知道自己能否对付。他抬起头看,仿佛天花板上写了答案一般。如果她退出去,让他心愿难了,那会是什么结果呢?如果他被迫离开她,他会怎样去恨上帝呢?如果他矢志不渝地献身于主,他会怎样去厌恶自己呢?

他送她走回家,在黑暗中手牵着手。好几个小时后,他回到公寓,将衬衫挂在镜子边。"居然穿这橙色热裤,"他说,"你说是不是匪夷所思?"

我们坐下,弓着身子喝起酒来。

"你想过没有,有件事对你很合适呢。"科里根问,"去养老院工作。"

"养老院要保镖,是不是?"

他笑了,但我知道他要说什么。"来帮帮我,我还是那个不会水的游泳者。"他希望有个从过去而来的人在身边,以确认他的遭遇不是一个巨大的幻觉。他不能只是扮演观察的角色:他有话要传达。这话必须有意义,哪怕只是对我一个人。不过,我在皇后区找了个工作，在一个我先前尽量回避的三叶草酒吧[1]。低低的天花板。福米加硬塑面料的吧台边，放着八个凳子。满地板上都是木屑。给人倒苍白的生啤，自己放硬币进点唱机，省得老是听同样的曲子。我放的不是汤米·梅肯、克兰西兄弟、多诺万这些人的歌，我点了些汤姆·维茨的歌，把那些口味单一的顾客听得叫苦不迭。

我想我可能在酒吧写部戏吧，仿佛这事前无古人，是一项革命之举似的。我一边听着我的同胞们在聊天，一边记着笔记。这些人一个个孤寂无依。我感到惊奇的是，这些遥远的城市似乎有一种特别的设计，能让人准确地判断出你的故乡来。我们身上都带着我们离开的那个时代的印迹。有时候，由于人在他乡，这样的印迹愈发昭著。我的口音更浓了。我在使用不同的节奏。我假装我来自卡罗，大部分顾客来自凯瑞和利默里克。其中一个是个律师，高大，肥胖，沙色头发。他掏钱给大家买酒，对大家颐指气使。他们跟他碰杯，可是他去上厕所的时候，就称他是"追救护车的王八蛋"[2]。这个说法大家在家乡是不会说的。"追救护车的王八蛋"在家乡本来也就不多。不过在这里，他们一有机会就这么去说。律师离开的时候，他们还将这话放歌词里，热热闹闹地唱将起来。其中有首歌说的是追救护车的王八蛋，走在科尔克和凯瑞的山间。还有首歌说的是追救护车的王八蛋，走在法国绿色的原野。

夜越深，这里就越忙。我倒饮料，清空小费的罐子。

我还和科里根住一起。他在艾德丽塔家过了几夜，但是跟我半个字没说过。我想知道他是不是终于和女人睡了，可他只是摇摇头，不想说，也不能说。毕竟，他还在修会里，他的誓言仍然束缚着他。

八月初的有天晚上，我拖着疲惫的身子上了地铁，可出了地铁，

---

1 三叶草为爱尔兰国花。
2 美国律师有时候会跟在救护车后，联络伤者或死者家属，希望借此揽得诉讼生意，"追救护车的人"是对其蔑称。

在广场上没看到出租车。我不喜欢在这个时候步行回科里根住的地方。在布朗克斯，殴打和无端谋杀时有发生，持枪抢劫更是家常便饭。在这里，做个白人不是什么好事。我想我该自己去租个地方了，或许是格林尼治村，或许是曼哈顿东区。我手伸在裤腰带里，摸着从酒吧里挣来的一沓钱。我刚挪脚走的时候，广场另一侧有口哨声出来。蒂莉在拉她泳装上的带子。她被踢出了一辆车子，膝盖刮伤了。

"宝贝儿，"她跌跌撞撞向我走过来，举着手提包向我挥着。她的阳伞没了。她挽住我的臂弯。"带我来者送我归。"

我知道，这是鲁米[1]的诗句。我站在那儿，惊呆了。"有什么大不了的？"她耸了耸肩。她拖着我往前走。她说，她丈夫研究过波斯诗歌。

"丈夫？"

我停在街上，目瞪口呆地看着她。我十几岁的时候，曾经在一个载玻片上看过我的一小块皮肤，见那沟沟坎坎如波纹一样辐射开，觉得惊奇不已。

我过去的强烈厌恶，在这一刻，变成了一种敬畏，敬畏的是蒂莉的这种满不在乎。她晃动着她的乳房，说我可以伸手来抓一抓。她说那人是她的前夫。是的，他学过波斯诗歌。他妈的好像很不得了的样子。他还住过雪利荷兰大酒店套间呢，她说。我想她恐怕是吸高了。周围的世界仿佛缩小了，缩小到她涂着紫黑色眼影的眼睛那么大。我突然想吻她了。我心里涌出一种狂野而任性的美国式喜悦来。我向她侧过去，她笑了，把我推开。

一个皮条客长长的福特猎鹰车停到路边，蒂莉头也没回就说："伙计，他付过钱了。"

---

[1] 鲁米（1207—1273），13世纪波斯诗人。

我们继续手挽着手沿着街道走。在迪根大道下面，她将头靠在我胸前。"是不是付过了，亲爱的？"她说，"吃了人家的豆腐，是不是把钱付了？"她的手在我身上擦着，那感觉真的很好。我没有别的方式来表达，只能说这感觉真好。

"叫我小甜饼吧。"她带着一种散不掉的口音跟我说。

"你与爵士琳是不是亲戚？"

"那又怎么样？"

"你是她母亲，对不对？"

"闭嘴，给我付钱。"她说，摸了我的脸一下。不久后，我就只能带着一种惊奇，在追思脖子下面她那暖暖的口气了。

警察是在八月一个星期二的清早来突袭的。天还没亮。警察将巡逻车一溜停到靠近高速公路的街灯影子下。科里根很着急，可是那些女孩好像若无其事的样子。其中一两个人将自己的手提包丢掉，挥舞双手，跑向路口，可是那里有更多巡逻车开着门在等着。警察给女孩们戴上手铐，将她们推到围得像铁桶一般的黑色车子之间。这时候，我们才听到叫喊声。她们探出身体，找口红的，找太阳镜的，找高跟鞋的都有。"嘿，我把钥匙扣丢了。"爵士琳说。她的妈妈在帮她上车。蒂莉倒也平静，仿佛这一切天天在发生，就如太阳出山一样。和我目光相遇的时候，她冲我稍稍挤了下眼睛。

在大街上，警察在喝着咖啡，抽着香烟，耸着肩。他们对这些女孩直呼其名，或是叫其绰号：小狐狸。安吉。黛西。拉芙。甜饼。糖饼。他们跟这些女孩都很熟，这样的突袭就和这日子一样索然无味。女孩一定事先听到了风声，都把针头和其他吸毒用具丢到排水沟里了。过去就有过突击，不过像这回这样彻底扫荡的情形还没有过。

"我想知道她们发生了什么事，"科里根走到一个警察跟前问，

"她们是要去哪里?"他团团转,四处看。"你们为什么逮捕她们?"

"因为她们在看星星。"有个警察说,他还猛推了一下科里根的肩膀。

我还看了一条长长的粉红色围巾夹到巡逻车轮子里,仿佛亲昵一般,包着轮轴。那粉红色绒毛在空中盘旋。

科里根挨个在记警察的警号。一个高大的女警一把夺过他手中的笔记本,当着他的面慢慢撕碎。"得了,你这笨爱尔兰佬,她们用不了多久就回来,行了吧?"

"你带她们去哪里?"

"伙计,这关你什么事?"

"你带她们去哪里?哪个警署?"

"退一边去,去那里,马上过去!"

"有什么法律依据没有?"科里根问。

"你再不滚我会踢你的屁股,这就是法律依据。"

"我不过想问个答案。"

"答案是七,"女警居高临下地盯着科里根说,"答案一直是七,明白没有?"

"不,我不明白。"

"你这人怎么回事,是傻了还是痴了?"

一个警官趾高气扬地走过来,高声喊着:"哪位来处理一下这边这位好好先生。"有警察将科里根推到路边,并命令他在路沿站着,"如果你再说一句话,我将你也铐起来。"

我将他带到一旁。他脸色通红,拳头攥得紧紧的。太阳穴处的青筋在一跳一跳的。他的脖子上出现了一个新的斑点。"别着急,好不好,科里?我们接下来再慢慢理清楚。她们在局子里日子还好过些。你也不希望她们天天在这里出没吧?"

"问题的关键不是这个。"

"哎，老天，你得了吧，"我说，"你就相信我吧。我们回头会找到她们的。"

巡逻车从路沿弹跳一般开了下来，除了一辆之外，其他警车都跟在后面。一些路人三个一群五个一伙在围观。有的孩子在空地上开始骑着自行车转圈，仿佛是找到了一个全新的操场。科里根去排水沟里捡一只钥匙扣。这是一个玻璃做的廉价钥匙扣，中间是个孩子。翻过去，是另一个孩子的照片。

"这就是原因，"科里根把钥匙扣递过来说，"他们是爵士琳的孩子。"

"**带我来者送我归**。"蒂莉为了我们的小小幽会收了我十五美元，拍了拍我的背，然后说我是爱尔兰的出色代表，话里颇具讽刺意味。"叫我甜饼吧。"她挥动着十元的钞票，说她还懂点纪伯伦，如果我想引述一二，她乐意效劳。"下次吧。"我说。她在手提包里翻了翻。"你想不想吸点？"她给我扣扣子的时候问我。她说她可以从安吉那里弄些过来。"这不符合我的风格。"我说。她咯咯地笑起来，并向我靠过来。"你的风格？"她问。她把手放在我的臀部，又笑了起来。"你的风格！"那一刻，我怀疑她偷了我的钱，不由感觉恶心，不过她并没有偷。她只是将我的裤袋系紧，拍了拍我的屁股。

我很高兴我没有上她的女儿。我几乎觉得自己很崇高，就好像没有受过诱惑一般。

蒂莉的气味几天都没散。现在她被逮捕了，那气味又回来了。

"她都当外婆了？"

"我跟你说过的。"科里根说。他冲向最后留下的警车，挥舞着爵士琳的钥匙扣。"这个你们怎么处理呢？"他叫道，"你会找人专门照顾她的孩子吗？难道你们就是这个打算吗？谁去照顾她的孩子？还是把他们丢大街上呢？你一逮捕就是母女俩啊！"

"先生，"警察说，"你再说一个字——"

我用劲拽着科里根的胳膊肘，把他拖回公寓楼。那一刻，没有了外面的妓女，这些楼房模样狰狞：整个地段都感觉天旋地转了一般，过去的那些图腾一个都没有了。

电梯又坏了。科里根喘着粗气上了楼梯。进屋后，他开始给他认识的各社会团体打电话，还在找律师，找人给爵士琳带孩子。"我都不知道她们去了什么地方，"他在电话里尖叫，"他们不愿告诉我。上一次拘留所爆满，她们被发送到了曼哈顿。"

接着又是一个电话。他转身离开我，手窝着挡住听筒。

"艾德丽塔吗？"他问。

他在低声说话的时候，手里的电话抓得更紧了。前几个下午，他是和她在一起，去她家的。每次回家的时候，他都是一样，在屋子里转，揪着衬衫的扣子，自言自语，试图读《圣经》，试图找点什么给自己开脱，或许是找个词语，结果却更受折磨，这样的苦痛让他一再濒临崩溃。这些，还有他的快乐一起，形成了一种能量。我都知道该告诉他什么了。承认这局面的绝望吧。找新的传教点。忘记她。继续前进。在街上和妓女一起，起码还不要考虑这些爱与失恋问题。和她们在一起，不过是各取所需，别无其他。不过，和跟艾德丽塔在一起不同——她不是为着贪婪，为着高潮的。"这是我的身体，为你们舍的。"[1]

后来，中午左右，我发现科里根在卫生间镜子前刮胡子。他去了布朗克斯郡法院，那里的妓女大部分已经以拘留抵刑期，获得了释放。蒂莉和爵士琳有旧案在身，两人曾一起抢劫行骗，所以曼哈顿还有她们的逮捕令，她们将转入市中心拘留。科里根穿上模样清爽的黑上衣黑裤子，又到镜子前照了照，用水将翘起的长发顺了下去。"好了，好了。"他说。他拿出一把小剪刀，将头发修剪了约四

---

[1] 出自《圣经·哥林多前书》11:24:"〔耶稣〕祝谢了，就掰开，说，这是我的身体，为你们舍的。你们应当如此行，为的是记念我。"(译文来自中文和合本《圣经》，下同。)

英寸，又干净利索地剪了三刀下去，将额前头发剪了。

"我要去帮她们。"他说。

"去哪里？"

"去司法的神圣殿堂啊。"

他看上去衰老了好多，也疲倦了好多。理发之后，那块秃斑更明显了。

"她们把这地方叫做'坟墓'。她们会在中央大街被提审。听着，我要你去养老院换我的班。我跟艾德丽塔说过。她已经知道发生什么事了。"

"我去？我哪里知道怎么对付他们？"

"我也不知道，带他们去海滩什么的好了。"

"我在皇后区上班啊。"

"哥哥，你就看在我面上帮一把，行不行？回头我再跟你说。"他在门口转过身来，"再帮我照应一下艾德丽塔，好吗？"

"当然可以。"

"答应我。"

"好的，我答应你，你去吧。"

我听到外面有小孩子跟着科里根下楼，一路走一路笑。公寓完全陷入沉默时，我才想起他将褐色面包车开走了。

在亨茨波，我用最后的一点小费，租了辆面包车。"带空调的，"租车的小职员露出了白痴状的一笑，那样子就像是在给人教科学似的。他的名牌贴在心口上方。"别用得太猛了，还崭新的呢。"

这一天，夏日似乎归巢就范了一般，不太热，多云，宁静的太阳高悬天空。在收音机里，有个DJ在播放马文·盖伊的歌曲。我绕着一辆低车身的凯迪拉克小心翼翼开了出去，上了高速公路。

艾德丽塔在养老院的坡道边上等着。她将两个孩子也带来上班了——两个小黑美人。小的那个扯着自己妈妈的护士服，艾德丽塔蹲到和孩子相仿的高度，吻了吻孩子的眼睛。艾德丽塔的头发用彩色的长头巾挽在后面。她的脸色熠熠生辉。

这个时候，科里根对她的感觉我全明白过来了：她有一种内秀，在那刚强的外表之下，那内里的美还是抑制不住地透出来。

我说去海滩的时候，她面露微笑。她说这个想法倒是雄心壮志，不过实现不了，因为没有保险，且不合规定。她的孩子们在她身边尖叫着，抓着她的衣服，抓着她的手腕。"停住，儿子[1]。"她跟她儿子厉声说了句。接着，我们照例将轮椅搬上车，让孩子们挤到椅子之间。公园栏杆间夹了不少垃圾。我们将车停到一处楼房投下的阴影里。"啊，管他呢。"艾德丽塔说。她挪到驾驶座上。我从车后绕过去。艾尔比望着我，笑着用对口型方式说出一个字来。说的是什么不需要问了。艾德丽塔按了按喇叭，将车子开进稀稀拉拉的夏日车流中。车上了高速公路的时候，孩子们欢呼了起来。从远处看，曼哈顿就如同玩具盒子搭起来的。

在长岛的时候，我们遇到了堵车。车子后面传来歌声。老人们在教孩子一些零零碎碎他们自己也唱不齐的歌。"雨滴不住打在我头上。""圣徒进军时。""千不该万不该不该把奶奶推下车子来。"

到了海滩，艾德丽塔的孩子们冲向水边。我们则把轮椅排在车子的阴影里。随着太阳西移，车影子越来越小。艾尔比将衬衣背带放了下来，解开了衬衫的纽扣。他的手臂和脖子一片黝黑，衬衫下方的皮肤则白得几近透明。看他就好像是在看两种不同颜色的雕塑，好像他这身体是设计出来下棋用的。"你弟弟喜欢那些妓女，是不是？"他问，"你要是叫我说呢，她们不过是一群骗术大师。"他没再说什么，只是凝视着海面。

希拉闭着眼睛坐着，微笑着，她的草帽倾斜下来，挡住了她的

---

[1] 原文为西班牙语。

眼睛。一个我叫不出名字的意大利老头，衣冠楚楚，裤子熨得笔直，将帽子反扣在膝盖上又给弄平，反复多次，叹着气。我们把鞋子脱了。脚踝暴露了。波浪拍打着海岸，时光不知不觉溜走，沙子从指间滑下。

收音机，海滩伞，咸咸的空气。

艾德丽塔的两个孩子正在低低的海浪中开心地踢着。艾德丽塔也走到水边。她就像一阵风，走到哪里就吸引哪里的目光，走到哪里，男人的眼睛就跟到哪里，盯着那穿着护士服的修长、曲线分明的身体。她坐在我身边的沙滩上，膝盖压着乳房。挪动的时候，她裙子掀起来了一点，能看出她踝关节的文身边，有处红肿。

"谢谢你去租车。"

"不客气。"

"你这么做真是有心。"

"没什么大不了的。"

"是不是你们家人都这样？"

"科里根会补偿我的。"我说。

我们之间有一架桥梁，这桥梁几乎全部是弟弟组成的。艾德丽塔的眼睛周围涂了眼影。她看着水里，仿佛科里根在跟孩子一起戏水，而不是在某个阴暗的法庭上，绝望地为一个个案件做申辩。

"他会去那里几天的，想办法把这些人弄出来，"她说，"这情况过去发生过。有时候，我想她们吃点亏长点记性更好。还有人没犯这么多事就被抓的呢。"

我心里对她生出一种暖意，不过我想试探试探，看她为了他究竟能做多少。

"不过他也没地方去的，会不会？"我问她，"晚上，他也没地方去上班。"

"这个说不准。"

"他只得去找你，对不对？"

"也许是吧，"她的脸上突然掠过一阵愤怒的阴影，"你问我这个做什么？"

"我随便说说。"

"我不知道你在说什么。"她说。

"不要跟他串一起就行了。"

"我没有跟他串一起！"她说，"我有这个必要吗？就像你说的，跟他串一起？为什么呀？他跟我说这个！[1]"

她的口音更浓了：她的西班牙语中有种特别的味道。她让沙从手指之间滑下，眼睛盯着我，仿佛是第一次见我似的。不过，沉默一番后，她平静了下来，最后说："我真的不知道该怎么办。上帝很残酷，是不是？"

"科里根的上帝比较残酷，这是肯定的。你的上帝怎样我就不知道了。"

"我的上帝就挨在他的上帝旁边。"

孩子们在海浪中扔起了飞碟。他们跳起来抢飞碟，而后落到水里，溅起大大水花。

"你知道，我挺怕的，"她说，"我太喜欢他了。太喜欢了。他也不知道他该怎么做，你明白吗？我不想阻挡他。"

"如果我是他的话，我知道该怎么做。"

"可是你毕竟不是他啊，对不对？"她说。

她的脸转过去了，对孩子吹了一声口哨，孩子们跟跟跄跄从沙地上走过来。他们褐色皮肤，身子丰满壮实。艾德丽塔将艾利安娜拉到身边，轻轻吹掉她耳朵上的沙子。不知何故，我能从她们两人身上看出科里根来，仿佛他附体到了她们身上一样。雅各布也爬到

---

[1] 原文为西班牙语。

她膝上。艾德丽塔用牙轻轻咬着他的耳朵,他高兴地叫着。

她安全地用孩子包围了自己,我在想她和科里根一起是不是也这样,将他拖近,然后又将自己护卫起来呢?取之过度,复杂过头。突然间,我恨起她来,恨她把我弟弟的生活弄得这么复杂,这时候我又对那些妓女有了一种奇特的好感,尽管是因为她们的缘故,弟弟跑了出去,进了局子,和些人渣混到一起,被关到某个可怕的牢房里,挡在铁窗后,吃发霉的面包,用肮脏的厕所。或许他甚至和她们关一个牢房呢。或许他正是想和她们在一起,而跑去自投罗网的呢。真要是这样,我也丝毫不觉得吃惊。

他这人处在一种古拙的状态。我现在明白弟弟是怎么回事了:他是门下的一道光,可是这门却对他关闭着。他只能散发出零零碎碎的自我,最终会被他所穿越的东西阻挡。或许这完全都是他的错误。或许他对世事的复杂等闲视之:他为了找理由存在下去,刻意给自己制造了这些复杂。

我那时候便知道,艾德丽塔和科里根,还有这些孩子之间,不会有什么好结局。总会有人被拆散。可是,他们为什么不相爱呢,哪怕只是一小阵子?为什么科里根愿意过一种伤痛的生活,一种时有失意的生活?他为什么就不能暂时逃离他的上帝呢?这简直是百般的折磨啊:为这个世界操心,不得不应对各样的复杂,而他真正期望的,不过是普普通通的日子,简简单单的人生。

不过,世界上也没有什么简单的东西,刻意简化也完全行不通。贫困,禁欲,服从。他一辈子服从这些。这一切对他不利的时候,他毫无防备。

艾德丽塔从女儿头发上取下一条松紧带,这个时候我在看着她。她拍了拍女儿的屁股,让她去沙滩上玩。海浪在远方拍打着。

"你丈夫是干什么的?"我问。

"当了兵。"

"你想他吗?"

她瞪着我。

"时间不会治愈一切,"她说,眼睛沿着海滩远眺着,"不过时间会治愈很多东西。我活在当下。这里就是我的家。我是不会回去的。如果你问的是这个意思的话,我是不愿意回去的。"

这个表情,让我想起她好像有什么不愿意放手的神秘。他现在属于她了。她已经作出了宣判。确实也没有回头路可走了。我记得科里根还小的时候,一切都是那么单纯而可靠。他走在都柏林的海滨,看着一个粗糙的贝壳,一架低飞的飞机,一个教会的屋檐,都会啧啧称奇。那时候他的零星思考,也有迹可寻,都可以写在香烟盒里侧的纸上。

我们的母亲讲故事之前,总喜欢给我们卖个关子:"很久很久以前,事实上我那时候还不在,如果我那时候在,那么现在就不在了,不过总而言之,我还要跟你们讲,很久很久以前……"然后,她开始讲她编的故事,听着这些故事,我和弟弟就跟着远走他乡。我们早晨醒来的时候,就在想我们昨天晚上的梦有哪些重复的地方,还是我们两人是一人,或是我们在某个奇怪的世界里,梦境相互重合,我们两人的身份调换了过来。听说科里根撞上了防护栏杆后,我就轻而易举地进入了这种身份置换状态:告诉我,弟弟,该如何生活吧。

我们都听过这类说法:茶杯落地时,情书来了。最后的一声呼吸中,吉他激昂地响起。我并不归咎上帝,也不归咎于情感。也许这只是偶然。或许偶然只是我们证明自我价值的一种方式。

然而,摆在眼前的事实是,它已经发生了,无从挽回:在"坟墓"和下曼哈顿的法庭里忙了一整天后,科里根开着车,沿着罗斯福公路走,爵士琳坐在乘客座上,穿着那黄色高跟鞋和霓虹灯色的泳装，项链紧挂在脖子上；蒂莉因抢劫被羁押，认罪服刑；我弟弟则开着车，带爵士琳回家找孩子，这些孩子毕竟不只是一枚钥匙扣，不是钥匙扣那样在空中甩动；他们沿着东河开得很快，两边都是高楼大厦和阴影。突然，科里根要换车道，或许他打了转向灯，或许没有打，或许是他头晕、疲倦、精神不佳，或许他吃了药视线不佳，或许他踩刹车了，或许换道时离其他车子太近了，或许他正在轻轻地哼着什么小曲，谁知道呢，不过据说他是被后面的一辆车追尾了，追尾的是一辆豪华汽车，一辆古董车，金色，没有人看到司机，车子自己在外头招摇，把弟弟的面包车撞着，只不过是轻轻地碰了一下，却让科里根的车子转了起来，转过所有三条车道，就像一褐色的庞然大物在跳舞，那短短的一瞬，它姿势优美；我现在能想到科里根当时一定紧握方向盘，十分惊恐，眼睛睁大着，眼神柔弱；边上的爵士琳尖叫起来，身体收紧，脖子收紧，在那短短的一瞬，她短暂而邪恶的一生，在她眼前一闪而过；面包车滑出干燥的车道，砸中一辆小车，又撞了辆送报卡车，然后砸到防护栏上，没系安全带的爵士琳头冲前，从挡风玻璃里甩了出来，直接上了天堂；科里根则被方向盘砸中胸部，胸骨砸断，头又砸在已经如蜘蛛网一般的玻璃上，鲜血直流，接着又被猛地甩回，砸到车靠背上，由于力度过大，座位的金属钢梁都给砸断了，车子还在路两边之间转来转去；爵士琳衣不蔽体的尸体，在空中划了一道弧线，以五六十英里的时速，砸到防护栏边，成了一个模样难辨的肉堆，一只脚还弓在空中，像是在向上迈步，或是在准备向上迈步一般；后来大家发现，她留在面包车上的唯一物件便是一只黄色高跟鞋，还有从手套箱里掉下来的《圣经》，斜放着，压在高跟鞋上，《圣经》上鞋子上都是碎玻璃；科里根还在呼吸，身子被向两边甩来甩去，最后七扭八歪地嵌到暗井一般的脚踏处，同时压住油门和刹车脚踏板，引擎在继续轰鸣着，仿佛是想同时间加速和刹车。

他们一开始以为他死定了,大家将他和爵士琳一起,用同一辆灵车带走。他咳嗽吐血的声音,惊动了一个医务人员。他被送到东区的一家医院。

当时,我们在城市的另外一处正开车回来,谁知道是在什么地方呢,是在上高速的坡道?在交通拥堵中?还是在收费站——可是在哪里又有什么关系呢?弟弟嘴边有个小血泡。我们开着车,在静静地唱着,孩子们在后排睡着了。艾尔比已经解决了一个棋局的难题。他说是和棋。弟弟被搬到救护车上。我们做什么也救不了他。什么样的话语也无法将他唤回来了。这个夏天,警车救护车的声音整个就没停过。现在又有了他的救护车声。救护车的灯在转着。他们把他转到了大都会医院急诊室。推着他飞速跑过浅绿色走廊。身后是血迹。推车轮子后有两道窄窄的血印。一片混乱。我把艾德丽塔和孩子丢在她们装了封檐板的小屋子前。她转过身,扭头看我,挥了挥手。她微笑着。她是他的。她对他会很合适。她还不错。有她在一起,他会找到他的上帝。弟弟被推到了伤员鉴别室。到处都是喊叫和低语声。他的脸上放上了一个氧气面罩。胸部剖开了。肺功能衰竭。一寸宽的管子插了进去,让他保持呼吸。护士拿着手动血压计。我坐在车方向盘后,看着艾德丽塔屋子里的灯点亮。厚帘子还没有拉起来前,我能通过薄帘子看到她的身影。我发动了引擎。他们将他肢体吊着固定起来。他的床边有一台呼吸机。地上到处是血,走上去很滑,实习生只得把鞋底擦干。

我还浑然不知,兀自开着车子。布朗克斯的街道坑坑注注。街上有人纵火,橙色的火光冲天,灰色的烟雾迷茫。有孩子在街角跳舞。他们的身体动荡不息。他们仿佛在自己身上发现了什么新大陆,拼命在摇晃着,就如是一种信仰的需要。照 X 光的时候,房间清理了出来。我把车开到了桥下——我就是在这里度过了夏天的大部分时光。那天晚上,只有三三两两几个没被抓的妓女在出没。钢梁下有燕子飞出来，状若剪刀。在空中撒种。它们不是在向我喊叫。我的弟弟在大都会医院里，还有呼吸。我本该去皇后区上班，可是我却过了马路。我不知道正在发生着什么事情。他肺部充了血在肿胀。走向小酒吧。点唱机在大声放着音乐。四天王组合的歌。静脉线。玛莎和万德拉。氧气面罩。吉米·亨德里克斯。医生没有戴上手套。他们把他的状态稳定了下来。给他注射了吗啡。直接打到了肌肉里。不知道他臂弯里的伤痕是怎么回事。一开始以为他是一个瘾君子。大家说他是和一个妓女的尸体一起运来的。他们在他的口袋里找到了一枚宗教像章。我离开了酒吧，带着醉意，穿过了深夜的大道。

一个女人叫我。不是蒂莉。我没有转身。黑暗。在院子里，几个孩子很开心，没拿球但是在作打篮球状。每个人都在忙着做大手术准备。心脏监测器上唯一的灯光在闪着。护士的身子向他侧过去。他在小声说着什么。有什么遗言吗？让这个世界黑下来。释放我。给我爱，主啊，可是现在还早了点。他们拿掉了他的面罩。我到了公寓的五楼。爬楼梯把我给累坏了。科里根躺在病房里，在自己祈祷的狭小空间里。我靠在公寓门上。有人曾尝试撬开电话上金色的锁。地上乱乱地散了些书。没有什么东西可拿走的。或许他一会儿昏迷，一会儿苏醒。一会儿昏迷，一会儿苏醒。测试会验出他失去了多少血。进进出出。进进出出。凌晨两点的时候，有人敲门了。不是很多人在敲。我喊她们进来。她慢慢推开门。弟弟的心脏监测器走得很慢。进来出去。她手里拿了一支口红。这我记得。这女孩我不认识。爵士琳出车祸了，她说。或许她的朋友也出车祸了。不是妓女。她的语气几乎都有点随便，甚至像是在耸肩。她的口红在嘴上涂着。一道鲜艳的红色口子。弟弟的心脏监测器在闪着。关于水的那句说法，回不到原来的地方了。我夺门而出。路过一片涂鸦。城市现在四处都是这漩涡、螺旋状物。人身上散发出来的废气。

我在艾德丽塔家停下了。啊，耶稣啊，她说。她眼神里满是惊恐。她抓了件外套披在睡衣上。我把孩子带上。她让我抱住孩子，她给他们的衣服裹好。出租车风驰电掣，闪着应急灯。在医院，孩子们在候诊室里等着。用蜡笔画着。在报纸上画着。我们跑去找科里根。哦，她说。哦，哦，上帝啊。四处的门在打开。再次关闭。荧光灯在我们头上亮着。科里根躺在一个修士隐修般的小小病房里。医生将我们拒之门外。我是护士，艾德丽塔说。拜托，拜托，让我见见他，我一定要见他。医生转过身，耸耸肩。哦，上帝。哦。我们拉过来两把非常简单的木头椅子到他床前。教教我，告诉我可能成为什么样子的人。告诉我我能做成什么样的事。教教我。

　　医生进来了，胸前拿着一个文件夹，静静地跟我们说起了科里根的内部损伤。全是关于创伤的陌生语言。心电图发出了哔哔声。艾德丽塔俯下身来看他。在打过吗啡的昏迷之中，他嘴里含糊地说了什么。他看到了很美的东西，他小声说。她吻他的眉。她的手搭在他的手腕上。心脏监测器在闪烁。他说什么了？我问她。外面的走廊上，有推车轮子的卡啦卡啦声。惨叫声。哭泣声。实习生的笑声。科里根又低声跟她说了什么，嘴边还是冒着血泡。我碰了碰她的前臂。他说了什么？废话，她说，他是在说些废话。他出了幻觉。她的耳朵几乎贴到他的嘴了。他要不要请神父来？他是不是要这个？她转向我。他说，他看到了美好的东西。他是不是要请神父？我喊道。科里根的头又略略抬了抬。艾德丽塔又俯下身子。她沉静如女王，只是在低低啜泣。哦，她说，他的额头很冷。她的额头很冷。

米罗米罗墙上挂[1]

公园大道的声音从外面传来。安静。有序。节制。不过,她心里还是烦躁不安。过不了多久,她就要去招待这些女子了。一想着这个,她心里就七上八下。她伸手抱着臂弯,双臂交叉。风掀动了窗前薄薄的窗帘。阿朗松式编织[2]。手工制作,梭织,有丝绸辅料。从来就没有喜欢过法式编织。她宁愿选择普通面料,轻纱。花边是很久以前所罗门出的主意。婚姻的玩意儿。好东西是婚姻的好黏合剂。早晨,他用三个把柄的盘子,给她送来早餐。羊角面包,上面涂有薄薄一层釉糖。甘菊茶。边上有小片柠檬。他甚至和衣躺在床上,摸她的头发。离开前亲吻她。所罗门,睿智的所罗门,手里拿着公文包,去市中心了。他的步子略显踟蹰。他那擦得锃亮的皮鞋,踩在大理石地板上咔哒有声。道别的声音如一低低的咆哮。不是他有什么恶意,只是喉咙嘶哑而已。有时候,她会吃惊:这就是我丈夫!他去了。过去三十一年,他日复一日就这样离开。然后,中间间隔着一阵沉默。渐渐远去的声音,锁咔一声扣上,电梯操作工在打招呼:早上好,索德伯格先生。门吱吱扭扭关上,机器声当啷当啷,电梯滑下,轻若低语,下到大堂,线缆上升,声若回旋曲。

她拉开窗帘再一次向窗外看,所罗门上了出租车,她只看到上车时他那身灰西装的下摆。小小的秃头低了一下。黄色的车门猛地关上。汇入车流,离开了。

他甚至不知道那些来客,她会找个时间告诉他的,不过现在还不行,可别有什么伤害。也许今天晚上。晚饭时候。点上蜡烛倒

---

[1] 画家米罗名字与"镜子"(Mirror)谐音,英文童话里常有"墙上魔镜告诉我"一说。
[2] 起源于法国阿朗松的一种编织法,有"编织之王"一称。

上葡萄酒。你猜怎么着,所尔[1]。他坐到椅子上,叉拿好。你猜怎么着?他会发出一声轻微的叹息。**告诉我好了,克莱尔,亲爱的,我都累了一整天了。**

她灵巧地脱掉睡衣。身体映在长镜子里。有点苍白,有点皱纹,不过她可以伸一伸腰,让身子平滑些。她打了个哈欠,双手举在空中。她身材高大,还很瘦,乌黑的头发,太阳穴处有一道獾毛般的灰色。五十二岁了。她用一块湿布抹了抹头发,然后用木梳子梳了梳。头向一边扭过,用掌心顺了顺头发。发梢处有些纠结。该修一修了。她将梳子夹住的一缕缕头发扯下来,扔到脚踩式翻盖垃圾桶里。听人说,人死后,头发还会接着长。头发有自己的生命。垃圾桶里,其他的垃圾当中,还有卫生纸,唇膏,牙膏帽,过敏药,眼线,心脏药,青春,剪下的指甲,牙线,阿司匹林,悲痛。

可是,为什么那些灰白头发却总不掉呢?她二十多岁的时候,每当看到有獾色灰白头发出来,她就给染上色,藏起来,掐掉。而今,这灰色便是她的一个象征,两边太阳穴处,那一抹优雅的灰白。

我头发上的一条路。莫要在上面超车。

有事要做。快点快点。厕所。牙刷快快刷了刷。淡淡上层妆。抹点红。描描眼线,轻轻涂点口红。从来不在化妆上下工夫。在梳妆台前,她顿了下。胸罩和内裤是简单的米色。她最喜欢的连衣裙。湖绿色和绿色丝网料子,贝壳图案。上窄下宽。无袖。裙边刚刚到膝盖上方。缝隙处打了结。后面拉拉链。样子既时尚,又显得女权主义。不太花哨,不太显摆,不过现代,得体,好看。

她将下摆提高了一点。伸出脚。她的腿很光洁,所罗门多年前说。她有次告诉他,他做爱就像一个绞架上的人,硬邦邦,死翘翘。这笑话是她在理查德·普赖尔音乐会上听来的。她用朋友的记者证,

---

[1] 所罗门的昵称。

偷偷溜进去的。仅此一次而已。发现这音乐会既不太有伤风化,也不沉闷。但是所罗门的嘴撅了一个星期,三天是为这个笑话,四天是因为她去音乐会。全是什么妇女解放闹的,他说。烧掉文胸,疯掉好了。这个矮小而可爱的人啊。

酷爱上好的葡萄酒和马提尼酒。头上还剩最后一片头发,状若半岛。夏季需要防晒霜。秃顶上有斑点。眼角眉梢都还是那娃娃脸模样。他们在耶鲁刚见面的时候,他的头发浓密,金黄色,厚厚的,盖在他眼睛的上方。在哈特福德当初级律师时,他居然跟华莱士·史蒂文斯[1]一起,两人都穿着无袖衬衫,走在狭窄的道路上。"既无飞鸟/也无矮树丛/何似田纳西/如此的不同。"[2] 回到家,回到她身边,他们便在四柱床上做爱。他们躺在床单上,他努力想在她耳边朗诵诗歌。可是往往张口忘词。不过,这样的时间依旧性感,他的嘴唇贴着她的耳朵,她的颈部,一直到她的锁骨,他身上热情似火。有天晚上,他们床上酣战时,床都塌了。现在两人做爱不那么频繁了,可也还不少,她还是伸手过去抓他的头发后面。可惜已经不是那么茂盛了。果实已谢,枝末空空。在法庭上,那些暴徒一开始都很安静,判刑后则大吵大闹,可是那法槌会落下来,他们在尖叫,在呐喊,在挣扎,在狠狠地咒骂他。她不再跟着他去市中心,到那镶木的黑暗法庭里去观察了,何苦自寻折磨呢?**嘿,科亚克!谁爱你啊,宝贝?** 在厢房里有张她的照片,在沙滩边,和约书亚一起,相片上约书亚还是个男孩,两个人靠在一起,母子两个人,头挨着头,背后是沙丘,无边无际,芳草连天。

她觉得胸腔里如有低语声,有气在鼓起来。约书亚。这名字与小伙子的一身戎装似乎并不相配。

如有幻影手抓着她的项链。这样的事情有时候会发生。有血向

---

[1] 华莱士·史蒂文斯(1879—1955),美国现代派诗人,律师。
[2] 斯蒂文森的诗句。

她喉咙涌来。有东西仿佛在抓着她的气管。仿佛有人在挤她，一时间让她不得动弹。她转身面对镜子，侧身看，然后正面看，再侧面看。紫晶？手镯？约书亚九岁那年送给她的小小皮革项链？他在牛皮包装纸上还画了条红色丝带。蜡笔画的。给你，妈咪。他说，然后跑开，藏了起来。这条项链她戴了多年，主要是在家里的时候。断过两回，她缝了两回。不过现在不行，今天不行。她把小项链放抽屉里收好。太过了。戴项链毕竟太讲究了点。她犹豫地照了照镜子。石油危机，人质危机，项链危机。我宁肯去埋头解算法题。这是她的专长。上大学的时候。数学系仅有的三女生之一。她走在走廊的时候，常被误作秘书。只好低头往前走。穿两只鞋的女子。对地板了如指掌。熟悉那错综复杂的地砖造型。知道护壁板哪些地方破裂。

在诸如旧首饰之类的东西里，我们能找到过去的生活。

那么，耳环呢？耳环。一对小小的贝壳式耳环，是两年前一个夏天在迷思蒂克珠宝店买的。她将那小小的银色耳环钩，滑入耳环孔里。转向镜子。看到脖子上的皱纹，觉得古怪。不是我的。不是这脖子。五十二年前，同样是这皮肤。她伸伸下巴，她的皮肤收紧了。虚荣是虚荣，不过是好看了点。耳环衬着她的裙子。贝壳衬着贝壳。她卖贝壳。在海边[1]。她把耳环丢进首饰盒里，在里面随意翻找着。向梳妆台上的钟看了一眼。

快点快点。

快到时间了。

过去八个月，她去了四户人家。都很简单，干净，平凡，可爱。斯塔滕岛，布朗克斯，下东区。都没有太讲究。只不过是些母亲的聚会。仅此而已。不过，她后来告诉她们她的地址时，大家都惊得

---

1 英语中有一关于贝壳的绕口令：She sells seashells on the seashore. 意为：她在海边卖贝壳。

张大了嘴。起先,她成功地回避了这个话题,但随后,她们来到格洛丽亚在布朗克斯的公寓。一排廉价公寓。她从来没有见过这样的景象。门口有烧焦的痕迹。大厅有硼酸的气味。电梯里有针头。她很害怕。她上到十一层。看到一铁门,上面上了五把锁。当她轻轻敲门时,门随着铰链振动着。不过,公寓里面则纤尘不染。天花板上,悬挂着两个便宜但迷人的大吊灯。交织的光线把屋子照得通亮,阴影全无。其他妇女已经到了,坐在深深的、口袋一般的沙发里,向她微笑着。她们逐个向她打着空气吻[1],上午时间顺利度过。大家甚至忘了自己在哪里。格洛丽亚忙得团团转,换杯垫,换餐巾,给吸烟者打开一点窗户,向大家展示儿子的房间。她失去了三个儿子,想象一下吧!三个!可怜的格洛丽亚。相簿里装满了记忆:发型,赛跑运动会,毕业。棒球奖章在屋子里传看着。总之,这是一个可爱的上午,不经意地溜走,溜走,溜走。然后,散热器上方的钟敲十二点了,大家商议下次去谁家。"克莱尔,下次轮到你家了。"她觉得自己的嘴如粉笔做的一样。话刚说出口几乎就给吞了回来。就像一个道歉。眼睛一直看着格洛丽亚。"好的,我住公园大道76号。"然后是一阵沉默。"坐六号线。"她提前练过这话。然后她说:"坐车。"然后,"我是说地铁。"然后,"顶层。"这一切都不怎么对劲,她说话的方式,就好像这些词语在她嘴上不怎么合适似的。"你住在公园大道?"杰奎琳问。又是一阵沉默。"不错啊。"格洛丽亚说。仿佛要把什么东西给除掉一样,她舔了舔嘴唇,留下一道淡痕。斯塔滕岛的设计师玛西娅则击了一下掌。"和女王喝茶呢!"她说,开个玩笑,没有恶意,真的,不过,还是有一道伤口,在隐隐作痛。

克莱尔在第一次聚会的时候,说她住在东区,就说了这些。即便她穿着长裤和运动鞋,没戴任何首饰,可是她们一定知道,凭直

---

[1] 女人之间有时为了防止破坏化妆而做出的撅嘴接吻姿态,但并不接触对方身体。

觉知道,她一定在上东区,然后,金发碧眼的珍妮特身体前倾,尖声说:"噢,我们不知道你住在那上面啊。"

"在那上面。"仿佛是不去爬就到不了的地方一样。仿佛大家需要攀登似的。绳索,头盔,登山扣。

她其实都感到有点头晕了。如同有空气从腿后吹过来。仿佛她是想炫耀似的。这是要揭她们的伤疤呢。她的整个身体都像在晃了。她结巴起来。我在佛罗里达州长大。很小的一个地方,真的。水管系统差得惊人。屋顶一团糟。她正要说,她没人帮忙的——她不会说"佣人"这个词——这时候,格洛丽亚,最最亲爱的格洛丽亚说了声:乖乖,公园大道呢,我玩大富翁的时候才去公园大道呢。[1] 大家都笑了起来。前仰后合地笑起来。她终于找到了机会,喝了一口水。强颜一笑。深吸一口气。大家迫不及待。"公园大道!乖乖隆里个冬,是不是紫色那张?"嗯,不是紫色那张。紫色的叫公园路,但克莱尔没说一句话,干吗炫耀呢?她们一起离开了,当然,除了格洛丽亚之外。格洛丽亚从十一楼的窗口挥了挥手,胸前的窗格子,衬着她带图案的裙子。她看上去是那么的迷惘,又那么可爱。这是垃圾工罢工期间。垃圾桶边有老鼠跑。地下通道下面有妓女出没。天飘着雪,而她们仍穿着热短裤和三角背心。躲下去避寒。卡车停下来的时候她们会跑过去。呼吸的雾气出现在她们的面前,如卡通中人物说话的引号圈,模样可怖。克莱尔想冲回楼上,把格洛丽亚带走,离开这片可怕的混乱。不过,她没法回十一楼去。她又能说什么呢?来吧,格洛丽亚,过一关,拿两百块,出狱去,你自由了[2]。

她们四个白人妇女,紧紧走在一起,手提包紧紧攥着,走向地铁。可能被误认为是社会工作者。她们都穿戴整齐,但不过头。她

---

[1] 经典游戏"大富翁"中,公园大道是一个黄金地段。
[2] 玩"大富翁"时,过关可拿两百块。"大富翁"中也有玩家"入狱"和"出狱"的时候。

们微笑着，一言不发地等着车子来。珍妮特紧张地用鞋子在地上敲着。玛西娅在用一个小镜子修自己的睫毛膏。杰奎琳在往后掠她长长的红头发。车来了，五彩斑斓，巨大的漩涡状涂鸦，她们走进去。这节车厢从头到脚都是涂鸦。连窗户上都涂得严严实实。画得很拙劣，看来也不是什么毕加索在流窜作画。她们是车厢里仅有的四个白人妇女。她倒也不介意乘地铁。她就是不告诉她们这是她第二次乘。不过，也没有人侧身看她们，没人说一句话。到了六十八街的时候，她下了车，好出来走走路，呼吸呼吸新鲜空气，一个人独处一阵儿。她沿着大道慢悠悠溜达回去，心里在想不知道为什么她跟她们打交道的。大家差别太大，共同处太少。但是，尽管如此，她还是喜欢她们所有人，真的喜欢。尤其是格洛丽亚。她不反对任何人——根本没有这个必要。她恨那种说话方式。在佛罗里达的时候，她的父亲吃晚饭的时候说过："我喜欢黑鬼，是的，我想最好大家个个都弄个黑鬼放家里养着。"她从桌子上站起来，气冲冲地进了自己的屋子，待了两天。她的晚餐是从门下推进来的。其实也不是从下面推进来的。而是绕过门把手递过来的。那时候她十七岁左右，正要出门上大学。**告诉爸爸，他不道歉我就不出来。他道歉了。**沿着弯曲的楼梯上来了，脚步声咚咚响。用他那巨大的南方臂膀抱住她，说她真现代。

　　现代。说的就像是什么现代的家用装置。现代派画作。米罗作品。

　　但它只是一个公寓。公寓。仅此而已。银器，瓷器，窗户，饰物，厨具。只有这些。没有别的了。全是些家常的东西。普通得很。除此之外还能有什么呢？没什么了。让我告诉你吧，格洛丽亚，隔在我们之间的墙很薄。只要一声喊，墙就轰然倒塌。空空的邮件插槽。没有人写信给我。小区合作委员会是个噩梦。公用洗衣机里有宠物的毛。楼下看门人戴着白手套，裤腿笔直，佩着肩章，不过我给你说点私底下的话：他不用除臭剂。

想起守门人，她一阵战栗。

她在想，他会不会对她们过多盘问？今天是谁值班？梅尔文，是吗？新的那个？星期三。是梅尔文，是的。如果他误以为她们是佣人怎么办？他要她们去用服务电梯怎么办？必须打电话下去，跟他说说。耳环！对了，耳环。快点。在盒子底部，有一对老式的，简简单单的钉子式银耳环，平时很少戴。耳环柄有点锈了，不过没关系。她将耳环放嘴里湿了湿。再次照镜子。贝壳图案的裙子，齐肩的头发，獾色灰。有一次，她被人误以为是一位年轻知识分子的母亲。这母亲上过电视，谈论摄影艺术，抓拍画面的时刻，挑战性艺术这些。她也有点獾色灰。照片让死者不朽，那女子说。事实并非如此。人生比照片复杂多了。多得多。

眼睛都有点潮了。不好。振作起来，克莱尔。她伸手去拿梳妆台上玻璃小人后的卫生纸，擦干了眼睛。跑到过道，拿起那古老的话筒。

——梅尔文？

她又按了一次。或许他在外面抽烟呢。

——梅尔文？！

——你好，索德伯格夫人，有什么可以效劳？

他的声音甚至有点平静。威尔士或苏格兰——她从来没有问过。

——我有一些朋友上午要来和我共进晚餐。

——是的，太太。

——我的意思是，她们会来吃早餐。

——是的，索德伯格夫人。

她的手指摸过走廊黑暗的护墙板。共进晚餐？难道我真的说了共进晚餐？我怎么能说共进晚餐？

——你会热情欢迎她们过来吗？

——那当然了,太太。

——她们一共四个人。

——好的,索德伯格夫人。

对着话筒里的呼气声。那嘴上的红胡子擦着话筒的声音。他刚来上班的时候,应该问一问他是什么地方人。不问很粗鲁。

——还有什么别的事情吗,夫人?

现在再问更粗鲁了。

——梅尔文?不要把电梯指错。

——当然,太太。

——谢谢你!

她的头靠着凉凉的墙面。她本不该说什么电梯指错不指错的话。"丢人丢大了。"所罗门会说。梅尔文在下面,一定会紧张得整个昏掉,然后把电梯指错。"女士们,电梯在各位右边。请进。"一阵羞耻感让她满面通红。不过,她用了共进晚餐一说,是不是?他不会听不出来的。一起在早饭的时候共进晚餐。哦,天哪。

过度反省的生活,克莱尔,是不值得一过的[1]。

她勉强笑了笑,沿着走廊回到客厅。花都摆放齐整了。阳光照在白色家具上,反射着。沙发上方的米罗画作。烟灰缸放在一些"战略要地"。希望她们不要在室内抽烟。所罗门讨厌吸烟。但他们都吸烟,甚至她自己也吸。他讨厌的是那烟味。那余味。也罢。也许她也跟着她们一起抽起来,吞云吐雾,一个个小小烟囱,如一个个小小的犹太式灭绝。这词真是可怕。孩提时从来没有听说过。她是在长老会传统下长大的。她的婚事是个小小的丑闻。她父亲声音洪亮地问:他是什么?犹太佬?来自新英格兰?可怜的所罗门,双手交叉在背后,凝视着窗外,调整着他的领带,保持着安静,听任

---

[1] 苏格拉底曾有"没有反省的人生不值得过"一说。

他的侮蔑。但每年夏天,他们仍带约书亚去佛罗里达,去洛什洛萨湖湖滨。他们在芒果园散步,三个人手牵手,约书亚在中间,随着"一二三"的声音,拉着他们俩的手荡起来。

就是在那里,约书亚学会弹钢琴了。那年他五岁。他坐在琴凳子上,手指沿着琴键来回滑动。回到自己的城市后,他们开始送他去惠特尼纽约艺术博物馆的地下室学钢琴。打着领结演奏。他穿一身蓝色小上衣,金色按钮。左分头。他喜欢用脚去踩下面的金踏板。说他要将钢琴一路开回家去。轰隆隆轰隆隆。他生日的时候,他们给他买了一架施坦威。八岁的时候,他就能在饭前弹肖邦的曲子了。他们手里拿着鸡尾酒,坐在沙发上听。

那美好的时光,全是在不经意之中,莫名其妙回想起来的。

她拿出琴凳翻盖下她藏的香烟,走到公寓后面,将那沉重的后门打开。过去这是女佣进出的地方。那是很久以前,还有女佣和特别入口的时候。沿着后面楼梯向上。她是楼里唯一一个上房顶的人。用力推开防火门。没有警报声。黑暗的屋顶涌来一阵热浪。多年来,小区合作委员会一直想在屋顶加一个天台,但是遭到了所罗门的投诉。他不希望屋顶上有脚步声,也不喜欢吸烟者上去。他这方面严格得很。讨厌烟味。所罗门。很好很可爱的人儿,即便是在他有这些清规戒律的时候。

她站在门口,深深吸了一口,向天空吐出一片小小的烟雾。住顶层就这好处。她拒绝称其为阁楼。这个说法有点色情[1]。有点光滑,有点杂志味。她在屋顶靠墙的阴凉处,在那黑色的地面上,放了一排盆栽花。有时候,养这些花很麻烦,几乎得不偿失,但她喜欢早晨过来看到这些花儿。月季,还有蔓生的杂交茶花。

她弯下腰来,看着这一排花。叶子上有小小的黄点。熬过了整

---

[1] 《阁楼》为美国一种色情杂志。

个夏季。她将烟灰磕到脚边。宜人的东风吹过来。带着河水的味道。昨天的电视上说有一点降雨的可能。看不出任何迹象。不过几朵白云而已。这云,里面是怎么装雨水的?雨这东西,真是一个小小的奇迹。**雨降给生者也降给死者,妈妈,只不过死者的雨伞更好而已。**或许我们可以把椅子拿上来,我们所有四个人,不,五个人,就在这里,面向太阳。在这平静的夏日里面。就这样安安静静的。约书亚喜欢披头士乐队,独自在自己的房间里听,即便戴上了他最喜欢的大耳机,你还能听到那噪音来。*Let It Be*,随之任之。很蠢的歌,真的。一切随之任之,命运则去而复来。这是真理。你随之任之,命运则收获颓败倾覆。你随之任之,命运则枝蔓丛生。

她又吸了一口烟,看着墙。一阵眩晕。街上的黄色出租车车流,刚栽的树苗,在街中间留下一抹浅绿。

公园大道上总是平淡无奇。每个人都去了自己的夏季别墅。所罗门对此极为反对。城里小子。他喜欢熬夜。即便是在夏季。今天早晨他的吻让我感觉良好。还有他的香水味道。和约书亚相同。哦,约书亚第一次刮胡子那天真是难忘!噢,多难忘的一天!脸上涂满泡沫。小心翼翼地拿着剃刀。脸上畅通无阻,可是把脖子割伤了。从爸爸的《华尔街日报》上撕下一小片报纸来。舔了一下,贴到伤口上。商务版给他止血了。接下来一小时,他就这样脖子上贴着报纸走来走去的。取掉的时候得弄湿。她站在浴室的门口,面带微笑。我的高个子儿子,刮胡子了。那是很久很久以前的事情了。一些简单的东西我们会回想起来,会在我们胸口停留一阵儿,然后突然冲进去,将我们的心向着过去转动一格。

再大的报纸,也没法将他从西贡贴回到一起。

她又狠吸了一口,让烟留到肺里——她听人说过,烟能消除伤痛。猛吸一口,你都会忘掉如何哭泣。身体忙着对付那烟的毒呢。难怪他们向士兵免费供应香烟呢。"红好彩"牌子。

她注意到角落里有一个黑人，转身走开。高个子，大胸。穿着鲜艳的裙子。也许是格洛丽亚呢。不过，她只是一个人。或许是一个管家吧。说不准的。她想跑到楼下，转到角落，找到她，格洛丽亚，她们中间她最喜欢的一个，将她抱在怀里，带回来，让她坐下，给她煮上咖啡，聊天，说笑，低语，只和她一起，只和她。她所希望的不过如此。我们的小俱乐部。我们的小小休憩。最亲爱的格洛丽亚。每个白天每个晚上都在那高高的楼里。她怎么竟然住这样的地方呢？链式围栏。乱飞的垃圾。可怕的恶臭。还有那些在外面出卖肉体的姑娘。她们的那样子，似乎随时都能躺倒在地，以自己的脊椎后背为垫为床。还有天空中的火光——干脆应该把这里叫德累斯顿[1]得了。

也许她可以聘请格洛丽亚。将她带进来。在家里做些零散活。零零碎碎。她们可以一起坐在餐桌前消磨时光，偷偷弄上一两杯金汤利，让时间慢慢溜走，她和格洛丽亚，轻轻松松的，欢欢喜喜的，是的，喜乐荣耀归于主[2]。

在下面的街上，那女子转过街角，走了。

克莱尔将烟踩灭，跟踉跄跄回到屋顶的门前。有点头晕。世界那一刻仿佛横过来了。下楼梯，头昏眼花。约书亚从未吸过烟。也许上天堂的时候，他要了一支烟。这是我的拇指，这是我的腿，这是我的喉咙，这是我的心，这里是一个肺，对了，将它们拼凑起来，抽上一支红好彩吧。

进去之后，过了女佣的入口，她听到客厅里钟在敲。

进厨房。

有点糊里糊涂的，现在。深吸一口气。

煮开一壶水难道还要硕士学位吗？

---

1 德累斯顿是二战期间被盟军轰炸最为惨重的一个德国城市。
2 格洛丽亚的名字也出现在拉丁文的"荣耀归于主"（Gloria, in excelsis deo）里。

她沿着走廊走回厨房，步子有些踟蹰。大理石台面，金边的橱柜把手。大量白色的器械。其他几个人都给早咖啡定下了规矩，来客带百吉饼、松饼、丹麦奶酪、水果、饼干、油炸小煎饼。主人煮咖啡，泡茶。这样子比较平衡。她曾想去麦迪逊上的威廉·格林伯格订上一盘子点心过来，彩虹饼干，核桃圈，犹太白面包，羊角面包，不过这显得是在较劲，显得小女人气，或是其他什么的。

她把水壶下的火打高。气泡和火焰构成了一个小小的宇宙。上好的法国烘焙咖啡。瞬间的满足。这个跟越共去说吧。

台面上放了一排茶包。五个碟子。五个杯子。五个汤匙。或许用那奶牛状的咖啡伴侣瓶，增添一点幽默感。不行，这太过分了。太古怪了点。但我能不能在她们面前笑起来呢？托尼曼医生不是让我笑的吗？

拜托，笑吧，放声笑吧。

笑吧，克莱尔。放声笑出来。

他是个好医生。不会让她去吃药。只是尝试每天笑一点点，笑就是良方，他说。药才是第二选择。我吃药更好。不。试着大笑更好一些。笑得死去活来。

是的，向着死亡的喉咙发出狂笑。一个好医生，是的。甚至会引用莎士比亚。是要狂笑狂笑的。

约书亚在写给她的信中提到过水牛。他对它们感到惊奇。它们的美。有一次，他看到一中队在河边投手榴弹。还在欢声笑着。那真是死亡的喉咙呢。水牛全给炸死后，士兵们又开始把树上颜色鲜艳的鸟打走。想一想，如果这些动物也算在死亡数字里是什么情形吧！**你可以数到死者数量，但是你数不到这样的成本。妈妈，对于天堂，我们的数学是无计可施的。其他一切都可以去衡量。**这封信她在脑海里翻来覆去地念。每一个活物都有自己的逻辑。花有花的样式。人有人的规矩。水牛也有水牛的路数。空气有空气的规律。

他痛恨战争,可是却在加州帕克研究中心的时候,被请去参军了。问的时候居然很礼貌。总统想知道有多少人死亡。林登·约翰逊总统自己搞不清楚。每天,顾问们带着事实和数字来,放在他的办公桌上。陆军死亡人数。海军死亡人数。海军陆战队死亡人数。平民死亡人数。外交死亡人数。海军陆战医院死亡人数。三角洲死亡人数。海军工程营死亡人数。国民警卫队死亡人数。但这些数字对不起来。有人什么地方搞错了。所有的记者和电视频道都在气势汹汹地质问林登·约翰逊,他得有正确的信息才行。他能帮着送人登上月球,但他无法计算尸袋数量。他能让卫星进入轨道旋转,但是他无法知道地面上插了多少十字架。计算机高手组。奇客组。快速启动。为国效劳。去理发。"我的国家,我的技术,为你而用。"只有最优秀最聪明的才能参加。斯坦福大学的。麻省理工的。犹他大学的。加州大学戴维斯分校的。他在帕克研究中心的一些朋友。那些正在开发着阿帕网美国官方网,为因特网前身。梦想的精英。全身戎装,派遣了出去。白人,全是白人。还有其他系统:计算用了多少糖,多少油,多少子弹,多少香烟,多少罐咸牛肉,不过约书亚的专业领域是统计死亡人数。

为国效力,乔希[1]。你都能写程序下棋,那一定也可以告诉我们有多少人被老越干掉了。各位英豪,将你们的"1"和"0"用起来吧!告诉我们如何计算被自炸[2]的军官吧。

他们差点找不到合身的军装给他穿,不是肩膀太宽,就是裤腿太短。他登上了飞机,裤腿半吊着如同降半旗。我当时就该知道了。把他给叫回来就好了。但是他还是上了飞机。飞机起飞了,在天上越来越小。新山——那里已经建好了营房。在空军基地那里。他说,去的时候有个小铜管乐队迎接他们。焦渣石房子,高压处理过的木

---

[1] 约书亚的昵称。
[2] 越战期间一些不受欢迎的军官被下属用手榴弹炸死,称"自炸"(fragging)。

头做的桌子。屋子里装满了 PDP10 英寸显示器和霍尼韦尔显示器。他们走了进去，这地方开始热热闹闹运转起来。简直是一糖果店啊，他说。

他出发那天，在停机坪上，她有好多话要跟他说。这个世界当家做主的是些残酷的人，军队就是一明证。如果他们叫你立正，你应该跳舞。要是他们叫你焚烧国旗，你应该将其挥舞起来。要是他们要你去谋杀，你去找点乐子。定理，逆定理，推论。下面画双条线。全都在数字里面。听母亲的。听我说，约书亚。看着我的眼睛。我有话要告诉你。

但他站着，时髦的头发，面色红润，在她面前。她什么都没有说。

跟他说点什么。让那年轻亮堂的脸熠熠生辉。说几句。告诉他。告诉他。但他只是笑笑。所罗门拿了一个大卫之星塞他手里，转过身，说：勇敢点。她吻了吻他的额头告别。送他走的时候，她注意到他军服褶皱和无褶皱的地方完全对称，这时候，直觉告诉她，这一送，怕就是永别了。**您好，总部，给我天堂，我想我的约书亚在那里。**

不能沉湎于这种心痛了。不。将咖啡舀出来，将茶包摆好。想象如何熬下去。这里头自有逻辑。靠着想象，坚持下去。

儿子，死去是什么感觉，我会喜欢吗？

哎呀。有人按蜂鸣通话器了。哎呀。哎呀。汤匙哐当掉地上了。哎呀。赶紧沿着走廊走过去。转身将汤匙捡起来。现在一切都整齐了，干净了，是的。把他活人还给我，尼克松先生！我们就不会来吵了。要死你让我死，你让我这个五十二岁的人去死，跟他调换，我无怨无悔。只要把他给凑回来，完整，英俊，还给我们。

自我控制一点，克莱尔。

我不会崩溃。

不会。

现在快点了。去门边。去蜂鸣器那儿。她知道，她的思想，需要赶紧蘸点水。临时的冷膨胀，就像天主教堂外的小水桶。蘸一点，可以医治伤病。

——你好！

——您有客人，索德伯格夫人。

——哦？好啊。让她们上来吧。

太粗鲁？太快？应该说，好极了，太棒了，声音充满夸张。最后说的却是"让她们上来吧"。甚至都没有说"请"字。把她们当雇工了。当她们是管道工，装饰工，士兵了。她将按钮按着继续听。这些老式通话器，很有意思。微弱的静音，嗡嗡声，有些笑声，关门声。

——女士们，电梯就在正前方。

至少这里对了。至少他没有指她们去服务电梯。至少她们在那温暖的红木盒子里。不，不是这个。是电梯。

低低的耳语般的声音。她们一起来了。她们一定事先约好了去哪里会合。事先安排好的。这倒是没有想到。这一点没考虑到。但愿她们没有这样做。

或许，是在说我自己呢。需要医生。头发上可怕的灰色头发。丈夫是一位法官。穿着古怪的运动鞋。笑容总是勉强。住在顶层，却说是"楼上"。很紧张。觉得自己是我们姐们儿中的一员，其实是一个势利小人。有可能情绪崩溃。

如何迎接？握手？空气吻？微笑？第一次见面的时候，她们拥抱告别，所有人都是，在斯塔藤岛，在门口，出租车在按喇叭，她的眼里噙着眼泪，大家伸开双臂互相拥抱，所有人都感到高兴，那是在玛西娅家，珍妮特指了指树梢上挂住的一个黄色气球："哦，我们早点再见面吧。"格洛丽亚还捏了捏她的手臂。她们都还贴了对方的脸颊。"我们的孩子,你觉得他们互相认识吗,克莱尔?你认为他们是朋友吗?"

战争。很近,很恶心。它的体味。它的呼吸一直留在她脖子上,撤军已经两年了,两年半,就算是撤了五百万年,又能怎样呢?一切不会就这么结束的。奶油成为牛奶。早晨第一颗星是夜晚最后一颗星。她是否认为他们是朋友?"或许吧,他们可能是,格洛丽亚,一定有这个可能的。"

友谊从哪里开始不是开始?越南也可以的。确实这样的。马丁·路德·金博士有个梦想,但愿西贡的海滩没有投放毒气。这个好博士被人枪杀后,她用二十元面值钞票,捐了一千美元给他在亚特兰大的教会。她的父亲暴跳如雷。说这是内疚钱。她无所谓。该感到内疚的东西够多的了。她很现代,她是现代。她本该将自己继承的所有财产都捐了。我喜欢父亲,我只是觉得每个人都能有个爸爸好去叛逆不认。无论爸爸喜欢与否,这钱送给金博士了。现在你怎么看你那些黑鬼和犹太佬呢?

哦,对了。门上的《圣经》章句。哦,对了。把这给忘了。她摸了摸它,站在它面前。身高正好够挡住这些。她的头顶。电梯哐当一声响。为什么有这耻辱感?不过不是耻辱感,不是真正的耻辱感,对不对?有什么好感到羞耻的呢?多年前,所罗门坚要有这章句。就是这样。是为他的母亲准备的。让她来访的时候看着舒心。讨她喜欢。有什么不好呢?确实也让老夫人开心了。这还不够吗?我没有什么要道歉的。我手忙脚乱了一早晨,嘴唇都是这么撅着,大气都不敢出。都吞下了一口袋的空气了。我本是一对粗糙的蟹爪[1]。年轻人怎么说来着?有点定力。稳住。绳索,头盔和登山扣。

是什么话我从来没跟乔希说?

---

1 典出 T.S. 艾略特名诗《J. 阿尔弗雷德·普罗弗洛克的情歌》。

她都能想见她们上升时电梯上的数字了。电梯间里传来喧闹声,大声的聊天。她们已经习惯过来了。但愿我早点跟她们见面就好了,在某个咖啡店。但她们来了,到了。

是怎么回事呢?

——大家好,大家好大家好啊,玛西娅!杰奎琳!看你漂亮的!进来吧,哦,你这鞋子我喜欢得不得了,珍妮特,这边请,这边请。格洛丽亚!哎呀,你好呀,哎呀,你看你,请请,请进,见到你真高兴。

对战争,认识一点就够了:不要去参加。

她仿佛能通过电来旅行,回去看他。她看到任何电子的东西:电视、广播、所罗门的剃须刀,都能看出自己在里面,径直在那粗放的电流里穿行。冰箱尤其能让她进入这一状态。她常在半夜醒来,在屋里走着,不知不觉就会到厨房里,靠在冷藏箱上。她会打开冷藏箱的门,让冷气向自己灌过来。她最喜欢的,是这冷藏箱的灯不会亮。她可以一瞬间从温暖到寒冷,她可以留在黑暗中,而不吵醒所罗门。没有声音,只是冷藏箱的橡胶垫噗的一声,门轻轻打开,一阵冷气包裹住她的身体,她的目光能透过电线、阴极、晶体管、手动开关、乙醚,看到他,一瞬间,她便到了同样那间屋子,就在他身边,她可以伸手出来,放在他的前臂上,安慰他,他坐在日光灯下,在长排书桌和垫子之间,忙着他的事。

这一切的运作究竟是怎么一回事,她略知一二,有些直觉认识。毕竟她不是等闲之辈,毕竟她也是高学历。可是她不明白,为什么机器计算死亡人数就比人类强呢?打孔卡是怎么知道的呢?一连串的管子和电线,怎能判别生死呢?

约书亚写信给她。他自称黑客。这个词给人的感觉像是和伐木有关[1]。但他不过是说他给机器编程。他写计算语言，好让那些开关一路开启关闭。一瞬间，千万个小门次第打开。她觉得这是打开了一片空间：一个门通往另外一个门，然后是下一个，翻过山，很快又下了河，离开，在那电线之中，就如同在水中，划桨荡舟，顺流而下。他说坐在电脑前，就欣喜不已，感觉就像是顺着栏杆从上往下滑，她在想他到底是说什么栏杆的呢？他童年时四周也没有什么栏杆，可是这个说法她还是接受了。她看到了他在那里，在西贡周围的山间，沿着栏杆滑到焦渣石房间的水泥地下室里，走到桌子前，在击键中将那些按钮一一激活。清晰的光标在他眼前闪动。他眉头紧锁。他在打印纸中急切地搜找。某个笑话在桌子间传来，引得他开怀大笑。有时机器故障，山穷水尽。有时出现突破，柳暗花明。一盘子一盘子的食物就放在地板上。罗来滋抗酸剂洒在桌子上。电线多如蛛网。开关密密麻麻。风扇呼呼转。他说，屋子里很热，他们只能每隔半小时出去一次。外面他们备了一条水管作降温用。回到操纵台，他们几秒钟身上就干了。他们彼此以伙计相称，甲伙计，乙伙计，他们最喜欢伙计（"MAC"）这个词。**机器辅助认知。人和机器的对抗。多接入认知。疯子和小丑。**问话的时候必须恭恭敬敬。或许应加上结肠造瘘袋[2]。

他们做的一切都围绕着机器，他说。他们划分，链接，嵌入，捆绑，删除。更改交换机路由。破解密码。改变内存板。这是一种黑色的魔术。他们知道每一个计算机内部的奥秘。他们一整天待在里面。借助直觉，对付挫败，面对无形要素。如果他们需要睡眠，就钻桌子底下，倒头便睡，累得梦都做不出来。

死亡黑客是他的核心项目。他必须看过所有文件，将所有人名键入，将这些人加起来，变成数字。将他们分组，盖戳，归档，编

---

1 "Hacker"一词中的"hack"也有"砍"的意思。
2 英文原文并无特别内涵，仅用其首字母缩写"MAC"。

码，编程。死亡的问题，还不如死亡重复计算的问题大。尤其是那些重名的，那些史密斯，罗德里格斯，苏利文，约翰逊们。父子重名的。叔侄俩首字母雷同的。擅离职守的。分散执行任务的。误报的。弄错的。秘密中队，小型舰队，特别行动队，侦察队。跑到偏僻小村结了婚的。跑到丛林深处的。谁能算得清呢？但他尽力而为，将他们编入自己的程序。为他们创造空间，让他们虽死犹生。他埋头做事，不问问题。他说，这样做是爱国。他最喜欢的是创造性的时刻，当他解决了别人解决不了的问题之时，当答案豁然开朗之时。

编写一个程序统计死亡不难，他说，但是他真正想做的，是写一个程序，理出死亡的意义来。那是很久很久以后的事情了。终有一日，计算机能让世界上最聪明的大脑集合起来。那是三十年、四十年甚至百年以后的事情了吧，如果我们不自相残杀全部完蛋的话。

我们在人类知识的巅峰，妈妈，他说。他在信中写到了他的梦想：让远隔千里的人实现特别资源的共享。能够将消息发送来发送去。可以通过电话线来操控的远程系统。具有修复自我故障功能的计算机。他还写到协议，批量清除，电传打印输出，内存，缓存，霍尼韦尔机器的优化，写到他如何在玩刚送过来的奥拓机[1]。他说起电路板来如数家珍，就像是有些人谈论冰柱子。他说，爱斯基摩人有六十四种描述雪的词，他说他并不感觉吃惊，说他们再多些术语又何妨呢？将人类思维的成果压缩到一个小小芯片里，或许有一天能放公文包里带着走，这实在是一种深层的美。如岩上的诗歌。如写在石片上的定理。

程序员是未来的工匠。人类的知识就是力量，妈妈。唯一的限制是我们的头脑。他说，计算机无所不能，哪怕是最复杂的问题，

---

[1] 施乐公司帕克研究中心最早研发出来的早期个人电脑。

如找到圆周率的值，找到所有语言的来源，找到最遥远的恒星。其实，这世界真的很小，这点想来不免觉得疯狂。我们的问题，不过是如何敞开自己，去面对它。你需要的是让机器能跟你讲话，妈妈。机器几乎都成了人。你必须这么去想。这像是一句沃尔特·惠特曼的诗：你一切都可以放入，放入你期盼的一切。

她坐在冰箱旁边，读着他的信，摸摸他的头发，告诉他该去睡觉，该吃点东西，该换换衣服，真该多保重身体。她不想让他稍纵即逝。有一回停电，她坐在橱柜边哭了起来：她无法和他相遇了。她塞了一支铅笔在墙上插座里，等着。电来的时候，铅笔跳出来，弹到她的手指间。一个女人坐在冰箱旁边，将门开了又关，关了又开，她知道，这样子并不雅观，不过是一种安慰，所罗门也不会起疑心。她就假装是在做东西吃好了，或是在倒牛奶喝，或是等着肉化冻。

所罗门不提战争的事。他的应对方法是沉默。他只是说起他办的案件，城市一连串的疯狂行为：谋杀，强奸，诈骗，非法兜售，持刀伤人，抢劫钱财。就是不说战争。他只批评那些示威者，他认为他们软弱，天真，懦弱。量刑的时候对他们重判。在征兵局文件上洒血的人，判六个月。砸坏时报广场征兵办公室窗户的，判他们八个月。她想去游行，抗议，去见联合广场和汤普金斯广场公园的那些嬉皮士、雅皮士、逃避兵役的人，打出标语支持卡顿斯维尔九君子[1]。但她却没这个胆量去做。我们一定要支持我们的军人，所罗门说。我们那浅色头发的乖孩子啊！没几年前，还把身子蜷在我们中间，跟我们睡在一起呢。在东方地毯上玩着火车玩具。个子长得飞快，一身蓝色运动衣不久就不能穿了。知道渔叉，色拉叉，餐叉，还有生活那宽阔的岔路。

---

1 九个天主教社会活动分子，焚烧征兵文件，抗议越南战争。

然后，突然停电，全部停电，一片永久的黑暗。

约书亚成了代码。

写进了自己的代码里。

她在床上躺了两个月。几乎没有动过。所罗门想请个护士，她拒绝了。她说她好起来如山倒。可是如山倒谈何容易？说是如抽丝更像一些。这个说法约书亚会喜欢。我会像剥茧抽丝一样复原的。她开始在家里踱步，穿过餐厅，绕着客厅，走过餐台，再次走向冰箱。她将约书亚的照片放在正前方中央位置。她靠着照片，与他交谈着。冰箱上贴的东西，都是他可能会喜欢的。很简单的东西。她剪出来，贴上去。计算机文章。电路板照片。帕克研究中心新楼的照片。一篇关于图形黑客的报纸文章。瑞氏名菜馆的菜单。《村声》的一则广告。

她突然觉得，冰箱看上去毛乎乎的了。这话几乎让她笑了起来。我家有个毛乎乎的冰箱。

有一晚上，有小纸片飘落到地上，她俯下身，再看了一遍：**越战老兵母亲，征同类交流，来信请寄 667 信箱**。她从来没有想到约书亚是一个老兵，也没有去想他去的是越南。他是一名计算机操作员，去了亚洲。但是广告让她手指发麻。她把广告拿到厨房台子上，坐下来，很快用铅笔写了答复，然后用钢笔描了，偷偷溜出门，悄悄进了电梯。她可以就在楼下大厅邮寄，但她不想这样。在大半夜，她冒着暴风雪，走上公园大道，门卫看到她穿着睡衣拖鞋走出去，惊呆了："索德伯格太太，您没事吧？"

现在也停不住了。手里拿着信。母亲寻找儿子的遗骸。在外国某个被炸的咖啡馆找到的。

她跑到莱克星顿大道 74 号的信箱。呼出的气成了白雾，脚趾遇到雪湿掉。她知道，如果她不马上去发，这信她永远不会发出去。回头进门时，门卫羞怯地点了点头，眼睛飞快地瞟了一下她的胸脯。

晚安，索德伯格夫人，他说。哦，她当场就想吻他一下。吻他前额。感谢他的偷窥。这让她感觉良好。说实在的，这偷窥让她兴奋。胸衣绷紧在她胸口，那曲线一览无余，冷天带来的好处。一片雪花在她喉咙前融化。换个时间，她会觉得这很愚蠢。但是，那个时候，穿着睡衣，在温暖的电梯里，她充满感激。那天晚上，她浑身轻盈。她取掉了冰箱上的一切，只留下他的照片。再次把冰箱变简单了，像是给冰箱理发了。她想着自己的信件在邮政系统里游走，最终到一个同类的手里。会是谁呢，她们什么样子呢？她们温柔吗？和善吗？她只盼她们和善，舍此别无所求。

那天晚上，她钻进被子，依偎在所罗门柔软而温暖的身边。摸了摸他的背下方。所尔。所尔。所尔亲爱的。醒醒。他转身说她的脚好冷啊。"好啊，帮我暖起来吧，所尔。"他支起肘部，侧身过来。

完事后，她睡过去了。这是好多年没有过的了。她都已经忘记一觉睡醒是什么感觉了。早晨，她在他身边睁开眼睛，碰了碰他，手指摸了摸他肩部的曲线。呵呵，他微笑着说："怎么回事啊，亲爱的，今天难道是我的生日不成？"

她们进来了。个个着装严谨，杰奎琳除外，她那一身劳拉·艾什莉印花裙子喧宾夺主，把人都比了下去。玛西娅跟在她后面，脸色潮红，身子轻盈。她仿佛刚从窗户里飞进来，正要撞墙的样子。大家甚至看都没看门柱上的《圣经》章句。谢天谢地。不需要费口舌了。珍妮特低着头。格洛丽亚轻轻碰了碰她的手腕，面带着开朗的笑。她们从走廊鱼贯而过，现在是玛西娅在前头，手里拿着面包盒，经过约书亚房间的门，经过她自己的卧室，经过墙上所罗门的肖像画——画像上是十八年前的他，那时候他头发多多了。走进客厅。直接坐到沙发上。

玛西娅将盒子放咖啡桌上，靠到纯白的垫子上，给自己扇扇子。

或许只是来例假不适,或许是在地铁里耽搁了。不过,她浑身发抖,其他人也知道好像有什么事。

至少,她认为,她们事先并没有碰头,没有凑在一起盘算用什么策略打公园大道这张牌。**不要过关,不收两百块**。她拿出了软柜凳,将椅子摆成一圈,扶着格洛丽亚的手臂将她带到沙发边。格洛丽亚拿着花,还没有松手。去拿过来吧会显得粗鲁,不过这些花得赶紧插水里。

——哦,上帝啊,玛西娅说。

——你没事吧?

——怎么回事啊?

大家聚过来,像围着篝火一样围着她,所有人都俯下身子,迫不及待要听她的宣泄。

——说了你们都不会信的。

玛西娅的脸通红,额头上有小小汗珠。她深深吸了口气,仿佛所有氧气都消耗殆尽,仿佛大家在很高的地方。果真是要绳索,头盔,登山扣呢。

——怎么啦?珍妮特问。

——是不是有人伤害你了?

玛西娅的胸部起伏着,有一枚镀金小熊贴在胸前。

——有人在空中。

——什么?

——有人在空中行走。

——行行好吧,格洛丽亚说。

那一瞬间,克莱尔觉得玛西娅可能有点儿醉了,要不就是吸高了——如今的事谁能说得准呢?或许早晨她乱嚼了些蘑菇当早饭了,或许是喝了点伏特加——不过,她看起来很清醒啊,脸或许有点红,可是眼睛没红,口齿也清楚。

——在市中心。

不管她有没有喝醉,她感谢玛西娅来,感谢这一阵小小的歇斯底里。多亏了它,大家神不知鬼不觉地进了公寓安顿了下来。没怎么大惊小怪。不需要那些客套,那些赞美那些惊叹那些尴尬——多精致的窗帘啊,你看那壁炉多好,对了,我的咖啡里放两包糖,哎呀,你这里真温馨啊,真的,克莱尔,非常温馨,多么可爱的花瓶啊,对了,我的天,墙上的这是不是你丈夫啊?筹划得再好,都不及现在这样。这次的见面简直是无懈可击。

她知道,她该做点什么,显得客客气气。给玛西娅一块手帕,给她一大玻璃杯凉水。从格洛丽亚手里拿过鲜花,打开面包盒子,将点心摊开,夸百吉饼买得好。什么都成。可是,现在大家众星捧月一般,全盯着玛西娅,看着她胸脯一起一伏。

——要不要喝杯水,玛西娅?

——好的,多谢。好的好的。

——你说那人在哪里来着?

声音暗淡了下去。我真傻。去厨房,快点快点。她不想错过一个字。客厅里传来喃喃低语。去冷藏箱。冰格子。早晨应该换水去冻。根本没有想起来。她在大理石台子上敲冰下来。三四块。一些碎片掉到台子上。陈冰。冰中心模模糊糊的。有块冰似乎要自我解放似的,从台子上滑了过去,掉到地上。我该不该捡起来?她向客厅瞟了几眼,将冰又捡起来了。她动作迅速地到了洗碗池边,打开自来水放了一下,将冰块洗了,放进杯子里。她该切点柠檬片,正常情况下她会的,可是她端着水,走出了厨房,走过地毯,进了客厅。

——来来,喝水。

——哦,好棒啊。多谢!

珍妮特居然微笑了。

——可是你知道，渡船上人满了，玛西娅说。

她有点伤心，因为玛西娅没等她来就开始说了，但无所谓啦，毫无疑问，说的是斯塔滕岛开来的渡轮。

——我站在最前方。

克莱尔将手在裙子屁股后面擦干，她在想自己该坐什么地方。她要不要开门见山，直接坐沙发上呢？但是，这可能有点过分，有点唐突，因为这样就坐到了玛西娅旁边，现在所有眼光都集中在玛西娅身上呢。可是，站在外围，也很突兀，仿佛她不是大家中的一员，仿佛是自绝于众人似的。可是呢，她又需要移动，而不是躲在咖啡桌子后面，她得站起来，做点点心，将早饭摆出来，问大家都要什么，让大家感到宾至如归。速溶咖啡，还是现煮咖啡？要不要加糖？

她对格洛丽亚笑了笑，挨近她身边，将系着带子的烟灰缸从椅子扶手上拿走，放到桌子上，烟灰缸发出一阵轻轻的响声。她坐下来，感到格洛丽亚的掌心摸着她的后背，这个感觉让她十分舒心。

——接着说，接着说。不好意思把你打断了。

——我去的时候不早，看日出已经迟了，可是我想我还是站那里吧。景色很美。纽约城。在这个时候。我不知道你见过没有，很漂亮呢。我只是在那里做着白日梦，真的，我抬起头的时候，看到了空中有架直升机，大家都知道我对直升机是什么感情。

她们当然知道，这让气氛有点凝重，不过玛西娅没有注意，她咳嗽了一下，稍作休息，很短的停顿，其实是一种尊重。

——我就这么看着这架直升机悬在空中，仿佛是发呆后回过神一般。定在那里，但又定得不是很好。好像是悬挂着似的。但是又在前后摇晃。

——乖乖！

——我在想我们家小迈克在空中一定比那好多了，他的飞机控制水平可比那高多了，我是说他就是直升机驾驶员中的伊维尔·基尼沃尔[1]，这可是他们中士说的。我在想啊，该不会有什么地方不对劲吧？我有这样的担忧。你知道，怎么老定在那里呢？

——哦，不会出事吧？杰奎琳说。

——我听不到引擎声，所以我真的不知道。然后，突然间，我在直升机后面，看到了这个小点。我跟你们发誓，这小点点不比虫子大多少。不过，是个人呢。

——是个人？

——就像个天使？格洛丽亚说。

——是一个飞人？

——什么样的人呢？

——在飞吗？

——往哪里飞？

——我都神经过敏了。

——是个男的，玛西娅说，在走钢丝呢。我的意思是，我一开始也搞不清楚，我也不是说明白就明白的，不过后来发觉是这么回事，是一个家伙在走钢丝。

——在哪里？

——嘘，嘘，珍妮特说。

——在那上面。双塔之间。九天之上呢！我们勉勉强强能看到他在那里。

——他在干什么？

——走钢丝！

——钢丝艺人。

——什么？

---

1 基尼沃尔（1938—2007），常被人称为 Evel Knievel，美国著名摩托车玩家。

——哦，上帝啊。

——他掉下来没有？

——嘘！

——可别跟我说他掉下来了啊。

——嘘！

——可别跟我说他掉下来了啊。

——嘘，我都让你别说了。珍妮特跟杰奎琳说。

——所以，我拍了拍身边一个小伙子的肩膀。扎了个马尾辫的。他用这种口气说，啥事啊，夫人？他站在船前头，好像正在站着睡觉，做白日梦，或者别的什么的，总之我一拍，惊了他，他好像很烦的样子。我说，看啊。他问，什么呀？

——我的天。

——我给指了指，那个小飞人，然后他说了句脏话，对不起，克莱尔，在你家说这话了。他是说：我操！

克莱尔想说：要是我，我也会说"我操"的。要是我啊，我会调过来翻过去地说，绕着一条街说，我操我操我操，一次，两次，三次地说。可是她只是冲玛西娅笑笑，好像顺着她的心思似的，点点头，表示自己理解，在公园大道，在星期三，在这个喝咖啡的早晨，说句"我操"没问题，事实上，在当时的情况下，说"我操"可能最好不过，或许，大家异口同声说，一起来念叨，那才好呢！

玛西娅说，然后呢，我们周围所有人都注意上了，都开始抬头看了，没一会儿，甚至轮渡的船长都出来了，拿着他的望远镜，说，那家伙在走钢丝呢。

——真的啊？

——现在你就放开了想象吧。整个甲板上挤满了人。大家都是去上早班的。轮渡上人满满的。有人走钢丝！在这两幢新楼之间，什么世界大厦劳什子。

——世贸。

——中心。

——哦,它们叫这个?

——听我说。

——这两个丑八怪大楼,克莱尔说。

——然后,这个年轻的家伙,扎马尾辫的那个……

——说"我操"的那个家伙?珍妮特咯咯一笑。

——是的!他开始说,他很肯定,铁板钉钉儿那么肯定,百分之五百五那么肯定,这是投影,是有人投影到天上的,或许只是一片巨大的白布,图像是从直升机上出来的,是用摄影机什么的投射出来的,他满嘴都是些技术的黑话。

——投影?

——像是电视什么的?杰奎琳问。

——或许是什么杂耍吧。

——我告诉他,不可能的,不会从直升机里投什么影的。他看着我,好像是在说,没错啊,夫人。我又跟他说了一遍:他们办不到的。他问,直升机你懂什么啊,女士?

——不会吧!

——我跟他说,其实这飞机我懂得可他妈多呢!

她确实懂得不少。玛西娅对他妈的直升机知道得可他妈多了。

她在自己斯塔滕岛的家里,说小迈克第三次出征,去归仁的海滩执行例行飞行任务,给57医疗支队将军什么的送雪茄——雪茄啊,你想出不出格吧?军用飞机运什么雪茄呢?——很好的一架直升机,最高时速90结[1],她说。这个数字她脱口而出。转向柱出了什么问题,她说,然后详细描述起引擎、齿轮比率,甚至还有双叶金

---

[1] "结"是直升机飞行单位,一结为每小时一海里。

属尾部螺旋桨,但是真正重要,真正要紧的,是小迈克刮到了一个球门柱上,居然是足球球门柱子,离地面那时候只有六英尺——可是越南谁会踢什么足球呢?——结果,那飞机就跟一个旋转木马一样转起来,他着陆姿势笨拙,脖子折断,可是飞机连火都没起,就是一次反常的降落,飞机本身完好无损。这场景她在脑子里过了一百万遍了,就是这样。玛西娅每天晚上都从梦中惊醒,梦的都是将军将雪茄盒子打开又关上,关上又打开,发现里面是她儿子的残骸。

直升机她可懂了,是的,她懂,可是越是懂,也越可怜。

——总之,我叫他少管他妈的闲事!

——说得没错,格洛丽亚说。

——确实,船长拿着望远镜看着,跟所有人说,那可不是什么投影。

——没错。

——我那时候只有一个念头,我在想这是我儿子来问候了。

——哎,别这么说。

——哎。

——我的天。

她为玛西娅深感揪心。

——有人在空中。

——难以想象。

——非常勇敢。

——没错,所以我会想起小迈克呢。

——当然!

——他掉下去没有?杰奎琳问。

——嘘,嘘,珍妮特示意。让她说好了。

——我只不过问问。

——所以,船长把轮渡转了出去,好让大家看个清楚,然后将轮渡开到码头。你知道,它撞到了防波堤上。我在那里什么也看不见。角度不对。我们的视线被挡住了。北塔,南塔,我不知道是哪个,可是我们也看不出都发生了什么。我再没跟那马尾辫的家伙说一个字。我只是转身走了。我是第一个走的。我就想去看看我儿子。

——当然了,珍妮特说。是啊,是啊。

——嘘,杰奎琳说。

屋子里气氛很紧张。谁转个螺丝,整个地方都会爆炸。珍妮特瞪着杰奎琳,杰奎琳甩了下红色的长发,仿佛在赶苍蝇似的,克莱尔一会儿看看珍妮特,一会儿看看杰奎琳,等着谁来掀桌子摔瓶子什么的。她在想,我得做点什么,说点什么,将减压阀打开,将逃生钮按下,她伸手去拿格洛丽亚的花,矮牵牛,可爱的矮牵牛,华丽的绿茎,底部剪得整整齐齐。

——我得把花放水里。

——是的,是的,玛西娅如释重负地说。

——我马上就回来。

——快点,克莱尔。

——马上马上。

做得对。绝对正确。丝毫没错。她蹑手蹑脚走到厨房,在百叶窗门前停住了。再往前走一点,她就听不见了。把花放水里,这说法多傻啊。应该找个方法拖延,换取更多时间。她靠在门板上,紧张地听着。

——所以,我就在这些迷宫一样的老街上跑啊跑,路过那些拍卖行、平价电器行、布料店和公寓楼。照说这些地方应该能看到那些高楼才是,我是说,这些楼毕竟太高了啊。

——有一百层。

——一百一十层。

——嘘！

——可就是看不见。我只能瞥见几眼，可是角度不对。我想法抄近路直接过去。我要是顺着水边跑还好点，可是我就一直这么跑啊跑。上头是我儿子，是打招呼来了。

——每个人都沉默了，甚至包括珍妮特。

——我不停地跑过街角，以为能看清楚点，左闪右避的，头还一直在抬着看。可是我看不见，看不见直升机，也看不到走钢丝的。自打初中毕业后，我就没这么跑过了。我说啊，我那时候两个奶子都在上下跳。

——玛西娅！

——平时啊，我都想不起来我还有奶子。

——咱就没这苦恼，格洛丽亚把胸部往上挺了挺说。

屋子里响起一片笑声。在这欢快的时刻，克莱尔又在地毯上走了过来，手里仍旧拿着格洛丽亚的花，可是谁也没有注意。笑声在荡漾，如一曲和解之歌，绕着所有人跑，最后胜利般地绕场一周，停到玛西娅脚前。

——然后，我停住了，玛西娅说。

克莱尔再次靠到沙发扶手边。谁管她的花有没有处理好呢？谁管她的水有没有重新烧上呢？谁管她手里拿花瓶没有呢？她和大家一样，侧身向前。

玛西娅的嘴唇有点颤抖，一点不详的颤抖。

——我猛然停住了，玛西娅说，在街道中间，戛然而止，差点被一辆垃圾车轧了。我就那么站在那儿，双手放在膝盖上，眼看着地面，喘着粗气。你们知道为什么吗？我告诉你们为什么。

又顿了顿。

所有人身子都向前倾着。

——因为我不想知道那可怜的孩子掉下来没有。

——对啊,格洛丽亚说。我不想听到他死了。

——说的是啊,没错。

格洛丽亚的声音。就像在教堂做礼拜时那样。其余人慢慢点头,壁炉上的时钟在滴答作响。

——我想都不敢去想。

——可不就是!

——要是他不掉下来呢……

——如果他没有,没有?……

——我不想知道。

——对了,你明白了吧!

——总之,如果他待在上面,或者能平安下来,那都没事。所以,我停住,转过身,上了地铁,一眼都没有再看,就直接来这里了。

——谢天谢地。

——因为如果他还活着,那就不可能是小迈克。

所有这一切都像是当胸一击。如此直接!所有这些上午的咖啡聚会,都是关于远方,都属于不一样的日子,那些对话,那些回忆,那些追思,那些故事,那陌生的国家,可是这事情发生在当下,是那么真实,更糟糕的是,她们不知道走钢丝者的命运,不知道他跳了没有,掉了,还是安全着地了?或许还在那上面,在空中漫步呢?或者这些都是一个故事,一个投影,真的。如果只是她编造出来的,为制造什么效果的——大家不会知道的——或许那人是要自杀,或许直升机上有个钩子,勾住了他,以防他掉下来,或许钢丝上有一个扣子,在他跌落的时候会挂住他呢,或许,或许,或许,或许还有别的什么可能呢。

克莱尔站着,膝盖有点发抖。天旋地转。周围的说话声模糊了。她知道自己的脚,在深毛的地毯上。钟在走,但是没声音了。

——我想我得把花放水里了,她说。

他会跟她写信,说到那天晚上的车轮战[1]。凌晨四点的时候,他在计算机终端前面,在那白炽灯下,编着程序,有时候会有一条消息在闪。大部分时候,这样的干扰来自几张桌子之外,是自己人发的。他们在编着什么程序,做着其他什么战争统计。闲来无事,便破解他人的程序,考验对方的实力,发现对方的薄弱环节,不过是要打发时间而已。真的是无甚大碍,约书亚说。

查理与越共是不会有什么计算机的。他们也不会越过阴极管和晶体管来偷袭。可是电话线也连到了帕克研究中心、华盛顿,还有几所大学,所以偶然会有个滑行者——他称之为滑行者,她根本不知道这是为什么——从别的地方过来,坑他们一把。有一两回,他们还真蒙混过关闯了进来。他说,或许他在忙着重叠线什么的,或许是在编统计失踪者的某个程序。他会迅速进入战区。他会感觉到的。是的,他会像从栏杆上下滑一样,迅速进入状态。这样的作战,凭的是速度和硬实力。世界平安无事,简简单单。他是在全新的战线上,扮演着试飞员的角色。一切皆有可能。这样的活动曼妙如一曲爵士乐,弦声次第响起。所有的指尖都调动起来。他伸伸手指,一根新的弦就会突然出现。可是很快,又毫无警告地在他面前消失。**我要饼干!** 或者:**跟我一起说,再见黑鸟!** 或者:**看看我的笑容。**他说这好像贝多芬匆匆写下《第九交响乐》之后那样,跑乡下悠闲地散了一回步,突然间,所有的乐谱都被风吹跑了。他像钉子一样坐在椅子上,瞪着机子。小小的闪烁的光标,在一点点吞吃他刚完成的一切。他的程序被人吃了。没有办法阻挡。一阵恐惧涌上心头。他看着它翻山越岭,消失到夕阳里。回来,回来,回来,我还没听

---

[1] 车轮战为黑客术语,指进入对方系统,将对方踢出,或删除其文件。

过呢。

想到线那边另有他人，那是何等古怪的一种感觉啊！这就好像是贼闯进了他的家，在穿他的拖鞋。比这更糟糕。**有人钻进我的皮囊里了，妈妈，占用我的记忆了。**钻进他里面，沿着他的脊柱而上，进入他的大脑，深入他的头骨，经过他的突触，进入他的脑细胞。她能想象他身体前倾，嘴几乎贴到了屏幕上，嘴唇上有静电。你是谁？他能感到偷袭者就在他的指尖之下。脚步沿着他的脊柱而上，砰砰有声。食指比划着他的脖子。他知道他们是美国人，这些偷袭者。不过，他得把他们当越南人看——他必须这样做——他在想象他们斜斜的眼睛、黄黄的脸。是他和他的机子，在和另外一个机子在对决。**好的，好的，干得不错，我被你给抓到了，可是现在，我要你死得好看。**然后，他迅速进入作战状态。

她会走到冰箱前，看他的信件，有时她会打开冷藏箱，让那冷气扑面而来，让他冷静下来。**没事，亲爱的，你会扳回来的。**

确实也是。约书亚总能扳回来。他一旦赢了车轮战，在兴头上会连夜打电话过来。转了又转的长途电话，里面有些回声。他一分钱都不用掏，他说。班里有交换机，具有多线通话功能。他说，他拨打到电话线路里，改掉路由，连到征兵处的号码。他干这些纯属取乐。只不过是一个系统，他说，不用白不用。**我挺好的，妈妈，日子不差，他们对待我们不错，告诉爸爸，他们这里甚至有犹太特餐呢。**她认真地听着他的声音。当他的兴高采烈结束后，他听起来很疲惫，甚至很遥远，不知不觉换了一种新的语言。**我挺好的，妈妈，你别抓狂。**他是什么时候开始说抓狂这种话来的？他平日里说话一向谨慎，话外头紧裹着一层公园大道式的清脆，语音干脆利落，鼻音都没有。但是现在，那语言越来越粗，语音越来越重了。**我得跟着潮流走，可是我好像是在开着别人的灵车呢，妈妈。**

他会不会照顾自己？他吃得够不够？他的衣服是否保持干净？

他是不是在减肥？看到什么她都想起他来。她一度在餐桌上多放一只盘子给约书亚。所罗门看到了，什么也不说。也不说她的冰箱，她那些小小的怪癖。

他的来信频率减少的时候，她努力想保持冷静。他有时候一两天不来电话。甚至连续三天不来。她会坐着，盯着电话看，希望它响起来。她站着的时候，地板上的木头咯吱一声响。他正忙着呢，他说。现在电子公告有了新的进展。电子网上节点更多了。他说，这就像一个神奇的黑板。世界因此更大，也更小了。有黑客闯了进来，蚕食他们的部分程序。这是一场狗咬狗的混战，一场拳击比赛，一场横刀立马的中世纪搏击。**我在前线，妈妈，我在战壕里。**有一天，他说，机器将彻底改变世界。他在帮助其他程序员。他们在控制台登录进去，一直保持在线状态。他们与试图闯入他们机器的和平示威者作战。但邪恶的不是机器，他说，而是背后那些顶呱呱的大脑。机器就和小提琴、相机、铅笔一样，何来邪恶？入侵者不明白的是，他们找错了对象。他们需要进攻的不是技术，是人的头脑，人脑的失败，人脑的不足。

她在他身上看到了一种新的深度，一种坦诚。战争是关于虚荣心的，他说。战争属于老人，老得不忍去照镜子、所以让年轻人去送死的人。战争是虚荣的聚会。他们希望简化一切：恨你的仇敌，别去对他有任何了解。他声称，战争是最不符合美国精神的，战争背后没有理想主义，只有失败。在他的死亡黑客项目里，现在需要统计的就有四万人，而且人数还在不断上升。有时候，他会把名单打印出来，顺着楼梯铺开，来来回回，上上下下。他有时真希望有人从外部入侵他的程序，将其咀嚼掉，全部吐出来，让这些小伙子一个个活过来，那些史密斯，苏利文，罗德里格斯兄弟，那些父亲，那些堂兄弟，那些侄子，然后他再给查尔斯做一个表格，重新按照字母顺序列出死者，那些姓吴的，姓何的，姓潘的，姓阮的。——

这么做会不会太累啊？

——你没事吧，克莱尔？

有人碰了碰她的胳膊。格洛丽亚。

——帮帮忙？

——你说什么？

——你这些事要帮忙？

——哦，不是。我的意思是说，是的。多谢。

格洛丽亚！格洛丽亚！可爱的，圆圆的脸，黑眼睛，几乎有点潮湿。一张温馨可人的脸。上面写满慷慨。不过，有点心烦意乱。都在看着我。都在看着我。被人抓个正着。在做白日梦。**帮帮忙？**那一刻，她甚至想过格洛丽亚是想来给她当帮手。真是狂妄。格洛丽亚，每小时工钱两块七毛五。洗碗。拖地。为我们的孩子哭泣。这可真是苦累活。

她伸手打开最高的柜子，拿出了沃特福德玻璃杯。玻璃杯子打造得很精致。一些远方的人做的。有一些远方的人还不是野蛮人。是的，这样很好。她把杯子递给格洛丽亚，格洛丽亚笑了笑，将杯子装满。

——你知道你该做什么吗，克莱尔？

——什么？

——在底下放点糖，这样花能多活些时间。

这个说法她从未听说过。不过有道理。糖。延续他们的生命。让我们的小伙子多吃糖。查理和他的巧克力工厂[1]。——是谁管越南叫查理的呢？这个说法从何而来？

或许是无线电里的说法吧。Charlie（查理），Delta，Epsilon[2]。呼

1　《查理和他的巧克力工厂》是英国著名童书作家罗尔德·达尔的代表作之一。
2　电话或无线电通讯中，为了避免字母读音相混，如"D"被误会成"B"，有时候说话者用词语代表字母，如"Charlie"代表"C"。

入,呼入,呼入。

——你要是先把花根部剪掉更好,格洛丽亚说。

格洛丽亚将花取出,摊到碟子架上,从厨房餐台上拿来小刀,从每一支花的根部削掉一小段,将削掉的小枝扫到手里,十二段绿绿的短枝。

——真的,很了不得,是不是?

——什么了不得?

——空中的那人。

克莱尔靠在厨房台子上。深呼吸。她的脑子在飞转。她不知道,根本不知道。对他有一种挥之不去的不满。他的出现有些沉重,有些让人不解的东西。

——了不得,她说。是的!了不得。

可是这个想法,她到底有什么不喜欢的地方呢?了不得,确实是。也是一次美的尝试。一个人,与一个城市相交,让那公共空间突然改变,突然被利用起来,把一个城市变成了艺术。在那上面行走,让城市焕然一新,成为一个不同的空间。可是,这中间还是有些让人愤懑的地方。她希望不要有这种感觉,但是那人——姑不论是天使还是魔鬼——栖在那上头的景象总在她脑海里,赶都赶不走。可是,相信天使或魔鬼,有什么问题呢?为什么玛西娅就能有这感受?为什么不是每个人都去想上面的人是她儿子?为什么小迈克不在那钢丝上?他上去又能有什么问题呢?为什么玛西娅就不能被允许定在那里,而让她的儿子完璧归赵呢?

可是,心中仍有苦涩。

——还有什么,克莱尔?

——不,不,我们这样好极了。

——那就好。我们一切准备就绪。

格洛丽亚笑了笑,将花瓶端起,来到百叶门边,用那肥大的身子将其推开。

——我马上出来。克莱尔说。

门又晃着关上了。

她将剩下的杯子、碟子和汤匙整理好。摆得整整齐齐。这是什么？在空中行走？整件事很粗俗。或许并不粗俗。或许比较廉价。或许没那么廉价。她也不知道到底是什么。这么去想，多小家子气啊。彻头彻尾的自私。她明明知道，今天上午她要做的，不过是她们在其他那些上午做的那些。——拿出照片，展示约书亚过去弹的钢琴，打开剪贴簿，把她们都带到他的房间，给她们看他的书架，在学校年鉴上将他找出来。大家一直都是这么做的，在格洛丽亚家、玛西娅家、杰奎琳家，甚至珍妮特家，尤其是珍妮特家。她们在珍妮特家看了些幻灯，后来大家又看到一本书脊处破掉的《棒球手凯西》，大家都哭了。

她的手摊在厨房餐台上。手指张开。向下压着。

约书亚。她是不是为这个恼恨呢？她们还没有说到他的名字？他还没有进入大家早晨的谈话之中？她们一直在忽略他，可是，不是这个，不是这个，那又是什么呢？

够了！够了！拿起托盘。现在不要吹。真好看。格洛丽亚的微笑。美丽的花朵。

出去！

马上！

行动。

她走进客厅，僵住了。她们走了，所有人，全不见了。她手里的盘子差点掉下来。汤匙哗啦啦一阵响，滑到托盘边上。一个人都不在了，连格洛丽亚也走了。怎么可能？怎么就这么突然消失？像是个恶劣的童年玩笑，仿佛她们随时会从壁橱里跳出来，从沙发后跳出来，一排狂欢一般的脸，等着迎接水气球的攻击[1]。

那一个瞬间，仿佛她们全都是她梦中想象出来的一般。她们不邀而来，不告而别。

她把托盘放在桌子上。茶壶滑了一下，茶水冒了个小泡出来。大家的手提包都还在，烟灰缸里还有支烟在点着。

这时候，她才听到大家的声音，她开始责怪自己。当然。我真傻。后门砰的一声响，还有在风吹之下的屋顶门。她一定是没有关，她们一定是感到风吹了。

沿着走廊。楼顶门口后面大家的身影。她爬上最后几级台阶，上了屋顶。她们在一起，所有人都在靠着墙，头向前伸出，向南边看着。当然，什么也看不到，只有一片阴霾，还有纽约通用大楼的穹顶。

——没看到他？

她当然知道，即使在最晴朗的日子，也不会看到的，不过看到大家转过来，一起对着她摇摇头，说没有，这感觉还是不错的。

——我们可以试试收音机，她溜到她们身后说。没准新闻里会播。

——好主意，杰奎琳说。

——哦，不，珍妮特说。我宁可不去听。

——我也不想听，玛西娅说。

——或许没有上新闻。

——总之，现在应该还没有。

——我不认为这样。

她们待了一阵儿，仍向南部看着，仿佛她们能够凭空将他给变出来一样。

---

[1] 水气球是充了水后扎起来的气球，作游戏用，可在室外互相抛接。

——要不要咖啡,各位?或是喝点茶?
——天啊,格洛丽亚眨了眨眼睛说,我还在想你不会问呢。
——好的,再来点小吃。
——让我们心情静一静?
——是的,是的。
——玛西娅,那就这样吧?
——去楼下?
——对,是啊。这上头热得跟蒸笼似的。

女人们带着玛西娅下了里面的楼梯,过了女佣门,再一次进了客厅,珍妮特坐在一侧,杰奎琳在另一侧,格洛丽亚在后面。

在扶手椅的烟灰缸里,烟都快烧到烟屁股了,就好像一个人即将崩溃、跌落。克莱尔把它给熄灭了。她看着大家蜷在沙发上,手互相搭在对方肩膀上。椅子够不够?她怎能犯这种错误?她要不要把约书亚房间里的懒汉沙发拿出来?放在地上,让自己的身体贴在他旧日的印迹上?

这个空中行走的人,她无法从脑海里去掉。她心里翻腾着不满。她知道,这样很小家子气,可是她也摆脱不掉这想法。他有没有砸着下面什么人?她听说晚上,成群的鸟儿飞向世贸中心大楼,飞向自己在玻璃上的影子。撞击,跌落。那空中行走者会不会一样,砰然落地?

醒醒!够了。够了!

回过神来!将所有羽毛捡起来。轻轻地,带它们回到空中。

——百吉饼在那边包里,克莱尔。还有甜甜圈。
——很可爱。谢谢!

温馨的家常话。

——亲爱的主啊,大家看这家伙丰盛的!
——哦,天啦。

——我还胖得不够吗！

——哎呀，省省吧你。我要是有你这身材才美死呢。

——换给你，你拿走好了，格洛丽亚说。我敢打赌，会把你给撑爆的。

——不，不，你这身材可爱得很。棒极了。

——你就饶了我吧。

——我这说的可都是大实话呢。

这善意的谎言让屋子里一下子静下来。大家都停住不吃了，面面相觑。几秒的沉默。窗外的警笛声。那静止打破了，大家脑海里七上八下翻腾不息，如壶中之水。

——看来啊，珍妮特说着，伸手去拿块百吉饼，可别说是我这想法不正常……

——珍妮特！

——……可别说是我这想法不正常啊……

——珍妮特·麦克尼夫！……

——……大家觉得他是不是掉下来了？

——我的老天！你怎么这么铁板钉钉的？

——肯定！我刚听到警笛声，还有，我……

——没事的，玛西娅说。我没事。真的。不用为我担心。

——我的上帝！杰奎琳说。

——我只不过问问。

——真的，没事，玛西娅说。我自己也在这么想呢。

——噢，我的上帝，杰奎琳说，她的话就跟一条橡皮筋一样拖得老长。我不敢相信你刚才说的这话。

克莱尔真想离开，去个遥远的别处，某个海滩，某个河堤，某个洋溢着快乐的地方，某个约书亚的地方，某个小小的隐秘的时刻，或者是去摸摸所罗门的手。

坐在这里，她们近在眼前远在天边。让她们将圈子封闭起来。

也许，是的，也许这纯粹只是自私。她们没有注意到门柱上的《圣经》章句，所罗门的画像，也没有提到公寓的一个字，只是开门见山地说将起来。她们甚至没来征求她的意见，就上到了屋顶上。或许她们平时就这个样子，或许这些画作、餐具、地毯让她们眼花缭乱。当然，富家子弟送去当兵打仗的又不是他们一家。富家子弟也不都是平足。或许她可以见见其他女人，和自己同类的女人。可是，同的是何类呢？死亡不长眼睛，它最民主不过了。这可是全世界最古老的怨言了。谁都免不了。管你是穷是富，是胖是瘦，是父亲还是女儿，是母亲还是儿子。她又感到了一阵痛楚的袭来。**亲爱的妈妈，来信只是告知我已平安抵达**，第一封信的开头是这么写的。**最后他写道：妈妈，这个地方什么也不是，将所有东西吞没，然后什么也不还给我。**哎！看世界上的所有信件，爱的信件恨的信件快乐的信件，惠特曼写的，王尔德写的，维特根斯坦写的，或是别的什么人写的，不管是谁的，将其全部叠起来，也比不上我儿子写给我的那一百三十七封信啊。他说的那些东西多好啊！他能记得的那一切！他所经手的那一切！

这就是儿子的本分吧：写信给母亲，写着追忆，告诉自己关于过去的事，直到他们意识到自己也是过去了。

可是不要，不要过去，不是他，永远不要。

忘掉这些信。让我们的机器战斗吧。你听见没有？让它们交火吧。让它们通过电线，怒目相对。

让小伙子们待家里。

让我儿子待家里。格洛丽亚家的孩子也待家里。玛西娅的孩子也待家里。他要是去走钢丝就去走好了。让他变成天使。还有杰奎琳的孩子。还有威尔玛的。不，威尔玛不需要。威尔玛从来就不存在。珍妮特。或许有个威尔玛。或许全国有上千个威尔玛。

只要把我的孩子还给我。我就这一个要求。让他回来。把他还回来。马上。让他把门打开,跑过那《圣经》章句,让他用力弹着这里的钢琴。将所有年轻人的面孔修补好。没有哭声,没有尖叫,没有抱怨。现在就让他们回来。为什么不能让我们所有这些人的儿子都同时出现在这屋子里呢?将所有的界限清除。为什么他们不能坐在一起?贝雷帽放膝盖上。略略有些尴尬。褶皱清晰的军服。你为我们的国家而战,所以为何不能到公园大道庆贺一番?小伙子们,喝咖啡还是茶?

和着一勺子糖吃,药就下去了。

所有这些关于自由的大话。全是胡说,真的。自由只能受不能施。

我不要这样的一罐骨灰,你听到没有?

这是一罐骨灰,不是我儿子。

——现在又是怎么回事,克莱尔?

她仿佛从白日梦中惊醒一般。她一直看着她们,看着她们嘴在动,脸上表情在变,可是她没听到她们在说什么,好像是在争论,在争那钢丝人什么的,争那钢丝有没有扣住,可是听着听着她就走神了。扣到什么上面?他的鞋子?直升机?天空?她的十指一会儿相扣,一会儿松开,松开的时候,她听到了骨节的脆响。

你骨头需要补钙,好医生托尼曼说。是要补钙。多喝牛奶,你儿子不会丢的。

——你没事吧,亲爱的?格洛丽亚说。

——哦,我很好,她说,只不过跑跑神做做白日梦。

——我知道这感觉。

——我有时也是。杰奎琳说。

——我也是。珍妮特说。

——我每天早上第一件事,格洛丽亚说,就是做白日梦。晚上倒是没梦。我过去总做梦的。现在我只能做白日梦了。

——你该服点什么药吧,珍妮特说。

克莱尔想不起来她说了什么——是不是让大家感到难堪了?说了什么蠢话,不得体的话?照珍妮特这说法,她好像该吃药治疗。或者这话是针对格洛丽亚说的?来,吃上一百粒,你的忧愁就会了无踪影。不,她不想这样。她想像发烧时那样,自然而然治愈。可是她究竟说了什么来着?是关于钢丝人的什么话吗?她是不是说出声了?说那人粗俗?还是说了什么关于骨灰的话?还是关于时尚?关于那些电线?

——怎么回事儿,克莱尔?

——我只是在想那可怜的人,她说。

这话说出口,她都想踢上自己一脚,又提这人了。这时候,她感觉她们终于可以把话岔开,上午的事情又可以回到正轨,可以跟她们说说约书亚,说说他如何从学校回家吃他最喜欢的西红柿三明治,说说他挤牙膏的方法怎么怎么不对,说说他总是把两只袜子放进一只鞋子里,说说某件游乐场发生的事,说说他弹的什么钢琴曲子,什么都行,好让上午也平衡平衡,可是这下好,她自己把话题给岔开,回到原来轨道上了。

——什么人?格洛丽亚问。

——哦,来我们这里的那人,她突然说道。

——是谁呢?

她从向日葵碗里拿了个百吉饼。抬头看了看那几个女人。她顿了一下,从厚厚的面包上切下一片,手指将剩下的百吉饼揪开。

——你的意思是说走钢丝的人来过这里?

——不是不是。

——那是什么人呢,克莱尔?

她伸手过去倒茶。水汽上升。她忘了拿出柠檬切片。又是一处败笔。

——跟我说话的那个人。

——什么人?

——那人跟你说什么的,克莱尔?

——你知道的。那个人。

然后,大家仿佛有了某种深层的默契。她能从她们脸上看到。静如落雨。静如树叶。

——明白明白,格洛丽亚说。

其他人的神情也放松下来。

——我那位是星期四来的。

——小迈克是星期一来的。

——我家的克拉伦斯也是星期一来的。给贾森报信的是星期六。布兰登的那位是星期二。

——我家是六点三十,收到噩耗的电报。皮特的电报,是七点二十。

皮特的。看在皮特份儿上 [1]。

她们都顺着话茬儿说开了,这就是她想要说的,她把百吉饼放嘴边,但是没有吃。她让大家回到了正轨上,她们一起,回到了过去那些上午的日程上了。这正是她期望的,是的,她们很舒服,甚至格洛丽亚也过来拿了一个甜甜圈,带糖的,白的,礼貌地咬了一小口,向克莱尔点点头,仿佛在说:**来来,跟我们说说**。

——我们接到了楼下的来电。所罗门和我,我们坐着在吃晚饭。所有的灯都关着。他是犹太人,你们知道……

她很高兴把这话给说了。

——他把蜡烛放得到处都是。他不是很守戒律,不过有时候他

---

[1] 皮特的名字也出现在俗语 "for Pete's sake" 中,直译为"看在皮特份儿上",多为烦躁时说。出处不详,一说是米开朗琪罗给圣彼得教堂争取资金时所说。

还挺喜欢这些小仪式的。他有时叫我他的小蜜蜂。这个说法来源于我们的一次争吵,那回他叫我"黄蜂"[1]。你能相信吗?

这些话就如同长吁一口气,脱口而出。周围大家都在微笑,都觉得不知所措,但都保持着沉默。

——我打开门。来的是一个中士。他的样子十分恭敬。我的意思是说,他对我很和善。从他脸上的表情,我就能看出发生了什么。这表情就好比这些新颖的面具一样,便宜的,塑料的那种。面具后面的脸是僵的。褐色眼睛,眼神坚决,嘴上留着宽宽的胡须。我说,进来吧,他脱下帽子。是那种军队发型,短短的中分头。一小堆白发,搭在他的头皮上。他坐在那儿。

克莱尔对格洛丽亚点点头,但愿这话她没有说,不过现在已经覆水难收了。

格洛丽亚擦着座位,仿佛要把那人的印子抹掉似的。甜甜圈上掉下的糖霜还有一点在。

——一切都那么纯洁,我都觉得我在画里。

——是的,是的。

——他一直在膝盖上摆弄他的帽子。

——来给我们报信的那位也是。

——嘘!

——然后,他只是说,太太,你儿子过去了。我在想,过去了?过哪里去了?你是什么意思,长官,他过去了?他没提什么考试的事。

——我的天。

——我对他笑着。我的脸上也摆不出其他什么表情来。

——我呢,直接就哭了,珍妮特说。

---

[1] 黄蜂是指WASP,信奉基督教新教的盎格鲁-撒克逊裔白人的缩写。

——嘘，杰奎琳说。

——我觉得自己身体里有气在往上涌，一直沿着脊椎涌。我能感觉到它在我脑子里嘶嘶有声。

——没错。

——然后，我说知道了。我就说了这个。笑容还挂在脸上。蒸汽嘶嘶地在燃烧着。我说，知道了，长官。多谢你。

——天可怜见。

——他把茶喝完。大家都看着自己的杯子。

——我把他送到门口。就是这样。

——是啊。

——所罗门送他下了电梯。这事我从来没有跟人讲过。后来我的脸都发烫了，我那笑容挂得太久了。这可怕不可怕？

——哪里，哪里的话？

——当然不可怕。

——我感觉我等了一辈子，就为了讲这个故事。

——哦，克莱尔。

——我不敢相信，我在笑。

她知道，她还漏掉了一些细节，如通话器的响起，门卫的话有些口吃，她在等待的时候感觉震惊，他敲门的声音就像敲在棺材盖上，他脱掉帽子，说太太，然后说先生，他们说，进来吧，进来，这中士可能没见过这样的公寓——从他看家具的眼神看，他既紧张，又有些兴奋。

换个时间来，他或许会觉得一切都很迷人：公园大道，精致艺术品，蜡烛，仪式。她看着他照了下镜子，但很快把目光从镜像上挪开，她那时候甚至都会喜欢他的，喜欢他伸出圆圆的手对着手心咳嗽的样子，那样子温柔可爱。他把手放嘴前，就像是魔术师要变出一块悲伤的头巾似的。他环顾四周，仿佛随时要离开，仿佛有各种各样的出口似的，可是她让他坐了下来，走到厨房，拿出一块水果蛋糕给他吃。为了缓解他的紧张，他吃了，眼神里有一丝的愧疚。地板上的小小蛋糕屑。她后来几乎不忍把这些碎屑用吸尘器吸走。

所罗门想知道发生了什么事。那长官说，他是身不由己，但所罗门催促他，还说，还说，**我们都身不由己，不是吗？我的意思是，长官，我们谁又是自由的呢。**那帽子又到那军官的膝盖上了。告诉我吧，所罗门说，他的嗓音有些发颤。**告诉我，不然的话，请离开我们家。**

中士握拳放嘴前咳嗽起来。一个骗子的姿态。他们仍在收集资料，那中士说，不过当时约书亚是在一个咖啡馆里。坐在里面。这个咖啡馆上面都已经警告过，所有工作人员都收到过警告。他和一群军官在一起。他们头天晚上去过一家夜总会。或许只是去发泄一下吧。这一点她无法想象，但她没有说什么。——她的约书亚去夜总会？这不可能的，但她任由这话从她耳边滑过，对，就是这个词，**滑过**。当时是个大清早，那中士说，西贡时间。明亮、澄蓝的天空。四枚手榴弹滚到他们脚下。他死得够英雄的，中士说。他说这话时，所罗门咳了起来。**伙计，他妈的谁死都不英雄**！她从来没有听所罗门说过脏话，更不要说是对陌生人。中士又在膝盖上摆弄他的帽子。仿佛现在，是他的腿要来讲故事似的。瞥了一眼沙发上方的画作，米罗魔镜。米罗墙上挂，哪位死定再无话？

他深吸了口气。他的喉咙似乎有褶皱似的。**我对他的去世深表难过**。他又说了一次。

他走了以后，夜晚沉默了下来，他们站在房间里，所罗门和克莱尔，彼此对望，他说他们不要崩溃，他们也没有崩溃，她不会崩溃，他们不会相互指责，他们也不会就此怨天尤人，他们会挺过去，生存下去，他们不会让这悲恸成为双方的鸿沟。

——而所有这段时间，我只是在笑着，看。

——你这可怜的人啊。

——真糟糕。

——不过可以理解的,克莱尔,真的。

——你这么觉得?

——没关系的,真的。

——我就是笑得太多了,她说。

——我也笑了,克莱尔。

——真的吗?

——是得这样,把眼泪控制住呢,真的。

接着,她明白了钢丝人是怎么一回事了,这想法让她受到深重打击,让她不寒而栗。此事无关天使和魔鬼,无关艺术,无关改革,无关人与飞机航线的相交,无关超自然。这些都不是问题。

他在那上面是出于某种孤独。他的思想,他的身体:都是一种孤独。根本没有考虑到死亡。

溺水死,蛇咬死,迫击炮打死,子弹击伤而死,戳木桩而死,隧道老鼠咬死,食人鱼咬死,火箭筒轰死,毒箭射死,土炸弹炸死,水虎鱼咬死,食物中毒而死,卡拉什尼科夫冲锋枪打死,火箭推进式榴弹炸死,被最要好的朋友害死,得梅毒死,悲伤而死,流失体温冻死,陷进流沙而死,曳光弹炸死,得血栓病死,水牢酷刑折磨死,绊线引爆炸弹炸死,被桌球球杆打死,玩俄罗斯轮盘赌赌死,掉进竹钉陷阱扎死,打麻醉打死,砍刀砍死,骑摩托车摔死,行刑队毙死,得坏疽坏死,脚痛痛死,四肢麻痹麻死,失忆而死,双刃大刀砍死,蝎子咬死,交通事故撞死,吸入橘剂毒死,被男妓杀死,渔叉叉死,警棍打死,当成祭品杀死,鳄鱼咬死,电打死,水银中毒而死,勒死,长刃猎刀砍死,仙人球毒碱毒死,误食毒蘑菇而死,麦角酸麻死,吉普车撞死,误闯榴弹陷阱炸死,闷死,心痛死,狙击手打死,纸割伤而死,妓女防身匕首刺死,玩扑克牌玩死,数字烦死，官僚系统拖死，大意而死，拖延而死，回避而死，绥靖而死，因数学而死，因复印件而死，因橡皮擦而死，因归档错误而死，因孤独而死，因监禁而死，因自相残杀而死，因自杀而死，因种族灭绝而死，因肯尼迪而死，因约翰逊而死，因尼克松而死，因基辛格而死，因山姆大叔而死，因查理而死，因签字而死，因沉默而死，因自然原因而死。

一个又臭又长的死亡清单。

但是，走钢丝而死？

表演而死？

这个大概就是关键所在了。对自己身体这么轻薄。这么廉价对待。这一切就如一木偶戏。他模仿查理·卓别林走路迈出的小步子，就像斧劈一样，坑了她这个上午。他怎么敢这样对待自己的身体？把自己一条命摆在每个人眼前？让她儿子的死显得这么廉价？是的，他闯入了她上午的咖啡聚会，就如同黑客闯入了她儿子的代码。他在城市上头这样地胡闹。咖啡，饼干，外头还有个在空中行走的男子，把原本的计划蚕食一空。

——你们知道吗？她身子侧向那一圈女人说。

——什么？

她顿了一会儿，不知道该说什么。她的身体一阵颤抖。

——我真的非常喜欢你们。

她说话的时候看着格洛丽亚，可是她的意思好像是对所有人，她这话诚心实意。喉咙里有些哽咽。她的眼睛扫过一张张的脸。温柔，礼貌。所有人都对着她微笑。来吧，女士们。来吧。我们来打发上午的时光吧。让它滑起来吧。我们忘了那走钢丝的人。让他留在那空中，那高处吧。我们来品尝咖啡，心怀感激吧。就这么简单。让我们拉开窗帘，让光线进来。开创出一个以后会长期继续的新局面来。不会再有人来打扰了。我们有我们的孩子。他们聚集到了一起。即使是在这里的时候。在这公园大道上。我们受到了伤害，可是我们可以互为依靠，一起让伤口愈合。

她伸手去拿茶壶，她的双手颤抖。房间里有各样古怪的声音，静不下来，百吉饼袋的沙沙声，撕开松饼包装的声音。

她端起杯子一饮而尽。用关节处蜻蜓点水一样擦了擦嘴。

格洛丽亚的鲜花摆在桌面上，已经开了。珍妮特将面包屑从盘子里拿走。杰奎琳的膝盖有节奏地颠来颠去。玛西娅看着空中。上头是我儿子，是打招呼来的。

克莱尔站着，一点都不动摇了，一点都不，现在。

——来吧，她说，来。我们去看约书亚的房间。

爱的恐惧

车子撞着面包车的时候，人在车里，就如同附体在别人身上一样。我们拒绝看到自己的图像。这不会是我，一定是别人。

换了任何其他的情况，我们可能只是在马路边，双方交换一下驾照号码，也许为了几块钱讨价还价，甚至立刻去一家车身修理店去修理，可是这回结局不是这样。这不过是轻轻的一碰。轮胎轻轻一声刮叫。出事后，我们想司机当时一定是脚踩在刹车上了，或是尾灯不管用，或许他一直是在踩着刹车开——由于阳光刺着眼睛，我们也看不到刹车灯的闪光。面包车又大又慢。后挡泥板是用铁丝和绳子绑住。我记得看到的时候，感觉它像我小时候见的老马，笨重、烦躁、顽固，就是抽它的屁股，它也懒得动的那种。后轮先出去。司机尽力想给转过来。他的胳膊肘从窗口收了回来。车子先是斜着出去，这时候他再次想纠正，可是转得太猛，我们又感到了一次撞击，就好像集会上碰碰车似的，只不过我们的车子没有转，我们的车子稳稳地，直直地，向前开着。

布莱恩刚刚点着一根大麻烟卷。这烟还在我们座位之间的可乐罐口闷烧。他还没怎么动，不过吸了一两口吧。这时候，那面包车转了出去，褐色，马匹一般：后窗上的和平贴纸，车两侧的凹陷，略略打开的车窗，不停转着转着。

在恐怖的时刻，人的脑子里会出现些状况。也许我们觉得这是此生的终结，所以我们会记录下来，以后的漫漫旅途中总也忘记不了。我们拍的快照完美无缺，做成一个完美的影集，专供日后慢慢来绝望用的。我们将边儿修剪掉，整整齐齐放在塑胶纸下。我们将这样的剪贴收藏起来，等以后自己一败涂地的时候拿出来看。

那司机有一张英俊的脸,头发夹杂着灰色。他的眼睛下面有深深的、黑色的眼袋。他胡子拉碴,衬衫的领口大大咧咧地开着,这样子的人平日一定是很沉静的那种,不过现在方向盘已经从他手里滑出,他的嘴巴大张着。他从面包车里向下看着我们,仿佛要把我们的模样死死记住一样。他的嘴张成了O型,他的眼睛圆睁。我不知道他如何看我的,我的流苏礼服,弧形的珠子,时髦的发型,皇家蓝的眼线,还有惺忪的睡眼。

我们的后座上有油画。我们头天晚上曾想在堪萨斯城卖掉,但是没有成功。没有人光顾。不过,我们都给摆得好好的,免得它们相互刮着。我们甚至放了些泡沫塑料在中间,以防它们相互摩擦。

我们要是对自己也这么小心就好了。

那年布莱恩三十二。我二十八。我们刚结婚两年。我们的车子是一九二七年的古董庞蒂亚克朗道车,金色,银色镶边,年龄比我们俩加在一起还大。我们在仪表板下方,安装了一个八声道录音机。我们在放二十年代爵士乐。音乐穿越出去,飘到东河上。即便这时候,可卡因还在我们体内闹腾,我们还觉得有希望呢。

车子接着转到更远处了。几乎整个掉了个头面对着我们。在乘客座上,我只能看到一双光脚,竖起来搭在仪表板上。松开的慢动作。脚底的边上很白,脚心很黑,看来可能是个黑人。她的脚踝处转了转。那旋转很慢。我都能看到她的上身。她很平静。视死如归的样子。她的头发紧紧向后挽着,脖子上的廉价首饰在跳动着。要是后来没有再次看到,从我那角度去看,我都以为她没穿衣服,然后很快,她就从车窗飞了出去。比我年轻,容貌漂亮。她的眼睛向着我看过来,好像是在问:你这个把皮肤晒黑的金发婊子,穿着一身"波涛汹涌"的小衬衫,开着辆棉花夜总会的人开的豪华车,你以为你在干吗呢?

她去得也快。面包车转的幅度更大了,我们的车子则是继续向前。我们过了他们的车子。路就如同一个开裂的桃子一样打开了。我记得我听到后面第一个碎裂声,另一辆车撞上了那面包车,车格栅哗啦一声掉到了地下,后来,我们在脑海中回想的时候,布莱恩和我,我们再一次听到送报的卡车撞上了面包车,将这面包车撞到了护栏上。那辆卡车体积很大,如一个大盒子,司机那边的门开着,收音机在发出震耳欲聋的声音。它带着蛮力撞上了面包车。他们根本没有活命的机会。

布莱恩扭回头看了看,然后把油门一脚踩到底,我开始叫他停下,拜托,停下,拜托了。没有什么比这个时刻更清晰的了。我们的生活清晰无比。你一定得下去。承担责任。回到撞车的地方去。去给那女孩做人工呼吸。把她出血的头按住。跟她耳语。暖她白白的脚。去找个电话打。救救那个被撞扁的人。

布莱恩将车停到了罗斯福公路一边,我们下了车。海鸥在江上啼鸣,迎着风在飞。水上金光点点。水流在汹涌,在旋转。布莱恩伸手到眼睛上,挡住刺眼的阳光,看上去像个古老的探险家。几辆车已经停在路中间,送报卡车已经侧着停下,不过,这事故不像摇滚歌里唱的那种,全是鲜血、骨折、美国高速公路这些。这事故挺平静的,只是几条车道上洒满碎玻璃,几捆报纸乱作一团躺在地上,离那女孩尸体颇有些距离,而那女孩则用自己的一汪鲜血在表达着自己。面包车引擎在轰鸣着,蒸汽从车子前面冒着。司机的脚一定还在油门上。车子如泣如诉地在响着,时断时续,声音极高。后面熄火的车子,有的门在打开着,其他一些司机已经迫不及待在按喇叭了,迫不及待要继续赶路了,还有在尖叫着"操你妈的",一曲纽约大合唱。我们俩单独在一起,在这些喧闹的两百码开外。路面完全是干的,只有一团团热气水洼一样积在地面上。阳光透过高架钢梁照过来。海鸥在水上飞。

我向布莱恩看了过去。他穿着精纺毛料外套,打着领结。他看起来荒谬而悲伤,他的头发耷拉下来挡在眼睛上,整个人陷在过去里面回不过神来。

——告诉我说,这一切并没有发生,他说。

他去检查自己车前方的那一刻,我记得我在想,这件事我们一定无法活着面对下去。这倒不是因为撞车,甚至不是因为那女孩的死亡——她躺在那一摊血里,必死无疑了——也不是因为砸到方向盘上的那个男的——那人胸口卡在仪表板下,几乎可以肯定已经不行了。我们无法面对的,是布莱恩下去检查我们的车子、毁坏的车灯、扭曲变形的挡泥板这一事实。那挡泥板就好像我们在一起的这些年的日子那样,已经破碎不堪。而我们后面,警车的呼啸声已经从路上传了过来。他发出了一声绝望的呻吟,我知道这是为这车,为我们未曾售出的油画,为我们快要面临的下场,我就跟他说:来,走吧,我们走吧,快,上来,布莱恩,快点,我们赶快走。

一九七三年,布莱恩和我抛弃了格林尼治村的生活,改头换面,去纽约上州的一座木屋居住。我们已经一年没有吸毒,也有几个月没酗酒了,直到事发的前夜。只不过是一场夜宴而已。次日早晨,我们在切尔西酒店睡迟了,我们回到了老妪式的醒酒思路上:准备坐在门廊摇椅里摇啊摇,看毒素从自己身上离开。

在回家的路上,我们都沉默了。我们偷偷上了罗斯福公路,驱车向北,过了威利斯大道桥,进入布朗克斯,沿着两车道的高速公路,沿着湖边,然后下到土路上,往家里赶。小木屋距离纽约市一个半小时车程。它藏在一片树林后面,坐落在一个更小的湖边。那湖其实不过是一个小池塘。有睡莲和其他河里植物。小木屋是五十年前、在二十世纪二十年代建造的,用的是红杉料。没有电。水是从一眼泉水井打的。木灶台,摇摇晃晃的厕所,灌满水自然往下流的淋浴间,还有个被我们当车库用的小棚子。覆盆子灌木在后窗四周长大了。打开下拉式窗户就能听见鸟的啼鸣。风吹着芦苇,沙沙作响,仿若闲谈。

这样的地方,很容易学会忘记,忘记我们刚刚看到高速公路上一个女孩出车祸身亡,或许那男的也死了——我们无从得知。

我们停车到家的时候,夜幕开始降临了。夕阳照着树梢。我们看到了束带翠鸟,将叼起的一只鱼摔向码头。它将这猎物吃了,然后我们坐着看它转着飞走——那样子如此美丽。我走了出去,沿着码头走。布莱恩从后座将绘画拿出来,靠在小棚子旁边,将那巨大的木门拉开,门后面便是我们的庞蒂亚克车。他停了车,用挂锁锁上小棚子,然后用扫帚扫掉了车轮留下的印子。扫地中间,他抬起头,向我挥挥手,又略略耸耸肩,然后又接着扫地。不久,我们连离开过小屋的痕迹都看不出来了。

那天晚上很冷。降温之后,连虫子都没了声音。

布莱恩在码头上,坐在我旁边,将鞋子踢掉,脚在水上晃荡着,从打皱的裤子口袋里掏着什么。疲惫的黑眼眶。他前一天晚上弄的可卡因还剩四分之三袋。价值四五十美元。他打开了,用挂锁的钥匙插进可卡因里,然后铲了些白粉出来。他的手窝在钥匙周围,递到我鼻子前。我摇了摇头。

——吸一口,他说。冲冲晦气。

这是他在前天晚上之后,第一次用鼻子吸毒。——过去我们称之为方子,治疗手段,松节油,给我们洗刷子的东西。这白粉劲很大,直冲而下,刺激得我喉咙后面火烧火燎。感觉在冰雪覆盖下的水里涉水而过。他把手伸进袋子,自己吸了长长三口,头往后一扬,左右摇摆,发出一声长叹,然后搂着我的肩膀。我几乎还能闻到衣服上的撞击味,就好比是我扭曲了挡泥板,让车子转了起来,撞向护栏。

——宝贝,不是我们的错,他说。

——她还那么年轻。

——不是我们的错,亲爱的,你听到我这话没有?

——你看到她躺地上没有?

——我告诉你吧,布莱恩说,那个白痴踩刹车了。你见到过他没有?我的意思是,他的刹车灯都不齐。我无能为力。我的意思是,操,我该怎么办?他这车开得就像一个白痴似的。

——她的脚那么白。脚底。

——我不走坏运这条路。

——耶稣啊,布莱恩,到处都有血。

——无论如何你得忘记。

——她就在那里躺着呀。

——你鬼都没看到。你听我在讲吗?我们什么都没有看到。

——我们开着一辆二七年庞蒂亚克。你以为没有人看见我们?

——又不是我们的错,他又说。忘了这事吧。我们能怎么办?他踩了那该死的刹车。我告诉你,他把车简直是当成一艘该死的船在开。

——你觉得他死了吗?那司机?你觉得他死了吗?

——来吸一口。

——什么?

——你总得忘记这事发生,什么都没有发生,什么也没有发生。

他将小塑料袋塞进夹克口袋里,将手指插到背心的肩膀处下面。我们一年大部分时间都在穿老式的衣服。这也是我们回到二十年代的做派之一。这些现在看起来太荒谬了。三流影院的三流演员。另外还有其他两个纽约艺术家,布莱特和德莱尼,返回的是二十世纪四十年代,按那时候的生活方式生活,穿那时候的衣服,他们靠这事发了大财,成了大名,甚至上了《纽约时报》时尚版。

我们比布莱特和德莱尼走得更远,我们搬到了城外,将我们的宝贝车子——我们唯一的妥协——保留了下来,过上没有电的生活,我们读那个时代的书,画符合当时时代风格的画,我们视自己为世外大隐,潮流人士,学界中人。骨子里面,我们都知道自己并不是独创。前一天晚上,去麦克斯,我们自以为是,却被门口保镖挡住,他并不认识我们。他们不让我们进入后面的房间。女服务员拉紧了窗帘。她为自己的拒绝而得意。我们的老朋友都不在旁边。我们转回去,走到吧台,画就夹在胳膊下。布莱恩从吧台侍者那里买了一袋白粉。那侍者是唯一恭维我们作品的人。他靠在吧台上,凝视着画布,足有十秒钟。厉害,他说。厉害。伙计,这个值六十块呢。厉害。伙计,要不要点巴拿马红粉?我这里也有。奇霸[1]我这里也有。哇。你说话就成。哇。

——把这粉给处理掉,我跟布莱恩说。扔进水里。

——过一阵子吧,宝贝。

——扔了吧,拜托。

——过一会儿好不好?亲爱的?现在我正吸得来劲呢。我的意思是,这家伙,得了!他这车开的!我的意思是,谁他妈这么白痴,在罗斯福公路中途刹车呢?你看到她了吧?她简直没穿什么衣服。我的意思是,没准正给他口交什么的。我敢打赌,就是这样。她正在啃他呢。

——她在一摊血里,布莱恩。

——不是我的错。

——她都给撞完了。还有那个家伙。就那么卡在方向盘下头躺着。

——是你叫我离开现场的。是你说的,我们走吧。不要忘了,是你做的决定!

---

[1] 巴拿马红粉和奇霸是两种大麻。

我一甩手给了他一个耳光,我很吃惊我的手抽得很痛。我从码头上站起来。木板咯吱作响。码头又老又无用,伸向池塘里,像是在嘲弄似的。我沿着硬硬的泥巴地,向小屋走去。到了门廊,我推开门,在屋子中间站着。屋子里面一股霉味,就好像煮什么难吃的东西煮了几个月似的。

这不是我的生活。这些都不是我的陷阱。这不是给我设计的黑暗生活。

过去一年,布莱恩和我在这小屋过得还算开心。我们把毒瘾从体内清除出去了。每天早晨起来的时候都头脑清醒。我们干活,我们绘画。我们在这安静中营造出一个安静的生活来。现在这生活不复存在了。这只是个意外,我对自己说。我们做得没错。当然,我们是离开了现场,但也许他们会搜查我们,找到这些白粉,这些大麻,或许会把布莱恩逮捕起来,或许会查出我的姓,在报纸上登得到处都是。

我望着窗外。月光淡如细水,在水面上滑过。天上繁星点点。我看的时间越长,越觉得这些月光像爪印。布莱恩仍在码头上,身体横着躺着,仿若海豹,冷冷的,黑黑的,好像要从码头滑下去一样。

我在暗中摸到煤油灯处。火柴在桌子上。我把闪烁的火挑亮。把镜子转过来。我不想看到自己的脸。可卡因仍在我体内翻腾。我把灯拨亮,感觉着那热气的上升。我额头冒出一滴汗珠来。我把衣服堆成一堆,走到床前。我倒在软垫上,趴了上去,赤裸着身子,盖在床单之下。

我还是可以看到她。尤其是她脚底大部分,我不知道为什么,我可以看到她,躺在黑暗的柏油路面上。是什么让这脚这么白呢?我想起了一首老歌,我去世的老祖父曾经唱过,说的是泥足。我把脸埋进枕头。

门闩咔的一声响。我静静地躺在那儿，浑身发抖——这两个居然可以同时做到。布莱恩的脚步声从地上传来。他的呼吸声很浅。我能听到他把鞋子踢到火炉附近。他把煤油灯拧小。灯芯发出低语声。世界上的边缘更暗了下去。火焰抖了抖，最后又挺直着燃烧。

——莱拉，他说。宝贝。

——什么？

——听着，不是我要这么跟你吼的。真不是有意。

他来到床边，在我上方弯下腰来。我能感觉到他在我脖子上的呼吸。感觉很冷，就好像枕头的另一边。我有点东西，我们可以一起来享受。他把床单拉到我的大腿。我能感觉可卡因洒在我的背上。过去很多年前我们这么干过。我没有动。他的下巴在我后腰上。他没有剃光的胡须。他的手搭在我胸前，他的嘴沿着我的脊梁吻了下去。我能感觉他的脸贴着我的后背，他的嘴唇感觉疏远而漂泊。他又洒了些粉，粗粗地洒了一条线，他用舌头舔掉。

他现在来劲了，将床单从我身上全部拉开。我们已经几天没有做爱了，甚至在切尔西酒店里都没有。他把我翻过来，叫我不要出汗，因为这样可卡因会糊到一起。

——对不起，他又说，把那白粉洒到我肚子上。我不应该那样跟你吼。

我抓住他的头发将他拉下来。从他肩膀看过去，天花板上浅淡的木结看起来如同钥匙孔。

布莱恩在我耳边低语：对不起，对不起，对不起。

布莱恩和我原来在纽约市挣钱。二十世纪六十年代末，他导演了四部黑白艺术片。他最著名的电影《安提阿》，描述的是海滨一幢旧式建筑被拆毁的经过。起重机，重型卡车，晃动的拉钩球，用十六毫米摄像机拍出，镜头美丽而耐心。它颇引领了些潮流，后来不少的艺术便是它的效仿——光透过被砸烂的仓库墙壁透过来，窗框躺在水坑上，破碎所营造的新建筑空间。这部影片被一个著名的收藏家收买了。随后，布莱恩发表了一篇文章，论及制片人的自慰。他说，电影创造了一种应该来牵引现实生活的生命形式，创造了一种只属于自己的欲望。文章本身写到中间打住。它后来发表在一本名不见经传的艺术杂志上，但确实也让布莱恩在他所追求的圈子里受到了一些关注。他这人野心十足。他的另一部电影《卡里普索》，拍的是布莱恩在一座钟楼楼顶吃饭，钟就在他的身后滴答作响。在钟的每个指针上，他都贴了越南的照片，秒针上是一个燃烧的和尚，在钟面上一圈圈转动着。

这些影片红火了一阵儿。电话铃声响个不停。大家为此开庆祝晚会。艺术经纪人候在我们门口打埋伏。《时尚》杂志登了他的专访，摄影师让他赤身露体，只披上一条长长的围巾，盖住关键部位。我们都赞不绝口，但是如果你在同一条河里站得太久，就是河岸也会悄然溜走。他拿了一项古根海姆的资助，但过了一段时间，这钱大部分被我们拿去喂我们的老嗜好了。可卡因，安非他命，安定片，黑美人，无种大麻，安眠酮，吐诺尔，苯丙胺：我们找到什么吸什么。布莱恩和我在城里能整个整个星期不睡觉。我们来往于格林尼治村那些吵吵闹闹的罪人之间。我们参加露骨的晚会，在让人热血沸腾的音乐声中失散连续一个小时，两个小时，三个小时。后来发现对方在别人的怀抱里，我们也无所谓，我们大笑着继续。性爱聚会。换妻聚会。安非他命聚会。在54工作室，我们吸着粉喝着香槟。我们欣喜若狂，我们在屋子里隔着老远相互大叫。

一个时装设计师给我设计了一件紫色裙子，上面有安非他命做的黄色纽扣。我们跳舞的时候，布莱恩将这些纽扣一个个咬掉。他越是飘飘然，我的裙子就越是在往下掉。

我们从出口进门，从入口出去。夜间不再只是一片漆黑；它实际上有了早晨的光亮——我们不费吹灰之力,就能在夜晚凭空想象出日出,想出正午的报时来。我们常常把车一直开到公园大道,只是去嘲笑一下睡眼惺忪的门卫。我们去时代广场的磨坊剧院专门播放一些以感官刺激见长的电影的剧院。看早场电影。《双裤姐妹》、《内裤劫》、《火辣女郎》。我们在曼哈顿楼顶这焦油海滩上看日出。我们把贝尔维尤精神病院的朋友接出来,直接送到垂德维克餐厅。

一切都很奇妙,包括我们的崩溃时分。

我的左眼有点抽动。我不想去管,但感觉它就像布莱恩的时钟指针,以我的脸为钟面,在上面转动。我也曾可爱过,莱拉·丽芙曼,中西部的女孩,金发碧眼,养尊处优,父亲拥有一个汽车帝国,母亲是挪威模特。我可以大胆地说,我的美丽足以让出租车司机为抢客而打起来。但我感觉这些夜生活在损耗着我。我的牙齿因为抽苯丙胺过多,色泽开始黯淡。我的眼睛昏暗无光。有时我似乎感觉吸毒甚至败坏了我头发的颜色。我有个古怪的感觉,感觉生命在通过毛囊消失,一种刺痛的感觉。

我不是在艺术创作上下工夫,反倒常跑发廊,一周两次,甚至三次。每次二十五美元。我又给十五块小费,然后沿着大道走回去,一路边走边哭。我会重拾画笔的。这个我肯定。我只需要再等一天。再等一个小时。

我们的工作做得越少,我们便越觉得它有价值。我在创作抽象派城市景观。有几个收藏者略有兴趣。我只需打起精神来完成。可我非但不在画室,反从联合广场的阳光之下,走入麦克斯餐馆那舒适的幽暗之中。所有门卫都认识我。鸡尾酒放在桌子上:先来一杯曼哈顿,然后就着一杯白俄罗斯喝下。几分钟时间我就飘飘欲仙了。我四处漫步,聊天,调情,大笑。和摇滚歌星在后屋搞,和艺术家在前面上。男人在女厕所里,女人在男厕所里,抽烟,说话,亲吻,做爱。一盘一盘的大麻巧克力蛋糕传来传去。男子用笔管吸着一条条的可卡因粉。跑到麦克斯餐厅的时候，时间成了岌岌可危之物。人们手表翻过来扣着戴，进完晚餐，已是新的一日。有时候，我过了三天后才出餐厅大门。打开门，走到公园大道和十七街的时候，阳光刺痛了我的眼睛。布莱恩偶尔和我在一起，但更多的时候他不在，还有些时候，坦白地说，我也不知道他在不在。

晚会如雨水，绵绵不绝。在村里，我们的经纪人比利·李的大门永远开着。他高大，瘦削，英俊。他有一个骰子，我们用它来玩性游戏。有一个笑话，说比利家人来人往如潮，但主要是高潮。他的公寓里偷来的成沓的处方纸摆得到处都是，全都一式三份，上面都有麻醉剂和危险药品管理局的编号。他是从上东城医生办公室偷的。他常去公园和麦迪逊街这些底楼办公室，将窗式空调踢进去，然后从敞开的窗口爬进去。我们认识下东城一个可以开处方的医生。比利每天吞二十粒。他说，有时他的心脏好像缠在他的舌头上似的。他对麦克斯餐厅的女服务员情有独钟。只有一个金发碧眼名叫黛比的服务员躲着他。有时候，女服务员没能来，我就上。比利在我耳畔背诵《芬尼根的守灵夜》。"通奸之父"[1]。他已经背会了二十来页。听起来像一曲爵士乐。后来，我耳边还会响起他的声音。

在布莱恩和我的公寓里，有几张音乐吵闹扰邻的传票。还有一次，我们因为藏毒被捕，不过是一次警方的突袭行动，终于让我们停了下来。他们撞门而入。四处都是警察。给我站起来。其中一人用警棍打我的脚踝。我怕得都不敢尖叫。这不是普通的突袭。比利被他们从沙发上提起来，踢到地上，当着我们的面被他们脱衣搜身。他被戴上手铐带走。这是联邦麻醉品管理局的一个专项行动。我们后来没事，只是收到了一个警告：他们在盯着我们呢，他们说。

布莱恩和我在市内简直在爬行，四处找毒来吸。我们的熟人都

---

[1]《芬尼根的守灵夜》里的句子。

不卖了。麦克斯餐厅当晚关了门。小西12街那些眼神狠毒的同性恋不让我们进他们的俱乐部。曼哈顿上方一片阴霾。我们在休斯顿街买了一包,但后来发现是小苏打。我们仍然往鼻子里吸,希望里头还有点残余的可卡因。我们行在荒腔走调的醉汉歌手之间,走到鲍尔瑞,遇到三个菲律宾小子,个个穿着刺字的夹克。他们将我们推到杂货店的栅门上,用刀抵着我们,将我们洗劫一空。

我们最后到了东区一家药店的门口。**瞧我们把自己弄的这模样,布莱恩**说。他的衬衫前都是血。我的眼睛跳动不止。我躺在那里,地上的潮气渗入骨髓。我们连哭的欲望都没了。

清早,一个意大利佬在我们脚前扔了一枚两毛五的硬币。E pluribus unum[1]。

就在这样的时刻,我知道我们无法回到从前的生活了。人总归会到某个时候,厌倦了失败,决定悬崖勒马,至少要尝试那么一回,作最后一搏,孤注一掷。我们把我们在苏豪的小公寓卖掉,买下小木屋。小木屋远在上州,要想再回麦克斯餐厅,得走很长很长一段路。

布莱恩本想在这偏僻处待上一两年,或更长时间。心无旁骛。要进入极度淳朴状态。画画。铺开画布。找到独创性。这不是嬉皮式想法。我们都一直痛恨嬉皮士,恨他们的花,他们的诗,他们同心合一的想法。我们跟嬉皮士简直有天壤之别。我们是弄潮儿,领头者。我们产生的想法是复古到二十年代,一如司科特和泽尔达[2]那样去洗心革面过健康生活。我们一直把古董车留着,甚至里面重新装潢了一番,座位重新布面,仪表板重新磨光。我将头发剪成二十年代随意女郎风格。我们的东西准备充足:鸡蛋、面粉、牛奶、糖、盐、蜂蜜、牛腩、辣椒和一排一排我们从天花板上用钉子挂着的腊

---

1 美国钱币上所书字样,意为"合众为一"。
2 指小说家司各特·菲茨杰拉德和他的妻子泽尔达·菲茨杰拉德。

肉。我们除掉蜘蛛网，在柜子里装满大米、谷物、果酱、软糖——我们相信我们最终会这么纯净的。布莱恩决定，是回去画画的时候了，画出托马斯·本顿或约翰·斯图尔特·库里的风格来。他希望出现一个纯净的、区域主义的时刻。他对过去一起上康奈尔的同事感到厌恶，那些史密斯森、托雷和马塔-克拉克们。他们已经到了极限，再不会有什么新的突破。他们的螺旋式防波堤，裂开的房屋和被人盗窃的垃圾箱，都已经过时了。

我也是——我决定要在作品中表现树的脉搏，草的旅程，还有一些尘土。我想我也许可以用某种新颖、惊异的方式，捕捉到水的样式。

我们分别创作各自的风景画——池塘、翠鸟、沉默、月上树梢，红翼𪄀鸟从树叶中掠过。我们摆脱了毒品。我们做爱。这一切都很好，非常非常好，直到我们回曼哈顿的那一天。

蓝蓝的曙光在房间里舒展开。布莱恩横着躺在床上，如搁浅之舟。叫都叫不醒。在睡梦中磨牙。他有点瘦弱，颧骨突出，不过也还不算难看：有时候他还像当初那样，让我想起那马球运动员来。

我让他躺在床上，兀自走到门廊。太阳还没起山，可是热气已经把前夜落在草上的雨水蒸发干了。微风拂过湖面。我能听到几英里之外的高速公路上，传来车来车往的声音，如若低低的咕嘟声。

一条喷气式飞机的尾气留在空中，如同一长条逐渐消失的白粉。

我的头在抽痛，喉咙干燥。我花了一点时间才意识到，过去两天的事情确实发生了：我们的曼哈顿之行，我们在麦克斯经历的屈辱，车祸，还有一晚上的性爱。原本平静的生活里，又出现噪音了。

我看着布莱恩藏庞蒂亚克的小棚子。我们已经把画的事都给忘了。把它们丢在雨里，连块塑料布都没有去盖。这些画作堆在那里，烂着，靠在棚子一侧，在一些旧货车轮子边上。我弯下腰来，匆匆翻过这些画作。整整一年的心血。水和油漆如同血一般，流到草地上。画框很快会翘曲走形。绝妙的讽刺。所有的心血都白费了。画布的切割。从画笔上扯下的毛。一个月接着一个月的绘画。

你撞了一辆面包车，你看着你的生命消失。

我没管布莱恩，没有跟他说，一整天都在回避他。我走在树林里，绕着湖走，往土路上走。苦心孤诣四处收集心爱之物，我在想，然后准备看它们一一失去。我坐着，扯着树根上的藤子：我觉得这是我所能做的唯一有价值的事情了。那天晚上，我上床睡觉，布莱恩的眼光越过水面看过去，舌头在舔着塑料袋里剩下的最后一点可卡因。

第二天早晨，画仍在车库边上堆着，我走到镇上去了。在某个特定阶段，任何东西都可能是一种迹象。在路途中间，一群椋鸟从一堆废弃的汽车电池上飞起。

特洛菲餐馆在大街街尾，在一座钟楼式教堂的阴影之下。一排小卡车排在门外，车窗里是空空的枪架子。几辆旅行车泊在教堂的地界上。门口的人行道裂缝里，野草挤着长了出来。门铃响了。坐在旋转座椅上的当地人转过来打量我。他们人比平常更多。戴着棒球帽，抽着香烟。他们很快又转了过去，挤在一起，聊着天。我觉得无所谓。他们反正也没有什么时间来理睬我。

我向对面的女招待笑了笑，但她无动于衷。我坐到一个红色小隔间，小隔间上方有一张画，画的是一群惊飞的鸭子。几包糖，吸管和餐巾纸散落在桌子上。我把福米卡台面擦干净，用牙签摆出了一个建筑造型。

坐在转凳上的男子声音很大，兴致勃勃，可是我听不懂他们在说什么。我突然有点慌神，觉得他们似乎知道这事故，不过转念又觉得这样未免离奇。

冷静下来。坐下。吃早餐。看世界从身边溜走。

女服务员终于来了，隔着桌子将菜单推到我面前，甚至问都没问就放了一杯咖啡在我面前。疲惫就如签名似的，写在她的脸上，可是一回到吧台，立刻神气活现，又和那些男人打成一片了。在白咖啡杯上没有洗干净的地方，有咖啡滴留下的印渍。我用餐巾纸擦掉。在我下面的地上，有一张报纸，折着，上有鸡蛋的印子。《纽约时报》。我已经近一年没有看过报纸了。在小屋里，我们有一台收音机，带曲柄，我们要想收听外部世界，必须先摇这曲柄才行。我把报纸踢到小隔间的对面。想到车祸，还有接下来画作的毁坏，谁还有心思看新闻呢？整整一年白忙了。我不知道布莱恩发现后，会是什么状况。我能想见他从床上起来，头发蓬乱，没穿上衣，在身上挠几把，把裤裆处理一理，走到外面，向小棚子看过去，摇着头让自己清醒起来，从高高的草丛跑过去，草在他身后弹起。

他脾气不大——这是我仍喜欢他的一个地方——但是我能想见小棚子四处都是画框砸碎的碎片。

你想让时钟静止，静止半秒钟，给自己一个机会，从头再来一次，让生活像磁带一样倒带，将撞车扭转回来，往回倒着，她奇迹一般升起，回到挡风玻璃上，挡风玻璃也从破碎中扭转回来，生活平淡无奇地继续下去，仍是那古老的，失去的，甜美的时光。

可是女孩那蔓延的血迹，又出现了。

我试图看女服务员的眼睛。她胳膊支在吧台上，与那些男子聊天。他们身上有种紧迫感，这感觉在屋子里荡漾着。我大声咳嗽了一下，又冲她微笑了一回。她叹了一口气，仿佛在说，我会来的，看在上帝份儿上，别来催我。她从吧台后绕过来，不过又停了一回，在屋子中间，为着什么私密的笑话大笑起来。

其中一个人已经把他的报纸打开。尼克松的脸在头版，在我面前一闪而过。一副老奸巨猾、成竹在胸、饕餮之徒的模样。我一直不喜欢尼克松，这不仅是因为众所周知的那个原因，在我看来，他不但学会了毁灭留下的证据，还将未来一并毒害。我父亲在底特律，与人合开了一家汽车公司，可是过去几年，我们家族积攒的财富全没了。这倒不是说我要继承，没有，一点都不会，但我能看到青春在我面前败退，那些美好的时光——父亲让我骑在肩膀上，挠我胳膊窝，给我盖好被子，亲吻我的面颊——那些好日子，都不复存在了，都在变化之中，渐渐远去。

——怎么回事？

我的声音尽量显得随意。女服务员拿着笔悬在点菜单上。

——你没有听见吗？尼克松走了。

——被人枪杀的？

——见鬼，不是！是辞职。

——是今天？

——不，明天，亲爱的。下周。圣诞节。

——你再说一遍？

她用笔敲着她的尖下巴。

——要点啥呀？

我结结巴巴地要了一份西部煎蛋，从那硬塑料玻璃杯里喝着水。

我脑子里迅速闪过一个意象来。遇见布莱恩之前——接触毒品、艺术和格林尼治村之前——我爱上了一个来自迪尔伯恩的男孩。他自愿去越南服役，回来的时候，便有了那种"千码凝视"[1]，还有一颗子弹，不偏不倚打中了他的脊柱。让我吃惊的是，他居然在轮椅里，为尼克松的一九六八年竞选从事宣传，在城区行动，支持着他所不能理解的一切。我们因为这次竞选而分手。我本以为我知道越南会是什么样子：我们会让它一片瓦砾，血流成河。一再重复的谎言成

---

[1] 士兵因作战压力导致的一种疲弱、不能集中的病态眼神。

了历史，但他们不一定能成为真理。他吞下了所有这一切，甚至他的轮椅上都贴满贴纸。**尼克松爱耶稣**。他挨家挨户，散布关于休伯特·汉弗莱的谣言。他甚至给我买了一个挂链，上面是共和党的大象标志。我戴上了它，好让他开心，让他觉得像双腿还在时一样，可是他眼里的火光黯淡了，他的大脑就好比装进小抽屉里收起来了。我如果留在他身边，学会赞美无知，不知会是什么结果。他写信给我，说他看到布莱恩的钟楼电影，笑得从椅子上滚下来，都无法起身，现在他只能爬了。他问能不能把他扶起来？在信结尾他说：操你的，你这无情的婊子，你把我的心都给压扁了，榨干了。不过，当我想起他时，我还是看到他在高中体育场的银色座位下方等我，脸上带着笑，三十二颗洁白闪亮的牙齿。

思绪之乱如猎枪霰弹出膛：是的，将它们放进抽屉里收起来。

事故中的那个女孩再一次浮现在我眼前，她的脸出现在他的肩膀上方。这回想到的不是她白白的脚了。她丰满，漂亮。没有眼影，没有化妆，没有矫饰。她向我微笑着，问我为什么开车走了，我不想跟她说话吗，为什么我没有停下来，来，来，请过来，难道我不想看到切断了她脊椎的铁片吗，看到她以五十英里时速爱抚的路面？

——你没事吧？服务员问我，将一盘子食物从桌子对面滑过来。

——没事，是的。

她盯着满满的杯子，问：有事吗？

——只是心情不怎么好。

她看着我，好像我是外星人。不喝咖啡？我可要打电话给众院非美活动调查委员会了[1]。

你见鬼吧，我想。别烦我。回去洗你的杯子好了。

---

[1] 一九三八至一九七五年间美国众议院下属的一个委员会，后演变为国内安全委员会。

我坐在那里，一声不响，对她笑着。煎蛋又湿又滑腻。我吃了一口，就觉得那油脂让我反胃。我弯下腰来，把脚伸到桌子底下，把昨天的报纸勾过来，捡起。报纸翻开的那一版上说有个男子在世贸中心双塔之间走钢丝。他似乎对这两幢大楼盯了六年，最终不仅走了钢丝，还在上面跳舞，走了过去，甚至还在钢丝上躺过。他说，如果他看见橙子，他就情不自禁想抛接，看到摩天大楼，就情不自禁想在它们之间行走。假如他走进小餐馆，看到我如此支离破碎，成了抛接都抛接不完的碎片，他又该怎么做呢？

我翻完了其他版面。塞浦路斯，水处理，布鲁克林的谋杀案之类新闻，但主要是说尼克松、福特和水门事件。我对丑闻不熟悉。这不是我和布莱恩关注的对象：最为冷酷的当权政治。一种别样的凝固汽油弹，在国内炸开了。我很高兴地看到尼克松辞职，但也不指望会迎来一场革命。不会有什么大改变。福特刚上任可能会消停一阵儿，但百日一过，他照样会去订购更多炸弹。自从索罕·索罕[1]扣动那邪恶的扳机以来，也没有发生过什么好事情。田园诗般的世界结束了。自由这个词语每个人都会提起，但没有人会了解。除了特立独行的权利之外，再没有什么值得人们去卖命的东西了。

报上没有提到罗斯福公路上的事故，甚至连折缝下藏着的豆腐块小文也没有。

但她仍然还在那里，在看着我。司机根本都没有打动我。我不知道为什么，是她，只有她让我难忘。我在阴影里向她走过去，车的引擎仍在响着，如泣如诉，她的头上方四处都是碎玻璃，如若光环。你究竟有多伟大呢，上帝？救救她。将她从路面上扶起，将尘土和玻璃从她头发上清理掉。将地上的假血洗掉。就在此时此刻，救救她，让她错位的身体重新黏合。

---

[1] 一九六三年刺杀约翰·肯尼迪总统的凶手。

我感到头痛了。我心乱如麻。我几乎能感到自己在小隔间里摇晃了。也许是药物在从我体内清除。我拿起了一块面包，只是放在嘴唇边，即便那黄油的气味都已经让我恶心了。

窗外，我看到一辆古董车挨着路沿停下了，车轮胎外侧带白圈。我过了一阵子，才意识到这并非幻觉，不是记忆中调取出来的电影镜头。门开了，一只鞋踩到地面上。布莱恩爬出来，用手遮着眼睛。这个姿态和两天前在高速公路上一模一样。他身穿伐木衫和牛仔裤。没穿那种老式的衣服。他那样子就像是地地道道的上州人。他把搭在眼睛上的头发甩向脑后。过马路的时候，小镇上的车辆都停下来等他过。他的手深深插在口袋里，沿着小餐馆的窗户慢悠悠走着，冲我微微一笑。他的步子里有种令人费解的如同在远足的味道，他的上身向后略略弓了弓。他看上去像一个拉广告的，假模假样。我突然可以想象他穿着泡泡纱衬衫。他又笑了起来。也许他听说尼克松的消息了。更有可能的是，他尚未看到被毁得无法修复的绘画。

门铃响起的时候，我看见他大老远在对女服务员挥手，和男人点头。有一把调色刀从他衬衣口袋里翘出来。

——你脸色很苍白啊，宝贝。

——尼克松辞职了，我说。

他满面笑容，从桌子上方俯下身子，吻了我一下。

——瞧这大个子迪基[1]还这么神气活现。你猜怎么着？我找到了画。

我打了个寒战。

——它们这下可好了，他说。

——什么？

——那天晚上下雨它们没有拿回来。

---

[1] 迪基为尼克松的昵称。

——我看到了。

　　——完全变了。

　　——我很抱歉。

　　——你很抱歉?

　　——是的,我很抱歉,布莱恩,对不起。

　　——等等,等等。

　　——等什么呀,布莱恩?

　　——你难道不明白吗?他问。你带来了一个不同的结局。焕然一新了。你难道不明白吗?

　　我把脸转向他,直直地看着他的眼睛,说,不,我不明白。我什么也不明白,鬼都不明白。

　　——那女孩死了,我说。

　　——哦,天!又来了。

　　——什么又来了?是前天才发生的呢,布莱恩。

　　——我要给你讲几遍才行?不是我们的过错。轻松一点。将你他妈的声音低下来,莱拉,别在这里哭出声来。

　　他伸出手来,拉住我的手,他的眼睛眯缝着,眼神专注:不是我们的错,不是我们的错,不是我们的错。

　　他又不是在超速,他说,也不是不满哪个不会开车的混蛋,刻意去追尾。世事难料。赶巧而已。

　　他叉走了我的一块煎蛋。他伸出叉子,略略向我伸过来,接着低下眼睛,吃着食物,咀嚼得十分缓慢。

　　——我刚发现一件事,可是说了你不听。

　　他这好像是要用某个愚蠢的笑话刺激我似的。

　　——顿悟的时刻,他说。

　　——跟她有关吗?

　　——你得打住,莱拉。你得振作起来。

——听我说。

——是关于尼克松?

——不,和尼克松没关系。去他妈的尼克松。尼克松会由历史来收拾的。听我说,拜托。你的举止不正常了。

——有个女孩死了啊。

——够了,你他妈能不能放松点!

——那个男的,可能也死了。

——闭、你、妈、的、嘴!我只是轻轻碰了一下,就这些,也没别的。是他妈的他自己刹车灯不灵。

就在这时,女服务员过来了,布莱恩把我的手松开。他给自己点了份特洛菲餐厅的特色供应,另加熏肉和鹿肉香肠。女服务员退走了,他一直冲她笑着,看着她扭着屁股离开。

——你看,他说,是关于时间。你想想吧。它们的主题是时间。

——什么关于时间?

——画啊。它们是对时间的述评。

——哦,我的天,布莱恩。

他眼睛里显出我好久没见过的亮光来。他撕开几包糖,倒入咖啡。一些糖粒洒到了桌子上。

——听着。我们画的都是二十年代的作品,对不对?我们住在那个时候,对不对?这就是出色之处,我的意思说,它们四平八稳的,这些画,这是你自己这么说的。它们指向那个时代,对不对?它们保持着那些正式的礼节。它们包裹在习俗风尚的盔甲里,对不对?甚至有种单调。它们的产生是蓄意的。是我们培育出来的。可是你看天气把它们给弄的。

——我看到了,是啊。

——嗯,我今天早晨出去,这该死的东西让我呆住了。但后来我开始翻看。它们既美丽又残破。你难道不明白吗?

——不明白。

——如果我们画出一些画,放在外面任凭风吹雨打会怎样呢?我们让现在作用于过去。我们可以完成一些比较极端的创作。按照过去的风格,正正规规地作画,然后让现在来摧毁它们。你让天气变成那富有想象的力量。现实世界作用于你的艺术作品。这样,你就给了艺术品一个新的结局。然后你重新给出阐释。这太完美了,懂不?

——那女孩死了,布莱恩。

——别去想了。

——不行,我不想不行。

他举起双手,然后捶在桌子上。孤独的糖粒跳了起来。吧台前有些男子转过身来,向我们扫了一眼。

——哦,我操,他说。跟你说没用。

他的早餐来了,他闷闷不乐地吃着。他不停地抬头看我,就像我会突然改变,变成他刚结婚时的那个美人,可是他的眼神郁闷而愤怒。他带着一种野蛮劲吃着香肠,吃着过去是活物的香肠,就好像香肠惹火了他一样。在他没有怎么剃好胡子的嘴边,有些鸡蛋粘在上面。他试图讲述他的新项目,说一个人在任何地方都能找到意义。他的声音嗡嗡响,就好像一只被困住的苍蝇。他追求确定性,追求意义。在他的规则范式里,他需要我作为其中一部分。我很想告诉布莱恩,其实我一辈子真正爱的是那个坐在轮椅里给尼克松拉票的青年,离开他之后一切都索然无味,一切都那么年少无知,一切都那么荒废无益,一切都那么令人生厌,我们所有的艺术,所有的项目,所有的失败,纯粹是废物,都无关紧要。可是我没说,我只是坐着,一言不发,听着吧台那边传来的淡淡的、嗡嗡的声音,还有叉子放在盘子上的哗啦哗啦声。

——我们走吧,他说。

布莱恩打了个响指，女服务员跑了过来。他留下非常丰厚的小费，我们走出去，走进阳光里。

布莱恩将一副巨大的墨镜顶到眼睛上，大踏步走向主街街尾的修车行。我跟在后面，落下了几步。他没有转身，也没有等待。

——喂，哥们儿，有个特殊的活儿你做不做？他跟一个躺在车底下伸出双腿的人说。

那修理工从车底下转了出来，向上瞪着，眨了眨眼睛。

——要做什么活儿呢，伙计？

——给一九二七年的庞蒂亚克换个车大灯。还有前挡泥板。

——什么来着？

——你做还是不做？

——这是美国，老板。

——那就去换吧。

——这需要时间，哥们儿。需要钱。

——没问题，布莱恩说。钱和时间我都有。

修理工剔了剔牙齿，然后咧嘴笑了。他吃力地走向杂乱的办公桌：档案，铅笔屑，还有钉在墙上的挂历女郎。布莱恩的手在颤抖，但他无所谓；他现在想着自己的心思，他也知道车子修理好后，他会怎样去处理自己的画作。等灯和挡泥板都修好了，所有这些事都会忘掉，他又能去工作了。我不知道他这个新的嗜好可能持续多久，一个小时，一年，还是终身？

——你来不来？我们走出修理厂的时候，布莱恩说。

——我宁愿步行。

——我们应该将这一切拍摄下来，他说。你知道，这个系列怎么创作出来的之类。一切从头开始。做部纪录片挺好的，你不觉得吗？

一排吸烟者站在93街和第一大道交叉的大都会医院前。一个个看起来就像他们刚抽的那根香烟一样，脸色苍白，随时可能跌落的样子。通过旋转门看，候诊室里人满满的。里面又是一团烟雾。地板上有一块块的血迹。瘾君子们沿着长凳一溜坐着。这是一个看来自己都需要医治的医院。

我硬着头皮从人群之间走过去。这是我找的第五个候诊室了，我开始觉得，或许司机和年轻女子在撞击当场就死了，被直接送到了停尸间。

一个保安向我指了指问询处。走廊尽头，一个没有标记的房间，只不过是墙上安了个窗户。一个又胖又壮的女人坐在窗框里。从远处看，她就像在电视机里一样。她的眼镜在她的脖子上挂着。我悄悄走到窗前，低声问有没有一男一女，星期三下午撞车后送过来。

——哦，你是他们的亲戚？她说，甚至都没有扫我一眼。

——是的，我结结巴巴地说。是表亲。

——你是来取他们的东西？

——他什么？

她匆匆扫了我一眼。

——他的东西？

——是的。

——你得签个名。

十五分钟后，我发觉我在那里站着，拿着一盒子，已故约翰·A.科里根的遗物。遗物包括：两边用医院剪刀剪开的黑色长裤，一件黑色上衣，一件染满了血的白汗衫，内裤，还有用塑料袋装着的袜子，一枚宗教徽章，一双鞋底都已经踩烂的黑色网球鞋，他的驾照，八月七日星期三上午七点四十四分在约翰街违章停车的罚单，一包卷烟，几份报纸，几块钱，而且，奇怪的是，还有一个钥匙链，上面是两个黑人小孩。还有一个婴儿粉颜色的打火机，和其他物件似乎格格不入。我不想要这盒子。我给拿出来，是因为难堪，是想圆谎，是不想丢面子，甚至还有可能是为了掩饰。我开始在想，逃离车祸现场或许属于杀人，至少是一种重罪，现在则是第二次犯罪，这回罪行倒不严重，可是还让我感到恶心。我想把盒子留在医院里，逃走，离开我自己。这一切都是我所引发的，他们最终给我的，却只是一个亡者的遗物。显然，我已涉水太深，难以掌控局面了。现在是回家的时候了，可是我却拿着这个男子这一身带血的行头。我盯着驾照看。他看上去比我在记忆中定格的形象更年轻。一双眼睛中带着一种奇怪的惊恐，眼睛盯着别处，照相机之外的什么地方。

——那女孩呢？

——当场死亡，那女人说。就好像在说什么交通标志似的。她抬头看看我，调了调鼻子上的眼镜。

——还有别的事吗？

——没了，谢谢，我结结巴巴地说。

我唯一能拼凑出来的细节是：约翰·A.科里根出生于一九四三年一月十五日，五英尺十英寸高，一百五十六磅重，蓝眼睛，也许是布朗克斯区那两个黑人小孩的父亲。也许他和从挡风玻璃甩出去的女孩结婚了。也许钥匙链中的女孩是他的女儿，长大了。也许这是什么秘密，因为布莱恩曾经说过，他当时都有可能正跟死去的女子发生恋情呢。

一些医疗资料的复印件，折叠着放在盒子底：他的登记清单。笔迹潦草难辨。心包填塞。克林霉素，三百毫克。那一刻，我像是又回到了高速公路上。挡泥板碰了一下他的车子后面，我在他那巨大的褐色面包车里转啊转。墙，水，护栏。

我走进新鲜空气中，衬衫的气味升腾起来。我突然有个奇怪的念头，想把他的烟草发给外面那些晃荡着的烟民。

一群波多黎各孩子在那辆庞蒂亚克前面闲逛。他们穿着彩色运动鞋，宽喇叭裤，T恤的袖子下面藏着香烟盒。我从边上悄悄走过的时候，他们都可以闻到我的紧张。一个又高又瘦的男孩从我肩膀后面伸手过来，拉出科里根内裤下面的塑料袋，故作尖叫状，将袋子丢到地上。其他人一起笑起来。我弯下腰去捡起袋子，但是感觉到有只手在摸我的乳房。

我站起身，尽量把身子挺高，瞪着那男孩的眼睛。

——你胆子不小！

我得自己比二十八岁的实际年龄大好多，好像我在过去几天一下子老了几十岁。他后退了两步。

——我就是看看。

——那你就别看了。

——带我一程吧。

——庞蒂亚克！一个男孩喊道。可怜的老黑还说这是凯迪拉克！

——带我一程吧，夫人。

更多人在咯咯笑。

从他肩膀上方，我能看到一个医院的保安向我们走过来。他戴着无檐帽，轻松自如地走过来，边走边对着对讲机讲着。孩子们一哄而散，吵吵嚷嚷地沿着街道跑走了。

——你没事吧，夫人？保安问。

我在车门口拿出钥匙一通乱找。我一直在想保安会走过来，到前面，看到碰坏的车灯，然后明白过来。从后视镜中，我看到他从人行道上捡起我丢下来的装内衣的塑料袋。他举在空中看了一会儿，然后耸耸肩，将它扔进路边的垃圾桶里。

我哭着转过街角，驶往第二大道。

我进城，表面上是给布莱恩买一新款摄像机，好让他记录他新画的创作历程。但是,我只知道远在14街,靠近我以前住宅区的一家商店。是谁说的来着,没有人能回到自己的老家?我不知不觉,开车向城西行进。到了河滨公园边的一个小停车场,沿着水边开。那纸盒子就放在我旁边的乘客座上。一个陌生男子的一生。我以前从来没有做过类似的事情。我的目标闯进了这个世界,如流星般燃起。这一切我得来全不费工夫,只不过签了个字,说声感谢便可。我本想全扔到哈得孙河,但总有一些事情,我们不忍去做。我又看了他的照片一眼。不是他引我来这里的,是那个女孩。我对她仍然是一无所知。我不懂。我该怎么办?去促成一种新的复活?

我下了车,在附近一个垃圾桶里找报纸,在上面搜看有无死亡通知或讣告。讣告倒是有一个,死的是尼克松的美国,其实是一条社论,但是报上并没登一个年轻黑人女子遇到一起肇事逃跑事故而去世的消息。

我鼓起勇气,开始驱车前往布朗克斯,向着驾照上的地址开过去。个个街区个个街区的废弃停车场。粗铁丝围栏上方,挂着很多撕裂的塑料袋。矮小楸树被风吹弯。车身修理店。新旧配件齐全。橡胶燃烧的气味,砖的气味。在一个半墙有人写着:但丁已经消失了。

我不知道花了多久才找到这个地方。梅杰·迪根大道上有几辆警车。两个警察之间的仪表板上放着一盒甜甜圈,那样子酷似一档三流的电视节目。我把车停到他们旁边的时候,他们盯着我,嘴巴张大着。我已经失去了所有的恐惧感。如果他们想因为肇事逃跑而逮捕我,那就逮捕好了。

——这个小区挺乱的,太太,他们中间的一个带着浓厚的纽约式鼻音说。这样的车子难免是要引人注目的。

——我们可以为你做什么,太太?另一个警察说。

——也许不用叫我太太吧?

——还挺有主见的嘛!

——你想要什么,女士?不过这儿除了乱还是乱。似乎为了证实似的,一辆巨大的冷藏卡车穿过红绿灯,减慢下来,司机摇下车窗,慢慢靠近路边,看到警车,便猛踩油门。

今天没黑妓,警察向路过的卡车喊道。

那位小个子回头看我的时候,脸白了一下,然后又淡淡一笑,眼皮都皱起来。他伸手在腰间突出来的一条横肉上摸了一摸。

——今天不许做生意,他说,语气里几乎带着一种歉意。

——总之,我能为你效劳什么呢,小姐?另一个说。

——我来找人,还点东西。

——哦,是吗?

——东西在我这里,在我车上。

——这车哪里来的?什么车子?好像是一八五〇那个年代的车子?

——是我丈夫的。

两人淡淡一笑,但他们看上去很高兴,毕竟我打破了他们的乏味。他们走到我车子边上来,拍拍这个,看看那个,摸着木头仪表板,看着我的手刹啧啧称奇。我常常想,布莱恩和我迷上二十年代,可能就是要保住这车子吧。我们是作为结婚礼物合买,送给我们自己的。每次坐在里面,感觉就像回到了一个纯真简朴的年代。

第二个警察看了看装着遗物的盒子。他们很讨厌,但我也没法说什么。我突然为自己把装内裤的塑料袋丢在医院边上感到内疚,感到痛苦,因为我感觉这内裤现在好像是必要的,能让那不在现场的人完整起来。警察拿起罚单,然后从盒子底下拿起那驾照。年轻的那位点了点头。

——嘿,是那爱尔兰人,那个神父。

——当然是。

——就是给我们瞎他妈捣蛋的那个。为这些婊子。他开那辆奇特的面包车。

——他在那五楼住。我的意思是,他的弟弟。在清理他的东西。

——是神父?我问。

——好像是个修士什么的。就这种做社工的。叫解放什么来着。

——解放神学,另一个说。

——这些家伙中有个人认为耶稣是吃福利饭的。

我恨得发抖了,然后告诉警察,我是医院工作人员,这些东西必须归还——他们能不能帮我去还给死者的兄弟?

——这不是我们的工作,小姐。

——看到那路了?靠那边?沿着走,到第四幢褐色大楼。进门向左。乘电梯。

——或者楼梯。

——不过得小心。

我不知道组成一个警察局需要多少个混蛋。由于战争的缘故,他们现在胆子更壮,嗓门也更大了。他们耀武扬威。用水枪冲向万人。开枪打那些黑鬼。警棍敲那些极端人士。不喜欢就请滚蛋。除了我们之外,别人说什么你们都别信。

我走向公寓。一阵恐惧涌上心头。扑腾乱跳的心是很难平静下来的。孩提时,我看到马试图下水到河流里去降温。你会看到它们在七叶树林中穿过,下了斜坡,穿过泥泞,甩尾巴打苍蝇,在水里走得越来越深,直到最后游起来,或是转回来。我看出了恐惧之下的行为规律来,这中间有些难以启齿的东西——这些高楼构成的国家,在我年轻的时候,在我的艺术里,都不存在。我是个足不出户的姑娘。哪怕是嗑药嗑昏头了,我也不会到这样的地方来。我试图说服自己向前进。我数着路面的裂缝。烟蒂。还没有打开,但是上面已经有了脚印的信件。碎玻璃碴。有人吹口哨,但我没有向他看过去。一个打开的窗口，飘来一些毒品的烟味。那一刻，并不是我感觉像是下了水；更像是我将血液，一桶一桶从我自己身上运走，我能感觉到，在我往前走动的时候，血拍打着桶壁，血在往外洒。

一个鲜花花圈，还剩一些褐色的残余，挂在门外。过道里的邮箱上有凹陷和烧焦的痕迹。走道上还有蟑螂喷剂的气味。头顶的灯不知什么原因，用漆喷成了黑色。

一个大块头中年女子，穿着花裙子，等在电梯口。她叹了口气，踢开了一个用过的针头。针头滚到角落里，针尖上有个小血泡。她向我点头微笑，我也向她点头微笑。她牙齿洁白。仿珍珠项链在她脖子上晃荡。

——天气不错啊，我对她说，尽管我们都知道这到底是什么样的天气。

电梯上升。马踏入河流。看我淹死。

到了五楼，我向她道别，她继续向上，电梯线缆发出老枝折断般的声音。

几个人聚在门外，大部分是黑人妇女，穿着黑丧服，看上去不像是她们自己的，好像是她们租来只用这么一天的。她们脸上的化妆又艳又浓，是这化妆让她们原形毕露的。有一个女子，在疲惫不堪的眼睛周围，抹着闪光的银粉。那警察说了些关于妓女的话，或许那年轻女子就是一个妓女。我突然要发出感激的一声叹息，然后猛然意识过来，顿住了，四周的墙壁向我涌过来。我这人多下贱啊！

我做的事是不可原谅的，我知道。我能感觉到我的胸部在衬衣下跳动，但是这些女子退向两边给我让出路来，我从她们悲恸的黑幕之间穿过。

门开着。里面有个年轻女子在扫地。她的面孔，看上去好像来自西班牙马赛克贴画似的。一条条睫毛膏，把她的眼睛涂得漆黑。

脖子上戴着一条简简单单的银链。她显然不是妓女。我立刻感觉自己的衣服穿得不够庄重，我像是硬闯进了她的沉默之中。在她身后，是一个男子，和驾照上那人简直一模一样，只不过更结实点，下颚更宽点，也不是那么胡子拉碴。看到他，我感到天旋地转。他身穿白色衬衣，打着黑领带，穿一件夹克。他的脸很宽，脸色略带红润，眼神充满悲伤。我结结巴巴地说，我来自医院，我来送点东西，是科里根先生的。

——凯兰·科里根，他说，过来跟我握手。

一开始，他给我的感觉，是那种能乐呵呵在床上做拼字游戏的人。他把盒子拿过来，低下头，在里面搜找。他看到了钥匙链，凝视片刻，然后放进口袋里。

——多谢，他说。我们忘了拿这些东西了。

他话里带点口音，但不是很浓，不过举手投足就像我见过的其他爱尔兰人，身子有点佝偻，但是样子十分机警。那西班牙女子将衬衫拿过来带入厨房。她站在水槽边，深深吸着那衣服上的气味。黑色的血迹仍然可以看见。她远远地向我看过来，接着目光低垂下来，看着地板。她小小的胸部一起一伏。她突然跑到水龙头边，将那布冲入水中，开始拧着，仿佛约翰·A.科里根会突然出现，再一次穿上一般。很显然，我在这里显得很多余，可是有什么东西阻挡着我，让我一直走不了。

——我们过四十五分钟要去参加葬礼。抱歉不能奉陪了。

公寓上面有人冲了一下马桶。

——还有个年轻姑娘，我说。

——是的，是她的葬礼。她母亲马上出狱。这是我们听说的。一两个小时吧。我弟弟的葬礼是明天。火葬。有点棘手。但不用担心。

——我明白了。

——恕不能奉陪了。

——当然!

一个体格魁伟的牧师进到公寓里,说自己是马立克神父。那爱尔兰人跟他握握手。他看了我一眼,仿佛在问我为什么还不走。我到了门口,停了下来,转过身来。门锁看上去被人撬过多次。

西班牙女子仍然在厨房,将那湿衬衫挂在水槽上方一个钩子上。她站在那里,低着头,似乎是想记起点什么。她把脸又埋进衬衫。

我转过身,结结巴巴地说。

——你是否介意我去参加女孩的葬礼?

他耸耸肩,看着牧师,牧师在一张纸片上画了一幅简单的地图,仿佛他为有点事情可做感到高兴似的。他抓住我的肘部,然后沿着走廊走开。

——你有什么影响力没有?牧师问。

——影响力?我问道。

——是这样的,他哥哥坚持要给弟弟火化,然后回爱尔兰去。就是明天的事。我不知道你能不能劝劝他,好让他改变这个念头。

——为什么啊?

——这不符合我们的信仰,他说。

走廊上,一名妇女已开始哭了起来。不过,那爱尔兰人走出了大门的时候,她停住了。他已经把领结高高打在自己脖子上,他的外套也穿上了,拉得直直的,紧紧贴着他的肩膀。他后面是那西班牙女子,她的身上突然现出一种尊贵的傲气。走廊里鸦雀无声。他按下了电梯按钮,看着我。

——对不起,我跟牧师说。我没有任何影响力。

我挣开他的手离开,匆匆走向正要关闭的电梯。爱尔兰人把手伸进电梯门缝,给我把门再次打开,然后我们就离开了。西班牙女子谨慎地对我笑了笑,说很抱歉,她不能去参加女孩的葬礼,她得回家照顾孩子,但她很高兴凯兰有人陪着去。

我也没多想,就问他要不要搭我的车,他说不用,说他们要他跟送葬队伍一起走,他也不知道为什么。

他紧张地拧着双手,步入阳光中。

——我甚至都不认识这个女孩,他说。

——她的名字叫什么?

——我不知道。她母亲叫蒂莉。

这话带着一种不快的坚决,但他随后补充道:我想是爵士琳吧,还是什么别的。

我把车远远地停到斯罗格斯·内克的圣雷蒙德墓地外面,免得被人看到。高速公路上传来嗡嗡声,可是我越接近墓地,那新割的草的气味就越浓。长岛海峡淡淡的海风吹拂过来。

树木高大,光一束束穿入林中。很难相信这是布朗克斯,虽然我也在几个陵墓上看到了涂鸦,另外靠近大门的几块墓碑被人破坏了。同时有几个葬礼在举办着,主要是在新公墓这边。不过,女孩的葬礼很好认。他们在抬着棺材,沿着林荫大道,向老公墓走过去。孩子们穿着纯白的衣服,但成年妇女的衣服就好像是临时的拼凑,裙子太短,高跟鞋太高,她们的乳沟用环绕的围巾盖着。她们的样子就像是去了一场奇怪的车库销售一样:明亮、昂贵的衣服,藏在黑乎乎、零零碎碎的装饰之下。那爱尔兰人在她们中间,脸色苍白,非常白。

一个穿着花哨西装的男子,戴着帽子,上面插了一根紫色羽毛,走在送葬队伍末尾。他看上去吸了毒,神情凶狠。在西装外套之下,他穿着一件黑色的高翻领毛衣,脖子上挂着金链,链子上挂着一个汤匙。

一个不超过八岁的男孩,样子就像是南北战争期间某个奇怪的少年鼓手似的,吹起了萨克斯管,乐声优美,一阵一阵响起,飘扬在墓地上方。

我留在背景里,在靠路边的一片草丛里,不过葬礼开始的时候,约翰·A.科里根的哥哥和我目光对接上了,他招呼我上前去。墓地边不超过二十人,有几个年轻妇女哭得很伤心。

——我叫凯兰,他又说,伸出手来,仿佛是怕我已经忘记。他对我露出了淡淡的、尴尬的一笑。我们是那里仅有的两个白人。我想伸手去帮他理理领带,把他散乱的头发顺一顺,帮他修修边幅。

一个女子——八成是死去女孩的母亲,站在两名穿西装的男子旁边哭泣着。另一位年轻女子走近她,脱下美丽的黑色披肩,披在那母亲肩上。

——谢谢,安吉。

牧师是个瘦小、优雅的黑人男子。他咳嗽了一声,人群沉默下来。他谈到了肉体的失败和灵魂的得胜,说到我们应该学会面对肉体的不复存在,应该去赞美死者留下来的东西。爵士琳的日子过得很苦,他说。死亡无法使之合理,也无法给出解释。这么一个坟墓,不等于我们生命的全部。或许说这话的时间或地点不对,他说,但是他还是想说说正义问题。正义,他重复了一遍。只有坦诚和真相最终胜出。正义之屋被人破坏了,他说。像爵士琳这么年轻的女孩居然被迫做可怕的事情。随着她们年龄的增长,世界又向她们要求可怕的东西。这是一个邪恶的世界。它强迫她去做卑贱之事。她不是自己要这样的。这个世界对她来说已经够邪恶了,他说。她在暴政的枷锁之下。奴隶制表面上或许已经消亡,他说,但是实际上它还明明存在着。得带着慈善、公义和善良与之抗争。这不是一个简单的呼吁,他说,不是。行善比作恶困难得多。邪恶的人知道的东西比好男人多得多。这就是他们变恶的原因所在。这就是恶缠住了他们的原因所在。邪恶是给那些无法企及真理的人。邪恶是个面具,掩饰着愚昧无知和爱的缺乏。即使有人嘲笑善良的概念,觉得它感伤,怀旧,这些都没有关系——善良根本不是这些,他说,善良是要去捍卫的。

——正义!爵士琳的母亲说。

牧师点了点头,然后抬起头面向那些参天大树。爵士琳是个在克利夫兰和纽约城长大的孩子,他说,她看到了善良的远山,她知道有一天她要到那儿。这是一个艰难的旅程。一路上她看到了太多的邪恶,他说。她有几个朋友,几个知己,比如和她一起去世的约翰·A.科里根,可是这个世界主要是在审判她,判她的刑,利用她的善良。但是生命要想实现哪怕一丁点的美丽,都必须经历一番困苦,他说,现在她去了一个别的地方,那里没有政府会来捆绑她,奴役她,没有歹徒来向她提出非分之求,也不会有自己人来利用她的肉体牟利。然后,他站直身子,说:可以这样说,她不用感到羞愧。

大家纷纷点头。

——想羞辱她的人才可耻!

——就是,大家回答。

——希望我们大家都吸取了一些教训,牧师说道。有朝一日,你们也会行走在黑暗之中,真理会像光一样从中照过,你身后的生活,你永远都不想再看到。

——就是。

——那恶劣的生活。那邪恶的生活。在你的面前,你会看到无边的善良美好。你会沿着那条美好的道路行走。不容易,但美好。充满恐怖,或许还有困难,但窗户向天空敞开,你们的心灵会得到净化,你们会展翅翱翔。

忽然间,我想到了爵士琳飞过挡风玻璃的可怕景象。我觉得头晕目眩。牧师的嘴在动,可是那一刻我什么也听不见。牧师看着人群中的一个地方,他的目光固定在我身后的紫帽男身上。我回头瞥了一眼。那男子愤怒地咬着上唇,他的身体似乎卷曲了起来,如弹簧一般,随时准备弹出攻击。他的帽子给他脸上留下阴影,可是还能看出他的一只眼睛似乎是一个玻璃眼球。

——蛇要和蛇一起灭亡的,牧师说。

——没错,一个女人的声音在回应。

——它们会消失的。

——是的,他们会的!

——让它们离开这里。

紫帽男没有动。没有人动。

——滚哪!爵士琳的母亲扭着身子大吼着。看起来她被捆住了,但她在蠕动,在扭曲,想挣脱出来。一名穿西服的男子碰了碰她的胳膊。她的肩膀左右晃动,她的声音充满了怒气。

——你他妈滚哪!

那是一个可怕的时刻,我感觉她是在冲我吼,但她是在盯着我身后戴着羽毛帽子的男子。大家纷纷在喊,声音越来越高。牧师伸出手,示意大家冷静。这个时候我才意识到,爵士琳母亲的手一直在身后,被手铐铐着。旁边两个穿西装的黑人男子是纽约城的警察。

——他妈的滚哪,伯德豪斯,她说。

紫帽男等了一会儿,向上伸伸手,笑了笑,露出了所有的牙齿。他碰了碰帽檐,将其倾斜了一下,然后转过身,走开了。哀悼者发出了一阵小小的欢呼声。大家看着那皮条客沿着路走开。他再一次举起帽子,但是没有转身,将帽子在空中挥了挥,不像是在道别的样子。

——蛇走了,牧师说。就别让它们再来。

凯兰伸手扶了扶我的胳膊。我感觉很冷,很肮脏;我就感觉穿了一件传了几手的衬衫似的。我没有权利在那里。我践踏了她们的领地。但是葬礼上有一些很纯粹很真实的东西：你身后的生活，你永远都不想再看到。

哭泣声停住了，爵士琳的母亲说：把这些该死的东西给我拿掉。这两个警察眼睛直盯着前方。

——我让你们把这些该死的东西给我拿掉。

终于，一个警察到了她身后，将手铐打开。

——谢天谢地。

她摇摇手，沿着墓穴走了一圈，然后走向凯兰。她的围巾轻轻地掉了下来，她深深的乳沟一览无余。凯兰脸红了，显得很尴尬。

——我有个小故事想讲讲，她说。

她清了清喉咙，人群一阵骚动。

——我的爵士琳，她十岁。她不知在哪里的一本杂志上看过一张城堡的照片。她接着给剪了出来，贴在床上方的墙上。就跟我说的那样，这也没啥，我从来没有多想。但是，后来她遇到了科里根……

她指向凯兰，凯兰低着头看着地面。

——有一天，他送些咖啡过来，她就跟他说了城堡的事，可能是无聊吧，可能是没话找话，我不知道。但你们知道科里根，这呆猫什么话都听。耳朵可没白长。当然了，科里听得很有劲。他说，他过去长大的地方，就有这样的城堡。他说，有朝一日，他会带她去这样的城堡。说得铁板钉钉儿似的。每天他会跑过来，给我小女儿送咖啡过来，就跟她说，他正在收拾这城堡，等等就是。一天，他会告诉她，他在把护城河修好。接下来一天，他说，他在忙着安大门口吊桥的链子。接着，又说他在拾掇炮塔。然后，他又说在张罗宴会的事情。他们会有蜂蜜酒——像是一种葡萄酒——还有很多好吃的，然后还会有竖琴演奏，还有舞蹈。

——是的，一个脸上抹着亮粉的女子说。

——关于这个城堡,他每天都有一个新的说法。这是他们自己的小游戏,我的天,爵士琳可喜欢玩这个了。

　　她抓住了凯兰的胳膊。

　　——就这些,她说。这就是我要说的话。就是这样。他妈的就这些,对不起我说这粗话了。

　　周围聚集的人群都在说阿门,然后她转向其他一些妇女,说了句什么话,关于城堡里上厕所的什么话,听来奇怪而简短。人群中有的人开始笑起来,这时候有件怪事发生了——她开始引述某个诗人的话,那诗人的名字我没有听出来,诗句是说打开门,一柱阳光不偏不倚照在地的中央。她那布朗克斯口音念起来,诗句飘飘逸逸,直到最后,似乎直接跌落在她的脚下。她低下头,忧伤地向地上看了看,看着它的挫败,然后又说科里根带来的全是敞开的门,他和爵士琳现在一定是逍遥无比,不管他们现在是在哪里。每一扇门都会为他们打开,尤其是通往城堡的门。

　　她然后靠在凯兰的肩膀上,开始哭泣:我是一个坏母亲,她说,我是一个可怕的该死的母亲。

　　——不是,不是,你挺好的。

　　——从来没有什么该死的城堡。

　　——肯定是有城堡的,他说。

　　——我不是白痴,她说。你不要把我当孩子待。

　　——没事的。

　　——是我让她过早长起来的。

　　——你不必这么为难自己……

　　——她在我怀抱里长大的。

　　她把脸转向天空,然后抓住凯兰最靠近她那边的翻领。

　　——我的孩子们在哪里?

　　——她是上了天堂了,你不要担心。

——我的孩子们,她说。我女儿的孩子们。

——她们都挺好的,蒂尔,墓旁的一个女人说。

——她们大家都照顾得好好的。

——她们今天来看你,蒂。

——你答应我?谁在带?她们在哪里?

——我答应你,蒂尔。她们没事的。

——答应我。

——上帝可不欺骗,一个女人说。

——你最好他妈的给我保证,安吉。

——我保证。好了,蒂,我保证。

她靠在凯兰身上,然后转过脸来,看着他的眼睛,说:你还记得我们做了些什么呢?你还记得我吗?

凯兰看上去就好像手里有根雷管,拿也不是,熄也不是,远远抛开也不是。他朝我瞟过来一眼,然后看看牧师,最后转向她,伸开双臂,将她紧紧抱住。他说:我也想念科里。其他女子也过来了,轮番和他拥抱。他们拥抱他,似乎是把他当成他弟弟的化身了。他看看我,扬起眉毛,但这个表情显得善良而得体——她们一个个过来了。

他把手伸进口袋里,拿出上有婴儿照片的钥匙,递给爵士琳的母亲。她盯着它,微笑着,然后突然挣脱开,一巴掌打在凯兰的脸上。他看上去好像是满怀感激似的。一个警察张嘴一笑。凯兰点点头,撅起嘴唇,然后退后到我身边。

我也不知道自己闯进了什么乱子。

牧师咳嗽了一声,要大家安静下来,他还有最后几句话要说。他按部就班地做完了正式祷告,念了关于尘归尘土归土的古老《圣经》章节[1],然后说他坚信,尘土总有一天会归于树木,这不仅仅是

---

[1] 《圣经·传道书》12:7:"尘土仍归于地,灵仍归于赐灵的神。"

天国的神迹,而是现实世界的神迹,所有的东西都可以重新构造,死的可以变活,尤其是我们内心的东西,这就是他终结时要说的话,他说他现在得让爵士琳去安息了,因为他要她做的,便是休息。

葬礼结束后,警察重新给蒂莉的手腕上戴上手铐。她只哭了一小阵儿。警察将她带走。她无声地抽泣起来。

我陪同凯兰走出墓地。他脱下外套,搭在肩膀上,不是漫不经心地搭着,而是为了抵御热浪。我们沿着小路,走向公墓拉法耶特大街一侧的大门。凯兰走在我前面大约四分之一步那么远。随着日光角度的变化,人们看起来形象可能有所不同。他比我大,大约三十五六岁,不过突然看起来年轻了些,我突然对他涌出一种保护的感觉来:他那温和的步伐,宽宽的下巴,肥壮的腰部。他停下来,看着在一块大墓碑上松鼠的攀爬。这是一个一切都已失衡的时刻,我想,就这么看看一个古怪的东西,似乎也说得过去。松鼠爬上了树干,爪子的声音如同水滴落在浴缸里。

——为什么她戴着手铐?

——她被判了八个月什么的。卖淫,外加抢劫的罪名。

——所以,他们只是放她出来参加葬礼?

——是的,至少我看是这样。

我无话可说了。牧师都已经说透了。我们走出大门,转向同一个方向,向着高速公路走去,但他停下来,跟我握手。

——我送你回家吧,我说。

——家?他说,露出浅浅一笑。你的车会不会游泳?

——你说什么?

——没什么,他摇摇头说。

我们沿着昆西路走,我的车停在那里。我想他看到庞蒂亚克的那一刻,就明白过来了。车面向我们停着。一只车轮在路沿上。车大灯的破碎很明显,挡泥板上有凹陷。他在路中间停下,略略点点头,好像是恍然大悟。他的脸就跟一座坍塌的沙堆城堡似的,沉了下来。我进入司机座的时候,不自觉地浑身发抖,我斜过身子,将乘客座那边的门打开。

——就是这车子,是不是?

我坐了很长一段时间,手指摸在仪表板上,那上面蒙着一层尘土和花粉。

——是个事故,我说。

——就是这车子,他又重复道。

——我不是有意的。我们也没有料到它会发生。

——我们?他问。

我知道,我的口气跟布莱恩一样。我所做的不过是举起手来,以免内疚。避免失败,毒品,放荡不羁的生活。我觉得很愚蠢,很欠缺。我感觉像是把房子整个烧毁了,最后在那废墟中寻寻觅觅,想找出房子过去存在的样式,结果却发现那点燃一切的火柴。我在疯狂地乱抓乱找,想找到开脱的理由。可是我的另外一个部分告诉我,也许我犯罪逃跑,逃离真相之后,我现在是诚实的,或者说尽量做到诚实。布莱恩说过,世事难料。这是一个可怜的逻辑,但在骨子里,它是正确的。世事难料。我们并不希望这结果发生。它们是从偶然的尘土中升起来的。

我一直在清洁仪表板,擦我牛仔裤腿上的灰尘和花粉。我心里一直在寻找一个简简单单,不这么凝重的地方。我想把引擎轰隆隆打着,开到最近的河里。轻踩刹车,或是转方向盘这样简单的动作,现在都已捉摸不透。我需要升空。我想变成靠飞行觅食的动物。

——这么说,你根本不是在医院工作的?

——没错。

——那么,是你开车吗?这车?

——我什么?

——是不是你开车的?

——我想是我在开。

这是我说过的唯一一个我能明白的谎言。我们之间出现了一点微弱而刺耳的声音:作为身体的车子,撞击着。

凯兰坐着,从前方的挡风玻璃看过去。他喉咙里发出了一点声音来,不过不像别的,更像是一声笑。他把窗户摇上摇下,手指沿着窗沿擦来擦去,然后用关节敲击着玻璃,仿佛他是在考虑逃跑的方式。

——我只想说一句,他说。

我觉得四周的玻璃似乎都有人在敲,好像过不多久,它就会裂开,坍塌。

——只说一句,仅此而已。

——请说吧,我说。

——你本该停下来的。

他用掌跟拍着仪表板。我希望他咒骂我,从高处诅咒我,咒骂我想为自己找良心的平安,咒骂我撒谎,咒骂我逃开,咒骂我出现在他哥哥的公寓。我心里的一个部分甚至希望他转过来打我,真的打我,让我流血,伤害我,毁掉我。

——好了,他说。我走了。

他的手放在门把手上。他用肩膀推开门,身子已经出来了一部分,接着又将门关上,躺倒在车座上,精疲力尽。

——你他妈的本该停下来。为什么不停?

另一辆车到我们前面的空处来平行泊车,一辆巨大的蓝色奥兹莫比尔车,带着银边。我们静静地坐着,看这车腾挪在我们的车和前面那辆车之间。刚刚够空间。它斜着进来,然后开出,然后换了个角度再次进来。我们看着它,仿佛这是世界上最重要的事情。我们俩都一动不动。那司机扭过肩头,转动方向盘。刚要将车换到泊车挡时，他再次后退了一下，轻轻碰着了我的车护栅。我们听到了叮当一声：左灯破碎的玻璃最后一点也掉了。那司机跳出来，举手作投降状，但是我挥手示意他走。那人脸如猫头鹰，戴着眼镜，由于惊恐，他的脸几乎都有一种漫画的特征。他跑到路上，接着又扭头看，仿佛是要确保没事似的。

——我不知道，我说。我不知道。我没有可解释的。我很害怕。我很抱歉。这话我再怎么说都不够。

——妈的，他说。

他点燃一支烟，略略打开一点窗户，从嘴两边吐了点烟出来，然后看向别处。

——听着，他终于说。我得离开这里。你把我丢下好了。

——丢到哪里？

——我不知道。您想不想去什么地方喝点咖啡？喝一杯？

刚刚发生的这些，让我们俩都狼狈不堪。我亲眼目睹了他弟弟的死亡。把一个生命撞死了。我没有说话，只是点点头，车子打着了，从车缝中间好不容易挤出来，开到空空的路上。找个黑暗的酒吧，静静喝上一杯，算不得坏事。

那天晚上，我回家时——如果我还可以说这地方是家的话，我去游泳了。水阴沉沉的，里面有很多古怪的水草。奇怪的树叶和卷须。星星在天空，如同钉子的钉头——拉下几根钉子来，黑暗就会轰然坠落。布莱恩已经完成了几幅画作，放在湖泊周围的林子各处，靠近湖水。他开始产生怀疑，仿佛他已经知道这个想法很蠢，但他仍想试上一试。一个买家都没有，没有比这更荒唐的事情了。我一直在水里，希望他会离开，睡觉去，但他坐在码头上，拿着毯子，我从水里起来的时候，他用毯子将我包住。伸手抱住我的肩膀，他扶着我走回小屋。我最不想看到的，便是这煤油灯了。我需要开关，需要电。布莱恩试图带我到床上，但我只是说不了，我不感兴趣。

——你上床去睡吧,我对他说。

我坐在厨房的桌子前画起来。我已经有段时间没用画笔了。纸上开始出现各样形状。我记得,我们刚结婚时,布莱恩在客人面前举起杯子,笑着说:**至死不渝**。这是他的玩笑。我们结婚了,我当时觉得,我们会看着对方最终咽气。

让我吃惊的是,我在绘画时,脑子里只想走进一个完全干净的地方。

早些时候,我和凯兰之间平淡无事,或者说根本没有发生什么事,至少是一开始的时候。那天余下的时候,一切似乎都是平平常常。我们只是驾车离开了墓地,穿过布朗克斯,上了第三大道的大桥,以避开罗斯福大道。

天气暖和,天空一片澄蓝。我们开着窗户。他的头发一缕缕在风中飘动。到了哈莱姆,他让我减速,他对店面式教会感到惊讶。

——它们好像商店,他说。

我们坐在外面,听着123街一个浸信会唱诗班在练唱。歌声响亮,如天籁之声,唱的是在主明亮的山谷。凯兰心不在焉地用手指在仪表板上敲着。音乐就像进入了他的体内,在他心里跳跃。他说了一些关于他弟弟的话,说他们骨子里都不会跳舞,可是他们的母亲年轻时弹钢琴。还有一次,他弟弟甚至把钢琴用轮子推到海滨的都柏林街上,他现在根本记不得那是为什么了。他说,这就是记忆有趣的地方。它会在最奇怪的时候,不期而至。他已经很长一段时间没想起这事了。他们在阳光下,将钢琴沿着海滩推着。他一生中,就是那一次和他弟弟搞混。他妈妈把他们名字叫混了,叫他约翰——来,约翰,来这里,亲爱的——尽管他年长,那一刻,他觉得自己扎根在童年里,或许他那死去的,无处可寻的弟弟现在还在那童年里,永远在那里。

他咒骂着，脚踢着车身下方：我们去喝酒吧。

在公园大道一立交桥处，一个孩子用安全带和绳子吊着，在桥梁上喷漆。我想起了布莱恩的画。它们也不过是些涂鸦而已。

我们车子开向上东城，沿着莱克星顿大道，大约在64街附近找到一处矮矮的小酒吧。我们走进来的时候，系着一张白色大围裙的年轻酒吧侍者，几乎看都没看我们一眼。啤酒瓶状的广告灯照过来，我们眨了眨眼。没有点唱机。满地花生壳。几个牙齿稀少的男子坐在吧台前，听着电台里播棒球比赛。镜子由于年头过久，上面变成了褐色，斑斑点点。炸锅里传来不怎么新鲜的油味。墙上写着这样的标志：钱眼里头出西施。

我们坐进一个隔间，靠着红色的皮座位，要了两杯血腥玛丽。我的上衣靠着椅子座，都已经湿了。烛光在我们中间晃着，小小的摇曳的光。点点灰尘游在蜡烛液中。凯兰将餐巾纸撕成一小块一小块，跟我从头到尾说起了他的弟弟。他准备第二天，火化之后，带他回家，他要把骨灰洒在都柏林湾周围的水里。对他来说，这大概不算怀旧，而像是该做的事情。带他回家。他会沿着海滨，等海潮过来，他要在风里，把科里根的骨灰撒出去。这根本不违反他的信念。科里根从来没有提到任何形式的葬礼。凯兰肯定，他宁可散到很多东西里面，成为它们的一部分。

他喜欢弟弟的地方，他说，是他能造就人，让大家成为他们自己都不敢去想象的人。他扭转了他们心里的一些东西，给了他们新的地方让他们去。即使死了，他还是会这么去做的。他的弟弟相信，上帝的空间是最后一片边疆：男男女女可以做各种各样的事情，但真正的奥秘，仍在远方。他只想把骨灰撒了，让它们落到它们想去的任何地方。

——然后呢？

——不知道。也许去旅行。或许留在都柏林。也许回到这里，尝试一番。

他刚来的时候，不大喜欢这里——所有这些垃圾和繁忙——但是他开始习惯，觉得还不坏。来到这个城市，就好比进入了一个隧道，他说，你会吃惊地发现，那一头的光线也没多大关系；有时候，由于走过了隧道，那光亮能去承受了。

——说不准，这么一个地方，他说。说不准的。

——那么，你会回来的了？未来什么时候？

——或许吧。科里根从来没有想到他会留在这里。可是后来，他遇到了个人。我想他本来想永远留在这里。

——他谈恋爱了？

——是啊。

——你为什么叫他科里根？

——碰巧这样。

——从来不叫他约翰？

——约翰对他来说太平常了点儿。

他让撕碎的餐巾飘落到地上，说了句很奇怪的话，说语言能够描述事物是什么，但是有时候语言无法描述事物不是什么。他扭过头去。随着外面灯光的熄灭，窗户上霓虹灯更亮了。

他的手碰到了我的手。人类古老的欲望陷阱。我又待了一个小时。大多数时间没说话。我说不出普通的语言了。我站了起来，腿里感觉空落落的，裸露的手臂上满是鸡皮疙瘩。

——不是我开车的，我说。

凯兰的身体从桌子上俯下来，吻了我。

——我想也是。

他指了指我手上的婚戒。

——他什么样子？

我没有回答，他微笑了一下，不过这样的微笑里，载满了整个世界的忧伤。他转向侍者，向他挥挥手，又要了两杯血玛丽。

——我得走了。

——那我自己都喝了，他说。

一杯是给他弟弟的，我想。

——那你就都喝了吧。

——我会的，他说。

外面，庞蒂亚克车窗上有两张罚单，一张是为停车，一张是为车灯破裂。这足以让我站立不稳了。开车回小屋之前，我回到酒吧窗口，伸手挡在眼前，看着玻璃里面。凯兰在吧台，双臂交叉，下巴搭在手腕上，跟侍者在说着话。他朝我看了一眼，我呆住了。但我很快转过身去。在这个地球上，有些岩石深不可测，不管会有怎样的破裂，它们都永远不会看到表面。

我在想，这，就是爱的恐惧。

有一种恐惧，是针对爱。

让那伟大世界永远旋转而下

他常在草地上看到三只红尾雏鹰，住在树枝搭的鹰窝里。鹰窝厚厚的，架在突起的树杈上。鹰妈妈回来的时候，隔得老远，小鹰都会知道，会开始发出快乐的、期待的叫声。嘴如剪刀一样张开，片刻后，鹰妈妈展翅飞下来，一只脚的爪子上抓着一只鸽子。它盘旋着，降落，一只翅膀还伸开着，把鹰窝的视线挡住了一半。鹰妈妈撕下一块块红色的肉，丢入小鹰张开的嘴中。这一切都一气呵成，其轻松自如非言语所能形容。爪和翅膀保持着平衡。肉不偏不倚掉入小鹰嘴中。

就是这样的时刻，让他坚持着他的训练。六年来，他跑过了不少地方。草地只是其中之一。那草地延伸了将近一英里，可是钢丝只在草地上方，延伸了二百五十英尺，在风最大的地方。钢丝绳紧紧固定在活动桩之间。有时候，他故意松开些，好让钢丝晃荡一点。这有利于改进他的平衡。他到了最难走的钢丝中央，尝试着弹跳，从一只脚，换到另外一只脚。他拿着一根沉重的平衡杆，以便出现变化的时候给身体以提示。如果有朋友来访，他会让朋友用一根四寸宽二尺厚的木板拍击钢丝，好让他去学如何左右摇晃。他甚至让朋友到钢丝上来，试着将他推倒。

他最喜欢是不拿平衡杆，直接在钢丝上跑的时刻。这时候，他能体验到最为纯粹的人体的流动。即使在训练中，他都能理解到：他不可能同时出现在顶部和底部。所谓尝试是不存在的。他可以用手去抓钢丝，脚绕在钢丝上，不过这么做是一种失败。他不断追求新的动作：三百六十度转弯，踮脚走，假装跌落，翻跟头，在头上平衡足球，脚踝处捆绑起来在钢丝上走。不过这些都是练习，他是不会考虑真正走钢丝的时候用的。

有一次，雷雨交加，他就如同踩在冲浪板上一样，在钢丝上走着。他让牵索钢丝松了点，故而比以往更显鲁莽了。钢丝的摇摆如掀起三英尺高的大浪，狂暴，杂乱，两边摇，上下晃。周围全是风雨。平衡杆碰到了草，但未着地。他对着狰狞的狂风放声大笑。

后来回到了小屋，他才想到他手里拿的杆子，无异于一根避雷针——他没被闪电击中实属万幸——钢索、平衡杆，还有那开阔的草地。

小木屋已经荒废多年。一个房间，三个窗口，还有一扇门。他得将百叶窗用螺丝刀卸掉，把阳光放进来。风带着湿气吹进来。生锈的水管吊在屋顶，有次他忘了，撞了上去，倒在地上。他看着蜘蛛网里的苍蝇在跳着挣扎，仿若杂技表演。有老鼠在地板上乱抓着，不过他感到很放松。他决定从窗户爬出，不用门，这是个古怪的习惯，他也不知道它的来历。他把平衡杆扛在肩上，从高高的草丛里向着钢丝走去。

有时候，落基山的麋鹿，跑到草地边缘来吃草。它们抬起头，向他瞟一眼，然后消失在树丛后。他在想它们都看到了什么，它们是怎么看这一切的。他的身体在摇晃。平衡杆伸向空中。麋鹿开始留下来的时候，他欣喜若狂。它们三三两两，挨着树丛边缘，可是每天壮胆多往外走一点。他不知道它们会不会过来蹭着他插入地下的木桩，会不会来把桩啃坏咬坏，让钢丝垂下去。

有年冬天他回来了，不是来训练，而是来放松，来筹划的。他待在小木屋里，小木屋在山梁上，俯瞰着草地。小窗对着外面的一片空旷。他在窗前，把规划图和双塔照片铺开，放在粗糙的桌子上。

一天下午，他惊奇地发现，有只草原狼在雪地里走过，在他的钢丝下面顽皮地跳来跳去。钢丝在夏季最低的时候，离地十五英尺，但此时雪下得很深，草原狼都跳得过去。

过了一会儿,他去给炉子里添木头,回头发现狼就如幽灵一般,消失了。他相信,他是梦见的,只是他用望远镜去看的时候,还在雪地里看到了一些爪印。他在寒冷之中走了出去,走在他在雪地里挖出的小径上。他只穿着靴子,牛仔裤,伐木衬衫,披着围巾。他沿着桩上的楔子爬了上去,手里没有拿平衡杆,走上钢丝,向着那些足印方向走过去。一片雪白让他激动。在他看来,这感觉就像是站在马的脊背上[1],向冰凉的湖水里走去。雪变了光的走向,让它弯曲,让它有了色彩,让它反弹起来。他兴致很高,几乎是飘飘欲仙。我该跳下去,在里面游泳。一头扎进去。他伸出一只脚来,然后跳了一下,两臂张开,手掌持平。可是飞到中间,他才想起自己做了什么。这时候,他甚至骂都来不及了。雪又脆又密,他脚先进了雪地,就好像跳进游泳池一般。我该往后倒才是,给自己一个不同的造型。雪齐胸深,他出不来了。他被困住,他费劲地前后摆动。他的腿感觉不大对劲,既不觉得重,也不觉得轻。他被裹住了,成了一个雪的细胞。他用肘部挣脱出来,费劲地想抓住上面的钢丝,但是离得太远。雪沿着他的脚踝,漏到他的靴子里。他的衬衫在他身上退了上去。这个感觉,就好像掉到了一个潮湿冰冷的皮肤里。他能感觉到胸腔、肚脐、胸口的雪粒。他有必要活下去,他要抗争。他在想,他得借助他一生的手艺,从这里挣脱出去。他咬着牙,费力地一寸一寸地往上挪。身上是一阵长长的、拉裂般的疼痛。他又沉回到原处。不妙的,还有那西沉的灰色夕阳。远方的树木如一列哨兵,在观望着。

他强壮到可以用一只手指做引体向上,无奈上面没有什么东西可以让他够着。突然有一刻,他想不如就这么定住,冻僵,待冰雪融化时,慢慢落下,再一次离钢丝十五英尺,腐烂,再缓慢地坠落,

---

[1] 有些马戏表演中,演员可站在马的光脊背上表演。

最终着地，被那只他欣赏过的草原狼撕咬。

他的双手完全自由了，他将其握紧，松开，握紧，松开，给双手取暖。他把脖子上的围巾慢慢解开，慢动作。他知道，在这寒冷中，他的心率也在减慢。他用围巾勾住钢丝，开始将自己往上提。围巾上有小雪珠掉下来。他能感觉到围巾上的毛线在拉伸。他懂这钢丝，熟知它的底细，可是这围巾，他在想，又旧又破。它会拉断，撕裂。他的脚在下面雪里踢着，希望踢出点空间来，踢到一处硬实的地方。别往后倒。每一次他提起来一点，围巾便拉伸一点。他用手抓着，将自己往上提着。现在有求生的可能了。太阳已经完全沉到树后。他的脚画着圈，慢慢松动出来，他的身体在雪里向两边倾倒，猛地往上够，他的右脚从雪里抽出来，腿摆动着，终于够着了钢丝，终于获得了拯救。

他拉着钢丝，整个身体上到钢丝上面，他跪上去，又在上面躺了一会儿，看着天，感觉那钢丝在身下，就如他的脊梁。

他永远不会在雪地里走了：他让这样的美丽提醒自己，这样做可能会出现的结果。他把围巾在门口钩子上挂着。次日晚上，他又看到了草原狼，在他跌落的印子附近，漫无目的地嗅着。

有时他走进当地镇上，沿着主要街道，到牧场主们聚会的酒吧里。这些人都是硬汉，他们看着他，觉得他瘦小，疲弱，不堪一击。事实上，他比他们任何人都强壮。有时候，牧场的工人会向他发出掰手腕或者角斗的挑战，但他必须保持状态。如有韧带撕裂，那将是一场灾难。如果肩关节脱臼，他得耽误六个月。他跟他们应付，向他们展示他的纸牌魔术，给他们玩抛接杯垫游戏。离开酒吧时，他拍着他们的后背，偷走他们口袋里的钥匙，把他们的小卡车开出半个街区，让车子继续发动着，把钥匙放在车里，然后在星光下走回家，一路大笑。

小屋门里面钉着一个标记，上书：没有人会跌落到一半。

他相信步伐必须美丽而优雅。走到另外一头，是他的一种信仰。训练当中，他只掉下来过一次，只有一次，所以他觉得不可能再次发生，不存在这样的可能性。出现一个缺陷反正也有必要。任何美的作品，都会略有瑕疵。但那次跌落伤了他的几根肋骨，有时，他深深吸气时，还隐隐作痛，就像是一个小小提醒，是在他心脏边上的轻戳。

有时，他赤身裸体进入训练，就为了看看自己的身体如何运作。他根据风来调整自己。他听着正在吹的风，预见将要到来的风。风如低语。如暗示。他可以用眼中的潮湿来测试。来了。过了不久，他能捕捉到风里的每个声音。昆虫的步子，都能让他得到启迪。他喜欢那些疾风吹劲草的日子，他能对着风吹起口哨。如果风太大，他会停止口哨，整个人扑进风里。风来自许多不同的角度，有时从四面八方一起吹来，挟裹着树的气息，沼泽的味道，麋鹿的尿骚。

很多时候，他感觉轻松，他可以看看麋鹿，或是森林火灾时冒出的缕缕轻烟，或是观赏红尾蜂鹰在窝上方盘旋，不过他进入最佳状态时，目中便再无一物。他只需重新构想一切，在头脑里形成印象来，看到视线尽头的大楼，看到下面城市的轮廓。他可以冻结这个形象，然后将注意力集中到走着钢丝的自己身上。他有时会讨厌这么做，把城市带到这草地上来，但他不得不在想象当中将不同的景观焊接到一起：草地，城市，天空。他好像是在脑海里，走着另外一根钢丝。

他还在其他一些地方练——如纽约上州一片地上，靠近海滨的一个仓库的空停车场，长岛东侧一片孤零零的海边沼泽地——不过，他最舍不得离开的还是草地。有时候他会回首，去看掉在齐脖子深雪地里的自己，向他挥手告别。

他进入了城市的噪音里。混凝土和玻璃形成了一种喧闹。车流呼呼而过。行人在周围，水一样在流动。他觉得自己像一个古老的移民，刚踏上这新大陆。他走在城市外围，但视线很少能脱离双塔。
这是人力的一种极限。其他人根本不会梦想到这样的做法。这样的
胆识，都让他有些自我膨胀了。他秘密地侦察双塔。过了门卫。上
到楼梯间。南楼仍未竣工。建筑物的大部分都还空置着，在脚手架
的怀抱之中。他想知道在这里走来走去的其他人是谁，他们的目的
是什么。他走到未完工的屋顶上，头上戴了一顶建筑安全帽，以免
引起注意。双塔的造型都已经牢记在心了。想象着在屋顶上安活动
桩。两根钢丝最终会呈 Y 形展开。窗户上的镜像，他自己的影子。
他站在最边缘向外伸出一只脚，鞋探了探那虚空，还在楼顶的边缘
做了个倒立。

　　离开楼顶时，他再一次感觉是在向老友告别：齐脖子深，不过
这回是在离地四分之一英里的半空。

　　有天黎明，他在南楼边检查，记录着送货卡车的往来时刻，突
然，他看到了一个穿着绿衣的女子，在弯着腰，仿佛是系鞋带，就
这么一遍一遍地，绕着塔底转。那女子的手里不时有羽毛落下。她
把死去的鸟儿装进易拉口塑料袋里。主要是些白胸麻雀，还有一些
鸣禽。它们是深夜气流最平静的时候，开始迁徙的。由于建筑物的
光线晃眼，它们撞到了玻璃上，或是绕着楼漫无目标地乱飞，累垮
了。它们的天然导航能力也迟钝下来。她给过他一根黑颈莺的羽毛，
他离开这个城市，再次回到草地上的时候，他也把这羽毛插在小屋
的墙壁上了。又是一个提醒。

　　万事万物都有目的，有信号，有意义。

　　但最后，他知道一切都取决于钢丝。他和钢丝。在离地两
百一十英尺的高度，还有两楼之间这样的距离。双塔能在暴风雨中
前后晃动三英尺。遇到狂风或者气温突变，双塔有所晃动，钢丝就
有可能拉紧，反弹。这是少数几个完全看运气的问题之一。如果当
时他在上面，他得硬着头皮在钢丝的反弹中闯过去，不然，人会跟

着飞起来。两个楼的晃动,搞不好会让钢丝从中折断。折断的那一头钢丝,半空甩起来,搞不好会把一个人的脑袋齐齐砍断。他必须事无巨细,一切安排妥当:绞车、紧绳夹、扳手、拉直、校正、数学、阻力的测算。他希望钢丝能有三吨的承载力。不过,钢丝越紧,渗出的油脂越多。即使是天气的一个变化,也会让一点油脂从绳芯渗出来。

他跟朋友一起商量计划。他们到时候只能偷偷从另一侧的楼上去,将桩安好,钢丝绞紧,还要放哨,确保没有保安,通过对讲机随时通报情况。不然,这次走钢丝是完不成的。他们将大楼的规划图铺开,记得烂熟于心。楼梯间。保安室。他们发现了一些本来他们不会知道的藏身处。这一切就跟在部署抢银行似的。他睡不着觉的时候,就独自一人,在世贸中心大楼下那些平常乏味的街上转着。他常停在街角,想象自己在那上面,在半空之中,一个比黑夜更黑的人形。

走之前的那天晚上,他将钢丝散开,绕了整整一个街区。他在松开的时候,司机们盯着他。他需要清洁钢丝。他一丝不苟地沿着钢丝,用浸了汽油的抹布擦着,然后用金刚粉让其干燥。他还得确保钢丝没有松丝,不然这些松的钢丝会透过他的软底鞋,扎到他的脚。被这"肉钩子"扎着一次,就足以让他送命。还有一些地方的钢丝需要收紧一下。不能出现一点闪失。钢丝有自己的情绪。最糟糕的情况是钢丝内部扭曲,这样钢丝自己会转动,就像一条钻入皮肤里的蛇。

钢丝一共六股,每股十九根丝。直径为八分之七英寸。编织完美。钢丝绳绕着绳芯,用 S 绕的方式编起来,最容易让他的脚抓牢得力。他和朋友假装在高空,沿着钢丝走。

走钢丝之前那夜,他们花了十个小时架这狡猾的钢丝。他精疲力尽。他没有带够水。他想他或许根本走不了,他脱水得太厉害,说不定走着走着，身子会垮倒。不过，光是看到钢丝牵引在双塔之间，他就兴奋不已了。对面楼里的对讲机传话来了。他们准备好了。他感觉到一阵纯粹的力量，从他体内通过：他又焕然一新了。此刻的沉静，似是专门给他预备，好让他开始走起来的。他低声用对讲机讲话，并向南楼等待的人影挥了挥手。该走起来了。

一只脚踩上了钢丝，是他状态较好的那只脚，用来平衡的那只脚。首先，他将脚趾滑上去，然后是鞋底，然后是脚后跟。他用大脚趾和第二个脚趾夹住钢丝，勾紧。他的软底鞋很薄，鞋底是用水牛皮做的。他在那儿停顿了一下，那道劲的目光，都能将钢丝绳拉紧。他双手挥动着铝制平衡杆。杆子的清凉在他掌间转动。平衡杆重五十五磅，是一个妇女体重的一半。杆子如水一般，贴着他的皮肤滑动着。他在杆中间裹上了橡胶管，以防它从手里滑落。他用左手手指扭曲一下，就可以收紧右腿肚。小指可左右他肩膀的形态。拇指将平衡杆稳住。他的头向右上侧倾斜，身子却略略向左。手上转动平衡杆的动作十分微小，肉眼不易看见。他的思想换了空间，迎接着过去练习时的自己。他的身体不再疲劳了。他带着肌肉的记忆，握着平衡杆，平滑地向前走去。

接着的一瞬间，仿佛什么也没有发生过。他甚至不在这里。失败的念头甚至都没有进入他的脑海。感觉像是在飘浮。就跟在草地上方一样。他的身体放松了，跟随着风的形状。转动肩膀可调动脚踝。喉咙能够安慰他的脚跟，滋润他脚踝的韧带。舌头稍微贴一下牙齿，可以让大腿放松下来。他的胳膊肘和膝盖，默契若两兄弟。收紧脖子，他能感到臀部随之调整。他的中心，则一直没有动过。他将自己的胃部想象成一碗水。如果他姿势不对，这碗能自我调整。他用脚弓，然后脚底，感受着钢丝的曲线。第二步，第三步。他走过了牵引索，整个人处在完美的协调之中。

几秒钟后，他便是移动着的纯粹了，他可以做他能想到的任何事。他同一个时间内,在自己体内,又在体外,享受着属于天空的感觉,前无古人,后无来者,这个感觉让他的动作出现了一种潇洒,一种夸张。他携带着自己的生命,从一边走向另外一边。在全神贯注之中,他甚至都意识不到自己的呼吸。

这一切的核心是美。走钢丝是一种神圣的喜悦。他在空中时,一切都被重写。人类的样式,出现了新的可能。它超越了平衡。

有那么一刻,他感觉自己尚未创造出来。一种别样的清醒。

第 二 部

标 签[1]

上午，天已经闷热得像烤箱。在这里，在车厢的拐弯处，把他捕捉下来。胶卷还剩九张。几乎所有的照片都是在黑暗中拍摄下来的。至少有两张照片拍摄时闪光灯没亮。四张拍的是移动的地铁。另外一张，是在车站广场拍的，纯属废片，他很肯定。

地铁从中央车站颠簸着出来，他在那薄薄的铁板上站着，起伏如冲浪。有时，光是想着下一处拐角，他都感到头晕。这个速度。他耳朵里的轰鸣。事实上，他都有些怕了。那钢铁的声音在他体内敲击。他感觉整列地铁都在他的球鞋里。控制住，别去想。有时候他会觉得是他在驾驶。往左偏一些，地铁可能会撞上角落，会有上百万扭曲的尸体，沿着铁道两边摆放。往右偏多了，地铁会斜着滑出，其结果就会是："很高兴认识你，后会有期，头条新闻上见。"他从布朗克斯一直坐过来，一只手拿着照相机，另外一只手扶着门。双腿张开，保持平衡。眼睛紧盯着隧道壁，想寻找新的标签。

他是在去市中心上班的途中。不过，让这些梳子、剪刀还有刮脸膏瓶子见鬼去吧。他希望他的早晨从看到这些标签开始。这是一天下来，唯一让他滋润的东西。其他的一切都如爬行，只有这些标签爬进了他的视线。PHASE2。KIVU。SUPER KOOL223。他喜欢那些字母的卷曲，弧线，转向，火焰造型，云彩造型。

他坐本地地铁，只是为了看看夜间谁来过，留下了签名，看看他们在黑暗里走了多远，多深。他没有多少时间去看地面上那些铁路桥梁，站台，仓库墙壁，甚至那些垃圾车。那都是些傻瓜活儿。

---

[1] 二十世纪七十年代纽约风行的涂鸦运动，涂鸦者会在末尾签上自己的名字，并写上一个号码，这在当时叫"标签"。

阿猫阿狗都能在墙上涂一气。可是他越来越喜欢地下的标签。那些在黑暗中找到的。在隧道深处的两侧隧道壁上涂的。它们带来的惊喜！越深越好。移动的地铁灯光将其照亮，在他眼前一闪而过，他都怀疑自己是否真的看到了。JOE182。COCO144。TOPCAT126。有些是潦草的字样。有些则是从车道延伸到屋顶，用了足有两三罐子油漆，字母环环相扣，绵绵不绝，仿佛每个字母都足足吸了一口气。有的沿着隧道延伸了五英尺。最壮观的标签是在中央车站下方，足有十八英尺长。

曾经有段时间，这些标签只有一种颜色，主要是银色，以便这些作品能在深处闪光，可是这年夏天，大家用的颜色已经多到两种，三种，四种：红色、蓝色、黄色，甚至还有黑色。他在一个不大有人注意到的地方，看到了三种颜色的标签，一时大为惊诧。看来有人是吸毒吸高，或是才华横溢，或是兼而有之。他整天走来走去，在脑海里翻来覆去回味着这标签。火焰的大小。深度。他们甚至在罐上用了不同大小的喷嘴：他可以从喷漆的纹理上看出来。他能想到那标签人匆匆过来，不顾那些导电轨、老鼠、鼹鼠、污垢、臭味、钢灰尘、入口、台阶、分轨、约翰福音第 3 章 16 节经文、垃圾、下水口、水洼。

此事最了不得的地方，是他们在城市的下面涂鸦。仿佛上头都已经画完，就留这片领地下来了。他们像是找到了新的边疆。这里是我的家。读吧，哭吧。

他一度迷上了"爆炸"标签[1]。他常乘坐整个涂满的地铁，自己成了一种颜色，成了上百个色块之一。砰砰砰砰进城，在老鼠地道般的隧道里穿越。没有出路。他闭上眼睛，靠门口站着，晃着自己的肩膀，想象那些色块在自己四周转动。把整列车全部给涂上，可

---

1 快速完成、用两三种颜色的涂鸦。

不是一般人干的事。得完全沉进去才行。越过护栏，跳过轨道，闯进车厢，迅速跑开，让这地下之铁闯进明亮的早晨，窗户涂得无法让视线穿越，整辆地铁从头到尾涂得满满的。有几次，他甚至在车站广场转悠。波多黎各、多米尼加的涂鸦艺人就在这一带，可是他们没时间搭理他。一个都没有，说他不够酷，还骂他：傻瓜，混蛋，混蛋。其实，他一直是全优生。他并不是成心如此，可结果就是这样——他也是班上唯一不逃课的学生。他们笑话他，把他打发走。他垂头丧气地离开。他甚至想去广场另一边找那些黑人，但想了想还是放弃了。他带着照相机回来，他从理发店弄来的照相机，又跑到波多黎各人中间，说他能让他们名扬天下。他们都笑了，一个十二岁的骷髅帮小子还给了他一个耳光。

但是在夏季中间，在上班途中，他跑到了车厢之间。地铁就停在138街外面，开动的时候，他摇摇欲坠地站在车厢之间的活动钢板上。就在这时候，他看到那一片模糊，在眼前一晃而过。他不知道这是什么，硕大，银色，好像在飞翔着的什么东西。它如火箭燃烧的尾气，留在他的视网膜，挥之不去，伴随着他在理发店的整一天。

它在那里，是他的，他拥有它。它不会被清除掉。他们不可能用酸液来洗刷地铁的墙面。也不能用软布擦拭掉。那是涂鸦的极品。这感觉像是第一次发现冰。

在回公寓的路上，他又到车厢之间，只是想看个真切。他又看到了"STEGS33"，那字样肥肥胖胖的，孤孤单单的，在隧道中间，没有其他标签来困扰它。这一切把他整个给镇住了：那做标签者下了隧道，签完了，然后一定是直接走了出去，过了导电轨，沿着肮脏的台阶而上，出了铁栅栏，走到阳光下，走上街头，回到城市，把自己的名字踩在脚下。

接着，他开始大模大样地走过广场，看着在地面上待了一整天的那些标签人。"混蛋"。他知道秘密。他知道地方。他掌握着密钥。他从他们身边走过,肩膀晃动着。

他开始经常乘坐地铁,他在想标签人会不会带手电筒,会不会三三两两集体行动,就如同火车站的那些炸弹派艺人那样,一个人放哨,一个人打电筒,另外一个人完成标签。他甚至都不介意去市中心继父的理发店了。至少这暑期工作,让他有时间来乘坐地铁。起初,他的脸紧贴着窗户,然后他开始穿行在车厢之间,眼睛盯着隧道墙壁,想找到某个标记。他宁可去把标签人想象成是在单独工作,在黑暗中喷写,或许只是擦亮一两次火柴,看一下轮廓,调一下颜色,或者只是将某个空处填满,或者是将某个字母的曲线调整一下。打游击式的工作。从来不超过两班地铁间隔的半个小时,哪怕是在深夜的时候。他最喜欢的是那种自由式环绕风格。当火车经过时,他将这些字样在脑里定格,然后一整天在回味,想着那些线条,那些弯曲,那些点。

他自己从来没有创作过任何标签,不过如果他真要有机会,没有后果,没有继父的掌掴,也没有禁闭的话,他会发明一种全新的风格,在黑暗之中画一黑点,一片纯白中画一白点,或是用点红色,白色,蓝色,将其搅合起来,管它什么颜色规则不规则呢,放点波多黎各风格,放点黑人风格进来,完全狂放,让他们晕倒,就要这效果,让他们抓头,让他们挺身坐起来,注意起来。他能做到这一点。天才,他们说。不过,第一个想到的人,大家才会叫他天才。这是一个老师告诉他的。天才是孤独的。他过去有个想法。他想找一台幻灯机,投影仪,把父亲的照片放在里面。他想把他的照片打在屋子四周,这样他的母亲不管转到哪里,都会看到她的前夫,被她踢出家门的前夫,用欧文来替换的前夫,他自己十二年未曾见过的父亲。他很想将父亲的投影放在这里,就如同那些标签一样,让他亦真亦幻,出现在黑暗之中。他无从知道,这些艺人会不会看到自己的标签，或许只是完工之后，在油漆未干之时，在隧道里退后一步，看上一眼吧。过了导电轨，快快瞟上一眼吧。小心，不然可就是几千伏的电压。另外，还可能有地铁开过来。或者是警察，打着手电筒扫过来，提着警棍冲过来。或者会有些长发的地铁混子从阴影中走出来，白色的眼睛闪烁着，刀子打开，将他洗劫一空，暴扁一顿，捅得他肠子都流出来。快把你那鸟油漆给我喷上去，然后趁我还没将你揍扁，给我滚出去。

车厢震动着，他靠在上面。三十三街。二十八街。二十三街。联合广场。他在这里穿过了站台，换乘五号线，又不知不觉挤到车厢之间，等着地铁开动中连接处的抖动。今天早晨没有看到墙上有新的标签。有时候，他觉得自己应该买几罐油漆，跳下地铁，开始喷起来，可是在内心深处，他知道自己不够这个条件，手里拿着相机还要容易一些。他可以拍摄下来，带出黑暗，将它们从这些暗处带出来。地铁加速的时候，他将照相机放在衣服下摆之下，免得它跳来跳去。一卷二十四张胶片，已经用掉了十五张。他甚至不知道能不能洗出来。这照相机是去年一位理发店顾客给他的，此人是城里的一个大腕，很显摆。直接就把相机，连同盒子之类，一起给了他。他不知道如何处理。一开始，他给扔到了床后面，但是下午又拿了出来，左看右看，开始对着自己看到的东西喀嚓喀嚓拍。

得去喜欢它。开始带着到处跑。不久，他妈妈甚至给钱让他去冲印这些照片了。她从来没见过他这么入迷。美能达 SR—T102 型号。他喜欢照相机刚好能抓在手里的感觉。比如，如果他被欧文或者是母亲羞辱了，或者是刚出来，走到学校操场，他可以举起相机，让脸藏到相机后面。

他要是能一整天都留在这儿多好啊！在这黑暗和炎热之中，乘坐不同地铁来来回回，拍照片，成名。去年，他听说有个女孩，拍的照片上了《村声》封面。拍的是一辆被炸弹法涂满的车厢在车站广场进入隧道。她拍的时候光用得特别好，一半是阳光，一半是黑暗。车灯光线直接照着她，后面全是延伸开来的标签之作。正确的地点，正确的时间。他听说她正经赚了些钱，十五美元，甚至更多。一开始，他觉得这一定是谣传，但他后来去图书馆，在过刊中发现了该期杂志，确实看到了，甚至还从折页伸到里页，她的名字在照片下角。他听说有两个布鲁克林的孩子出来跑铁轨了，一个是用尼康，一个是用一种叫莱卡的机子。

他自己也曾尝试过。暑期开始的时候，还送了一张照片给《纽约时报》。拍的是一个艺人在范·怀克立交桥上方，喷涂着。很是美丽，全在阴影里，那个喷漆的人是用绳子悬着，背景中还有几朵松软洁白的云。值得上头版的，他肯定。他从理发店请了半天假出来，甚至穿了衬衫打了领带。他走进大楼的四十三层，说他希望看到摄影编辑，他有一张绝倒的照片，经典的镜头。这些行话他都是从一本书里学来的。门卫是高个子大块头，褐皮肤。他打电话，然后从桌子上斜过身子，说："老弟，就把信封留下好了。"

"可是我想见见摄影编辑。"

"他现在很忙。"

"那么，他什么时候不忙呢？来吧，佩佩[1]，拜托了！"

门卫笑了，转过身去，一次，两次，然后盯着他："叫我佩佩？"

"先生。"

"你多大了？"

"十八了。"

"得了，孩子。到底多大？"

"十四。"他眼睛看着地面说。

---

[1] 西班牙语中"何塞"一名的别称。

"大名霍拉旭·何塞·阿尔及尔!"门卫笑容满面地说。他打了两个电话,然后抬起头,遮住眼睛,好像已经知道答案似的:"坐那儿,伙计。他路过的时候,我跟你说。"

在大厅里放眼看去,除了玻璃,就是西装革履和平滑的小腿肌肉。他连续坐了两个小时,终于,警卫向他使了个眼色。他走到照片编辑前,将信封塞到他手里。这家伙正在吃半个鲁宾三明治[1]。牙齿缝里有片生菜。这尊容本身都值得上照片。他咕哝了一声感谢,走出了大楼,沿着第七大道走开,经过那些窥视景橱窗[2]和无家可归的退伍军人,胳膊下夹着他的照片。他跟着他过了五个街区,后来却因人多走丢了。后来,他再也没有听说过照片的事,什么也没有听说过。一直等着电话来,但始终没有接到电话。他甚至上完三班后回到大厅,但门卫说,他也无能为力。"对不起,伙计。"可能编辑给弄丢了。可能是要据为己有。也可能随时会给他打电话。也可能留言给理发店,欧文忘记转告了。但是,什么都没有发生。

他尝试了布朗克斯的一份小小简报,一家很破很小的社区小报,甚至他们都断然回绝了。他听到了电话另一端的笑声。总有一日,他们会向他爬过来。总有一日,他们会把他的球鞋舔个干净。总有一日,他们会互相挤着踩着来见他。费尔南多·扬库斯·马卡诺。意象师。他喜欢这个字,即便是在西班牙语里。没有意义,不过很中听。如果他有名片,他上面会这么印的。费尔南多·Y.马卡诺。意象师。美国布朗克斯。

有一回,他在电视上看到有个家伙赚钱的方法,是将砖从建筑物里敲出来。这很滑稽,不过他也有所理解。敲击之后建筑物模样会改变。光穿过的方式。让人看到的有所不同。让人们重新思考。你得带着一种别人所没有过的闪亮感看世界。他在扫地、泡剪刀、

---

[1] 鲁宾三明治是一种中间夹咸牛肉、酸菜、瑞士奶酪等的三明治。
[2] 又称西洋景,多为用投币观看的色情图片展示。

堆叠刮脸瓶的时候，脑子里想的就是这些。那些大腕级经纪人跑过来，就是修修鬓角，推推后面的头发。欧文说理发是艺术。你能想到的最大的画廊。整个纽约被你的指尖调度。他会在心里想，得了，闭嘴吧，欧文。你不是我老爸。闭嘴吧，扫地吧。你自己来清理这些梳子瓶子吧。但是，他一直不敢这么说。他无法心口如一。这就是照相机派上用场的地方。照相机是他对他人无言的讲述，是一种回绝。

火车发抖，他若无其事地靠着，一手抵住一边车厢，保持自己的稳定，发动机启动了，但是接着又猛然停下，刺耳的刹车声，他被甩得左右晃，肩膀被砸着，腿在紧紧贴住链条。他迅速检查了一下相机。好极了。没有问题。这个，便是他最喜欢的时刻。突然停下。在隧道里，靠近出口。但是，仍然在黑暗中。他用手指抓住门上的铁边。将身子站直，再一次靠到门上。

无动于衷。放松。现在在那黑暗的隧道里了。在富尔顿和华尔街之间。形形色色的西服，形形色色发型的人们，准备蜂拥而出了。

地铁不再发出隆隆声，他喜欢这些沉默。这让他有时间去打量地铁隧道壁。他匆匆看了一眼车厢里，确保没有警察，一只脚站在锁链上，转了上去，抓住车厢边缘，单手引体向上将自己提起来。如果他站在车顶，他能碰到隧道顶的弧线，涂标签的好地方，不过他还是抓住了车的边沿，沿着边上看过去。壁上弧线处，有红色和白色的标记。远处有几盏黄灯，光若硫黄。

他等着，让自己的眼睛调整过来，让视网膜上还跳着的小星星离开。沿着车尾看过去，每辆车厢边上，都有一条条颜料，血一般向外喷出。不过，隧道壁上倒是什么也没有。标签人的南极洲。他本想看到什么呢？他们到城里是不会成为艺人的。但这也说不准。这会是天才之作。这正是关键所在。擦掉这个，基佬[1]。

---

[1] 原文为 maricón，是西班牙语中对同性恋的贬称。

他感觉到脚下铁链在摇晃，这是车辆将要行进的第一个警告，他把车厢的边缘抓得更牢了。还没有哪个爆炸派艺人上到顶上。处女地。他应该自己开创一个运动，一个全新的空间。他向整列地铁看过去，然后脚趾踮得更高了。在隧道的尽头，在东边墙上，他看到了一块好像是标签的红漆，他以前没有见过，很潦草，长方形，好像是银色，边上带一点红色，是"P"还是"R"，也许是个"8"。云彩和火焰。他应该从车子里走过去——从那些死一般或是做梦一般的人群中挤过去，靠近那面墙壁，辨认出标签来，可是就在这时候，车身又抖动了一次，这是个警告信号——他知道——他跳了下去，靠住。随着车轮的转动，他在脑海里过电影一般地想着这景象，将它和隧道里那些老标签联系起来，他想这标签一定是全新的，一定是的，他悄悄地挥拳庆贺，有人来了，开始在市中心玩标签了。

几秒钟后，车子到了华尔街那苍白的车站灯光中，门嘶嘶打开，但他的眼睛闭着，他在脑海里勾画着这新标签：它的高度，颜色，深度，他想在回家的路上，给这标签一个地理定位，将它带回去，拥有它，拍摄它，将它据为己有。

对讲机的声音。对讲机里的静电声向他传来。他侧身出去看。警察。从站台末尾过来。他们一定是看到他了。一定会把他拖出来，给他一张罚单。一共四个人，腰带上哗啦哗啦响。他将门向车厢处打开，躲了进去。等着一只手来拍他的肩膀。什么也没有发生。他又侧过来，靠在冰冷的铁门上。看到他们向旋转栅门检票口冲过去。好像是要去救火一般。身上全在哗啦哗啦响。手铐，枪支，警棍，记事本，手电筒，天知道还有什么。有人死了，他想。有人完了，死了。

他侧着身子从正在关闭的门之间挤了过去，手里侧拿着相机，不让它被划着。在他身后，门嘶一声关上。他的步子轻快。出了检票口，上了楼梯。见鬼去吧理发店。让欧文等等无妨。

以太网

这时候是大清早,日光灯在闪烁着。我们刚把图形黑客工作停下来,略作休息。丹尼斯让 PDP-10 上的蓝盒子程序[1]运行起来,看我们能否"钓"到什么人。

这里是丹尼斯,加雷思,康普顿,还有我。丹尼斯是我们中年龄最大的,快三十岁了。我们喜欢叫他爷爷,他到越南跑了两次。康普顿毕业于加州大学戴维斯分校。加雷思编程大概都编十年了。我呢,十八岁,他们叫我小子。我从十二岁就开始在研究所里转了。

——有多少次铃响,伙计们?康普顿问。

——三次,丹尼斯说,他好像已经感到乏味了。

——二十次,加雷思说。

——八次,我说。

康普顿迅速向我看过一眼。

——小子说话了,他说。

的确,大多数时候,我通过我做的这些黑客活来说话。自从一九六八年我溜进研究所大门的时候开始,就一直这个样子。我外出逃学,一个穿着短裤、戴着破眼镜的小孩。计算机吐出一排自动收报机纸条来,操作台的家伙让我去看看。第二天早晨,他们发现我在门口睡着了:嘿,你看,是小子。

而今,我整天在这里,每天都在这里。事实上,我是他们最出色的黑客,是我给所有这些蓝盒子程序写补丁的。

第九次铃响的时候,电话线被人接起来了,康普顿拍了拍我的

---

[1] 模拟电话接线员拨号操作的程序。

肩膀，斜过身子对着麦克风，为了不让对方受惊，他用那种平和的口音说：你好，是的，不要挂，这里是康普顿。

——你说什么？

——我是康普顿，请问你是哪位？

——付费电话。

——别挂断。

——这是付费电话，先生。

——请问是谁在讲话？

——你要打什么号码？……

——是纽约打过来的，对不对？

——伙计，我忙着呢。

——接近世贸中心对吗？

——是啊，伙计，不过……

——别挂断。

——你一定是打错了，伙计。

电话挂断了。康普顿敲了下键盘，快速拨号又开始了，铃响第十三次的时候有人接听了。

——请不要挂断。我是从加利福尼亚州打来的。

——啥？

——你靠近世贸中心吗？

——去死吧你。

电话挂断那一瞬，我们都能听到短短一声笑。康普顿连拨了六个数字，等着。

——你好，先生？

——什么？

——先生，你在纽约市中心附近吗？

——你是谁？

——我们想问问你能不能抬头看一下？

——很好笑，哈哈。

电话又挂断了。

——你好，夫人？

——恐怕你打错了。

——你好！不要挂断。

——对不起，先生，我有点忙。

——你说什么？

——打给接线员试试，拜托。

——滚你妈的。康普顿对着挂断的电话说。

我们想结束这一切，回去玩图形黑客去。这时候是早晨四五点，太阳过一会儿就出来了。我想我们要是愿意，都可以回家去，打个小盹儿，而不是像平时那样，睡在桌子下面，用比萨饼盒子当枕头，睡袋摆在电线中间。

可是，康普顿又点击回车键了。

这事我们常干，都上了瘾。我们用计算机玩这"蓝盒子"接驳，例如，拨打伦敦的歌曲点唱电话，墨尔本的女气象员，或是东京的时钟，或设得兰群岛的某个电话亭，只是为了逗乐，在编程之余，找个乐子透透气。我们对这些电话添加循环、堆栈、加路由、改路由，以免他人追踪到。我们先是用一个 800 号码打入，以免投十美分硬币：打给赫兹公司，艾维斯公司，索尼公司，甚至还有弗吉尼亚的军队招募中心。这让以 4-F 类别[1]逃脱越南服役的加雷思乐不可支，连穿着"西方之死"T 恤的丹尼斯也特别得意。

一天晚上，我们闲来没事，破译了总统的联络暗号，把电话打给了白宫。为了蒙蔽他们，我们把电话从莫斯科转入。丹尼斯说：

---

[1] 兵役登记中不适合服役的类别。

我有非常紧迫的信息要告知总统。然后,他很快说出暗号。请稍候,先生,那接线员说。我们就差没在裤子里撒尿了。我们过了另外两个接线员,就快跟尼克松本人对上话了,但丹尼斯慌了,对那家伙说:告诉总统,我们在帕洛·阿尔托的手纸用完了。我们一个个笑得前俯后仰,但接下来几个星期,我们一直等着有人来敲门。后来,此事成了一个笑话:我们开始管送比萨的小工叫"特工一号"。

今天上午,是康普顿收到阿帕网消息的——是在二十四小时公告板上,通过美联社新闻收到的。消息里说有个家伙在纽约上空走钢丝,我们一开始不相信,然后康普顿联系上了一个接线员,假装自己是转接员,说要核查付费电话中继线,需要一些接近世贸大厦的电话号码,作应急线路分析用,他说,然后我们将这些号码编入程序,让它们绕过系统,我们每个人都在打赌他会不会掉下来。就这么简单。

信号在计算机里一路跳过,发出多频的哔哔声,如长笛上发出的类似声音,我们在第九次铃响时接通了一个家伙。

——哦,你好!

——先生,你靠近世贸中心吗?

——你好!你说什么?

——这不是恶作剧。你在世贸中心附近吗?

——电话在外面响。我只是……我顺手来接的。

他有些纽约口音,年轻,不过话音中带着怨气,好像抽烟抽太多了的样子。

——我知道,康普顿说,你能看到大楼吗?从你站的地方?有没有人在上面?

——你是谁?

——有没有人在上面?

——我正看着他呢。

——你什么？

　　——我在看着他呢。

　　——太棒了！你能看到他？

　　——我都看了他二十分钟了，甚至更多，伙计。请问你是……电话响了，我只是来——

　　——他可以看到那人！

　　康普顿的手在桌子上拍起来，他掏出口袋护套，在房间里扔过去。他的长发在脸上飞扬。加雷思在打印输出桌子边上跳起了吉格舞，丹尼斯走过来，轻轻夹住我的脑袋，指关节在我头皮上敲了敲，一副满不在乎的样子，不过他仿佛还是个中士似的，喜欢看我们在过瘾。

　　——我跟你们说了吧，康普顿叫道。

　　——你是谁啊？对方的声音说。

　　——棒极了。

　　——你他妈是谁啊？

　　——他还在不在钢丝上？

　　——怎么回事？伙计，你是不是在耍我？

　　——他还在不在？

　　——他在那儿都二十、二十五分钟了。

　　——好啊。他在不在走？

　　——他在找死。

　　——他在不在走？

　　——不，他现在停了！

　　——还站那上面？

　　——是啊！

　　——他就站在那里？半空中？

　　——是啊，他那杆子动起来了。在他手中上上下下。

——在钢丝中间？

——靠近边缘了。

——多近？

——不是太近。有点近。

——近到什么地步？五码？十码？他站得稳不稳？

——稳得像狗屎呢！谁想知道？你叫什么名字？

——康普顿。你呢？

——何塞。

——何塞？不错。何塞。伙计，最近怎样啊？[1]

——什么？

——哥们儿，最近怎样啊？[2]

——我不会说西班牙语，伙计。

康普顿按下静音按钮，捶了下加雷思的肩膀。

——这个家伙简直不可思议啊。

——别让他把电话挂了。

——我看 SAT 考试里的一些问题，也比这哥们儿有脑子。

——别让他挂就成，伙计！

康普顿斜到控制台前，将麦克风抓过来。

——你能告诉我们在发生什么事吗，何塞？

——告诉你什么事，伙计？

——也就是，跟我们描述一下。

——哦。是这样，他在那上面……

——还有呢？

——他在上面站着。

——还有呢？

---

1 2 原文为西班牙语。

——对了，你哪里打来的？

　　——加利福尼亚。

　　——真的啊！

　　——我是很认真的。

　　——你他妈在耍我，对不对？

　　——不是。

　　——这是个骗局吧，伙计？

　　——不是骗局，何塞。

　　——我们在电视上吧？我们在电视上，对不对？

　　——我们没有电视。我们只有一台计算机。

　　——什么来着？

　　——挺复杂的，何塞。

　　——你是说，我现在在跟计算机对话？

　　——伙计，不用担心这个。

　　——到底怎么回事？"真实一瞬"偷拍节目吗？你在看着我吗？我在不在上面？

　　——在什么上面，何塞？

　　——我在不在节目上面？啊，得了，你一定在什么地方有个摄像头。老实说吧，伙计。真的。我喜欢这个节目，伙计！喜欢得不得了。

　　——这不是什么节目。

　　——你是不是艾伦·凡特，伙计？

　　——什么？

　　——你的摄像机在哪里？我没看到摄像机啊。喂，伙计，你在伍尔沃斯大楼吗？上面的人是不是就是你？嗨！

　　——我告诉你，何塞，我们在加利福尼亚州。

　　——你想跟我讲，我在跟计算机讲话？

——差不多这么回事吧。

——你在加利福尼亚州……各位！嘿，各位！

他的声音很大，他将话筒对着外面了，我们能听到聊天声，风声，我猜是在街中心的什么付费电话，上面贴满性感女郎之类贴纸，我们能听到背景中有警车消防车救护车的呼啸声，呐喊声，一个女人的笑声，还有几声闷闷的喊叫声，汽车喇叭声，花生小贩的叫卖声，有个家伙说他的镜头搞错了，他要选个更好的角度，还有个家伙在喊：不要掉下来！

——各位！他又说了。我这里有个神经病。一个加利福尼亚州的家伙。谁知道怎么回事。嗨。你还在吗？

——我还在，何塞。他还在不在上面？

——你是他的朋友？

——不是。

——那你是怎么知道的呢？如果你是打电话过来的话。

——三言两语说不清。我们是在用电话破解。我们入侵系统……伙计，他还在不在上面？我只是想知道这个。

他又将电话拿开，声音有点飘了。

——再问一次，你哪里打过来的？他喊道。

——帕洛·阿尔托。

——不会开玩笑吧？

——全都是实话，何塞。

——他说上面那家伙是帕洛·阿尔托人。他叫什么名字？

——康普顿。

——这家伙名叫康普顿！是啊，康普顿！是啊。是啊。稍等片刻。嘿，伙计，这里有个人要打听，康普顿，姓什么？他姓什么？

——不，不，我姓康普顿。

——伙计，他名字是什么，他的名字？

——何塞，你能不能告诉我发生了什么？

——你都吸了什么呢，能不能分我一点？你出幻觉了是不是？你真是他的朋友？嗨！听着！有个疯子从加利福尼亚打电话来。他说，那家伙是从帕洛·阿尔托来的。走钢丝的是帕洛·阿尔托人。

——何塞，何塞。听我说，好不好？

——我们线路不好。他叫什么名字？

——我不知道！

——我想，我们线路不好。我们这里有个疯子。我不知道，反正他在嘟嘟囔囔，伙计。计算机之类狗屁玩意。哎呀呀，我操！我操！

——什么？怎么回事？

——不要啊。

——何塞？你还在不在？

——我的天啊！

——喂，你还在吗？

——我的老天啊。

——喂？

——我简直不敢相信。

——何塞！

——是的，我在这里！他刚刚在上面跳了。你看到了吗？

——他什么？

——好像他是弹跳了一下？见鬼见大了。

——他跳下去了？

——没有！

——他掉下去了？

——不，伙计……

——他死了吗？

——不,伙计!

——什么?

——他两只脚换着跳!他穿着黑色衣服,伙计。都能看得到呢。他还在那上面!这家伙真棒!我操!我都以为他死定了。他一只脚踩着站起来,然后是另外一只,好家伙!

——他单腿跳?

——就是。

——就像兔子那样跳?

——更像是剪刀的样子左右跳。他只是……伙计……我操!哎呀呀,伙计。我操,他在倒退呢。刚完成剪刀跳。在钢丝上呢,伙计!

——棒极了。

——你他妈能相信这些吗?他是不是什么体操运动员来着?他看起来像在跳舞。他是不是个跳舞的?嘿,伙计,你这朋友是不是跳舞的?

——其实他不是我的朋友,何塞。

——我向基督发誓,他一定是用什么东西绑住了,一定有什么东西。绑在钢丝上。我打赌他绑了。他在那上面,他刚跳那剪刀跳!牛得没治了!

——何塞。听着!我们这里大家在打赌。他长什么样子?

——他定住了,伙计,他定住了。

——你能看到他吗?

——像个小斑点。像个小不点!他妈的他就在那上面。但他跳了。他穿黑衣服。能看到他的腿。

——有没有风?

——没有,妈的这天闷得死人。

——所以没有刮风啰?

——那上面一定刮风了,伙计。天啊!他就这样,一直在那上面。我不知道他们他妈的怎么把他给弄下来。上面有很多猪。很多。

——什么?

——警察啊。密密麻麻在楼顶上。两边都有。

——他们在想法子够他吗?

——没有,他妈的,他高高在上。现在他站着了。就拿着根杆子。哦,不会吧!不要!

——什么?怎么回事儿?何塞?

——他蹲住了,在检查这破玩意儿。

——哦?

——你知道,在跪着。

——他干吗来着?

——他现在在坐着了,伙计。

——你说他坐着什么意思?

——他在钢丝上坐着。这个人有病!

——何塞?

——看哪!

——喂?

接着是一阵沉默,他的呼吸对着话筒。

——何塞。嘿,朋友。何塞?我的朋友……

——可别这样!

康普顿歪着身子到计算机前,将话筒贴近嘴唇边。

——何塞,老兄?你能听到我讲话吗?何塞?你还在不在?

——难以相信。

——何塞。

——我不是在耍你呀。

——什么?

——他躺倒了。

——在钢丝上？

——妈的可不是，在钢丝上。

——还有呢？

——他的脚在下面勾着。他在仰望着天空。他看起来……很古怪。

——杆子呢？

——什么？

——平衡杆啊。

——放他肚子上呢，伙计。这家伙简直他妈的叫人不敢相信。

——他就在那里躺着？

——没错。

——像在打瞌睡？

——什么？

——像在午睡？

——你他妈是不是跟我来玄乎的，伙计？

——我什么来着？当然不是，何塞。不会的，不会的。不会。

电话里一阵长时间的沉默，何塞仿佛把自己挪移上去了，和那走钢丝的人在一起。

——何塞？嗨。喂。何塞。他怎么重新站起来呢，何塞？何塞。我的意思是，如果他躺下了，他怎么站起来呢？你肯定他躺下了？何塞？你还在吗？

——你是在说我跟你撒谎？

——不是，这个，我只是说说。

——告诉我，伙计，你在加州？

——是啊，伙计。

——证明给我听听。

——我真的不能……

康普顿又按了静音。

——谁能把毒芹传给我？

——换个人打吧，加雷思说。叫他把电话给别人。

——至少找个识字的。

——他的名字叫何塞，可是这家伙居然西班牙语都不会！

他向后靠过去了。

——帮我一个忙，何塞。你能不能把电话交给别人？

——为什么？

——我们在做实验。

——你电话从加利福尼亚打来？可不是？你以为我是白痴？你是不是就这么想的？

——让别人来接，好不好？

——为什么啊？他又说，我们能听到他把电话从嘴边拿开，他周围拥上来很多人，叽叽喳喳，又是惊又是叹的，然后我们就听电话掉了下去，他说了什么神经病之类的话，还有什么别的，声音很轻，若耳语，然后电话抓回来后，他又喊叫起来了，大家的声音飘入风中了。

——有没有人要跟这傻瓜蛋讲话？他以为他从加利福尼亚打电话来的呢！

——何塞！把电话传出去，伙计，好不好？

电话一定是在空中摇晃，但是晃得越来越慢，声音稳定下来，他们的背后，有警笛消防车和救护车的声音，有人在高声叫卖热狗，我能在脑海里想见这一切，他们都在那下面，游来荡去，出租车停下来了，大家伸着脖子向上看，何塞让电话在他膝前晃荡。

——哦，我不知道，伙计！他说。加州的什么王八蛋。我不知道。我想他要你讲点什么。是啊。关于这事，这个，都在发生些什么。你要不要……

——嘿！何塞！何塞！传过去吧，何塞。

过了一两秒钟，他拿起电话，说：这家伙跟你讲。

——哦，谢天谢地。

——你好，一个声音很低的家伙说。

——你好，我是康普顿。我们在加利福尼亚州这里……

——你好，康普顿。

——我在想，你能否将你们那边看到的跟我们描述一下？

——这个，现在比较难。

——为什么呢？

——发生了很可怕的事情。

——什么？

——他掉下去了。

——他什么？

——掉地上了。这里乱成了一团。你们听到了警笛消防车救护车声没有？听着。

——很难听到。

——警察到处跑。他们在楼上围得到处都是。

——何塞？何塞？是你么？有人掉下来没有？

——他摔下来了。就在我脚前面。血和屎到处是。

——你是谁？是何塞吗？

——听这些车子的叫声，伙计。

——不会吧！

——他砸得到处都是。

——你在耍我？

——伙计，太恐怖了。

电话挂上了，线断了，康普顿四下看看我们，眼睛鼓着。

——你觉得他跳了吗？

——当然没有。

——那人是何塞！加雷思说。

——是个不同的声音。

——不，不是。是何塞。他耍我们了！我不相信他居然耍我们了。

——再拨一下那个电话。

——说不准的。可能是事实。可能他摔下来了。

——试试吧！

——我不付账的，康普顿叫道，除非我亲耳听见。

——哦，得了，加雷思说。

——伙计们！丹尼斯说。

——我们得听现场的。要赌就好好赌。

——伙计们！

——你输了老不认账啊，伙计。

——再拨一下那个电话。

——伙计们，我们还有事情要做呢，丹尼斯说。我在想，我们或许今天晚上能把这补丁做完。

他拍了拍我的肩膀，说：对不对，小子？

——今晚这时间已经跳到明天了，加雷思说。

——如果他真掉下来了呢？

——他没有掉。那人是何塞，伙计。

——电话线路忙。

——换下一个！

——用阿帕网，伙计。

——别开玩笑了。

——找个付费电话！

——把它断开。

——不敢相信电话这么忙。

——那就别让它这么忙啊。

——我可不是上帝。

——那就找上帝啊,伙计。

——得了,兄弟。他们都在往外打。

丹尼斯从地板上的比萨饼盒上跨过去,过了打印输出机,拍了拍机器,拍了拍PDP-10的一侧,然后捶了捶自己胸部,捶在"西方之死"的边上。

——干活了,伙计们!

——得了,丹尼斯。

——现在是凌晨五点呢!

——不,我们去调查清楚。

——干活了,伙计们,干活了。

这毕竟是丹尼斯的公司,一周结束,毕竟是他来给我们发薪水的,尽管大家除了漫画书和《滚石》杂志之外,别的也不买什么。别的一切都由丹尼斯包办,甚至连地下室浴室的牙刷都是他买的。他的一切知识,都是在越南学的。他喜欢说他在底层,他在复制施乐公司,再造一个小施乐。他靠我们给五角大楼当黑客来赚钱,但是文件传输是他的正业。

说不定哪个世纪,我们人人都能在头脑里用阿帕网,他说。我们每个人大脑里都有个小小芯片。它们嵌在我们的头骨里,我们用脑子想着,就能把信息,通过电子公告牌发送出去。这就像电,他说。就像法拉第。就像爱因斯坦。就像爱迪生。这就是未来的张伯伦[1]。

---

[1] 威尔顿·N.张伯伦(1936—1999),美国篮球明星。

我喜欢这个想法。很酷。且有可能。真要这样,我们就不要考虑电话线了。人们不相信我们,但这是事实。总有一天,你脑子闪过的念头,就真的能变成现实。**关上灯**,灯就灭了。**煮咖啡**,咖啡机就开了。

——得了,伙计,再等五分钟。

——得,丹尼斯说,就五分钟。就这么多。

——嘿,所有主机是不是连在一起的?加雷思说。

——是啊。

——那边也试试。

——有声音,我会来拨。

——来吧,小子,屁股坐过去,调出蓝盒项目。

——我们钓鱼啦!

七岁的时候,我自己修了个晶体管收音机。一些电线,一个刀片,一支铅笔,一副耳机,一个空的卫生纸筒。我用一层层铝箔和塑料造了可变电容,用螺丝拧到一起。没有电池。草图是我从超人漫画里找的。收音机只能收到一个台,但没有问题。我将它藏在被子下,一直听到深夜。在隔壁房间,能听到父母的争吵。他们都吸了毒。一会儿笑,一会儿哭,如此反复。电台播音结束,我把手捂住耳机,听那收音机里的静音。

后来,我造另外一个收音机的时候才知道,把天线放嘴里信号更好,能轻易把噪音过滤掉。

同样,当你编程的时候,世界也一样变小,变安静了。你忘记了别的一切。你在战区。你不可掉头看。那些声音和灯光推着你往前。你的步伐越来越快。你不断前进。那些变异会统一。声音如反着看的爆炸一样,漏斗一般向内延伸。一切都归结到一个点。不论这是语音识别程序,象棋程序,还是给波音直升机的雷达编程,都一样:你只会关心下一行程序是什么。好的话,一天能写上千行。

不好的话,你都不知道在什么地方出了问题。

我这一生从来就不怎么走运,我这不是抱怨,我不过是就事论事。不过,这一回,才过两分钟,我就接上了一个电话。

——我在科特兰街,她说。

我在椅子上旋转了起来,挥拳庆贺!

——接通一个。

——小子接通一个了。

——好小子!

——别挂,我告诉她。

——你说什么?她问道。

我脚边上有很多比萨碎屑,还有空汽水瓶子。伙计们冲过来,将这些踢走,一只蟑螂慌不迭地从一只盒子里蹿出来。我已经在计算机上接了双麦克风,用的是泡沫包装材料,架子是用晾衣架做的。这些都极为敏感,失真度低,是我自己做的,只不过是两块小片靠近放一起,作过绝缘处理。话筒我是用收音机废料做的。

——你看看这些东西,康普顿说,弹了弹麦克风上的泡沫材料。

——你说什么?那位女士说。

——对不起。你好,我是康普顿,他说,把我从我的座位上推开。

——你好,我是科琳。

——那人还在不在上面?

——他穿了件黑色连身衣之类的东西。

——我说他没有掉下来吧?

——怎么说呢,也不是,不完全是连身衣。好像是什么裤装,V领的。喇叭裤。他非常泰然自若。

——请问你说什么?

——不会吧,加雷思说。泰然自若?她说的是真是假啊?泰然自若？谁说泰然自若的？

——闭嘴，康普顿说，他将麦克风转了过去。太太？喂？上面只有他一个人，对不对？

——怎么说呢，他一定有什么帮凶。

——你什么意思？

——怎么说呢，将钢丝从一端抛到另一端肯定不可能。我是说一个人来做。他一定是一伙人一起的。

——你能看到其他人吗？

——只有警察。

——他在那里多久了？

——大概有四十三分钟，她说。

——大概？

——我是七点五十下了地铁的。

——哦，好的。

——他才刚刚开始。

——哦。明白了。

他试图将两只麦克风都遮住，可是却退了回来，手在太阳穴那里画着圈[1]，仿佛他是遇到了一个疯子似的。

——多谢帮助我们。

——没问题，她说。哦，对了。

——你还在吗？喂。

——他又在走了。他又在往那边走了。

——走了几次了？

——这是第六或者第七次走吧。这一次他走得飞快。非常非常之快。

---

1 示意某人脑子不好的手势。

——像是在跑?

背景中出现了一阵掌声,康普顿身子再次倒下来,远离麦克风,他的椅子向两边转了转。

——这麦克风看起来像该死的棒棒糖,他说。

他回到麦克风前,假装在舔它。

——听起来那边挺疯狂的,太太。有很多人吗?

——光是我们这角落,就有六七百人,甚至更多。

——你觉得他还会在上面待多久?

——我的天。

——什么?

——是这样的,我迟到了。

——再待一分钟,好不好?

——我的意思是说,我不能老站在这里说话……

——警察呢?

——有些警察在楼沿俯下身子看。我想他们是想把他给哄回来呢,嗯,她说。

——什么?喂。

没有回答。

——怎么回事?康普顿说。

——对不起,她说。

——怎么回事?

——对了,还有几架直升机。它们靠得很近了。

——有多近?

——但愿不要把他给冲下来呀。

——它们有多近?

——七十码左右。一百码,最多。好,它们现在后退了。哦,天哪。

——什么？

——我是说，警方直升机后退了。

——这样啊。

——老天。

——什么？

——现在这时刻，他真还在挥手致意呢。他俯下身子，杆子放膝盖上。其实，是在大腿上。右大腿。

——真的啊？

——他的手臂在挥着。

——你怎么知道？

——我想，那是在敬礼。

——是什么？

——在卖弄着呢。他在钢丝上弯下腰，平衡着，然后一只手从杆子上拿开，对了，是向我们敬礼呢。

——你怎么知道的？

——哎呀呀，她说。

——什么？你没事吧？太太？

——没事，没事，我很好。

——你还在吗？喂。

——你说什么？

——你怎么能看得这么清楚？

——镜子。

——什么？

——我用镜子看啊。同时拿镜子又拿电话，忙不开。请稍等。

——她在用镜子照他呢，丹尼斯说。

——你有望远镜？康普顿问。喂。喂。你有望远镜？

——是的，看歌剧用的望远镜。

——不会吧，加雷思说。

　　——我昨天晚上去看马扎科娃演出了。在美国芭蕾舞剧院。我忘带了。这些镜子，我的意思是。顺便说一句，她的表演太棒了。跟巴雷什尼科夫一起跳的。

　　——喂？喂？

　　——在我的手提包里，我都在里面放了一夜。真是纯属巧合，真的。

　　——纯属巧合？加雷思说。这妞真是要命。

　　——闭你妈的嘴，康普顿说，说话时将我的麦克风挡住。你能看到他的脸吗，夫人？

　　——请稍等。

　　——直升机飞哪里了？

　　——哦，远远离开了。

　　——他还在敬礼？

　　——请稍候。

　　听起来她好像把电话拿开了一会儿，我们听到了一些高声的欢呼，快乐的惊叹。突然间，我什么也不想，就希望她能回来，忘了那走钢丝的人，我想我们的歌剧望远镜女子，想她那丰富有趣的嗓音，还有她说"纯属巧合"时那滑稽的方式。我想她该上了些年纪了，这没有关系，这不是性的问题，我不是在这方面喜欢她的。也不是说我爱上她了。我从来没有女朋友，这没什么大不了的，我没朝这方面去想，我喜欢她的声音。此外，是我发现她的。

　　我估计她大概三十五岁甚至更大些，长脖子，直筒窄裙，但是谁知道呢，或许她四十或者四十五了，甚至更老，没准她的头发上了定型发胶，或许她的钱包里还有一副木制假牙。可是，她也可能很漂亮。

　　丹尼斯在角落里，摇着头微笑。康普顿在用手指指着太阳穴绕圈，加雷思则是狂笑不已。我只想将这帮家伙从我椅子上推开，不让他们用我的东西——我有权用我自己的东西。

——问她，她为什么在那儿，我用耳语般的声音说。

——小子又说话了呢。

——你没事吧，小子？

——问问她吧。

——别犯傻了行不行？康普顿说。

他笑着向后倾斜，双手盖住我的麦克风，开始在我椅子里来回晃。他的腿上上下下踢着，比萨饼盒子散落在他的脚周围。

——你说什么？那位女士说。线路里有噪音。

——问问她多大了。问啊。

——闭嘴，小子。

——你他妈自己闭嘴吧，康普顿。

康普顿用掌跟打我的额头。

——听小子的！

——来，问问她。

——算是美国人追求淫荡的宝贵权利吧。

加雷思差点牙都笑掉了，康普顿再次把话筒倾斜过来，问，你还在吗，太太？

——我在，她说。

——他还在敬礼？

——嗯，现在他站着了。警察身子向外倾斜出来。都过了楼沿了呢。

——直升机呢？

——不在附近。

——有没有像兔子那样跳？

——你说什么？

——他有没有在像兔子一样跳?
——我没有看到。他没来什么兔子跳。谁会跟兔子一样跳呢?
——就是说,换着腿单腿跳。
——这人是真正的艺人呢。

加雷思咯咯笑。

——你在录音吗?
——没有,没有,没有,真是没有。
——我怎么听后面还有其他人的声音啊。
——我们在加利福尼亚州。我们没事的。别担心。我们是些搞计算机的。
——不录音就行。
——哦,不会的,你没事。
——录音会牵涉到法律问题。
——当然!
——无论如何,我真的应该……
——请稍等,我说,我从康普顿肩膀上方整个侧过来。

康普顿把我推回来,问那走钢丝的看起来紧张不紧张,那女人过了好久才回答,好像她在咀嚼着整个想法,考虑要不要吞下去。

——嗯,他看起来相当平静。他的身体,我是说。他看起来很平静。
——你看不到他的脸?
——不大能看到,看不到。

她的声音开始黯淡下去,好像她不想跟我们多谈了,在电话线那边开始蒸发了,可是我想让她继续在线上,我也不知道为什么,我感觉她好像是我的姑妈之类的,好像我已经认识她很长一段时间了,这当然是不可能的,但我不在乎了,我抓住麦克风,从康普顿那里扳过来,我问:你在那里工作吗,夫人?

康普顿头往后一甩,又笑了起来,加雷思想挠我肚子逗我笑起来,我不发声地用口型骂他混蛋。

——哦,是的,我是图书管理员。

——真的吗?

——霍克·布朗和伍德。研究图书馆。

——请问贵姓?

——在五十九层楼上。

——贵姓?

——我真的不知道我该不该……

——我这不是要跟你不礼貌。

——不会,不会的。

——我叫山姆。我在这里的一个研究实验室上班。山姆·彼得斯。我们做计算机工作。我是一名程序员。

——我明白了。

——我十八岁。

——恭喜你啊,她笑道。

仿佛她在电话那一头能听到我的脸红似的。加雷思笑得直不起腰了。

——赛蓓尔·塞纳托雷,她终于用软若流水般的声音说了。

——赛蓓尔?

——没错。

——可否请问……

——什么?

——你多大了?

沉默了。

他们全都笑开怀了,可是她的声音里有点甜美,我不想让她挂断电话。我一直试图想象她在那里,在那些大楼下,向上看着,看戏的望远镜挂在脖子上,正准备去一个镶着墙板,四处都有咖啡壶的律师事务所上班。

——这里是上午八点半,她说。

——你说什么?

——没时间约会。

——我很抱歉。

——我二十九了,山姆。配你大了点。

——哦。

果然,加雷思开始摇摇晃晃四处走,就像在挂着拐杖似的,康普顿像野人一样在咆哮,甚至丹尼斯也把椅子推着滑过来到我旁边说:大情圣啊!

然后,康普顿将我从桌子上推开,说了点关于打赌的话,说要把打赌的问题给解决了。

——他在哪儿?赛蓓尔?那家伙呢?

——还是科琳吗?

——康普顿。

——嗯,他在南楼的边缘。

——两楼之间距离多远?

——很难判断。几百……哦,他来了!

她四周出现了巨大的噪音,快速移动声,欢呼声,仿佛一切都被推倒重来,陷入了混乱似的,我想到了成千上万的人在从汽车和地铁上下来,第一次看到这事,我真想身临现场,和她在一起,我的腿部有点晃动的感觉。

——他躺下了?康普顿问。

——不,不,当然不是。他走完了。

——他停住了?

——他直接走了进去。他再次敬礼,然后挥舞着手,然后直接走了进去。其实是跑的。像是跑。

——他就这么结束了？

——操。

——我赢了。加雷思说。

——呜呼，他结束了？你肯定？就这样？

——站边上的警察在带他进去。杆子被他们拿走了。哦，听着。

电话边上出现了一阵巨大的喧哗，以及雷鸣般的掌声。康普顿看起来很恼火，加雷思在打响指，就好像在抖钱一样。我斜过身子，拿过麦克风。

——他结束了？喂？你能听到我讲话吗？

——赛蓓尔，我说。

——这个，她说，我真的得……

——走之前等等。

——是塞缪尔吗？

——我可不可以问个私人问题？

——嗯，我想你已经问过了。

——我可不可以要一下你的电话号码？我问。

她笑了，什么也没说。

——你结婚了吗？

又是一声笑，里面有悔意。

——对不起，我说。

——没。

——你说什么？

我不知道她说这声"没"，是没电话号码给我呢，还是说没结婚呢，或者是二者都有，可是她发出了小小一声笑，那声音随即飘散。

康普顿在口袋里翻，在找钱。他掏出一张五块的钱推过来给加雷思。

——我只是想知道……

——真的，山姆，我得走了。

——我不是变态佬。

——后会有期啊。

电话挂断了。我抬起头。加雷思和康普顿在盯着我看。

——后会有期，加雷思咆哮一般大笑。你听这话说的！她这么泰然自若！

——闭嘴，伙计。

——简直"纯属巧合"啊。

——闭嘴，你这混球！

——太躁了不是？太躁了不是？

——有人掉下去了呢，康普顿笑着说。

——我只是耍耍她。只是捉弄一下！

——还"后会有期"呢！

——我可不可以要一下你的电话号码？

——闭上你的嘴。

——嘿。小子生气了。

我走到电话边，按下键盘上的输入键，可它只是在响啊响的。康普顿脸上突然露出了一个奇怪的脸色，仿佛他以前没见过我似的，仿佛我是个新来的人，不过我不在乎。我又拨了一次，依然只是不断地响但没人接。我能看到赛蓓尔，在我的脑海里，她在走开，沿着大街，走入世贸中心大楼，前往五十九楼，全是木制办公家具和文件柜，跟律师们打招呼，坐到自己桌子前，拿出一支铅笔夹在耳朵上。

——刚才那律师事务所叫什么名字来着？

——后会有期，加雷思说。

——忘了这个吧，伙计，丹尼斯说。

他站在那里，穿着他的 T 恤，头发全歪着。

——她不会回来了，康普顿说。

——你凭什么这么肯定？

——女人的直觉，他咯咯笑着。

——我们得完成那个补丁了，丹尼斯说。都起来干活。

——我例外，康普顿说。我不知多久没睡了。

——山姆，你呢？你怎么样？

他在说五角大楼的计划。我们已经签署了保密协议。这活儿好做。随便抓个小子都能做出来。这是我的想法。你只要看看雷达的程序，输入引力，或许可以用些旋转差异数据，就能计算出炸弹会落哪里。

——小子。

同时有很多计算机在运转的时候，这地方会发出嗡嗡声。比白噪声还厉害。那种嗡嗡声，让你感觉你就是天空下躺着的土地，蓝色的轰鸣在上面，在四周包裹着你。你要是想得太多，声音就大起来，响起来，让你感觉自己不过是一粒微尘。你被封在里面，在电线里，在管道中，那些电子在移动，可是实际上没有什么东西动，什么也没有。

我走到窗口。这是一个地下室窗口，没有光线。这一件事我不明白，在地下室的窗口，为什么会有人给地下室装窗子？有次我试图打开它，但它动也不动。

我敢打赌外面太阳出来了。

——后会有期！加雷思说。

我想走到房间对面打他，真正地抽他，把他真正给抽痛。

我坐到控制这里，敲击 Escape 键盘，然后是 N 键，然后是 Y 键，离开了蓝盒子程序。今天不用电话钓鱼了。我打开我的图形处理文件，用我的密码 SAMUS17。我们干了六个月，可是五角大楼都钻研几年了。再打什么仗的话,这黑客程序是要用起来的,肯定的。

我转向丹尼斯。他已经弯着腰,在他的控制台前面忙起来了。

程序启动。我能听到它的滴答声。

这是写程序时候的巅峰体验。很酷。也容易做到。你会忘了你的妈妈,你的爸爸,忘了一切。你把全国的人都调集了上来。这是美国。你找到了新边疆!你可以去任何地方。这一切关系到连接,接入,门户,就好像是一个耳语的游戏,如果你一件事说错,你得全部打回重来。

这个家是海马造

他们没让我去参加科里根的葬礼。要是能去,我就是投胎再来重走一遭也干。他们把我关回牢里。我没有哭。我直挺挺地躺到凳子上,手捂住了双眼。

我看到了我的犯罪记录表,上面有五十四项内容。打印得不是太整齐。你能看到你的一生,还带复印件,保存在一个文件夹里。亨茨波,莱克星顿大道和49街,西区高速公路,一直追溯到克里夫兰。闲荡。卖淫。A级行为不当。七级非法拥有违禁药品。二级非法闯入。非法拥有违禁麻醉药品,E级重罪。卖淫,A级,行为不当,0级。

警察这拼写成绩,判他D才是。

布朗克斯的那些警察书写最差。除了在我们地盘上抓我们之外,别的什么都不及格。

蒂莉·亨德森小姐,又名极乐消解,又名迷惑小姐,又名罗莎,又名甜蛋糕。

种族,性别,身高,体重,头发颜色,头发类型,皮肤颜色,眼睛颜色,疤痕,标志,文身(无)。

我特喜欢超市里的蛋糕味。这一点你在我的黄色犯罪记录表上是找不到的。

他们逮捕我们那天,鲍勃·马利在电台里唱歌:"起来,站起来,捍卫你自己的权利。"有一个模样搞笑的警察将音量调高,扭头咧着大嘴笑。爵士琳喊道:"谁来照顾我的宝宝呢?"

我把勺子放在婴儿奶粉里了。三十八岁。一事无成。

我生来就是做皮肉生意的料子。一点都不夸张。我从来没想过做什么正当职业。我住的正对面,就是前景大道和东31街的站街路段。从我房间的窗口,我就能看到姑娘们在做那些事。我那时候八岁。她们穿着红色的高跟鞋,头发梳得高高的。

那些"干爹"们,在前往土耳其酒店的路上。他们给这些女孩拉客。他们戴的帽子,大得能在里面跳舞。

你在电影里看到的每一个皮条客,都开卡迪拉克车。确实如此。老爹驾小迪。他们喜欢白壁轮胎。不过,那些绒毛骰子[1]倒不是真的那么常见。

我九岁的时候开始涂口红。照起镜子来晶晶亮。十一岁的时候,母亲的蓝靴子我穿太大,我都能藏在里面,把头伸出来。

十三岁时,我就已经把手放在一个穿覆盆子色西服的男子屁股上了。他的腰就像个女人的,可是打起我来下手可不轻。他的名字是芬恩。他很爱我,可是不让我去站街,说他要先培养我。

我母亲有不少宗教读物。我们去属灵以色列教会。你必须仰头,说方言。她也站街。那是很多年前的事情了。她一直做到牙齿落了才离开这行。她说,蒂莉,你别走我的老路。

可我偏偏走了她的老路。不过,我的牙齿还没有落呢。

---

[1] 绒毛骰子是二十世纪六七十年代流行的汽车装饰物,挂在车后视镜附近。

十五岁之前,我从没有接过客。我走进了土耳其酒店大堂。有人低低吹了声口哨。所有人都转头去看,我自己更是转过去看。我这才意识到他们是在向我吹口哨。立刻,我走路就扭了起来。我开始出台了。我的第一个干爹说:"亲爱的,今晚接完头一个客人,回我家来。"

鸡巴,热裤,高跟鞋。我像复仇一般开始站街。

一开始你要学会的一件事,是不要在打开的窗门口散着头发。不然,那些神经点的,会把你抓过去,拖进来,把你打得七荤八素的。

你的第一个干爹,可别忘了。你拼命爱他,爱到他开始用轮胎拆卸棒打你。两天后,你却和他一起换起了轮胎。他给你买那种上衣,让你身体该露的地方露,该显的地方显。

我把小爵士琳丢给母亲。她踢母亲的腿,然后抬头看着我。她刚出生时,皮肤非常白。一开始,我都以为不是我的孩子。我从来不知道她的爸爸是谁。可能是她父亲的那些人,列出个单子来没准儿都跟星期天一样漫长。有人说他可能是个墨西哥人,但我不记得有什么叫巴勃罗之类的人在我身上出汗。我把她抱到怀里,我跟自己说,**我要一生一世好好对她。**

刚有孩子,第一件事就是你会说:她是不会出去站街的。你赌咒发誓。我的孩子不会干这个。她不会出去站在外头。所以你去站街,好让她不去站街。

就这样过了三年,我出去站街,跑回家来照顾她,将她抱在怀里,然后我知道我该怎么办了。我说:"妈,帮我看一下她,我很快就回来。"

我见过的最皮包骨的狗是在灰狗巴士边上。

第一次看到纽约的时候，我是躺在港务局外面的地上，所以我能看到整个天空。有个家伙从我身上跨过去，都不低头看一下。

我第一天来，就做起了我的皮肉生意。我去第九街的低价旅馆。天花板可以当成天空来看，这些都不是问题。纽约有很多水手。
我那时候喜欢戴着他们的帽子跳舞。

在纽约，你是给你的男人干活的。你的男人就是你的干爹，哪怕他只不过是个下九流小皮条客。找个干爹倒不难。我的确运气，一早就遇到了图科威客。他把我带上，让我去最好的路段站街，第49街和莱克星顿大道，就是梦露的裙子被高高吹起的地方，靠近地铁口。接着最好的路段是在西区，不过图科威客不喜欢，所以我不怎么去那里。西区也挣不了几个子儿，而那里的警察总在亮徽章抓人，全按逮捕记录来。他们会看你多久没进牢房，会按照你的登记表来问日期。如果你已经有一段时间没有进了，他们会勾勾手指说，**跟我来**。
我喜欢东区，尽管那里的警察很难缠。
49街和莱克星顿大道有色女孩不多。都是些白佬，一口好牙。漂亮的衣服。头发做得很花哨。她们从来不戴大戒指，因为大戒指碍事。但她们指甲修得很漂亮，脚趾甲闪闪发光。看到我，她们高声喊着："你他妈来干吗？"我就跟她们说，"我在这里做事啊，姑娘们，就这样子。"过不了多久，我们就不争抢了，不再互相抓、互相掐、互相掰对方手指了。

我是第一个在那里站稳了脚跟的站街黑人。大家叫我罗莎·帕克斯。说我是一块口香糖。黑色。站在人行道上。

生活可不就是这样,天。你的玩笑可不少。

我跟自己说,我说,我要挣足够的钱,回去找爵士琳,给她买一所大房子,带壁炉,后头带天台,还有很多好家具。这就是我想要的。

我他妈真是混账。没有比我更混蛋的了。不过,没有人知道这一点。这是我的秘密。我神气十足地在这世界上行走,就好像世界是我私人的那样。看好这口香糖。看她怎么曲线分明吧。

这里有个狱友,在鞋盒里养了只老鼠。这老鼠是她最好的朋友。她跟它说话,把它当宠物,甚至亲吻它。有一次,她的嘴唇被老鼠咬了。我把屁股都给笑掉了。

她因刺伤他人被判了八个月。她不愿跟我讲话。过不了多久,她就要去上州了。她说我没啥脑子。我可不去上州,不会的。我跟魔鬼都达成了协议。魔鬼是一个秃头男,穿黑斗篷。

我十七岁那年,身材好得没说的,就是亚当看到了,也会离开夏娃来找我的。性感热辣得像热土豆。完美无缺,这可没有说谎。增一分减一分都不行。我那腿长的,简直都有上百英里,我的屁股生的,让人欲仙欲死啊。亚当会跟夏娃说,**夏娃,我要离开你了,亲爱的**,耶稣本人都会在后面说:**亚当啊,你这个幸运的狗杂种**。

莱克星顿大道上有个卖比萨饼的地方。墙上那些家伙穿着紧身短裤,很好的皮肤,脚边上放着球——他们都还不错啊。不过,里面的那些人却都是胖墩墩,毛乎乎的,老开意大利辣香肠的玩笑。比萨饼上的油,都得用餐巾纸给蘸出来。那些黑社会有时候也过来。

你可别惹这些黑社会。他们西装革履，裤缝笔直，他们身上散发出美发油的味道。他们可能请你吃顿很好的意大利佬餐，然后将你带走，最终你小命送掉都说不准。

图科威客十足花哨。他让我挽住他的胳膊，就仿佛我也是他身上一件珠宝。他有五个老婆，但我是老婆第一号，就如圣诞树最顶上的挂件，砧板上最新鲜的肉。对于干爹，你能做什么就得做什么，你让他心花怒放，你爱他到日落，然后你去站街。我挣的钱最多，他对我也不错。他让我坐他前面的座位，而其他的老婆则怒气冲冲地在街上看过来。

唯一的问题是，他爱你爱得越多，打你就打得更狠。可是天意如此，又能怎么样呢？

急诊室有个医生对我很有意思。有回图科威客用银咖啡壶砸我，这医生给我眼睛缝针。然后，医生俯下身来，吻了我的眼睛一下。那一刻，缝针线穿过的地方痒痒的。

不忙的日子，下雨的时候，我和其他几个老婆常打架。我跑在街上，手里拿着苏茜的假发，上面还粘着些皮肉。但大多数时间，我的天，我们就是一个大家庭。这话说来没有人信，但它是真的。

莱克星顿大道上有些旅馆，里面有墙纸，有客房服务，还有带真正金边的盘子。里面的客房里，枕头上放着巧克力。商人来这里住上一天。白佬。穿着紧身内裤。他们衬衫掀开，你都可以闻到丈夫特有的那种恐慌，仿佛他们的老婆随时会从电视机里跑出来似的。

那些女佣在枕头上放有薄荷糖。我有一个绿色的手提包，里面装满绿色糖纸。我离开房间的时候，总是带着绿色糖纸走，而那些男人则是一身臭汗，怕是把那婚书都给淌出来了。

我是个严格的躺倒做爱的女孩，用的是后仰式。只会这种老式的做爱，可是我让他们感觉个个都是人中极品。**哦，宝贝，让我摸摸你。你都让人家燥热死了。你这骨头可别喂别人家的小狗狗啊。**

我有上百个愚蠢的说法。就像老在唱同一首老歌。他们听得十分受用。

"你那儿没事吧，甜饼？""该死，不过你让我感觉很好！"（一分三十秒，绝了，都创纪录了。）

"给我点糖糖，糖糖。""噢，伙计，你太可爱了，我想亲你都舍不得。"（事实上，我宁肯去亲洗脸池下的管子。）

"喂，丫头，我的功夫怎样啊？""哦，你功夫不错，哦，是的，是的，你行，你行得很，是的，不错的。"（不过，你那小鸡鸡我深表同情。）

从华尔道夫酒店出来的时候，我给酒店侦探小费，给门童小费，还给操作电梯的小子小费。他们知道所有站街的女孩。电梯小子对我有意思。一天晚上，我在冷藏室跟他口交。出来的时候，他偷了块牛排，塞在他的衬衫下面，走了出来，说他最喜欢五成熟的。

他很可爱。每次见我都挤眼睛，哪怕电梯里人满的时候。

我有洁癖。我每次办事前都去淋浴。要是客人去淋浴，我就给他身上涂满肥皂，看着那话儿面粉一样发胀起来。我就跟他说："亲爱的，我就要那面包吃吃。"然后，我带他进"烤箱"，进去的时候他差不多就爆了。

大部分情况下，我顶多让他十五分钟完事。但是起码要让他搞上两分钟左右。男人不喜欢过早射掉。他们觉得这样不值。他们觉得这样很肮脏，很廉价。我从来没有遇到不行的男人，从来没有过。

嗯，也不是没有，但如果他真不行，我就抓他的背，跟他甜言蜜语，从来不来脏的，有时候他会哭起来，说，"我就想跟你说话，我就想这个，就想跟你说话。"可是有时候他会翻过来，突然凶起来，大叫起来，"操你妈的，我就知道跟你不行，你这个黑婊子。"

这时候我就撅起嘴来，好像心被他伤透了的样子，我会跟他耳语，说我干爹是黑豹党的，下面有很多黑狗子，他可不喜欢你这么说话呢，明白不？这时候他们会拉起裤子，飞也似的滚了。

图科威客常打架。他袜子里藏着一个指环套。不过，他得被打倒了，才能拿到它。但他很聪明。他把警察打点好，把黑社会打点好，其余的钱他都收进自己口袋。

这位聪明的干爹常去找独自站街的女孩。我只单独站了两个星期。俄亥俄。俄—亥—俄。

我变成了摩登女郎。我服避孕药。我不想再来一个爵士琳。我从43街的邮局给她寄明信片。柜台后的家伙一开始没有认出我来。每个人都在叫，说我插队，可是我屁股一扭一扭地，径直走到他前面。他脸红了，还偷偷给了我一些免费邮票。

我的客人我是记得的。

我新找的干爹是一个大牌。他的名字叫"拼图"。他穿着一身花哨的西服，他说这就是他身上的一张皮。他总在口袋里放一块手帕。他的秘密是在手帕里用胶带粘了一排剃须刀片。他可以拿出来，把你的脸变成一张拼图。他走路腿有点跛。金无足赤，人无完人。警察对他恨之入骨。他们知道我在拼图手里的时候，抓我抓得更勤了。

他们见不得黑鬼挣钱，尤其是挣白佬的钱，可是四十九街上出没的都是白佬。这里就是一座粉笔城。

拼图的票子比上帝还多。他给我买了一条狐尾项链，还有一串翠玉珠子。他付清了，用的都是现金券。他的座驾甚至比凯迪拉克还厉害，是劳斯莱斯，银色的，这可不是吹的。车子旧归旧，跑还是能跑的。它有个木制的方向盘。有时，我们开着它来回在公园大道上跑。这种时候，人才觉得不白活一回。我们在殖民地俱乐部外面摇下车窗。我们说，"喂，女士们，谁想去约会？"她们都吓坏了。我们驾车离开，喊叫着，"来吧，我们去吃点黄瓜三明治吧。"

我们一路呼啸，把车开到时代广场。"宝贝，把那三明治面包去一去皮！"

拼图给了我不少好东西。他在一大道和五十八街有一套公寓。里面什么都是豪华版的，甚至地毯也是。花瓶放得四处都是。镜子带着金边。那些客人都喜欢到这儿来。他们直接走进来，说，哇。他们好像都把我当富商看了。

可是他们一直在找床。关键是，床是从墙上放下来的。都是电子控制。

那地方可花哨了。

支付一百美元的主顾，我们叫他们香槟。街上有豪华车停过来的时候，苏茜就会说，"我的那位香槟来了。"

一天晚上，我接了纽约巨人队一个橄榄球队员，一个后卫，脖子极其粗大，大家叫他红杉。他钱包也不小，我都没见过这么大的，里面装满百元大钞。我在想，这下子十支香槟一起来了。来了，香槟啊，一下子就来上一千！

结果我发现，他只是想白揩油，所以我就下到地上，弯下腰来，看着两腿之间，说，"裆下传球！"[1] 然后我把客房服务的菜单扔给他。

---

1 美式橄榄球术语。

有时候，我把自己逗得乐不可支。

我那时候叫我自己逍遥小姐，因为我总是十分快乐。这些人只是一些在我身上动的肉体。一个个色块而已。他们是谁都无所谓。有时候，我感觉就像电唱机里的唱针。我只是掉在那槽子里，在里面走上一阵子。然后，抖落灰尘，再次落下。

我发现凶杀案警察的一大特点，是他们穿的服装很好。他们的鞋子总是擦得亮亮的。有个警察的办公桌下面，就有个三条腿的擦鞋盒子。软布，鞋油，一应俱全。他很可爱。他可不是来揩油的。他只想知道是谁把拼图做掉的。我知道，但我不说。要是有人雇了杀手，你就得闭嘴。这就是街上的王法，将你的嘴封起来，封起来封起来不说一个字，封封封封封！

拼图走着走着，就吃了三颗子弹，枪法很准。我看见他躺在那里，地上一片湿。有一颗打在他额头正中间，把他脑袋打开了花。医护人员撕开他衬衫的时候，他的胸部就好像另长了两个红眼睛。鲜血飞溅在地面上，灯柱子上，邮箱上。比萨饼店的家伙出来清理他乘客座的车镜。他用围裙擦洗着，摇着头，低声在咕哝着，就好像刚把烤乳酪馅饼烤煳了一样。就好像拼图是特意将自己的脑浆留在这家伙的镜子上似的。就好像他是特意这样做似的。"

他回店里去了，我们下次进店里的时候，他是这么说的，"喂，这里不招待婊子，滚出去，你他妈这些卖肉的给我滚出去，滚一出—去，尤其是你，你这黑鬼，黑—鬼！"我们说，"哦，他还会拼几个字嘛！"不过跟上帝发誓，我想将他的意大利佬蛋蛋扭下来，两个挤成一个，塞进他喉咙里让他当喉结使。

苏茜说，她讨厌种族主义者，特别是意大利佬种族主义者。我们把头都笑掉了。然后,我们大模大样沿着第二大道走下去,去雷氏名比萨店买了块比萨。味道太好了,我们都不用将上面的油蘸掉。之后,我们再也没有去过莱克星顿的那一家比萨店。

我们可不想给什么种族主义的猪猡送生意。

拼图有的是钞票,结果却葬在了乱坟岗。我看到过太多的葬礼。我想我和别人也没有什么不同。我也不知道拼图的钱最终都进了谁的腰包,我猜是黑社会吧。

世上只有一个东西的移动速度跟光速一样,那就是实实在在的现钞。

拼图被人做掉的两个月后,我看见安迪·沃霍尔[1]到了我们这街区来。他的眼睛大又蓝,看上去像有精神分裂症,仿佛刚吸过一天的地铁票一样[2]。我说,"嘿,安迪亲爱的,想找个人陪陪吗?"他说,"我不是安迪·沃霍尔,我不过是个戴着安迪·沃霍尔面具的人,哈哈。"我掐了掐他的屁股。他往后跳了一跳,"哎呀呀。"他有点古板,不过他后来跟我说了不下十分钟的话。

我以为他会把我拍进电影里。我乐得穿着高跟鞋跳上跳下。如果他让我上电影,我会亲他的。但最后,他什么也不想,只想给自己找个男孩。他要的就是这个,一个男孩,他可以带回家,做他想做的事。我告诉他,我可以用大大的红色捆绑式人造阴茎,他说:"别别,你让我燥热起来了。"

我一晚上到处走着说,"我把安迪·沃霍尔给逗起来了。"

还有个客人我想我也认出来了。他很年轻,但秃顶。秃处很白

---

[1] 安迪·沃霍尔(1928—1987),美国艺术家,二十世纪波普艺术的领军人物。
[2] 吸地铁票是指纽约地铁一些小贼用堵塞地铁票孔的方式,让其他乘客的票卡住,等乘客无奈离开后,这卡贼会过来用嘴将票吸出。

很白，就跟头顶有一个小溜冰场似的。他在华尔道夫里开了一个房间。

他进来第一件事就是把窗帘拉紧，然后倒在床上，说，"我们干吧。"

我说，"哇，我是不是认识你啊，亲爱的？"

他狠狠地看着我说："不会的。"

"你肯定吗？"我说，千娇百媚的鬼样子。"你看起来面熟啊。"

"不会的。"他说，很生气的样子。

"喂，亲爱的，别这么跟吃了炸药似的，"我说，"人家就是问问嘛。"

我把他的裤带解下来，拉链拉开，他开始呻吟起来，"哦耶，哦耶，哦耶"的，他们全都这样子，还把眼睛闭上，继续呻吟着，不知怎的，我突然明白过来。这不是哥伦比亚广播公司播天气预报的那人吗！唯一不同的是他没戴假发！这是他的伪装。我把他给做完了，穿好了衣服，挥手跟他告别，可是到了门口回过头来，跟他说，"喂，伙计，今天天气东边多云，风力十级，可能有降雪。"

我就这样，有时候把自己逗得乐不可支。

我最喜欢的笑话的最后一句是，"法官大人，我唯一的武器，就是一块炸鸡。"

嬉皮士对生意不好。他们喜欢自由恋爱。我离他们远远的。他们烦得很！

我最好的客人是当兵的。他们刚回来，就想打炮。打炮就是他们唯一的念头。他们九死一生，从一伙五体不全、歪瓜裂枣的混账王八蛋手里逃了出来，就只想怎么忘记。想忘记的话，哪里还有比跟逍遥小姐打炮更好的办法呢。

我做了个小徽章，上面说，"逍遥小姐的对策：作战，不做爱！"谁都不觉得这个说法好笑，连从越南回来的那些小子都不喜欢，所以我就把这徽章扔进第二大道角落的垃圾桶里了。

这些小伙子，闻起来一个个都像是会走路的小坟墓。

但是，他们需要爱。我就跟一个社工似的，天。我是为美国做爱。有时候，小子用手指在我背上划，我就哼哼那首小儿歌，"黄鼠狼啊跳出来！"他们觉得很逗。

鲍勃是个挺吊儿郎当的警察，对黑人女孩尤其是那鸟样。我看他的帽徽次数比我吃热早饭的次数还多。就是我不工作的时候，他都来抓我。我在咖啡馆里，他都跟我亮徽章，说："你跟我来，黑娘们儿。"他觉得自己很滑稽。我说，"舔我的黑屁股见你妈的鬼去吧，鲍勃。"不过，他还是把我带牢里去了。他有自己的指标，还有加班费。我真想用我的指甲锉划他。

有一次，有一个男人和我在雪利荷兰大酒店待了整整一个星期。那里的天花板上有大吊灯，两边是葡萄藤和小提琴石膏像这些玩意儿。他又矮又胖，秃头，褐色皮肤。他在唱机里放了张唱片，听起来像耍蛇的音乐。他说，"你说这是不是神曲？"我说，"这个说法很奇怪。"他只是笑了笑。他口音很好听。

我们享用着水晶可卡因、鱼子酱和桶装香槟。我是应约来做"口活"的，可是他只是让我给他读书。读波斯诗歌。我想也许我已经到天堂了，在上面正飘浮着呢。诗里常常说到古代叙利亚和波斯的事。我赤条条躺在床上，对着大吊灯读着。他甚至都不肯来碰我一下。他坐在椅子上，看着我读。我离开的时候拿了800美元，还有一本鲁米的诗集。我以前从来没有这样读过书。这经历都让我想拥有一棵无花果树了。

那是我去亨茨波之前很久的事情了。也是我到迪根下面站街之前很久的事情了。也是爵士和科里出车祸之前很久的事了。

但如果让我活一个星期,只有一个星期,让我自由选择,我一定要重返雪利荷兰大酒店,就像上次那样。我躺在床上,赤身裸体,读书。他对我很好,跟我说我读得不错,说我要去叙利亚和波斯,一定会不错的。我从来没有见过叙利亚、波斯、伊朗,或者大家叫的什么别的名字。总有一天,我会去的,不过我要带上爵士琳的孩子,我要嫁个石油大亨。

只不过,我一直想着绞索。

任何借口都是好借口。他们送你坐牢的时候,都会做个梅毒测试,我的结果良好。我在想,或许我这次不会这么干净。也许这也会是个好借口。

我恨拖把。我恨扫刷。靠卖肉出监狱是不行的。你要洗窗户,擦地板,用海绵洗淋浴间。我是 C-40 唯一的妓女。其他所有人都是从上州过来的。有一点可以肯定,从窗户看出去,是看不到美丽日出的。

所有"老公"都在 C-50。所有"老婆"都在我那边。女同性恋被称作雅斯贝斯,我也不知道为什么——有时候文字这东西就是怪。在食堂,所有的雅斯贝斯都想给我梳头。我不喜欢玩这个。从来不会。我也不穿什么牛津布长袖衫。我喜欢穿我的短制服,可是我也不在头发上扎发结。就是死,还不如漂漂亮亮地去死。

我不怎么吃。至少我可以保持我的体形。我还是为这体形感到骄傲。

我他妈整个混蛋到底,可是我还是为自己的体形感到骄傲。

他们这些东西都不会喂给狗吃。这些狗看完菜单都会把自己给掐死。它们会嚎叫起来,用叉子把自己叉死。

我拿到了上面有婴儿像的钥匙圈。我喜欢挂在手指上,看着他们在转。我还弄到了一片铝箔。它不像镜子,不过你还是可以照照,还可以猜出你仍然美丽。总比跟老鼠说话强。我的狱友把床的一边刮了,好让老鼠住在刨花里。我过去看过一本书,说的是一个家伙和一只老鼠。他的名字是斯坦贝克——这名字是那人的,不是那老鼠的。我可不傻。不要以为我是妓女,就得顶一傻瓜帽。他们测了我的智商,是124。要是不信,你去问那监狱心理医生好了。

图书馆的推车每星期吱吱呀呀推过来一次。没哪一本是我喜欢的。我找他们要鲁米的书,他们说,"他妈的什么玩意儿?"

我在健身房的时候打乒乓球。"老公"们都说,"哎呀呀,看她扣的!"

大多数时候,我和爵士,我们从来不抢人东西。不值得。但是,这个混蛋,他把我们从布朗克斯带到地狱厨房[1],答应给我们大把钞票。结果完全不是这样,结果我们就帮他减轻了些负担,对的,就是这说法,减轻他的负担。也就是把他的钱包清理一下,真的。这罪我是给爵士琳认的。她想回去找孩子。她也需要那海马子[2]。可是我不想让她去碰,可是她又戒不掉。不是这块料。我呢,我不吸。我可以去吸。可是我都戒了六个月。我碰点可卡因,有时候我还把

---

[1] 纽约曼哈顿一地区名,位于第三十四街和五十九街之间的第八大道到哈德逊河的区域,过去是底层爱尔兰人聚居的社区。
[2] 指海洛因。

从安吉手里弄的海马子卖掉,但是大部分情况下我是不碰的。

在派出所,爵士眼睛都哭肿了。侦探从桌子后斜过来说,"听着,蒂莉,你要不要为你女儿好?"我就说,"好的,宝贝。"他说,"那好,你给我如实交代,我就放她走。你蹲六个月,一天不多,我保证。"所以,我坐了下来,全招了。指控是个古老的指控,二级抢劫。爵士从那家伙身上弄了两百块,马上就用针筒,把这笔钱给打没了。

就是这样。

一切的一切,都穿过挡风玻璃飞走了。

他们告诉我,科里根的胸部撞到方向盘上,骨头全部断了。我想,那么至少在天堂,他那西班牙小姐能直接伸手进去,抓住他的心。

我他妈是混蛋。这就是我。我认了罪,爵士琳送了命。我是当妈的,可是女儿没了。我只希望在最后一分钟,至少她还在微笑。

我是个混账,你没见过比我更混账的。

就连蟑螂都不喜欢赖克斯这地方。蟑螂都觉得恶心。蟑螂就跟法官、地区律师这些混球一样。它们披着黑乎乎的壳,爬出来说,亨德森小姐,我在此判你八个月。

知道蟑螂的人都知道它们刷啦啦响声不小。就这个词。它们刷啦啦从地上跑过去。

淋浴间是最好的地方。那管道上挂个大象都可以。

有时,我在墙上撞得都失去了知觉。我把自己狠狠撞,撞到终于睡着。醒来头痛，我便接着撞。只有在淋浴间的时候，才感到难受，因为那些"老公们"在盯着看。

昨天，一个白人女孩被人划了。用的是食堂托盘被磨锋利了的一侧。这是迟早的事。她白得耀眼。在牢外头，管你是白是黑是褐是黄还是粉色，我都觉得无所谓。可是，我猜牢里是世界的反面——黑鬼太多，白佬不多，所有白佬都可以花钱把自己打点出去。

这是我在里头蹲得最长的一回。久了，就开始有各种各样的念头。大部分都是在想自己怎么成了这么一个混蛋。大部分是在想在哪里挂绳子。

他们第一次跟我讲爵士琳的事，我就不断撞自己的头，就好像笼中鸟一样。他们让我去参加葬礼，然后又把我锁回来。孩子们不在那里。我不断打听两个孩子的消息，大家都说，孩子别操心，有人照顾得好好的呢。

在梦中，我回到了雪利荷兰大酒店。我也不知道怎么就对他情有独钟。他不嫖，他是客——就算他有秃顶，我还是觉得他好。

中东的男子喜欢妓女。他们娇惯她们，给她们买东西，让她们身上裹着那些袍子四处走。他让我站在窗口，看着我的轮廓。他让光线对得刚刚好。我听到他的一声叹息。我只不过站在那里。可是没有什么能让我感觉更好了：他看着我，欣赏着。好男人就这样——他们会欣赏。他这也不是在自慰啥的，他只不过是坐在椅子里，看着我，几乎气都不出。他说，我让他晕眩，要是能永远这样下去，他可以拿出他的一切给我。我好像说了点什么故作聪明的屁话，不过我心里想的，和他一模一样。我很后悔我说了些不恭敬的话。我都巴不得找个地缝钻下去。

过了一会儿，他放松下来，然后叹了口气。他跟我说了点关于叙利亚沙漠的什么话，说这里的柠檬树，如小小的色彩的爆炸。

突然间——就在那儿，看着外面的中央公园——我止不住地想念起女儿来。爵士琳那时候八九岁。我只是把她抱在怀里。可别说婊子就无情，我们的爱一点不少。

公园黑了。灯亮了起来。只有几盏灯亮了起来。他们照亮了树木。

"念关于集市的诗歌吧。"他说。

这首诗说的是，某个男子去集市上买地毯，上好的地毯，完美无缺，于是，这让他充满忧伤这些狗屁玩意儿。我打开灯给他念，可是这一下子就破坏了氛围，我立马就感觉到了。然后他说，"就给我讲个故事吧。"

我关掉灯，站在那里。我不想说什么掉价的话。

我也想不起来什么故事，除了几周前有个客人跟我讲的那个之外。因此，我站在那儿，手里抓着窗帘，说，"有对老夫妻在广场边散步。是在傍晚时分。他们手拉手。他们就要进公园时，警察猛吹哨子，制止住他们。警察说，'你们不能进去，太黑了，在公园里走很危险，你们会被人抢劫的。'老夫妇说，'可是我们想进去啊，今天是我们的周年纪念日，我们四十年前就在这里。'警察说，'你们疯了。如今中央公园里没有人来散步了。'但老夫妇继续往前走。他们希望和以前一样，走同样的路，沿着小池塘。为的是回忆。就这样，他们手牵手，走进了黑暗之中。你猜怎么着？那警察，就在后面二十步跟着，沿着小池塘周围，保证他们不被人抢，你说这稀奇不稀奇？"

这就是我讲的故事。我站着不动。手里抓的窗帘全湿了。我几乎能够看见中东人的微笑。

"跟我再讲一遍。"他说。

我靠窗口更近了些站着，那里的光线角度真不错。我又把故事说了一遍给他听,又添油加醋了一番,比如脚步声什么的。

这故事我都没有跟爵士琳讲过。我想跟她讲,可是我从来没有讲过。我在等着合适的时机。我走的时候,他送了我一本鲁米的书。我给塞进了手提包,一开始并没有多想,可是它会不知不觉涌上心头,如同一盏街灯。

我喜欢他,喜欢我这个矮矮胖胖、秃头、棕色皮肤的男人。我去雪利荷兰大酒店看他还在不在,但经理把我赶走了。他手里拿着一个文件夹,就当赶牲口用的尖棍子一样,驱赶着我,说,"滚滚滚。"

我开始一直看鲁米的诗歌。我喜欢它,因为他的诗写得细致。句子写得好。我开始跟我那些客人满嘴说起这些玩意儿来。我告诉他们,我喜欢这些诗句是因为我父亲,我说他是研究波斯诗歌的。有时我说是我丈夫研究波斯诗歌。

其实,我从来没有过父亲和丈夫。反正,我不认识他们。不是我在抱怨。这是个事实。

我他妈就是一个混蛋,现在女儿也没了。

爵士琳有次问过她有没有爸爸。真正的爸爸——不是那种"干爹"爸爸。她那时候才八岁。我们在电话里谈。从纽约打到克利夫兰的长途电话。我一分钱不花,因为所有的姑娘们都知道怎么把硬币弄回来。我们这是跟那些从越南回来、脑子都坏掉的退伍军人学的。

我喜欢四十街上那一排电话。有时候烦了,就拨我身边的电话,拿起话筒,跟我自己讲话。我感觉其乐无穷。"你好,蒂莉,怎样啊,宝贝?不算太坏,蒂莉,你呢?忙着呢,蒂莉,你们那边天气怎样啊,丫头?下雨呢,蒂莉。不会吧!这里也下雨呢,蒂莉,你说扫兴不扫兴吧。"

我在50街和莱克星顿大道路口的药房打电话,爵士琳问我,"谁是我的真爸爸呢?"我就跟她说,她爸爸是个好人,可是有次他出去了,买香烟去了。这些都是哄孩子的。大家都这么说,我也不知道为什么——我猜不愿意跟自己小孩在一起的家伙都是烟鬼吧。

她后来再也没问过他。一次也没有。我过去一直想他——鬼知道他是谁——是去买烟了,一去就是很久。也许他,巴勃罗,还在站着,等着找零呢。

我回克里夫兰去接爵士琳。那是六四、六五年吧,就是那几年的事。她那时候才八九岁。她在家门口等着我。她穿一件带帽的小外套,坐在那儿,撅着小嘴,然后抬头,看到了我。我发誓,这就像看到了放焰火一样。"蒂莉!"她喊道。她从来没有叫过我妈妈。她从台阶上跳起来。从来没有人把我抱得这么紧。没有人。她抱得我都透不过气来。我就坐在她身旁,简直把眼珠子都给哭出来了。我说,"等着看到纽约吧,爵士,美得会让你傻掉的。"

我的母亲在厨房里,眼色鬼鬼的。我给了她一个信封,里面装了两千美元。她说,"噢,亲爱的,我知道你混得不错,我就知道!"

我们想开车横穿全国,爵士琳和我,可是我们最后坐的却是灰狗大巴,从克利夫兰一路坐过去。一路上,爵士琳都趴在我肩膀上,吸吮着拇指,都九岁了,她仍喜欢吸吮拇指。后来到了布朗克斯,听说这也是她的一个小把戏之一。她跟客人做事的时候,喜欢吮吸拇指。我恶心透了。我他妈混账透了,就是这样。别的也都无所谓。

混账的蒂莉·亨德森。这就是我,原原本本不带修饰的我。

不见到外孙女，我是不会去寻死的。我今天告诉看守，说我是外婆，她什么也没说。我说，"我想看看我外孙女——为什么不让我看？"她眼睛都不眨一下。或许我老了吧。我要在里面过三十九岁生日。把蜡烛吹灭都要整整一个星期。

我恳求她，恳求她，恳求她。她说，孩子们都好，有人照顾，社工们在管着呢。

是一个干爹把我带到布朗克斯的。他称自己为 L.A. 雷克斯。他不喜欢黑鬼，可是他自己也是一个黑鬼。他说，莱克星顿是给那些白佬的。他说我老了。他说我是一个废人。他说我在爵士琳身上花的时间太多了。他对我说，我就跟一片干酪似的。他说，"你千万别再去莱克星顿，不然我将你胳膊打断，蒂莉，你听到没有？"

他还真这么干了——把我胳膊打断了，手指也折断了。他在三大道和四十八街街角抓住我，将我胳膊就跟鸡骨头一样折断。他说，布朗克斯是退休的好地方。他笑了，说这里简直就是没有海滩的佛罗里达。

我最后绑着石膏回去看爵士琳。我都不知道用了多久才复原的。

L.A. 雷克斯牙齿上有颗星形钻石，这可不是大话。他看起来有点像电视上的那个叫考斯比的家伙，只不过那个考斯比留了些时髦的小鬓角而已。L.A. 甚至给我付了医疗费。他不让我出去站街。我在想，**这他妈不让站街这叫什么事呢？** 有时候，世界是一个叫人搞不懂的地方。

所以，我干净了。我找了自己的住处。我也不玩了。这些年的日子不错。我只要在手提袋里找到一枚硬币，我就能开心一番。情况非常好。我感觉就像站到了窗口一般。我让爵士琳去上学。我在超市找了一份工作，在里面给罐子贴标签。我上班完了回家，然后去上班，然后再回家。我不去站街了。无论什么都不会让我回去了。可是，突然有一天，我都不知道是为什么，我走到了迪根的高架下面，伸出大拇指，又去找客人了。我脑袋后面被一个干爹捶了一下，那人叫伯德豪斯——总戴着个鸟帽子，死也不取下来，因为他不想别人看到他的玻璃眼睛。他说，"喂，宝贝，忙啥呢？"

爵士琳需要书本。我想一定是这个原因吧。

我在49街和莱克星顿大道的时候不是阳伞女。打阳伞是我在布朗克斯开始的。其实是为了挡住自己的脸。这是个秘密，我不会告诉任何人。我的身材不错。这些年间，这身子里烟酒毒什么垃圾都装过，可还是很好，曲线分明，特别特别地勾人。没有什么病我对付不掉的。我是到了布朗克斯后，开始打阳伞的。不能让他们看到我的脸，但是可以让他们看到我身体。我能抖得起来的。我这身材放的电，都能发动整个纽约城。

在布朗克斯，我以迅雷不及掩耳之势上人的车子，快得他们都没有机会回绝。想一分钱不给把个女孩赶出车子，你还不如趴水洼里去喝雨水。

布朗克斯一直是些大龄女站街的地方，爵士琳除外。我让爵士琳在边上给我做伴。她现在只是偶尔去去城里。她是所有站街女中最受欢迎的。所有人都收费二十块，但爵士琳可以收到四十，甚至五十块。她很受年轻人喜爱。还有那些有钱的老家伙，那些希望感觉良好的胖子。他们一看到她，眼睛就发直了。她直头发，嘴唇性感，那腿长的，就差没长到脖子了。有些人叫她拉芙[1]，因为她长得就像。如果迪根下面有树的话，她都能伸出舌头去吃那树叶。

---

[1] 亦为"长颈鹿"的缩略。

这是她的说唱音乐唱片上的绰号之一。拉芙。有次她跟一个英国人在一起,他发出这些俯冲轰炸机的声音。他一边在一进一出,一边在说些屁话,"我来了,救援任务,佛兰德斯101!佛兰德斯101!下来了!"完事之后,他还说,"你看,我把你给拯救了。"爵士琳说,"你救了我,是吗?"男人都喜欢想着自己能救你。就好像你有病,就他有治病的方子。来吧,亲爱的,你要不要有人来理解你?我就会,我理解你。就我这样的人懂你这种小妞。我的鸡巴长得像第三大道上餐馆的菜单,可是我的心开阔得像布朗克斯。他们操你,还觉得像是帮了你多大忙似的。每个男人都想找个妓女来拯救一把,这心态的存在千真万确。如果你要我去说,这心态本身就是病态。等他们射完了,他们就把裤链一拉,拍拍屁股就走,把你忘得一干二净。这就他妈是脑子坏掉的表现。

有些混球觉得你有金子般的心。哪里有人会有金子般的心!我就没有金子般的心,不可能有。甚至连科里都不会有。就连科里都去找那个脚踝上刺着文身的西班牙荡妇。

爵士琳十四岁回家的时候,胳膊里面带着第一个红点。我把她打得差点脱了一层皮,可是后来回来,是在脚趾间有红点点。她以前烟都不抽,现在可好,直接吸海马子了。她那时候跟大仙帮在一起混。大仙帮和贫民兄弟帮干上了。

我把她弄街上去,是怕她走邪路。这就是我的想法。

大比尔·布隆西有首歌很得我心,可是我不喜欢听:"我已堕落到底层,宝贝,可是我要说,我躺在底下往上看。"

她十五岁的时候,我看着她出落成了个大姑娘。我坐在人行道上,心里在想:不愧是我女儿。接着我又说,妈的等一等,真是我女儿吗？真是**我**女儿吗？

然后我就想，是啊，是我女儿，是我亲骨肉，就是她，没错。是我弄出来的。

有时候，我用橡皮带把她手臂扎起来，好让静脉暴露出来。我这是要保证她的安全。这就是我要做的。

这个家是海马造。这个家是海马造[1]。

有个星期五，爵士琳回家说，"喂，蒂莉，想不想当外婆啊？"我说，"是啊，蒂莉外婆，这就是我啊。"她开始哭哭啼啼。然后，她抱着我的肩膀哭起来——这要不是真的多好。

我下楼到了食品国商店，可是他们只有些廉价的恩特曼蛋糕。

她吃了起来。我看着她心想，这是我的宝宝，可是我这宝宝自己也生宝宝了。我一片都没有吃，可是等爵士上床睡觉，我狼吞虎咽地将这混账东西吃起来，吃得碎屑满地都是。

我第二次当外婆时，安吉给组织了一次庆祝会。她说服科里借来一把轮椅，把我从迪根高架下推着跑。我们都吸可卡因吸高了，笑得屁股都掉了。

哎，可是本来应该怎样——肚子里还怀着爵士琳的时候，就该吞下一副手铐才是。我本该这样做才是。也好给她通知一下，让她知道有什么等着她。说，就这样，已经被捕了，你就是你妈妈，是你妈妈的妈妈，是前面一代又一代的妈妈，一直延伸回去，法国的

---

[1] "海马"也是"海洛因"别名。

黑人的荷兰的,或者什么别的血统,一直回溯到夏娃那里去。

哦,上帝,我真该吞下手铐的。我真该把整个一副手套吞下去。

最后七年,我一直是在冷藏车里跟人操的。最后七年,我一直是在冷藏车里跟人操的。是啊。是的,最后七年,我一直是在冷藏车里跟人操的。

混账的蒂莉·亨德森。

我接到一个电话,说有人来看我。我想,神了。我开始涂口红,把自己身上弄得好闻一些,只有监狱香水这些。我还用牙线剔牙,拔眉毛,甚至把我的囚服弄得漂漂亮亮的。我想,世界上只有两个人可能来见我。我蹦蹦跳跳下了监狱的台阶,就跟下消防安全梯似的。我可以闻到天空的气味。等着,宝宝们,你们妈妈的妈妈来了。

我到了门房,也就是他们所说的会见室。我四处找孩子们。有很多椅子和塑料窗子,还有香烟的雾气腾腾。这就跟在一片美好的大雾里走路一样。我踮起脚尖,环顾四周,所有人都已经坐定下来,跟自己的宝贝们开始说上了。大家哎呀哎呀的赞叹声,笑声,叫声,到处都有,还有孩子的尖叫声,我踮起脚,看我的孩子们。很快,只有左边一个椅子空着了。一个白人婊子坐在玻璃窗外。我觉得有点面熟,但是我不知道在哪里见过她,或许她是个假释官员,或许是社工什么的。她金发碧眼,皮肤像珍珠一样洁白。她说,"哦,你好,蒂莉。"

我在想,别跟我来"你好蒂莉"这一套了。你他妈是谁啊?这些白佬,一个个自来熟的样子。就好像她们理解你,跟你是最要好的朋友似的。

但我只说了声,"你好!"然后我一屁股坐到椅子上。我感觉就像皮球泄气了一样。她跟我说了她的名字，我耸耸肩，因为这对我无所谓。"你有香烟吗？"我问，她说没有，她戒掉了。我在想，五分钟之前，她对我来说就一无是处，现在，她更一无是处了。我问，"是不是你把我的孩子带走的？"她说，"不是，有人替你照看着孩子呢。"然后，她只是坐在那里，开始打听我监狱里的生活，我吃得好不好，我什么时候出来？我看着她，仿佛她是一堆十磅重的狗屎，装在五磅容量的袋子里。她样子挺紧张的。我终于说了出来，说得很慢，她吃惊地抬起眉头看着我。"你—他—妈—的—到—底—是—谁—啊？"她说，"我认识Keyring[1]，他是我的朋友。"我就问了，"谁他妈是keyring？"她就给我拼了出来："C-i-a-r-a-n。"

这时候我才明白过来，我想，她就是那个和科里根的哥哥一起来参加爵士琳葬礼的人。有趣的是，也是他给我钥匙环的。

"你是不是什么传教的来着？"我问她。

"我什么？"

"你跟我耍耶稣这一套？"

她摇摇头。

"那你来这里做什么？"

"只是想来看看你怎么样。"

"真的吗？"

她说，"真的，蒂莉。"

所以，我也就不对她穷追猛打了。我说，"行，随便你。"

她身子倾斜过来，说她很高兴再次看到我，上次看到我感觉很糟糕，看到那些猪在墓地边就给我上手铐这些。她居然说"猪"，不过我能听出她说得还不是很习惯，就好像她是底气不足，却要装得十分强硬的样子。但我在想，也好，这也挺好，我随便，就把这

---

[1] "keyring"也是钥匙环的意思。

十五分钟随便打发过去好了,十五分钟二十分钟又能怎样呢?

她很漂亮。金发碧眼。她看来不错。我跟她说了 C-40 号那女孩和老鼠的事情,跟她说如果一个犯人是"老婆"而不是"老公"会怎样,说牢饭多么糟,说我想念孩子们,说电视日那天晚上,大家为了《芝哥和哥们》节目,还有斯加特·克罗索斯是不是叫花子黑人吵起架来。她频频点头,嗯,嗯,哦,我明白了,很有趣,斯加特·克罗索斯,他很可爱。就好像她能跟他干一样。可她我看还成。她一会儿微笑,一会儿放声大笑。她也聪明。我能看出她很聪明,是个有钱的姑娘。她告诉我她是一个画家,在和科里根的哥哥恋爱,尽管她是有夫之妇。科里根的哥哥回爱尔兰撒弟弟骨灰了,然后马上回来,他们恋爱上了。她现在要重新振作起来,她过去吸毒,她现在还喝酒。她说,她会给我的监狱账户里存些钱,也许我自己可以买些香烟。

"我还能给你做点什么?"她问。

"我要看孩子们。"

"我去试一下,"她说,"我得看她们在哪里。看看我能不能让她们过来看你。还有什么别的吗,蒂莉?"

"爵士。"我说。

"爵士?"她问。

"把我的爵士琳弄回来。"

她脸一下就白了。

"爵士琳死了。"她说,好像我他妈是一个白痴似的。

她那眼神,就像被人踢了一样。她瞪着我,嘴唇颤抖着。然后,那该死的铃响了。访问时间结束了,我们隔着玻璃互相道别,我转向她问:"你来这里做什么?"

她眼睛看着地上,然后抬头跟我笑了笑,嘴唇还在颤抖着,可是她摇摇头,眼角有小小的泪花。

她从桌子上推了几本书过来,我在想,哇,鲁米呢,她是他妈怎么知道的?

她说,她还会再来,我再次恳求她把孩子们带来。她说,她会打听一下,她们好像是在社工那里还是什么地方。然后,她挥手道别,走的时候把眼睛擦干。我在想,我操,这都什么破事呢?

我再次沿着楼梯而上,心里还在想她是怎么知道鲁米的,后来我想起来了。我开始笑了起来,可是我很高兴我没有跟她说凯兰,还有他的小鸡鸡——说了又有什么意思呢?他是一个好人,这个"钥匙环"。科里的哥哥,也就是我的哥哥。

世界上没有什么义人。科里根知道是这回事。他从来不跟我聒噪。他的哥哥是个混蛋。这是事实,就这么简单。但是,世界上很多人是混蛋,再说那一次他给我的钱不错,我用鲁米把他蒙住了。科里根的哥哥口袋里实实在在有些钱。他在酒吧当服务员什么的。我低头看,我记得我在想,那不是我的黑奶子,抓在科里根的哥哥手里吗?

我从未见过科里根的裸体,但我想他一定很棒,虽然他哥哥我可不敢恭维。

我们第一次见到科里根,就肯定他是卧底。警方找爱尔兰人做卧底。大部分警察是爱尔兰人,这些人有点胖,牙不好,可是还有点滑稽,能让这个世界有点趣儿。

有一天,科里根的面包车很脏,安吉用手指在灰里写道:**你不希望你老婆也这么脏吗?** 我们笑得都掉眼泪了。科里根没有注意到。然后又画了个笑脸,在另外一面写下:把我翻过来。他在布朗克斯跑来跑去,这些神经兮兮的字写在他车上,他居然都没有看见。这个科里,他活在自己的世界里呢。到了周末,安吉走到他跟前,把这些字指给他看。他脸一下子红到了脖子,就跟其他那些爱尔兰的家伙一样,说话也开始结巴了。

"可是我搞不懂,我没老婆啊。"他跟安吉说。

自从耶稣基督离开辛辛那提之后,我就再没有笑得这么开心了。

我们每天都跟他在一起玩,恳求他逮捕我们。他总是说,"姑娘们,姑娘们,姑娘们,拜托。"我们越是过来拥抱他,他就越是会说,"姑娘们,姑娘们,得了,好了,姑娘们。"

有一次,安吉的干爹来搅和,抓住科里的颈背,告诉他该去什么地方。他拿出一把刀放在科里脖子下。科里只是盯着他。他的眼睛睁得很大,不过也不是说他就没有恐惧。我们都说,"喂,伙计,走吧。"安吉的干爹挥了挥刀子,科里走开了,血顺着他的黑衬衫滴下来。

几天后,他又下来了,拿咖啡过来给我们喝。他的脖子上缠着些绷带。我们都说了,"喂,科里,你要完蛋的,你这么搞是要倒霉的。"他不过耸耸肩,说他没事的。安吉的干爹、爵士琳的干爹和苏茜的干爹一起过来了,就跟三博士似的[1]。我看到科里的脸色白了。我从来没有见过他的脸这么白的。比粉笔还白。

他伸出手说,"喂,伙计,我只不过送咖啡给她们喝。"安吉的干爹走上前,说,"那好,我是来给咖啡加奶油的。"

科里被踢得不成人样,我都不知道被踢了多少回。他妈的那个痛。痛得可不是一般厉害。连安吉都冲到她干爹背上,想把他抓得眼睛都瞎掉,可是我们挡不住。不过科里还是回来,日复一日。搞

---

[1] 三博士是指耶稣诞生时来朝拜的三个东方智者。

到后来，这些干爹们都敬重起他来了。科里从来没有叫过警察，没叫过安保——这是他的说法，是爱尔兰人对警察的说法。他说，"不用叫安保的。"不过那些干爹还是动不动就揍他一顿，好让他老实。

后来，我们发现他是一个神父。也不是一个真正的神父，就是那种奉了差去某个地方住的人，好像是什么义务，什么道德，诸如此类的鬼玩意儿，是个僧侣来着，发过什么鸟誓，还要守什么鬼独身之类。

人们总说，男人总想成为女孩的第一个男人，女孩总想成为男人的最后一个女人。可是对科里，我们大家都想做第一个。爵士说，"昨晚我跟科里上了，他太棒了，他的味道真正好呀，他很高兴我是他的第一个。"然后安吉说，"狗屁，我把这狗娘养的简直都当午饭吃了，都差点把他吞了。"然后苏茜说，"狗屁，你们这些人！我把他涂在我的煎饼上了，就着咖啡把他给吸下去了。"

隔着几里路，大家都能听到我们的大笑。

他过过一次生日，我想该是三十一岁生日吧，他还是小伙子呢，我给他买了个蛋糕，我们全在迪根下面将蛋糕给吃了。蛋糕上面一层樱桃，一定都有一百万零六个吧，可是这个笑话他都没听懂。我们把樱桃左右往他嘴里塞，可是他说，"姑娘们，姑娘们，拜托了，我得叫安保了。"

我们笑得差点尿裤子了。

他切开蛋糕，每人分一块。他拿了最后一块。我拿了一个樱桃放他嘴巴前，他想去咬。但是我一直往后退，他一直想抓着。他跟着我跑到了街上。我穿着泳装。我们看起来一定像是一对夫妻，科里和我，他一脸都是樱桃汁。

如果有人跟你说，站街全是狗屎污秽加性病这些，你可别信。当然，有时候这些是有的，不过有时候也挺好玩的。有时候你就是拿一个樱桃在一个男人面前逗他。有时候你得这样，有时候。好让自己笑容满面。

科里笑的时候，脸上皱纹灿烂如花。

"说'算了吧'，科里。"
"散了吧。"
"不不不，说'算了吧'。"
"散了吧。"
"得得，伙计，算了吧。"
"好的，蒂莉，"他说，"我就算了吧。"

我唯一想睡的白佬——真正的——就是科里根。这可不是废话。他跟我说过，他配不上我。他笑着说，他就是到了最佳状态，我也一定会吹个口哨，说还要还要。说我太漂亮了，他这样的家伙配不上。科里根绝对是那种含而不露的性感。我嫁给他都干。我真想什么都不干，成天就听他那带着口音的谈话。我真想带他去上州，给他做咸牛肉和白菜大餐，让他感觉就仿佛是世界上独一无二的一个白佬。他要给我机会，我还会去亲他的耳朵。我会把我的爱倾泻下来，丰丰富富地给他。他和雪利荷兰大酒店那人。他们是好人。

他的垃圾桶每天被我们装满七八九次。很恶心的东西。连安吉都觉得恶心，她可是我们中间最脏的一个了——她的卫生棉条都留在这里。要我说，真够恶心的。我真不相信科里看到这些东西，从来都不说二话，就给倒出去，接着忙他的。神父！僧侣！小便间！

还有这些鞋！天！我们都能听到他啪嗒啪嗒走过来。

他跟我说过,大部分人用"爱"这个字眼的时候,他们只是用另外一种方式描述他们的饥渴。他的说法是这样的,"荣耀他们的胃口!"

他就是这么说的,是用那种好听的口音说的。科里说什么,我都能吃进去,狼吞虎咽地吃进去。他说,"来了,咖啡来了,蒂莉。"我想这是我听到的最好听的话了。我膝盖发软。他就像个摩城的白佬。

爵士琳常说,她爱科里就像爱巧克力一样。

那个叫莱拉的女孩来访之后已经有一段时间了,十天、十三天了吧。她说会把两个宝宝带来。她是这么答应的。你会对人习惯的,可是习惯归习惯。他们总是承诺。连科里都会承诺。什么狗屁吊桥这些。

科里有次遇到了件很搞笑的事。这事我永远不会忘记。那是他唯一一次带客人让我们照顾的。他就这么来了,有天晚上来得很迟,打开面包车后面,将一个老家伙从轮椅上搬下来。科里那样子很是机警。我的意思是,他是一个神父什么的,可他给我们带了一个客人来。他扭头往后看。很担心的样子。感到内疚吧,也许。我说,"喂,干爹!"他的脸刷的白了,所以我就闭上嘴,什么也不说了。科里握起拳头对着拳头咳嗽。原来是老家伙的生日,他跟科里一再央求,要带他出去。他说他自从大萧条之后,就没再睡过女人,简直是八亿年都没碰过了。这老家伙还挺磨人,用各种各样的话骂科里。可是科里充耳不闻。他耸耸肩,将轮椅手刹打起来,让这人瑞留在人行道上。

"这事不是我管的,可是我们这位艾尔比需要服务。"

"我说过不要告诉我的名字。"老家伙叫道。

"闭嘴。"科里说,然后他就走开了。

然后,他又转过来,跟安吉说,"就别抢他的钱了,拜托。"

"我,搞他?"安吉说,她一脸迷茫的鬼样子。

科里抬头看看天,摇了摇头。

"答应我。"他说,然后他砰一声关上棕色车门,坐在面包车里等着。

科里把收音机开得很响。

我们开始工作。原来老家伙很有钱,够我们所有人用上一阵子的。他一定是攒了多年了。我们决定给他开个庆祝会。因此,我们把他抬到一辆蔬菜水果卡车后面,把他的刹车打上,然后我们把衣服脱掉,开始跳舞。我们在他面前摇摆。在他身上上下摩擦。爵士琳在水果箱上上下蹦跳。我们都光着身子,用生菜、西红柿等玩"裆下传球"游戏。热闹死了!

有趣的是,这个老家伙,至少都一千九百岁了吧,只是闭上双眼,靠在轮椅上,就像把我们的气息都吞进去一样,他的脸上带着微笑。我们说他想怎样我们都答应,可是他只是眼睛紧闭,满脸是笑,就像到了天堂。他的眼睛闭上了,鼻孔张开着。他就像那些喜欢什么都闻的家伙。他跟我们说了些关于饥饿的话,说他是饥饿的时候遇到他老婆的,后来他们穿越了什么国境,一起到了奥地利,然后她就死了。

他的声音像尤里·盖勒[1]。很多时候,客人说什么,我们就说,"就是啊。"仿佛我对他们说的那些完全明白似的。有眼泪顺着他的脸流下来,一半是喜悦的泪水,一半是别的东西,我也不知道究竟是什么。安吉把奶头凑到他脸上,叫道,"狗娘养的,你让我这勺子

---

[1] 尤里·盖勒(1946—),以色列特异功能表演者,常住英国,二十世纪七十年代时常上电视,标志性的表演项目是用意念让勺子弯曲。

弯曲啊。"

有些女孩喜欢老家伙,因为他们要求不多。安吉就不介意他们。不过,我讨厌老家伙,尤其是他们脱了衬衫的时候。他们那些干瘪的小小奶头垂下来,就好像蛋糕边上掉下来的糖霜。不过,没什么,他反正给我们钱,我们一直说他多帅多帅。他的脸红到了耳根。

安吉喊道,"可别让他心脏病发作,我最恨急诊病房了!"

他把轮椅刹车松开。我们结束的时候,他根据我们的要价,付给我们每人双倍的钱。我们把这老家伙从卡车上抬下来,他开始找科里,"那混蛋娘娘腔跑哪儿去啦?"

安吉说,"说谁娘娘腔呢,你才娘娘腔呢,老鸡巴。"

科里关掉收音机,从等候的褐色车上下来,说谢谢大家,然后将老家伙又推到面包车上了。搞笑的是,有一片生菜叶粘在老家伙的轮椅上,在轮子里。科里推他去车那里,那片生菜叶一直在转啊转。

科里说,"记住提醒我,以后再不能吃色拉了,永远永远不要再吃。"

我们都笑得前仰后合。那是我们在迪根下面过得最好的夜晚之一。我想科里是想帮我们吧。那老家伙浑身都是现金。他的气味不大好闻,不过值。

每回在牢饭里吃到生菜,我还忍不住笑。

看守长喜欢我。她把我叫到办公室,说,"把囚服打开,亨德森。"我把它打开,让我的奶头挂出来。她只是坐在椅子上,没有动,只是闭上了眼睛,呼吸粗重了起来。过了一分钟后,她说,"走吧。"

"老婆"们和"老公"们淋浴的时间不同。可是这也解决不了问题。淋浴间里什么怪事都有。我什么都见过,不过有时候感觉这里就像按摩室一样。有人还从厨房里拿黄油过来。都已经融化了。提着警棍的看守们就好这个。这么做并不合法,不过她们有时候还从男监带看守过来。我为了一包烟都愿意跟他们上。他们一来,大家就又是哼又是叫的。但他们倒也不操我们,不强奸我们。这倒不至于。他们只是看着,把自己看出高潮来,就跟那看守长一样。

我过去有个英国客人,他把这事说成找欢乐。"喂,心肝,能不能给我找点欢乐啊?"我喜欢这个。我要找点欢乐了。我要把自己吊死在淋浴房的管子上,然后我就找到我的欢乐了。

看我在那欢乐管上跳舞吧。

有一次,我给科里写了一封信,留在他的卫生间里。我说,我真的喜欢你,约翰·安德鲁。这是我唯一一次用他的真名。他告诉我说这是秘密。他说,他不喜欢这名字,因为他是根据他的爱尔兰混账父亲命名的。"看看我的条子吧,科里,"我说。他打开一看,脸红了。他脸红的时候,样子最可爱。我都想捏他的脸。

他说,"谢谢了。"不过听起来就像是歇歇了,然后又说了什么他要跟上帝有所交代之类的话,不过他喜欢我,他说,他真的喜欢,只不过他得跟上帝有所交代。他说,他和上帝似乎在开展着一场拳击比赛。我说那我就站在拳击台边。他碰了碰我的手腕,说,"蒂莉,你可真逗。"

我的孩子在哪里?有一件事我知道,我让她们吃太多糖了。十八个月大,就开始拿着棒棒糖吸了。你要问我,我可不是什么好外婆。她们一口坏牙。我在天国见到她们,她们一定是戴牙箍的。

我第一次接客的时候,给自己买了一块超市的蛋糕。白色大蛋糕,上面有糖霜。我把手指插进去,然后舔着。我能从手指上闻到那男人的味道。

我第一次打发爵士琳出去的时候,我也给她买了一块超市蛋糕。食品国公司的特价蛋糕。只给她吃,让她感觉好点。她回来的时候,蛋糕都吃一半了。她站在屋子中间,眼里含着泪,"你吃了我该死的蛋糕,蒂莉。"

我坐在那儿,脸上都是糖霜,嘴里却说着,"不是,爵士,不是我,不会是我。"

科里总是跟她谈带她看城堡这些屁话。如果我有一个城堡,我一定会放下吊桥,让大家都离开。在葬礼上,我崩溃了。我本该控制住,可最终还是失态了。孩子们没来。孩子们怎么不在呢?为了看到她们,我杀人都干。我只想看到她们。有人说她们被社工照顾,又有人说挺好的,有个不错的人在照看。

找看孩子的一直都难。找人来看她们,我们好去站街。有时看孩子的人是吉恩,有时是曼迪,有时是拉蒂莎,可是最好是一个人都不请,自己带。

当初我应该待在家里,把那超市蛋糕吃掉,吃到在椅子上都爬不起来。

我不知道上帝是谁,但如果我见到他,我会把他堵在角落里,逼他跟我说出真相来。

我会把他打得七荤八素,推他推到他无处可逃。直到他开始看着我,然后我会让他告诉我,为什么他做了这些事情下来为什么对我这样为什么对科里这样为什么好人都死了为什么爵士琳去了那上面为什么让我这么对待爵士琳。

他会踩着那漂亮的白云在一群拍着漂亮白翅膀的天使簇拥下下来。我就正式地问他,上帝啊,你他妈为什么让我做这些?

他的眼睛会低下来,看着地上,回答我。如果他说,爵士琳不在天堂,如果他说爵士琳进不了天堂,他会被我狠踢一顿的。对,他就会得到这个待遇。

被我猛踢一通,他从未遇到过的一顿好踢。

做这事之前之后我都不会发牢骚。嗯,我猜也没有什么牢骚可发的。如果你想想,这个世界上如果没有人的话,那真是再完美不过了。这下就他妈平衡了。可是后来有了人,就把事情搞糟了。这就好比艾瑞莎·富兰克林[1]在你卧室里,热情似火,就要献歌给你,是为蒂莉·H特别点播的,突然间巴里·马尼洛[2]从窗帘后跳将出来。

在世界的尽头,一定会有蟑螂和巴里·马尼洛唱片的,这是爵士琳说的。爵士琳这丫头,可笑人了。

这事不是我的过错。C-49号监的妞儿用一根铅管来打我。到末了,她自己被打进了疗养院,整个背后横着缝了十五针。人们总觉得我可爱,所以就好欺负。

想跟蒂莉·T打交道的话,你要是不想天下雨,就别弄天上云。我只是狠狠抽了她一家伙。这事不是我的错。我就是不想让她上而已。我不好这一口。说简单点,她这人就是欠揍。

看守长找上了我。说我必须转上州去。她说,"你刑期最后几个月,我们送你去上州服刑。"我就说,"你他妈说什么?"她说,"你

---

[1] 艾瑞莎·富兰克林(1942—),美国歌手,常被人称作"灵歌女王"。
[2] 巴里·马尼洛(1943—),美国音乐家,其乐曲在二十世纪七十年代十分流行。

给我听着,本办公室不许说脏话。"我说,"头儿,我给你全脱了,一丝都不挂。"她喊道,"放肆!别侮辱我!恶心不恶心啊你这样?"我说,"拜托别送我去上州。"我想看看我的孩子。她没再说什么,我就紧张了,又说些不大礼貌的话了。她说,"给我滚蛋!"

我从她桌子边绕过去。我正要打开我的囚服,好让她开心,但她按下了应急按钮。看守跑了进来。我也不是有意这样做的,我不是有意要打她脸的,可是我的脚踢到了她脸上。我把她门牙踢掉了。我猜这也没关系了。我现在是去上州去定了。我要被驿站速递出去了。

看守长甚至没有将我暴打一顿。她只是在地板上躺了一会儿,我发誓,她几乎是在微笑,然后她说,"我会有好东西给你的,亨德森。"他们给我戴上手铐,提审我,所有这些过场。然后他们将我押上车,做了笔录,然后送我上皇后区法庭。

我承认了攻击罪名,他们给我又加刑十八个月。不算已服刑期,我还要关差不多两年时间。辩护律师告诉我说这个结局很不错了,本来判我个三四五年,甚至七年都可以。他说,"亲爱的,就接受了吧。"我讨厌律师。他是那种特别臭屁的人,好像屁眼里插了根棍子,鼻子下面都能挂旗子的一样。说他跟法官求情了这些。他跟法官说,"法官大人,我这当事人是接连不断遇到不幸才这样的。"

我告诉他,唯一的不幸是我看不到孩子们。为什么我在法庭上看不到孩子们?这才是我想知道的。我大声地喊了出来,"为什么她们没来?"

我希望有人能来,那个莱拉姑娘,或者别的什么人,可是什么人都没有来。

这次的法官是一个黑人,一定是上了哈佛啥的。我以为他会理解,但有时候黑鬼对自己人更糟。我对他说,"法官大人,能不能让我的宝宝们来?我就想再见一面。"他耸耸肩,说孩子们在一个好地方。他根本都没看我的脸。他说,"跟我说说到底发生了什么事。"我说,"是这样的,我生了个宝宝,宝宝自己又生了宝宝。"他说,"不是,不是,不是,说说你袭击的事。"我就说,"谁他妈管什么狗屁袭击不袭击呢!见你妈鬼去你妈头干你老母操你老婆!"我的律师让我闭嘴。法官低着头,从眼镜上方看着我,叹了口气。他说了一些关于布克·华盛顿[1]的什么话,可是我没怎么听清楚。最后,他说根据看守长的特别要求,我要被关进上州教养监狱。他是用一种高高在上的口吻,跟我说"教养监狱"这个词的。我对他说,"操你妈的学舌鸟!"

他在法官席上敲了下法槌,事情就结束了。

我都想把他们的眼睛给抓出来。他们给我上了重刑枷锁,然后带到医院。在去上州的车上,他们再次给我上了重刑枷锁。更糟糕的是,他们都没有告诉我他们要带我出纽约州。我不停地喊着要见宝宝。上州还行,可是去康涅狄格?我可不是什么乡下姑娘。他们找了个心理医生来见我,然后让我穿上黄色连衫囚衣。你要想穿黄色囚衣的话,那你可真得去看心理医生了。

我被带进一个办公室,我告诉那心理医生,我很高兴到了康涅狄格的郊野来了。真是高兴。我说如果她给我一把刀,我会让她看到我是多么的高兴。我会让我的高兴从手腕中全流出来。

"把她给锁起来。"她说。

他们给我吃药。橙色的药。他们看我把药吞下去。有时候我跟他们假装一下,将一片药贴到我牙齿背后的洞里。有朝一日,我会将它们一起服下,就如同一个巨大的可口的橙子,然后我会找到那

---

[1] 布克·华盛顿(1856—1915),美国黑人政治家、教育家、作者。

欢乐管吊上去,跟这个世界说沙扬那拉!

我都不知道我室友的名字。她胖得很,穿绿色袜子。我告诉她,我要找那欢乐管上吊,她说,"哦。"过了几分钟,她又问,"什么时候?"

我猜是那白人女子莱拉或者是别人,想了什么办法,打通了什么关节。我到了等候室。宝宝!宝宝!宝宝!

她们坐在一个大块头黑人女子的膝盖上。那女人戴着长长的白手套,还带着个时髦的红色手提包,简直就跟从救主的床上才醒来一样。

我一路跑下来,跑到玻璃墙前,将我的手从下方的口子里伸出来。

"孩子们!"我说,"小爵士琳!珍妮丝!"

她们不认识我。她们坐在那女人的膝盖上,吸着自己的拇指,眼睛看着她身后。好像故意要让我的心破碎一般。她们一直依偎在她怀里,面带微笑。我一直说,"来,来,到外婆这里来,到外婆这里来,让我摸摸你们的手。"这是唯一能做的,就是从探视的玻璃窗下方那几英寸的口子下面伸手出去,摸到对方的手。很残酷的做法。我只想拥抱她们。可是她们不肯动——或许是这身囚服作怪吧,我也不知道。那女人是南方口音,不过她看来面熟,应该是那公寓楼里的,我见过。我一直认为她是个没趣的人,常站电梯里,转面不看我。她说,她自己老是矛盾,不知该不该带孩子们来,不过她听说我想见她们,她们现在住在波基普西,住的是漂亮的房子,还有个不错的围栏,路离这里不远。她说她是领养一段时间,她是从儿童福利局领过来的。先前她们不得不在叫"水手之家"什么的地方待了几天,不过现在她们都被照顾得很好,她告诉我,你不用担心。

"到外婆这里来。"我又说了一次。

小爵士琳把脸埋到那女人肩膀上。珍妮丝在吸吮着她的拇指。我注意到,她们的脖子都洗得干干净净。她们的指甲也都修得圆圆的一丝不苟。

"对不起,"她说,"我猜她们是害羞了。"

"她们看起来不错。"我说。

"她们吃得挺健康的。"

"别他妈让她们吃得太多。"我说。

她眼睛抬起来看了我一下,但是她还好,还好。没有说我骂人。我喜欢她这样。她没有自以为是,不对你匆匆忙忙下结论。

我们沉默了一会儿,然后她说,孩子们有间自己的房子。她们的小房子在一条安静的街道上,比公寓那边安静多了。她给她们油漆了护壁板,她们房间里还有阳伞图案的墙纸。

"什么颜色?"

"红色。"她说。

"不错,"我说,因为我不希望她们看到的是粉色阳伞的图案。"到蒂莉这儿来,摸摸我的手。"我又说了一次,可是孩子们就是不肯离开她的膝盖。我不断地恳求,可是我越是恳求,她们就越是挨近她。我想或许她们是怕监狱吧,看守这些。

那女人笑了笑,笑得有些难堪,然后说她们该走了。我不知道我该不该恨她。有时候我的思想在好坏之间摇摆。我想靠过去,撞碎玻璃,抓住她那一头卷毛,可是后来又想,她毕竟是在照看我的宝宝啊,她们又不是在什么孤儿院里没吃没喝的,而且她又不给她们太多棒棒糖吃把她们牙齿弄坏,凭这个我都可以亲一下她了。

铃响时,她把孩子们抱过来,隔着玻璃亲我。我永远也忘记不了她们透过小口子透过来的气息,太美好了。我伸过小拇指,小珍妮丝摸了摸。这就如同有魔力似的。我的脸再次贴着玻璃。她们的气味就是真正的婴儿的气息，婴儿奶粉和牛奶等等。

我穿过大院走回牢房的时候，我就感觉有人来把我的心给挖了出来，放在我面前，让它走起来。这就是我当时的想法，我的心就在我面前行走，自己在走，光滑滑的，上面带着血。

我哭了一夜。我羞惭不已。我不想她们再去站街了。当初我为什么让爵士琳去站街呢？我就想知道这个：我为什么会做出这些事情呢？

我最讨厌的是：站在迪根下面，在地上的一泡泡鸽子屎之间。看着下面，看着这些鸽子屎，仿佛它是我的地毯似的。我痛恨这些。我希望孩子们不要再看到这些。

科里说，我们有一千个理由活着，每个理由都不错，我猜现在这话对他来说也没用了，不是吗？

我的室友把我给卖了。说她很担心我。可是我不需要什么监狱心理医生来告诉我，说我脚吊着在空中摇荡着我就活不了。说这种屁话，居然还有人给她钱？我真是入错行了。我本来可以成为一个百万富翁的。

作为心理医生的蒂莉·亨德森来了。你是一个很糟糕的母亲，蒂莉，你还是个狗屁不如的外婆。你自己的母亲也是臭狗屎。现在给我一百美元，谢谢，非常好，下一个来，不，我不收支票，只收现金，拜托。

你是躁狂抑郁症，你也是躁狂抑郁症，还有你，你这绝对是躁狂抑郁症，丫头。还有角落里的那位，你他妈纯粹就是抑郁症。

我希望我走的那天有把阳伞。我要把自己挂在那欢乐管上，下面看起来还是漂漂亮亮的。

我这是为了这两个外孙女。她们不需要我。她们也不需要去外面站街。她们这样更好。

欢乐管，我来了。

我在下面摇摇晃晃看起来就如玛丽·鲍平丝[1]。

他们在门房那里，举办什么宗教性质的聚会。今天上午我去了。我跟牧师说了鲁米这些，可是他说了，"这些都不是属灵内容，这些是诗歌。"我操上帝。操他的。横着竖着左边右边操死他！他不会来找我的。没有什么燃烧的灌木，没有什么光柱。不要跟我说光。光不过是街灯顶上发出来的，不会再有什么别的。

对不起，科里，不过上帝也欠揍。

我听爵士琳做的最后一件事，是她叫了起来，将钥匙环扔到了巡逻车外。哐当一声掉地上，我看到科里根跑到街上来，步子走得很有力气。他的脸通红的，向警察尖叫着。那时候的日子还不错。我甚至都会说那一刻是人生美好的一瞬。你说怪不怪？我被捕的那天我记得清清楚楚，如在昨日。

不存在什么回家这回事了。在我看来，这就是生活的法律。我敢打赌，天堂上没有什么雪利荷兰大酒店。雪利梦之乡。

我给爵士琳洗过一次澡。她才几个星期的时候。那皮肤，光亮

---

[1] 音乐电影《欢乐满人间》（Mary Poppins）中的主人公。

照人。我看着她,感觉"漂亮"这个词就是为她而发明的一般。我用毛巾将她裹起来,答应她永远不要她去站街。

有时候,我真想找把匕首扎进自己的心脏里。她长大后,我都看过她跟男人在一起。我自言自语地说,喂,你在操我女儿呢。你是在把我小女儿拖上你前座呢。那是我的亲骨肉呢。

我那时候还是一个瘾君子。我想我一直都是。不过这也不是什么借口。

我不知道,我让她走上这邪路,这个世界会不会原谅我。我再也不让宝宝们上这邪路了,至少我不会了。

这个家是海马造。

我要道别了,只是我也不知道跟谁道别。我这不是发牢骚。这就是他妈的大实话。上帝欠揍!

我来了,爵士琳,是我。

我的袜子里藏着指环套。

1974年7月8日，菲利普·珀蒂在纽约世贸中心双子塔间走钢索

变化的刻槽[1]

　　去双塔走钢丝之前,他去华盛顿广场公园做表演。这表演让城市的危险初露端倪。他要这噪音在他身体的里面形成一些张力,他要零距离接触那些肮脏,那些轰鸣。他将钢丝固定在刻有凹槽的两根电线杆上。他戴着黑色丝帽,踮着脚尖,给游客们表演着。戏剧性十足。左右摇摆,假装摔倒。挑战重力。他可以向着一个角度斜过去,可最终还能重新站起来。他在鼻子上放了一把雨伞玩平衡。他用脚趾将一枚硬币抛到空中,然后稳稳地落到他的头顶。前空翻,后空翻。倒立。他抛接着瓶柱、圆球、燃烧的火炬。他发明了一种用弹簧丝玩的游戏,这金属的玩具看起来就像在绕着他的身体展开。游客们反应热烈,纷纷扔钱到他帽子里。大多时候是五分钱一毛钱的硬币,有时候也有块把钱,甚至五块钱的。如果有人给十块,他会跳到地面上来,脱帽,然后来个后空翻。

　　头一天,毒贩子和瘾君子就开始在他表演场地的周围转悠。他们看得出他都挣了多少钱。这钱他都放进了喇叭裤口袋里,可是他知道这些人为了这些钱不会放过他的。他的最后一招是把最后所有的钱抓起来,将帽子扣到头上,骑上独轮车在钢丝上走,然后突然从那十英尺高处踩下来,落到地上,穿过广场,沿着华盛顿路走了。他向身后挥挥手。次日回来取他的绳子,不过毒贩子也喜欢他的把戏,就让他接着表演,他引来的游客更好下手。

　　他在圣马科斯路租了一个只有冷水供应的公寓。有天晚上,他从自己卧室牵了一根绳子,牵到对面一个日本女子的安全梯上:她

---

[1] 刻槽也指走钢丝时支柱上的刻槽,目的是为了系钢丝绳,使之固定。

专门给他在铁架子上点了蜡烛。他待了八个小时，出来时，发现有些孩子扔了一双鞋子挂在绳子上，也算是纽约城一大传统吧，两只鞋子拴在一起挂着。他爬到绳索上，绳索已经松了，很危险，可是那松紧程度还能承受住他，他走了过去，从自家窗户里进了屋。一进来就发现，住处被人洗劫了。偷了个一干二净。连他的衣服都给偷走了。裤子口袋里的钱也都没了。他再也没有见过那日本女子：向对面看过去，发觉蜡烛也没有了。以前他从来没有被人偷过。

这就是他爬入的城市。他吃惊地发现，山外有山。

有时候，有人会请他去晚会表演。他要钱花。他的开支太多，自己的一点积蓄又被人盗走了。钢丝本身要耗资一千美元。还有绞车，假证件，平衡杆，还有将这一切带到屋顶的周密安排。为了赚到这笔钱，他什么都愿意做，可是这些晚会实在糟糕。请他的人是将他当魔术师来请的，可是他告诉主顾，他不能保证他一定会玩什么魔术出来。他们必须给他付钱，但他或许只是在那里干坐一晚上。压力奏效了。他成了晚会的常客。他买了燕尾服、领结和宽腰带。

他自我介绍说他是比利时军火商，索思比拍卖行的评估师，或是肯塔基马赛的骑师。他很适应这些角色。可是，只有在那高高的钢丝上，他才是他自己。他可以从邻居的餐巾纸里拉出长长一条芦笋来，在主人耳朵后找到一个葡萄酒瓶木塞出来，或是从某个男子的胸口袋里扯出一条长长的丝巾来。吃甜点当中，他或许可以抛起叉子在空中转动，让它落在自己鼻子上。或者他坐在椅子上往后靠，最后只剩一条椅子腿支撑着自己，假装自己醉了，进入了平衡的化境。这些把戏把参加晚会的人迷住了。各个桌子上大家都窃窃私语。女人们走近他，向他斜过身子，露出乳沟。男人会狡猾地碰一碰他的膝盖。离开的时候，他会从窗口或者后门走，甚至会装作送餐公司的人，头上顶着一盘子还没有吃的开胃菜走开。

在第五大道1040号举办的一次晚会上，他在饭前宣布，他会在晚会结束前,告诉大家房间里每个男人的具体出生日期。客人们个个兴致勃勃。一位戴着闪亮头饰的女子向他怀里靠过来。**为什么不连女人的生日一起报呢?** 他挣脱出来。**因为说女人的生日不礼貌。**他已经把屋子里一半人给迷住了。接下来的时间,他再没有说一句话,一句话也没说。来来,男人们说,说说我们的年龄吧。他看着客人,换了座位,仔细地看着每个男人,甚至伸手去看他们的发际线。他皱着眉头,摇了摇头,仿佛困惑不解似的。吃雪糕的时候,他带着疲倦的样子爬到桌子中间,挨个指着屋子里的男人——仅有一个人除外——一个个说出他们的生日。一九四七年一月二十九日。一八九八年十一月十六日。一九〇三年七月七日。一九三七年三月十五日。一九四〇年九月五日。一九三五年七月二日。

女人们纷纷鼓掌,男人们坐在那里呆若木鸡。

还没被说到的那个男人坐在椅子上,自鸣得意地说,"没错,可是我呢?"走钢丝的人在空中挥挥手说,"你什么时候出生的,反正也没有人在乎。"

一屋子人哄堂大笑。走钢丝的人挨近桌子边的女人们,一个接着一个,将她们丈夫的驾照从她们的手提袋里、餐巾纸下、盘子下面,甚至她们的乳沟中间拿出来。每个驾照上都有他们确切的出生日期。那个没有被叫到的男子身子向后,靠到椅子上,向着那张桌子宣布说,他从来不带钱包,也永远不会,所以他的生日是找不到的。一阵沉默。那走钢丝的人从桌子上跳下来,拉下他脖子上的围巾,从餐厅门口向那人挥着手说:"一九三五年二月二十八日。"

那人的脸红了,一桌子人都鼓起掌来。钢丝人翩然出门的时候,那人的妻子向钢丝人稍稍眨了眨眼睛。

这么做有点傲慢,他知道,可是在钢丝上,这傲慢关系到他的生死存亡。只有这个时候,他才可以完全地让自己消失。他有时候想象他是个自我仇恨的人。卸掉这只脚。这个脚趾。这个小腿。找到无法动的地方。这大部分是老式的忘却术。他要消失到自己里面，他要让自己被身体吸收掉。可是，也有些重叠的现实：他也希望他的思想，在他身体感觉放松的地方。

这很像是在和风性交。它让一切复杂起来，它将一切吹走，轻轻地分开，然后又潜回来，绕在他的周围。这钢丝也和痛苦有关：它会一直在那里，硌着他的脚。平衡杆的沉重，喉咙的干燥，手臂的抖动。可是当疼痛感失去的时候，无足轻重的时候，快乐便来了。他的呼吸也是。他希望他的呼吸能进入钢丝里，这样他便什么都不是。这个失去自我的感觉。每一根神经。每一处角质层。他成功地上了双塔。逻辑变得飘忽起来。到了这一刻，已经没有什么时间概念了。风在吹，他的身体可能是提前多年，在体验着未来的风。他走得正投入的时候，警方的直升机来了。空中的又一次小小叮咬，可是他并不为此担忧。两架直升机一起轰鸣，声若韧带的拉动。他相信，他们还不至于愚蠢到要过来接近他。他惊讶的是，为什么警报声会盖住所有的声音。所有的声音似乎向上流淌走了。有几十个警察在屋顶上，向他大叫着，来来回回在跑着。其中一个从南楼柱子一侧斜过身子，身上缠着蓝色安全带，没有戴帽子，身子前倾，叫他狗娘养的，说狗娘养的你最好马上离开那狗娘养的钢丝，要是你狗娘养的不马上下来的话，他就派那狗娘养的直升机，去把你这狗娘养的从钢丝上拖走，听到没有，狗娘养的，马上给我下来。走钢丝的人心想，多么奇怪的语言啊。他咧嘴笑起来，在钢丝上转过身来，发觉对面也有警察，这些警察相对安静一些，在拿着对讲机讲话，他觉得他一定是听到了对讲机里剌啦剌啦的声音。他不是要耍弄他们，但是他实在不想离开：或许他以后再也没有机会这么走了。

喊叫声，警笛声，这些沉闷的城市之音。他听由这一切融汇，变成一片白色的嗡嗡声。他去追寻最后的沉静,他找到了:他站在钢丝正中间,离两侧楼都是一百英尺,眼睛闭着,身体静止着,钢丝不复存在了。他把城市的空气吸入肺里。

有人用扩音器在对他叫,"我们派直升机来了,我们派直升机来了。下来!"

走钢丝的人笑了。

"马上下来!"

他在想,人死的一瞬间是不是就是这样呢?世界在喧嚣,人逍遥地离开这喧嚣。

他意识到,他只想到了第一步,没想象到最后一步。他需要来个夸张动作。他转向扩音器,等了一会儿。他低下头,好像是要同意似的。是的,他来了。他抬起了腿。他那黑黑的身影显示给了下面的人。腿抬得高高的,为了制造戏剧效果。脚的一侧放在钢丝上。鸭子步。然后后脚跟上前脚,前脚变成后脚,如此反复,直到走得都机械化了——他从来没有这么快地在钢丝上走过,他用脚心部位勾钢丝,脚趾向两边,平衡杆远远伸向前方,从钢丝中间一直伸到楼沿。

警察只好往后退了来抓他。那钢丝人跑进了他的怀抱里。

"狗娘养的。"那警察说,不过他脸上带着笑。

此后几年,他仿佛还一直在那上面,软底鞋、黑黑的脚,浑身灵敏。这种记忆只会出现在一些古怪的时刻:在高速公路上开车的时候,风暴来临前他去用板条堵住小屋窗户的时候,或是走在蒙大拿那日渐缩小、但野草茂盛的草原上的时候。在半空中,钢丝在他的脚趾间绷紧。风从四面八方吹来。一个突如其来的高度感。城市在他脚下。不管他在什么情绪之下,处在什么地方,那回忆都可能不期而至。或许他只是从他的木匠工具带上取出一颗钉子,将它钉到木头里,或是斜过身子,去打开车子的手套盒,或是在水下转着洗一只玻璃杯，或是在朋友的晚会上玩着什么把戏，突然间，他身体里一切都流走了，只剩下去迈出一步的冲动。这仿佛是他的身体所拍的照片，接着那影集再次从他眼皮底下滑开，然后飞走。有时他回忆的是他看到的开阔城市，那些光的巷道，拨弦古钢琴般的布鲁克林大桥，新泽西上方平平的、碗状的灰色烟雾，突然出现、悠悠然飞过的鸽子，还有下面的出租车。他从来没有想到自己会处于危险、或者极端的境地，所以他不会回想到他躺在钢丝上的时候，他单脚跳的时候，或是他从南楼到北楼跑一般走过的时候。相反，他回味那些平凡的步子，那些在平淡之中完成的步子。这些步子才显得完全真实，不会在他的记忆里踟蹰不前。

之后，他马上会感觉口渴起来。他只想要水，还希望大家将钢丝拆掉：留下来太危险。他说，"你得把钢丝卸掉。"他们以为他在开玩笑。他们摸不着头脑。它会在风中拉紧，折断，甩下来的时候，轻易能把人的头给砸掉。他们将他推向楼顶的中间。"拜托了。"他恳求。他看到有个男的走向绞车，开始松开钢丝，去让绷紧的压力松些下来。一阵巨大的释放感和疲倦感同时向他袭来，再次悄然进入他的生活。

他戴着手铐，从世贸中心出来的时候，看客们欢呼起来。他两侧是警察，记者，照相机，西装革履的男子。亮个不停的闪光灯。

从世贸大楼的调度室出来的时候，他拿了一个回形针，要想打开手铐轻而易举：横着捅上一下，手铐就会喀嚓一声打开。他走的时候，摇着手，然后又在大家的欢呼声中举起手来。警察都还没有意识到他刚做了什么，他又将手铐在身后锁上了。

"就你聪明。"一位警长将他的回形针放入自己的口袋。不过，警长的话音里也有些羡慕：回形针会成为一个故事永远流传下去了。

在夹道欢迎之中，走钢丝的人走过广场。警车在台阶下面等着他。故地重游是个奇怪的感觉：那脚步的啪嗒啪嗒声，卖热狗的叫卖声，付费电话在远处的响声。

他停下来，目光看着南北二楼。他现在还能看到那钢丝被拖进来，慢慢地，小心翼翼地，连在铁链上，拴在绳子上，连到钓鱼线上。这就像在观赏孩子们画神奇画板，天空把自己给抖掉了：那线条，一个像素一个像素地消失。最终什么都没有留下，只剩下微风。

他们挤向他，喊他的名字，问他这么做的理由，索要他的签名。他站着不动，抬头向上看，心里在想旁观者如何看上面的钢丝。在他们眼中，天空中什么样的线条被打断了？一个戴着白色扁帽的记者喊道，"为什么？"可是对他来说，"为什么"这个词与此事无关。他也不喜欢凡事追问"为什么"。双塔就在那里。这就够了。他想反问那记者为什么要问他为什么。一些童谣闪现在他脑海里，一连串的为什么，再见，再见，再见。

他感到背后有人轻轻地推了一下，胳膊被人拉了拉。他的视线离开了双塔，他被带向警车。警察把手放到他头顶上，"进去吧，伙计。"他被引向硬硬的皮座，手上戴着手铐。

摄影师们把镜头对准车窗。一阵强光照在窗玻璃上，亮得叫他出现了短暂失明。他转向车的另外一侧。那边的照相机更多。他盯着前方。

警笛都打开了。

接下来，就只有那红蓝交替的警灯，以及警笛的哀号声了。

第 三 部

零件中的零件

午饭后不久,戏剧就开始上演了。他的法官同事、法警、书记员,甚至还有速记员都开始在谈论此事,好像这是城里刚发生的什么怪事一般。这是一个不寻常的日子,但它给那些寻常的日子赋予了意义。纽约城精通此道。每隔一段时间,这个城市就把自己的灵魂给抖落出来。它会让某个图像、某个日子、某桩罪行、某种恐怖、某样美丽向你冲击过来,叫你觉得不可理喻,叫你不由难以置信地摇头。

对这些,他有他的理论。这些事情会发生,且会一再发生,因为这个城市不相信历史。怪事的发生,正是因为对过去缺乏必要的尊重。这个城市过着混一天是一天的日子。它不同于伦敦或者是雅典,甚至不同于悉尼、洛杉矶这些新世界的标志性城市,因为它没有必要相信它自己。不,这个城市才不去管自己的定位呢。他看到有人穿着一件 T 恤,上面的字样是:**纽—他—妈—的—约**。仿佛从古至今,从现在到未来,世界上就纽约这一个地方。

纽约不断向前赶,正是因为它才不去理睬过去的什么鸟事。它就像罗得离开的城市,如果回头去看,这个城市会消失[1]。两根盐柱。长岛和新泽西。

他跟他的妻子说过多次,过去在纽约城消失了,所以,纽约城的纪念场所少之又少。纽约不同于伦敦,那里的每一个角落,都有个历史人物的石像,这里有个战争纪念馆,那里有个领导人的半身像。在纽约城,他只能想到十来个真正的雕像——大部分在中央公

---

[1] 《圣经·创世记》19 章记载,上帝因为所多玛、蛾摩拉二城罪恶滔天,将其烧毁,嘱咐罗得一家不可回头看。罗得的妻子回头,结果变成了盐柱。

园，沿着文学大道，可是如今，又有谁去中央公园呢？就是想经过沃尔特·斯科特爵士的塑像，恐怕都得有个坦克方阵才行。在其他著名的街角，百老汇、华尔街，或者是格雷西广场四周，也没有人觉得有必要诉诸历史。管这些做什么呢？雕像又不能当饭吃。纪念碑又不能当人来操。铜像里也拧不出一百万美元来。

即使在这里，在中央大街，也没有多少公开的自我标榜。没有戴着眼罩的正义夫人。没有裹着长袍的超凡思想家。在刑事法庭的花岗岩石柱上，也不会刻着"不听恶，不见恶，不言恶"的字样。

索德伯格法官之所以觉得那走钢丝的人是一个天才，这便是原因之一。他给自己树了一座丰碑。他把自己制作成了一尊雕像，不过这是一座完美的纽约式雕像，一个暂时的、在空中的、高于城市的雕像。这个雕像并不看重过去。他去了纽约世界贸易中心，将钢丝挂在世界上最高的双塔之间。双塔。居然是这地方！真够大胆的。真够光彩的。真够前瞻的。当然，洛克菲勒家族推倒了几幢希腊复兴式的屋子，还有几幢古典式赤褐色砂石楼，以便建成这双塔——克莱尔刚听说的时候感觉不快——不过这里面多半是些电子商店和廉价的拍卖行。拍卖行里那些快嘴快舌的人拍卖过太阳底下所有的无用之物：胡萝卜去皮机、收音机手电筒和音乐小雪球。港口管理局终于赶走了那些刁民，取而代之的，是新建的这两座高耸入云的灯塔。玻璃映照着天空，夜晚，色彩：进步，美，资本主义。

索德伯格不是那种坐叹今不如昔的人。这座城市大于它的建筑物，也大于它的居民。它有自己的精妙。它敞开胸怀接受一切：犯罪、暴力，还有从寻常日子之下钻出的小小善意。

他想，走钢丝的人事先一定反复斟酌过。这不是随随便便的走钢丝。他是在用身体作出声明，如果他掉下来了，那没办法，就掉了，可是如果他活下来了，他就会成为一座丰碑，不是用石头刻铜雕的，而是一个典型的纽约式的丰碑，它会让你不由自主地说：真难以置信！带着脏话。纽约人的句子里总少不了脏话的。连法官都未能免俗。索德伯格不喜欢脏话，但他知道在适当的时候冒句脏话，自有一番价值。在一百一十层楼的高处，有人走钢丝。真他妈难以置信！

索德伯格自己刚错过走钢丝表演。不过只差几分钟，甚至几秒钟时间，他想着就懊恼。他是乘坐出租车一路到市中心的。司机是个闷闷不乐的黑人，用汽车喇叭放着震耳欲聋的音乐。出租车里有大麻的气味。令人作呕，真的，如今想乘辆干干净净、正正规规的出租车都不行。塔法里音乐[1]从八声道喇叭里传来。司机把他放在中央大街100号的后面。他走过地方检察官的办公室，在边上上了锁的铁门前停下。这是法官专用入口，也是他们的一项特权。设计这个专用侧门，目的是不让他们和前面那些访客混杂到一起。这不是什么鬼鬼祟祟的后门，甚至都不是什么特权。他们得有自己的入口，以免哪个白痴自行决断，跟他们乱来。尽管如此，这侧门还是让他心情爽朗：毕竟有这么一个通往司法殿堂的秘密通道呢。

在门口，他扭头朝后看了一下。他看到，在隔壁大楼上面一些楼层，有些人从窗户里伸出头来，向上看着，不过他没去管他们。他以为可能是发生了车祸，或者是又一起早晨的争吵什么的。他打开了金属门。如果他转过身来，注意一下，或许他还可以到楼上去，看着这一切在远处上演。可是他开门进去了，按下了电梯按钮，等着门像手风琴一样打开，然后他进去，上到四楼。

在走廊上，他一直穿着纯黑色的普通皮鞋走来走去。暗暗的墙壁，上面有浓浓的霉味。四周一片安静，唯有他的鞋发出的吱吱声。这地方有点夏日的忧郁感。他的办公室在走廊尽头，一个天花板吊

---

[1] 牙买加音乐的一种。

得很高的房间。他刚当法官的时候,他要和人合用一个小隔间,里面十分肮脏,且小得连擦鞋童都装不下。他对自己和同伴所受的这种待遇感到震惊。他办公桌抽屉里有老鼠屎。墙壁亟需粉刷。蟑螂在窗台上栖息着,吱吱叫着,仿佛连它们都想逃走一般。五年过去了,他从一个办公室调到另外一个办公室。他现在的办公室堂皇了一些,他得到的尊重也比以前多了一点点。桃花心木办公桌。刻花玻璃墨水池。镜框里有约书亚和克莱尔在佛罗里达海边的照片。一块磁铁上吸着他的回形针。他旁侧,立着一面星条旗,旗帜靠近窗户,所以有时候会飘扬起来。这不是世界上最豪华的办公室,不过也够用了。另外,他也不是为些鸡毛蒜皮的小事抱怨的人:这火药他还得留起来,保持干燥,另择时机使用。

克莱尔给他买了一个崭新的转椅,真皮的,上有凹凸,他喜欢早晨刚来坐到上面转上一转的那个时刻。他的书架上是成排的书卷。上诉庭的报告,上诉法院报告,纽约补充公文。华莱士·史蒂文斯的所有著作,全都签了名,专门放了一排。耶鲁年鉴。东边墙上挂着他学位证书的复印件。《纽约客》的漫画,整整齐齐用框框着,放在过道里:摩西拿着十诫石板在山上,两个律师看着众人:"我们很幸运,山姆,十诫里没提报应半个字。"

他将咖啡壶转开,将《纽约时报》铺开在桌子上,倒了几包奶精到咖啡里。外面的警报器声。总是有警报器声:这是他一天生活的阴暗面。

商务版读到一半的时候,门咯吱一声开了,又冒出了一个亮亮的脑袋来。这有点不大公平,不过,法官基本上都秃顶。这秃顶不是一个趋势,而是事实。俩哥们儿往一块一站,顿时相互辉映。早年的无形折磨,让他们而今全都歇顶了:一个个都是执法有方,但留发无术。

——早上好,老伙计。

法官波拉克的那张大脸红通通的。他的小眼睛亮晶晶的，就如同金属环。他这样子有点像锤头鲨。他开始含糊不清地说有个家伙把自己挂在双塔之间。索德伯格一开始还以为是自杀，从起重机臂上挂绳子上吊之类的。他只不过点点头，然后翻翻报纸，全在说水门事件，那个需要的时候就不见人影的荷兰小子跑哪儿了？他开了个不大得体的玩笑，说这一次 G.戈登·利迪的手指插错了洞，可是这话波拉克充耳不闻。波拉克的黑袍上有一小块奶油乳酪，嘴边还有白沫。空中袭击。索德伯格坐回到椅子上。他正要说那早餐的残迹，这时候听到波拉克提到平衡杆和钢丝，他这才恍然大悟过来。

——你再说一遍？

波拉克说的那个男子真的是从双塔之间走过去了。不仅如此，他还在钢丝上躺了。还跳了。还起舞了。他还几乎是从楼一边，直接跑到另外一边去了。

索德伯格在椅子里转了起来，果断地转了四分之一圈，然后他将百叶窗猛然拉开，向着那开阔的空中看过去。他看到了北塔的边缘，可是视线其余的部分被挡住了。

——你错过了，波拉克说。他刚刚结束。

——正式不正式？

——你说什么？

——批准了吗？做过广告吗？

——当然没有。这个家伙是夜间闯进来的。将钢丝拉开，在上面行走起来。我们从顶楼看着他。是保安人员告诉我们的。

——他闯进了世贸中心？

——是个疯子，要我说的话。你不这么认为吗？他被带到贝尔维尤去了。

——他是怎么将钢丝穿过去的？

——谁知道。

——逮捕了吗？抓起来没有？

——那当然了，波拉克笑着说。

——什么辖区的？

——第一，老伙计。你猜谁会来审吧？

——今天有我提审。

——那算你走运，波拉克说。刑事非法侵入罪。

——肆意危害公共安全罪。

——自我膨胀罪，波拉克挤挤眼睛说。

——那咱们这一天就好看了。

——到时候你看那些闪光灯亮的吧。

——这需要点魄力啊。

索德伯格不敢肯定魄力这个词究竟是形容人的胆量还是愚蠢的。波拉克向他眨了眨眼睛，并像个参议员一样挥挥手，然后将门啪嗒一声关上了。

——胆量，索德伯格向关着的门说。

这确实会让他的一天亮堂起来，他想。一个夏天都这么热，这么严肃，这么多的死亡、背叛、持刀伤人案，他需要一点娱乐。

只有两个提审法院，索德伯格有百分之五十的机会审到这个案子。这得按部就班地等。不过他们要想变通也是可以的。如果他们觉得这事有新闻价值，一定会做些通融，让那钢丝人提前受审。他们只要几个小时，就能把手续办好。打指纹、面谈、通告奥尔巴尼[1]，然后带走。以行为不当罪名指控。也许来的除了他还有他的同伙。他由此又想到：这钢丝人究竟是用的什么鬼办法，将钢丝从一端拉到另一端的？那钢丝想必是金属的吧？他是怎么给扔过去的？一定不会是绳子。这么远的距离，什么绳子都架不住一个人在上面

---

1 纽约州首府所在地。

走。可是，他是怎样将钢丝从一端牵到另一端的？是用直升机？起重机？或者是用什么办法，通过窗户连过去的？会不会是先把钢丝放下来，然后从另一侧拖上去的？索德伯格想着想着，都觉着一阵欣喜。办案生涯里，偶尔会遇着一个好案子，给庸常的日子增添些光彩。多点佐料。一些可以在这个城市的密室里谈论的东西。不过，如果他拿不到这个案子呢？如果被大厅对面那些人接手了呢？他甚至可以跟地区检察官和法院工作人员打招呼，当然，都是私底下的。法院里也有关系网。**把走钢丝的案子交给我，我欠你一个人情。**

他的脚跷到办公桌上，他开始喝咖啡，寻思如果不是老调重弹，这一天下来，又会是怎样的一番光景。

大多数的日子，他不得不承认，是很糟糕的。潮来，潮往，余下的，只有一些渣子。他都已经不介意用"渣"这个字了。曾几何时，他根本不敢用。不过，他不得不痛苦地承认，这些人确实大部分是些人渣。渣子。肮脏的潮流涌上海滩，留下那些注射器、塑料套子、沾血的衬衫、避孕套，还有那些鼻涕流得老长的小孩。再坏再差的情况他都处理过。大多数人认为他住在红木建成的天堂里，他做的是体面光彩的工作，他的职业有权有势，可事实上，除了名誉之外，其他的一切都是虚的。这工作意味着他能去豪华餐馆，排上好座位，另外克莱尔一家人也觉得很是受用。晚会上，他一出现大家就振作起来。大家在他周围，会把身子挺直。说话都和平时不一样了。这也算不得多大好处，可是总比没有强。时不时，他还有晋升机会，最终没准能升到最高法院，可是现在这个机会还没有轮到他。其实说到底，大部分工作还是单调平凡的。保姆式的官僚。

在耶鲁上大学的时候，他还年轻气盛，总觉得有朝一日自己会成为世界的轴心，他的一生会给社会带来深远影响。不过，世上哪一个男人年轻的时候不这么想呢？年轻就是资本，自然会这样自以为是。你会给世界带来的改变！可是，人早晚会开悟。你会找到一个小小的地盘，将其据为己有。你尽力而为地过着日子。回到家，到自己的贤妻身边，尽量安抚她的神经。你坐下来，赞美餐具的干净漂亮。你为着她继承的遗产，感谢你的幸运之星。你吸上一支上好雪茄，希望偶尔能在那上好的丝质被子里云雨一番。你去德拉塔尔给她买上一件漂亮首饰，你在电梯里亲吻她，因为虽然过了这么多岁月，她还是风韵不减，保养良好，真的。你跟她吻别，你每天下楼，可是不久你发现，你的悲恸不及所有其他人一半的悲恸。你哀悼你死去的儿子，夜间醒来，发现妻子在身边哭泣。你去厨房，给自己做一个奶酪三明治，你会想，嗯，起码这是公园大道上的三明治，情况本来可能比这更糟呢：这也就是你的犒赏了，你会松上这么一口气。

律师们知道真相。法院书记员也知道。其他法官当然也知道。中央大街也就是一个茅厕。他们真的这么说：茅厕。他们在办公事的时候会问，"今天茅厕怎样啊，厄尔？我把公文包丢在茅厕了。"他们甚至把这个说法变成动词："你明天茅厕不，托马斯？"他甚至都不愿意跟自己承认这一点，但这是事实。他觉得自己就像在一个梯子上，一个衣冠楚楚的人站在梯子上。一个养尊处优，风度翩翩，满腹诗书的人，穿着黑法袍，在司法的殿堂里，用自己的空手，把这茅厕排水沟的烂叶子枯枝子捡起来。

对这个，他现在的感觉，还比以前好多了。事实上，他是体制的一部分。他现在知道了。一个精巧复杂的庞然大物身上的一小块皮肤而已。一个齿轮之齿，带着一系列轮子在转。或许这只是一个衰老的过程吧。你要把改变留给未来时代的人。可是你后面的那一代，被人在越南的咖啡馆里炸死了，可是你还要继续，你必须继续，因为虽然他们死了，却还会被人纪念。

他不再像过去那样，立意要做特立独行的犹太人了，可是索德伯格仍然不听天由命。因为这关系到荣誉、真理、生存。

他接受法官工作，是六七年的夏天，那时候他觉得他应该接受这工作，成为道德的典范。他不希望只是得过且过，他要开创一番事业。他辞去了过去的工作，接受了这份工资低百分之五十五的差事。他不需要这个钱。他和克莱尔都已经攒了不少，家底颇为殷实，继承权也很牢靠，帕克研究所那边也为约书亚给足了赔偿。做法官这一行他想都没有想到过，纯属意外，不过他很喜欢。前几年他在美国检察长办公室当过差，熬足了时间，做过一任税务委员会委员，有了些政绩，也跟一些要人搞好了关系。那些年他也接受过一些棘手的案子，不过他应对得很好，也达成了一些平衡。他曾经给《纽约时报》写过社论，质疑逃避兵役者所引的法律依据，以及征兵制给全国带来的心理影响。他权衡了道义和宪法的各项要素，结果坚决站在战争的一边。在公园大道的晚会上，他遇见了市长林赛，不过也只是一面之交。因此，任命的提议刚出来的时候，他还认为是什么诡计。他把电话放下。一笑置之。电话又响了。你要我做什么来着？电话里谈到了最终的升职，一开始是纽约最高法院代理法官，接着，谁知道？一切皆有可能。当纽约城陷入破产境地时，很多提升都被搁置了，可是他也不怎么在乎，反正他是可以像弄潮儿一样脱离困境的。他相信法律的绝对性。他能够掂量，能够思索，能够做出一些变动，以回报他的出生地纽约。他总觉得自己过去游移在纽约城的边缘，可是现在，他愿意接受这份工资更低的差事，进入纽约城的核心。法律贵在教谕，贵在能够辖制人类的愚蠢放肆。他持守这样一个观念：尽管法律白纸黑字写下来，也非金科玉律不能改变。法律是一种工作，是用来筛选的。他感兴趣的不仅仅是"可能状况"是何含意，他还有兴趣了解"理想状况"是什么。他要沉到采煤第一线。他要成为纽约城道德煤矿的一个重要矿工。所罗门·索德伯格大人。

就连这个名字听起来都很妥当。或许他只是被人当成了司法的炮灰,只不过政治平衡游戏中的一颗棋子,不过他也不是太在乎,善总是要战胜恶的。他会像犹太拉比[1]那样,聪明,具有爱心。此外,每个律师内心里都有一个法官。

他第一天走进去的时候,热情似火。从正门走进去。他想慢慢品味。他从麦迪逊大街上一处时髦的裁缝店定制了一套崭新的西装。古奇领带。鞋上带流苏。他带着满心期望地走近大楼。宽大的金色大门上,刻着这样的字样:民为权本。他站了片刻,想把这一切全都收入脑海。进到里面,到了走廊上,看到的确是一片纷乱。皮条客,记者,追救护车的律师。穿着紫色松糕鞋的男子。妇女身后拖着孩子。流浪者睡在窗沿上。每走一步,他都感觉心沉一下。不过那时候,这楼让人感觉还是有些光环的——高高的天花板,老式木栏杆,大理石地面——可是越到后来,他的情绪就越是低落。法院里甚至还不如他记忆中的模样。他不安地走动,感觉茫然,沮丧。走廊墙壁上尽是涂鸦。男人们坐在法院后面抽烟。厕所里有人在做着交易。检察官的西服上有洞。心术不正的警察在转悠,伺机索取回扣。孩子们玩复杂的握手游戏。父亲和被人暴打过的女儿坐在一起。母亲们为一头长发的儿子掉着眼泪。法院门上,豪华的凹凸式红色皮革被人割破了。律师们拿着个破破烂烂的公文包来来往往。他悄悄穿过商城区,乘坐电梯上楼,然后拖过一把椅子坐到新桌子前。办公桌抽屉下方有块发干的口香糖。

好好静静,他自言自语,好好静静,不久他就会整理出头绪来的。他可以对付。他可以扭转局面。

在肯梅勒的退休晚会上,他宣布了自己去做法官的意图。屋子里四处都有人在窃笑。有个冒失鬼说,"所罗门曰。伙计们,将婴儿

---

[1] 犹太教的牧师叫"拉比"。

切开。"[1]屋子里热闹得很,叮叮当当碰杯声不断。其他法官说他最后会习惯的,说他会看到光,不过人总还是在隧道里。法律最主要还是宽容的智慧。得去接受那些傻瓜们。干这行遇到这些人是必然的。偶尔得睁一只眼闭一只眼。他得学会输。这是成功的代价。"试试吧,"他们说,"跟这个体制作对,索德伯格,你就会去布朗克斯吃比萨了。要小心。按我们的规矩来。和我们站一起。"如果他觉得曼哈顿糟糕的话,他应该去真正战火肆虐的地方,美国的河内,亦即4号地铁的后面,那里面这个城市里的滔天罪恶天天都在上演。

开头好几个月,他都不愿听他们的话,但是渐渐的,他发现他们是对的——他被困住了,他成了系统的一部分,用一句恰如其分的话来说,他是零件中的零件。很多指控被暗暗拿走。那些年轻人认罪了,或者是他给他们判刑,好清除积压案件。他也有他的指标要完成。他得对楼上的主管负责。一些重罪被轻判。这也是一种另类的拆除。那拆卸球总得砸下去。他判别人,别人也据此来判他:他给上面的事情越少,他们就越高兴。百分之九十的案子——包括一些重案——都不被立案。是的,他是盼着他们起先承诺的提升,不过,即便这个,也无法消除他的那种失落感:他当初的理想主义情怀,已经塞进了廉价的黑袍子里,而现在,这理想主义,连在他袍子最黑暗的缝隙里都找不到了。

他一周五天,天天来到中央大街100号,穿上袍子,穿上自己擦得很亮的皮鞋,将袜子拉起来盖住脚踝,尽量摆出法官的气势来。他知道,做法官的关键是选择打什么仗。他每天随随便便下来都可以激战十几场,甚至更多,如果他愿意的话。他甚至可以跟整个体制作战。他甚至可以给那些涂鸦艺人每人一千块罚款,让他们永远都付不起。或者,他可以判处莫特街放焰火的孩子六个月监禁。他

---

[1] 《圣经·旧约》中的所罗门王以善于断案著称,传说有两个妇人争子,求所罗门定夺,所罗门吩咐将孩子锯开,各分一半。孩子亲生母亲宣布放弃孩子,所罗门王据此判断她是孩子的生母。

可以判那些吸毒者整整一年。锁起来,保释金定得高高的。但是,这一切都会产生反弹,他知道。他们会拒绝认罪。别人会怒冲冲向他追究起来,说他让案件积压。店铺小偷、擦鞋男孩、偷进酒店的人、玩飞牌赌的孩子,他们最后都有权说,不认罪,法官大人。然后,纽约会堵住。水槽里会装满垃圾。这些污秽会溢出去。会淌得人行道上全都是。大家会纷纷指责他。

最糟糕的时候他想:我不过是一个维修工,一个看门人,一个保安。不管他每天充当的是什么角色,他不过是看着人一群群进入他的法庭,他会想,怎么纽约城在他的看管下成了这么一个可恶的怪物呢?这个怪物怎么会提着婴儿的头发抓起来,怎么会强奸七十岁老太,怎么会将情人们睡的沙发放火烧掉,怎么会偷糖果塞入口袋,怎么会将人胸骨全部撞断,怎么会让战争抗议者向警察的脸吐唾沫,怎么会让工会去欺压老板,怎么会让黑手党控制住海边那些木板道,怎么会让父亲把自己的女儿当烟灰缸使,怎么会让酒吧的斗殴失控,怎么会让体体面面的生意人在伍尔沃斯大楼前撒尿,怎么会让人在比萨店门口开枪杀人,怎么会大开杀戒将人全家灭门,怎么会让医护人员看到那些被摔碎的脑袋,怎么会有那些在舌头上注射毒品的瘾君子,怎么会让骗子横行让一些老太太失去终身积蓄,怎么会有那些店主找错零钱,当整个城市都要烧成灰烬、就要预备自己的骨灰葬礼的时候,市长怎么会还在支吾搪塞,公然说谎?犯罪,犯罪,犯罪。

这个城市的所有坏事,无一逃过索德伯格的法眼。他就像看排水沟似的,感觉就像是在看污秽的变化过程。你在那里站久了,排水沟里又会很快流动起来,不管你是怎么去阻止。

所有这些白痴不断过来,从他们的磨坊剧院、脱衣舞厅、怪人秀、新玩店、窥视景、廉价旅社,他们在"坟墓"里待上一段时间之后,模样更为糟糕。有一次,他在法庭上,曾经看见一只蟑螂从被告口袋里爬出来，爬上他的肩膀，然后沿着他的脖子爬，那人才注意到。发现后，被告也只是将它赶走，然后继续他的有罪辩诉。有罪，有罪，有罪。他们几乎都承认有罪，换取他们可以接受的刑期，或是用羁押时间抵刑期，或是愿付罚款，然后迈着吊儿郎当的步子，快快乐乐地离开，回到世上，背过身就去做同样的蠢事，过一两个星期再次回到法庭上来。这让他总是气息难平。他买了一个握力器，放在口袋里锻炼用。他把手伸到袍子缝里，在西服口袋里握住。这东西是弹簧做的，有两个木柄，他可以神不知鬼不觉地在袍子下面握着。他希望不被人看到。它会引起误解，人们还以为法官大人伸手在袍子下玩自慰呢。可是案子来来往往，这握力器能让他平静下来，让他完成他一天的审案指标。这个体制中的英雄是在最短时间内完成最多审案任务的法官。打开闸门，让他们走吧。任何路过的人，任何参与这个系统的人，都会被这打开的闸门从侧面撞着。罪行到了公诉人那里：强奸，杀人，刺伤，抢劫。单子上这些骇人听闻的罪行，会让地区检察官的年轻助理瞠目结舌。刑期会到法警们那里：他们就跟外面的警察似的感到失望，有时候会对法官的量刑过轻发出嘘声。这些牢骚又传到法庭书记员那里。这种侧面撞击式的伤害接着又传到法律援助律师那里。然后假释官员听到这样的刑期。这种粗暴的简单化处理接着又传到法庭心理师耳中。文书传到警察手里。这些罚款——已经很轻了——被那些罪犯们听到。低低的保释数字传到保释人耳中。大家都堵住了，他的工作是在最中间，派发正义，在正确与错误之间作出平衡。

正与误。左与右。上与下。他觉得自己高高地站在悬崖边，头晕眼花，不明就里地举目向上。

索德伯格将咖啡一饮而尽。放了奶精的咖啡味道显得很廉价。

他今天会审理到走钢丝男子一案的——他很肯定。

他拿起电话，拨通了地区检察官办公室的电话，但是电话铃一直在响,他看了看自己桌子上的小钟,原来上午的清出时间到了。

索德伯格疲倦地站起来,兀自笑着,跟着屋子里的其他人排起队来。

他喜欢夏季穿的黑色薄纱长袍。肘部有点磨损,不过没关系,很透风,很轻盈。他拿起他的卷宗登记簿,夹在胳膊下面,看了看镜子里胖胖的身材,脸上布满的青筋,和日渐深陷的眼窝。他把最后几缕头发贴到秃顶上,气宇轩昂地从过道走过,经过电梯口。他从楼梯下来,步子有些轻快。经过了劳教警官,和假释官员,到了传讯部一甲后面的过道:也是整个这趟路最糟糕的部分。在法庭的后面,囚犯们全关在囚笼里。他们称之为屠宰场。上层的囚笼绵延约有半条街长。栅条漆成了米黄色。空气里充满人的体臭味。法警每天要用完四瓶空气清新剂。

两边都是很多警察和法警,那些罪犯倒也机灵,一见他从巷道间走过,便不做声了。他走得很快,低着头,走在法警之间。

——早上好,法官。

——喜欢你的鞋,法官大人。

——很高兴再次见到你,先生。

他向所有跟他打招呼的人点头致意。保持一种又亲近又超脱的态度很为重要。有些法官跟人有说有笑,嘻嘻哈哈,称兄道弟,可他索德伯格不会。他快步从这巷道走过,从木门走进去,进入文明或曰残存的文明之中,颜色幽暗的木制法官席、麦克风,荧光灯,上台阶,坐到自己高高的座位之上。

我们相信上帝。

上午的时间过得很快。日程上排满了案子。例行公事的点名。持过期驾驶执照驾驶。威胁警察。二级袭击罪。公开淫秽行为罪。一个妇女因为食品券,持刀刺伤了自己的姨妈。与一个浅黄色头发的小伙子达成了汽车盗窃罪认罪协议。一个窥视的男子被判社区服务。该名男子在楼下的公寓里装了一个窥视孔。这位窥视者没有想到，这公寓里的女子也是一个窥视者，在窥视他的时候，发现他在窥视自己。一个酒吧侍者跟客人打架。唐人街的一桩谋杀案，立刻被转到了楼上，定了保释金，案子迅速转走。

整个上午，他或定夺，或谈判，或威逼，或劝诱。

——还有没有有效的通缉令？

——告诉我，你是不是要提议撤诉？

——批准撤诉申请。从现在开始，请你们善待对方。

——以羁押抵刑期。

——你的动意到底是什么，是来喊叫吗？

——警官，可否请你告诉我，到底发生了什么事？他干什么？在人行道烤鸡肉吃？！你开什么玩笑！

——取保候审，保证金两千元。现金一千二百五十元。

——怎么你又来了，费拉里奥先生！这次扒的是谁的钱包？

——这是法庭提审，律师，不是香格里拉。

——根据自行支付的保证金释放。

——此指控不构成犯罪。案件撤销。

——这里谁听说过特权没有？

——我不反对非监禁式处置方案。

——如果他认罪，我们可将重罪改判轻罪处置。

——以羁押抵刑期。

——我想你的当事人今天上午在"自恋科"服刑过久了吧，律师。

——除了电梯音乐外，能不能给我点别的？

——星期五之前你能不能结束？

——以羁押抵刑期。

——以羁押抵刑期。

——以羁押抵刑期。

有很多特殊的技巧可学。很少看原告眼睛。很少微笑。尽量摆出仿佛得了轻度痔疮的表情：这会给你一种严肃凝重、不可侵犯的形象。轻轻弓下身子，作出略略不舒服的模样，或者至少是显得不怎么舒服。一直要在纸上涂写。样子要像一个拉比，弯腰拿着本子在记着。摸摸自己鬓角的银发。如果事情变得不可收拾，便摸摸自己的秃顶。把犯罪记录当成人品的参考。看清楚法庭里没有记者。如果有，那么所有规则都强调两次。仔细听。有罪还是无罪，全都能在声音里面听出来。跟律师要不偏不倚。别让他们打犹太同胞牌。如果有人用意第绪语，千万不要回应。对于奉承要当场打消。握力器的使用要小心，当心关于自慰的笑话。千万不要盯着速记员的屁股看。注意吃什么样的午饭。一直要带一卷薄荷糖。始终认为自己的涂鸦为杰作。确保玻璃瓶里的水已经换过。对玻璃上的水滴表示愤慨。买衬衣要买领子部分大一号的，以便呼吸。

案子来而又往。

快到中午的时候，他已经处理完二十九起案子。他又问传话的法警——法警身穿清清爽爽的白衬衫——有没有走钢丝一案的消息。传话人告诉他，这事情现在很热门，那走钢丝的人现在好像在司法系统里面，可能下午出庭。她也不知道罪名是什么，或许是非法侵入和肆意危害公共安全罪。地区检察官已经和钢丝人深谈，她说。如果指控合适，这钢丝人什么罪可能都会认的。好像地区检察官是想借此机会产生点正面宣传。他希望此案能够顺利进行。唯一可能出现的波折，是这个走钢丝案留到夜间庭处理。

——这么说，我们还是有机会？

——机会还不小，要我说的话。如果这些手续办得快的话。

——好极了。那么去吃午饭吧？

——好的,法官大人。

——我们两点十五分的时候重新开庭。

吃饭的地方总有费奥利尼餐馆、赛尔餐馆、卡尔敏餐馆、甜甜餐馆、马虎路易餐馆,或是奥斯卡之德尔莫妮科餐馆可选,但他总是喜欢哈利餐馆。这里离中央大街最远,不过无妨,反正乘出租车也是一种放松。他上到水街,走到汉诺威广场,站在外面,心里在想,这是我的地方。这倒不是因为那些经纪人。或者银行家。或者交易商,而是因为哈利本人。哈利身上有十足的希腊气质,彬彬有礼,总是张开双臂欢迎来宾。哈利本人也为美国梦打拼过一番,最终他断言,美国梦不过是一顿好午餐,外加一杯深红色的、能让人精神焕发的葡萄酒。但是,哈利也能把牛排做得呱呱叫,能把意大利面做得让人三月不知肉味。他经常亲自下厨房,抛锅炒菜。然后,他会解下围裙,换上西装外套,把头发梳顺,风度翩翩地走进餐馆里。他对索德伯格特有好感,不过双方都不知道这是为什么。哈利总在吧台跟他多待一会儿,或是拿过一瓶好酒,两人在那僧侣壁画下面聊起来。或许这是因为一屋子就他们两个人不做股票吧。当当响的金融之钟和他们无缘。他们能根据周围噪音的水平,判断出当天的市场行情来。

哈利餐馆的墙上,那些中介行都有专线电话。密密麻麻地挂在这些墙上。基德和皮博迪的在那儿,狄龙、里德的在那儿,第一波士顿在那儿,贝尔斯登在吧台末尾,罗斯柴尔德的在壁画边上。都是大钱,源源不断。来客也颇为优雅。全都彬彬有礼。一个高档的俱乐部。不过,花费也不多。人总可以逃脱一下,而灵魂不受损害。

他悄悄走到吧台前,把哈利叫过来,跟他说了走钢丝人的事情,说他早晨错过了这表演,说这小子现在被捕了,很快就完成相关手续,开始受审。

——哈尔,他闯进了双塔呢。

——这么说……此人颇有头脑啊。

——可是,如果他掉下来怎么办?

——那地上可不会有什么垫子来接,所尔。索德伯格喝着他的酒:深红色葡萄酒发出浓浓的酒气,冲着他的鼻子。

——我是说,哈尔,他这么来会危及他人性命呢。不只是他自己。搞不好会把他人砸死。

——嗨,我正要找个线路工。也许他可以为我做事呢。

——他可能会面临十二三项指控。

——那更好。他来给我当助厨好了。帮我准备蒸锅。剥扁豆。从高处潜入汤里。哈利猛吸一口雪茄,将烟吹向天花板。

——我都不知道会不会到我手里,索德伯格说。也可能一直会押到晚间庭受审。

——嗯,如果是落到你手里,麻烦把我的名片给他。告诉他说这里的牛排不错。还有一瓶萨尔普堡干红葡萄酒。特级,一九六四年的。

——这以后他不大可能再去走钢丝了。

哈利的脸皱了起来,皱得如同一幅地图,都能在上面看到未来的模样:圆润,爽朗,大方。

——葡萄酒到底怎么回事呢,哈利?

——你什么意思?

——酒里的酒精为什么能疗治我们呢?

——酒是为了荣耀神。也是用来麻醉白痴的。来来,再来点。

上方窗户透过来斜斜的光,他们在光中碰了碰酒杯。仿佛他们向外去看,还能看到那钢丝人在高空将表演重来一样。毕竟,这是美国。这种地方照理说你想走多高都是可以的。但是,如果你是在下面走路的人呢?如果那走钢丝的人真的摔下来呢?很可能他不仅自己死掉,还会捎上十几个人一起死。鲁莽和自由——二者是不是像鸡尾酒一样混起来了?这一直是他的困惑之处。法律是用来保护弱势群体,也是用来限制强权者的。可是如果弱势者不值得在下面走呢?这个念头有时候让他联想起约书亚来。他并不喜欢朝这方面去想,至少不喜欢去想他的去世,那可怕的去世。这让他伤心。让他心如刀绞。他有时候还不能相信儿子死了。他就能伤心到这种程度。到最后,约书亚一直是真理的管家,看护人。他参军,代表国家,回来的时候,却让克莱尔悲痛欲绝。也让他悲痛欲绝。但他并不表现出来。他永远不可以。他也会哭泣,居然是在浴缸这种地方哭,在水流淌的时候。所罗门,智慧的所罗门,一个沉默的人。有几个晚上,他让出水口开着,让自来水一直淌。

他白发人送了黑发人——他倒是活着,倒是留在人世上了。

一些小东西都会让他触景生情。关于栏杆的诫命。要在房上的四周安栏杆,免得有人从房上掉下来[1]。他开始质问自己多年前为什么要买这些玩具士兵。他也让约书亚学弹《星条旗》钢琴曲,而今想来不免忐忑。他又想,教孩子下棋的时候,是不是无意间向他灌输了战争理念呢?沿对角线进攻,儿子。千万不要底线将死。他一定是什么时候将这一切烙入他心里了。不过,战争还是公正,恰当,正确的。所罗门了解战争的全部功用。它保护着自由的基石。战争是要捍卫那些在他的法庭上天天遭到攻击的理想。其实,战争不过就是美国自我保护的一种方式。杀戮有时,医治有时[2]。然而,有时他真想认同克莱尔的看法,认为战争只是一个无休止的死亡工厂,它让一些人富了起来,他们的儿子是被派去打开死亡工厂大门的,而他自己也是个富家子弟。不过,他是不能沿着这条思路去想

---

[1] 语出《圣经·申命记》22:8:你若建造房屋,要在房上的四围安栏杆,免得有人从房上掉下来,流血的罪就归于你家。
[2] 语出《圣经·传道书》3:3。

的。他要坚实,牢固,像一根支柱。他很少谈及约书亚,甚至对克莱尔都不多说。如果有什么人可以谈谈的话,那就是哈利了,哈利对渴盼、归属这些话题还略知一二,不过现在也不是讨论这些的时候。他很谨慎,索德伯格,保持谨慎啊。也许太谨小慎微了,他想。有时候他都想发泄一场,"白发人送走了黑发人哪!哈利,我儿子没了。"

他举起酒杯在面前,闻了闻酒那绵长的、泥土般的芬芳。他要的就是这片刻的欢愉。一段美好、安静的时光。一点温柔、无噪音的东西。和自己的老友一起消耗几个钟头时间。甚至剩下的时间请个病假,回家,余下的时间回去陪克莱尔,再一次一起度过一个下午,读读书,相互厮守。婚后这些年来,这种纯粹的共处时光越来越多了。他多多少少是幸福的。多多少少是幸运的。他并不拥有他所想要的一切,但拥有的也够多了。是的,这就是他想要的东西:一个安安静静的,无事劳神的下午。三十余年的婚姻,没有把他变成一块石头,不,没有。

一点点沉默。一个回家去的手势。手放在哈利的手腕上,对着他的耳朵耳语一两句:我的儿子。他只需说这些,可是为何在现在这个时候节外生枝呢?

他举起杯子和哈利碰杯。

——干杯。

——为那人没有跌落干杯,哈利说。

——为他能再次上去干杯。

索德伯格现在都开始不想审理走钢丝一案了:一定很棘手。他宁愿在长长的吧台打发掉时光,与他亲爱的朋友,为诸神干杯,任由那日光落下。

——刑事法庭传讯部一甲,现在开庭。全体起立。

法警的声音,让他想到海鸥。她的声音里有点鸥叫般的味道,一个词说到末尾会转弯,消失。可是这句话一说,大家必须立刻肃静,法庭后面的嗡嗡声顿时消失了。

——请肃静。尊敬的法官索德伯格大人主持审判。

他这时立刻知道案子落到他手里了。他看到观众席上有记者。这些记者大多是那种双下巴,神情颓唐。他们穿着开领衬衫和超大休闲裤。胡子拉碴,一脸喝过威士忌的醉相。更明显的标志是他们手上的笔记本,笔记本的黄色封页从封套里翘出来。他们伸长脖子,看他后面的门里出来的可能是什么人。另外还有一些侦探,坐在前排座位里,等着看接下来的审判节目。一些不值班的法庭文员。还有一些商人,甚至可能包括港务局大佬。还有其他几个人,也许中间有一两个安全人员。他甚至还看到了一个高个子、红头发的素描艺术家。所有这些说明一件事:外头一定有电视台的摄像机在等着。

他的脚趾都能感觉到酒劲。他倒是没有喝醉——远远没有——不过他能感觉到酒劲在他身体的边缘发作。

——保持法庭秩序。肃静。法庭审理正式开始。

他身后的门吱一声开了,九个被告无精打采地走过来,走向沿着侧墙的凳子。照例有个痞子,一两个骗子,两个精疲力尽的妓女,在他们的最后,是一个年轻白人,那人咧嘴笑着,步子有点弹跳的模样,着装颇为奇怪:这必是那走钢丝的人了。

屋子里出现了一阵骚动。记者们抓起铅笔。出现了一阵噪音,仿佛有液体突然倒在了他们的中间。

那位钢丝艺人甚至比索德伯格想象的还要矮小。模样顽皮。黑色衬衫,紧身裤子。奇怪的是,他的脚上穿的是薄薄的芭蕾舞软底鞋。他身上甚至有种疲惫。他一头金发,年龄在二十四五岁左右,样子就像个剧院的服务员。不过,他身上有种夺面而来的信心,有种神气活现,索德伯格喜欢这点。他看起来像一个小号的、被压扁了的约书亚，似乎有某种才华在他体内郁积，就如同约书亚的那些黑客程序一样，编进他体内了，让它释放的唯一办法就是表演。

显然，走钢丝的人从来都没有受过审。第一次受审的人总是感觉茫然。他们进来的时候，睁大着眼睛，被周围的一切惊呆了。

走钢丝的人停住了，从法庭一侧看向另一侧。既害怕又困惑。仿佛这个地方装载了太多的语言。他瘦弱，敏捷，有种狮子般的气质。他有一双敏锐的眼睛，那眼光最终停到法官席上。

索德伯格很快地和他目光对接了一下。他把自己的规矩给打破了，可这又如何？那走钢丝的人心领神会般轻轻点点头。走钢丝的人眼神里有种欢快，有种顽皮。索德伯格能拿他怎样呢？他怎样去处置呢？毕竟，这最起码是肆意危害公共安全罪，定这个可就是要送到楼上，是一重罪，最多可判七年的。行为不检怎么样？索德伯格内心深处知道，大概不会按照这个结果来办。这样就是行为不当的轻罪，他得去跟地区检察官交涉。他得把牌给打好。像魔术师用帽子变戏法似的，拿点不寻常的东西来。此外，记者们都在那里，看着。还有素描艺术家。法庭外的电视摄像机。

他把他的传话法警叫过来，在她耳边问：谁先上？这是他们之间的小玩笑，他们的司法版雅培-科斯特洛秀[1]。她把日程拿过来给他，他匆匆看了一遍，然后向被告席那边扫了一眼，叹了口气。他无需按照顺序来，他可以调换，可是他还是把铅笔敲在了第一个案子的材料上。

传话法警走开了，清了清喉咙。

——诉讼事件表末尾号码687，她说。公诉蒂莉·亨德森和爵士琳·亨德森。请上前。

助理地区检察官保罗·康克伦比把自己的外套皱纹扯平。他对

---

[1] 美国的双人喜剧表演，其中一个常见的项目是问"谁先上"。

面，法律援助律师将长头发向后顺了顺，走上前，将档案放到架子上。看到站起来的是两个女的，法庭后面的一个记者发出了痛苦的呻吟声。年轻的妓女乳白色皮肤，身材高大，身穿宽松的黑色衬衫，下面是霓虹灯色泳装，脖子上挂着一个廉价的项链。年长的那位身穿连体泳装，银色高跟鞋，她的脸就如同睫毛膏的游乐场似的。荒谬啊，他想。在"坟墓"里来晒日光浴了。她看起来好像是一个老手，卖肉有些年头了。

——二级持械抢劫。依据一九七三年十一月十九日未执行逮捕令。

老妓女伸手从肩膀侧面打了个飞吻。庭上一个白人脸红了，低下了头。

——小姐，这里不是夜总会。

——对不起了，法官大人，本来也给你打个飞吻的，可是我这飞着飞着就全飞没了。

屋子里传出一阵笑声。

——在我的法庭上请自重，亨德森小姐。

他相信他听到了那女人嘟哝了一声"混球"什么的。他搞不懂为什么这些妓女要搬石头砸自己的脚。他看了看面前的犯罪记录。两人看来都是硕果累累。老妓女多少年下来，面临至少六十项指控。年轻的那个也在迎头赶上：指控开始有规律地出现，且越来越多。这些他看得太多了。这就像打开了水龙头。

索德伯格扶了扶他的老花镜，用一种疲乏的神情，看了看助理检察官。

——这么说，为什么等了这么久呢，康克伦比先生？离此案发生，差不多都有一年时间了。

——案情最近又有了一些新进展，法官大人。被告是在布朗克斯被捕的，而且……

——这还在不在控诉书里？

——在的，法官大人。

——助理检察官有没有兴趣撤销刑事指控？

——可以的，法官大人。

——这么说，逮捕令给撤了？

——是的，法官大人。

他在快马加鞭，尽早完成审理。这都像是魔术把戏。抖出黑色斗篷。挥一挥白棒。看着兔子消失。他可以看到听众席上大家频频点头，大家一个个跟着潮流，跟着他的带领。他希望记者们能看到这些，看到他能对法庭局面控制自如，即便是有点酒劲。

——那么，我们现在还能做什么呢，康克伦比先生？

——法官大人，我已经跟法律援助律师费则斯先生商量过了，出于司法公正和方方面面的考虑，公诉人拟提议撤销对她女儿的指控。我们不再追究了，法官大人。

——什么女儿？

——爵士琳·亨德森。是的，对不起，法官大人，她们这是母女组合。

他匆匆看了一眼犯罪记录。他惊讶地看到，那位母亲才三十八岁。

——这么说，你们两个是亲属关系？

——继承家族传统呢，法官大人。

——小姐，请你不要再发言。

——可是你跟我问了问题了呀。

——费则斯先生，请你开导一下你的当事人。

——可是你问了问题呀。

——是的，我会"瘟"你的，是的，小姐。

——这个意思啊，她说。

——好了，亨德森……小姐。住口。你明白吗？住口。马上！康克伦比先生，请继续。

——是这样，法官大人，研究过文件之后，我们不相信公诉人可以支持原来的证据。我们只有一些合理怀疑。

——为什么？

——是这样，身份的认定有问题。

——是吗？我洗耳恭听。

——调查显示，身份存在错误认定问题。

——谁的身份？

——是这样，另有他人认了罪，法官大人。

——好的，不过康克伦比先生，你这么肯定，都叫我措手不及了。这么说，你是要撤销对爵士，爵士琳·亨德森小姐的指控？

——是的，大人。

——各方都同意？

——屋子里的人纷纷点头。

——准了，案件撤销。

——案件撤销？

——真的假的啊？年轻的姑娘说。就这么完了？

——就这么完了。

——万事大吉了？他要把我给放了？

他确信她低声在说：滚他妈的蛋！

——你说什么呢，小姐？

——没什么。

法律援助律师俯身在她耳边恶狠狠地说了些什么。

——没什么，法官大人。很抱歉。我什么也没说。多谢了。

——把她给带走。

——抬起绳子！出来一个了。

年轻的妓女转向她的母亲，在她的眉毛上亲吻了一下。奇怪，会吻这地方。那位母亲，又沮丧又累的样子，接受女儿的亲吻，抚摸着女儿的脸颊，将她拉到身边。索德伯格看着她们拥抱。他不懂，世上竟有这样的家庭，这是何等残酷的事呢！

尽管如此，他还总是为这些人相互之间的爱感到吃惊。法庭上，也就诸如此类的景象，能让他激动一番了——审理能将人生放大。他看到大打出手的情侣拥抱到了一起，他看到家人迎接小偷小摸的儿子回家。谅解就如同一道亮光，照在他法庭的正中间，叫他每每惊诧不已。这样的情景并不多见，可是还会发生，就如同其他万事万物一样，这种稀少是必要的。

这位年轻的妓女在母亲耳边低声说了什么，母亲笑了起来，再次伸手从肩膀上方向观众席上那白人挥了挥手。

法警并没有抬起绳子来。是那年轻妓女自己抬起来的。她边走边扭，仿佛又开始在卖身了。她大大方方沿着中间过道，走向白人，那白人的头发两侧有些灰白斑点。她走的时候脱了黑衬衫，只穿了泳装。

看到这等放肆，索德伯格感觉自己的脚趾都勾了起来。

——把衬衫穿上，马上！

——这不是个自由的世界吗，是不？你已经释放我了。这是他的衬衫。

——穿上，索德伯格靠近麦克风说。

——他想让我穿得好好的出庭。是不是这样子呀，科里？是他给送"坟墓"的。

那白人拉着她的胳膊肘，试图把她拉过来，对着她耳朵里急切地说了点什么。

——把衬衫穿上，不然我判你蔑视法庭……先生，你跟这姑娘是不是有亲属关系？

——不完全是，那人说。

——什么叫不完全是？

——我是她的一个朋友。

那人带着爱尔兰口音，这位头发花白的皮条客。他抬起下巴来，仿佛是个老式的拳击手。他的脸很瘦，两颊深陷。

——嗯，朋友，我要她一定把那衬衫穿上。一直穿着不准再脱。

——是的，法官大人。还有，法官大人……

——按我说的去做。

——但是，法官大人……

索德伯格将法槌捶了下去：够了，他说。

他看着年轻的妓女亲吻那爱尔兰人的脸颊。那男子让了一下，但随后又轻轻捧住她的脸。一个模样古怪的皮条客。不是一般的那种类型。无所谓。他们什么规格品种的都有。事实上，女人总是男人的受害者，过去就是这样，未来也不会改变。其实说到底，应该把诸如那位皮条客的白痴抓起来，关进大牢才是。索德伯格叹了口气，然后转向助理检察官。

两个人之间只要抬一下眉头对方就心领神会。这位母亲的案子还没有了结，完了之后，他才可以审理关键案件。

他轻轻瞟了一眼坐在凳子上的走钢丝人。那位走钢丝的人表情困惑。他自己的罪行实在独特，他自己都不能肯定他在这里干什么。

索德伯格敲了敲麦克风，一屋子人都振奋起来。

——就我的理解，剩下的原告，这位母亲……

——蒂莉，法官大人。

——我不是跟你说话，亨德森小姐。据我了解，各位律师，这仍然是重罪的指控。可否作为行为不当处置？

——法官大人，我们这里已经有了个意向。我已经跟费则斯先生商量过。

——没错，法官大人。

——结果呢……

——公诉人可以将指控从抢劫降到轻微盗窃罪，如果原告愿意认罪的话。

——这个安排你接不接受，亨德森小姐？

——什么？

——你愿不愿意认罪？

——他说不会超过六个月。

——最高是十二个月，亨德森小姐。

——只要我能看到我的宝宝就行……

——你说什么？

——我什么都答应，她说。

——那好，如果你认罪，现有的指控降低为轻微盗窃罪。你明不明白，如果我根据这一决定，接受你的认罪，我有权判你一年徒刑？

她很快俯身向她的法律援助律师，律师摇了摇头，把他的手放在她的手腕上，微微一笑。

——是的，我明白。

——你明白你是要承认犯有轻微盗窃罪？

——是的，宝贝。

——你说什么？

索德伯格突然感到眼睛和喉咙之间一阵剧痛。他吃惊地看了一眼。她真是叫他"宝贝"了？不大可能。她在站着，盯着他，面带浅浅的微笑。他可不可以假装没有听见？不予理睬。还是判她蔑视法庭？如果他较真起来，结果会怎样？

在寂静之中，屋子似乎都缩小了一些。她的律师在旁边，样子就像是要把她的耳朵给咬掉。她耸耸肩，再次转身挥手。

——我相信你是无心,亨德森小姐。

——无心什么,法官大人?

——我们继续审理。

——随你便吧,法官大人。

——注意你的措辞。

——好呀,她说。

——不然你吃不了兜着走。

——没问题。

——你知道你这样认罪,是要放弃受审的权利吗?

——知道。

法律援助律师的嘴唇不小心碰到了那女人的耳朵,迅速退缩了回来。

——我是说,知道的,先生。

——你已经跟律师讨论过认罪一事,你对他的服务是否满意?认罪是不是出于你自己的想法?

——是的,先生。

——你知道你放弃了受审的权利吗?

——是的,先生,肯定的!

——好了,亨德森小姐,你是否承认犯有轻微盗窃罪?

法律援助律师再次俯身来指点她。

——我承认有罪。

——那好,很好,告诉我发生了什么事情。

——啥来着?

——告诉我犯罪经过,亨德森小姐。

索德伯格看着法警将黄皮表格,换成代表行为不当罪的蓝皮表。听众席上,记者们玩着笔记本中间的弹簧,一个个显得坐卧不宁。屋子里的嗡嗡声稍微静下来。索德伯格知道,要想继续完成出色表演,得加快审理。

那个妓女抬起头来。从她站的那样子,他就十分肯定她有罪。就从她斜站着的姿态上,就能知道。他一直都知道。

——这是很久以前的事情了。是这样,我是,我不想去地狱厨房,可是爵士琳和我,嗯,我这个,我要去地狱厨房,他跟我说他妈的一嘴巴胡话。

——好的,亨德森小姐。

——说我老了,尽他妈这些屁话。

——不要讲脏话,亨德森小姐。

——然后,他的钱包就跳了出来,跳到我面前。

——谢谢你。

——我还没有讲完。

——这已经够了。

——我没那么坏。我晓得,你是以为我坏透了。

——已经够了,姑娘。

——好的,老爹。

他看到了一个法警在傻笑。他的脸红了。他抬起眼镜,高高地架在头上,向她狠狠地瞪了一眼。她的眼睛,突然间睁大了,充满恳求,他顿时明白她是怎么勾引男人的,哪怕是在最糟糕的时候:她身上交织着美丽、野性,还有久经情场的成熟。

——你是否明白,你是自愿认罪,不属于胁迫?

她摇摇晃晃靠近律师,然后眼神沉重地回到凳子上。

——没有,没有,她说,没有胁迫。

——费则斯先生,你是否同意立即宣判,放弃提交宣判前报告?

——是的,我们同意。

——亨德森小姐,宣判之前,你还有什么要说的?

——我想去赖克斯。

——你知道,亨德森小姐,本庭无法决定你去哪个监狱服刑。

——可是他们说我会去赖克斯。这是他们说的。

——那么,可否请你告诉我,为什么你要去赖克斯。为什么会有人居然……

——因为宝宝。

——你有宝宝?

——爵士琳的宝宝。

她伸手指了指跌坐在听众席上的爵士琳。

——很好,不过我无法保证,我写个条子给法警,让他们这么处理。在公诉蒂莉·亨德森一案中,被告认罪,我判你不超过八个月的刑期。

——八个月?

——对。我可以改成十二个月,如果你喜欢的话。

她张开嘴,发出了无声的呜咽。

——我以为是六个月呢。

——八个月,年轻的姑娘。你要不要变更你的认罪呢?

——见鬼,她说,耸了耸肩膀。

他看到在听众席上的爱尔兰人抓住了年轻妓女的手臂。他要上前到法庭上,为蒂莉·亨德森说点什么,可是法警用警棍捅了捅他的胸口。

——注意法庭秩序。

——我可不可以说一句话,法官大人?

——不行。立刻——给我——坐下!

索德伯格可以感觉到他的咬牙切齿。

——蒂莉,我稍后回来,好吗?

——坐下。不然你等着瞧。

那皮条客在过道中间站住,看着索德伯格。小小的瞳孔,蓝蓝的眼睛。索德伯格感觉自己暴露,开放,无处可藏。法庭上鸦雀无声。

——坐下!不然别怪我不客气。

皮条客低下了头,后退了。索德伯格很快松了口气,在椅子上微微转了一下。他拿起案件日程表,手放到话筒前,向法警点点头。

——好了,他低声说。带走钢丝的上来。

蒂莉·亨德森被带走了,出了他右侧的门,索德伯格看了一眼。她走路时头低着,不过步子有点老练的轻佻。仿佛她已经出去在街上揽客了。她左右两边各一个法警。她穿的外套又皱又脏。袖子过长。看起来里面装两个女人都可以。她的脸看上去很奇怪,很脆弱,但仍有些性感。她的眼睛是黑的。她的眉毛拔得很细。她身上有种亮光,有种光辉。他仿佛是第一次看到她似的:颠倒着看,眼睛先感觉,然后再来矫正似的。那张脸上有种温柔,曲线分明。那长鼻子看起来好像是断过了几次。她的鼻孔张开着。

她在门口转过身,想扭头去看,可是法警阻止了她。

她用口型跟女儿和那皮条客说了什么,可是没传过去,她长喘了一口气,好像就要踏上漫长的旅程似的。那一瞬间,她的脸似乎很美丽,可是接着,那妓女转了身,拖着步子走了,门在她身后关上,她消失到她自己的寂寂无闻之中。

——带走钢丝的上来,他再次跟传话法警说。马上!

分　币

　　至少还有这样的时候：那个星期四的上午。在我一楼的公寓。在我隔板做的屋子里。一条街都是隔板做的屋子。窗外的蓝天上，一个黑点快速掠过。布朗克斯居然还有鸟儿，不由让人惊讶。其时是夏天，埃利安娜和雅各布都不用去上学。但他们都已经醒了。我能听到他们在看电视，声音调得很大。我们的电视很古老，只能收到一个台，且只有《芝麻街》一个节目。我把床单往科里身上牵了牵。这是他第一次来过夜。事先我们都没有计划，这一切就这么顺理成章地发生了。在睡梦中，他的身子动了动。他的嘴唇干燥。白色的床单跟着他的身体移动。男人的胡子就好比是天气：这里光明与黑暗交错着，下巴灰白如一片小雪，嘴唇之下有一幽暗的凹陷。我非常惊讶的是，这早晨的胡子，说长就长了出来，让他肤色暗了好多。还有这些小小的斑点，头天晚上还没有呢。

　　爱的一个奥秘，是我们附体于他人身上，重得生命。

　　科里根一只胳膊上套着袖子，一只胳膊光着。匆忙之中，我们连衣服都没有好好脱掉。一切都被原谅了。我将他的胳膊从身上拿开，将那衬衫解开。木扣子，从布做的扣眼中穿过。我将衬衫从他胳膊上拉下，脱掉。他的皮肤很白，如同新切的苹果。我吻着他的肩膀。他脖子上挂的宗教项链，留下了日晒的印子。不过十字架在衬衫下面，没有留下印子来。他看起来就仿佛挂着一个皮做的项链，延伸到半空结束。他的皮肤上还有些伤处：是他的血液病所致。

　　他睁开眼睛，闪了闪，喉咙里发出了一点声音来，那语气介于痛苦和敬畏之间。他的脚从床单下伸出，眼睛环顾着屋子四周。

　　"哦，"他说，"都上午了。"

"是的。"

"怎么我裤子跑那边了?"

"你喝太多酒了。"

"果真?"他说,"我变杂技演员了?"

楼上传来脚步声,我们的邻居醒来了。他等着声音过去,等着脚蹬入鞋子里的声音。

"孩子们呢?"

"在看《芝麻街》呢。"

"我们喝了不少啊。"

"确实。"

"我都不习惯了。"他伸手摸了摸被单,碰到了我的臀部,手缩回去了。

上面传来更多声音,淋浴,一个重重的东西扔下来,女人高跟鞋嗒嗒走在地板上的声音。我这公寓里什么声音都能听到,甚至包括下面地下室的声音。为这一百一十块的房租,我感觉就像是住在收音机里。

"他们一直这么大声吗?"

"你等着,他们十几岁的孩子还没醒呢。"

他痛苦地呻吟了一声,抬头看着天花板。我不知道科里根心里在想什么:在那上方,是他的上帝,不过首先他得经过我这些邻居。

"医生,帮我个忙啊,"他说,"跟我说点好听的吧。"

他知道我一直想当医生。他知道我带着这个想法从危地马拉一路过来,在故乡没能读完医学院,他知道,在这里,我也失败了,连大学的门都没摸着,或许我永远不会有机会,可是他仍然叫我"医生"。

"嗯,我今天早晨醒来,诊断到快乐症状,早期。"

"这病没听说过啊。"他说。

"是一种罕见病。我是在邻居醒来之前得上的。"

"会传染吗?"

"你难道还没有传染上?"

他吻我的嘴唇,但随即转开身子。有内疚,有喜乐——他背负着不堪承受的复杂。他靠左侧躺着,腿弓起来,背对着我——那样子像是要蹲着,自我保护似的。

第一次看到科里的时候,我正从养老院的窗口向外看。通过肮脏的窗玻璃,我看到他在帮希拉、鲍罗和阿尔比等人上车。他跟人打过架。脸上有划伤和瘀伤。乍一看,我就知道他是我应该回避的那种人。可是他身上有种忠诚——这是我唯一能想到的词语,一种忠诚[1]。——他似乎了解这些人的生活,所以才有这种忠诚。他用木板垫在下面,将轮椅推到面包车上,然后他又把轮椅绑好。他在面包车上贴着和平和正义的贴纸;我在想,或许他用这样的幽默感,平衡身上的暴力吧。我后来发现,划伤和瘀伤,是那些皮条客干的——他们下手很重,可是他从来不还手。他也忠于那些女孩,忠于他的上帝,但是连他都知道,他的忠诚,一定会在什么地方崩溃的。

过了一会儿,他转向我,手指在我的嘴唇上抚摸着,然后又突如其来地说,"对不起。"

昨晚我们都很匆忙。他比我先睡着。一个女人可能会觉得跟一个处男做爱十分激动人心:这样的想法,这些先前的预备,确实让人激动,可是我又觉得,这样的做爱就像是把失去的岁月补回来,事实上他还哭了,他将头埋在我肩膀上,他无法忍受我的注视,他不堪承受。

一个坚持誓言守身如玉这么久的男人,给他什么都不为过。

---

[1] 原文为西班牙语。

我告诉他我爱他，我会一直爱他，我感觉像个孩子，在喷泉里扔了一枚硬币，知道得对这许愿保密，但还是忍不住，把这刚许的美妙愿望告诉给人了。还在说着的时候，她的许愿或许就已经在消失了。他回答说，不用担心，这一分钱还会从喷泉里出来，一次又一次。

他想再次做爱。每次都有新的惊喜，新的怀疑，仿佛他不相信自己，不相信发生的这一切。

可是他醒后的某一刻——在我会一再记起的这一天——他转向我，呼吸里还带着葡萄酒气。

"这么说，"他说，"你把我的衬衫也脱了。"

"我是跟你耍把戏呢。"

"这把戏不错。"他说。

我把手从床单里伸过去摸他。

"我们得把瞄准孔[1]盖住。"我说。

"什么瞄准孔？"

"瞄准孔，窥视孔，偷窥孔，随便它叫什么。"

我们公寓的每个门上都有个窥视孔。房东以前采购这些门的时候，拿到了比较好的价格，所以装得到处都是。透过这些窥视镜，从一个房间看另外一个房间，有时候会显得狭窄，有时候会显得开阔，这要看你是从哪边看了。如果向厨房里看，世界很小。你从厨房往外看，世界就开阔了。卧室门的窥视镜是向内的，我睡着的时候，雅各布和埃利安娜能看到我。他们称之为狂欢节门。他们从这失真的镜子里看过来，感觉我好像睡在世界上最大的床上。我也膨胀着，头靠在世界上最大的枕头上。周围的墙壁弯曲了。我们刚搬进来的第一天，我的脚趾从被单下露出来。**妈妈，你的脚比你头还**

---

[1] 原文为西班牙语。

大！儿子说在我卧室里的世界似乎是伸缩的。女儿说它是口香糖做的。

科里根从床上侧身起来。他背部瘦弱,裸露,双腿细长。他走向壁橱。他把黑衬衫挂衣架上,将衣架的铁钩子塞在门缝里。挂着的黑上衣盖住了门上的窥视镜。外面传来电视的声音。

"我们应该把门也锁上。"我说。

"你肯定吗？[1]"

这些小小的西班牙短语,他说起来就好像嘴里含着石头一样。他的发音糟得让我发笑。

"他们会不会担心？"

"我们不担心,他们就不会。"

他走回床前,身上赤裸着,觉得很不好意思,将自己迅速盖上。他钻到床单下,依偎到我肩膀旁。唱歌声。走调的歌。"你能不能告诉我,怎样才能,才能找到芝麻街？"

我知道,任何时候,只要我想,就随时能回到这一天。召之即来,随时可以让它复苏,让它持久保存。这是个平静的时刻,说是现在也好,当下也好,它自己包裹着自己,没有任何纷乱。河流不在开始,也不在结束,而是在正中间,定住,一边是往事,一边是将来。你可以闭上眼睛,纽约城会下些小雪,几秒钟后,你会在萨卡帕岩石上晒太阳,再过几秒,你又可以借助强烈的欲望,冲浪一般,穿过布朗克斯。我无法找到适当的词语,来形容这个感觉。词语都与之作梗。词语让这无形的感觉有形化。词语将它放入时间。词语让那澎湃的感觉顿时凝固。试试描述一个桃子的味道吧。尝试描述它。感受那甜味的袭来：我们做爱了。

我都没有听到门口重重的敲门声,可是科里根停止了,咧嘴笑

---

[1] 原文为西班牙语。

着,亲吻我,他的眉头上一溜汗珠。

"是艾尔摩[1]吧。"

"我想是坏脾气的奥斯卡吧。"

我下了床,将衣架上挂的黑衣撩开,往下看。我看到了他们小小的头顶,小小的眼睛,眼神中流露出不解。我裹上科里根的衬衫,打开门。弯下腰,平视着他们的眼睛。雅各布手里拿着旧毯子。埃利安娜拿着一个空塑料杯。他们饿了,他们先用英文,后用西班牙语说。

"稍等一分钟。"我告诉他们。我这母亲当得可够差的。我不应该这样做。我再次关上大门,但又很快打开,冲到厨房里,装满两碗麦片早餐,倒上两杯水。

"现在别说话了,孩子们,答应我。"

我回到卧室,从窥视镜看了看孩子们,他们在电视前面,麦片撒在地上。我穿过房间,跳到床上。我把床单扔到地上,然后倒在科里根边上,将他拉到身边。他笑了,他的身体很放松。

匆匆地,他和我,我们又做爱了。后来,他在我的浴室里淋浴。

"跟我说点奇妙的事吧,科里根。"

"比如什么呢?"

"得,轮到你了。"

"嗯,我刚刚学会了弹钢琴。"

"这里没有什么钢琴。"

"一点不错。我刚坐到钢琴前,马上就能弹出所有音符来。"

"哈!"

是真的。就是这个感觉。我走进他刚刚在淋浴的浴室,拉上帘子,亲吻着他湿润的嘴唇,然后穿上睡袍,去照看孩子了。我的光

---

[1] 和下文中的"坏脾气奥斯卡"均为《芝麻街》节目里的卡通形象。

脚踩在翘起的油毡地板上。我的脚趾上涂了指甲油。我隐隐知道，我体内每一根纤维都还在跟科里根做爱。一切都感觉焕然一新，我的指尖接触到一切，都像碰到炉面一样，感觉敏锐。

他从房间出来的时候，头发很潮湿，我都觉得他鬓角的白发不见了。他穿着黑色长裤、黑衬衫，因为他也没有别的衣服可换。他刮过了胡子。我想责备他用我的剃须刀。他的皮肤看起来充满光泽和野性。

事故发生一个星期后，我回到家，从洗脸池边上掏出他的毛发来，入迷地摆成各种造型，一遍又一遍。我甚至数着它们，然后重新组合。我会把它们聚拢到洗脸池边，用这些毛发，摆出他的样子。

我看到了医院的 X 光片子。钝伤的胸口后面，肿胀的心的阴影。他的心脏肌肉被血液和液体挤压。颈静脉剧烈扩张。他的心脏忽跳忽止。医生向他的胸膛扎了一针。从我当护士的经历来看，这是例行的心包引流。心脏里的血液和液体被抽出来，可是科里根的心脏仍然肿着。他的哥哥在祈祷，一遍又一遍。又拍了一次 X 光。颈静脉肿得厉害，将他这个人堵塞住了。他的整个身子都凉了。

但是，现在，孩子们只是向上看着说，"你好，科里根。"仿佛这是世界上最自然不过的事情。他们的背后，电视在播放着："数到七。跟我一起唱。馅饼打开的时候，鸟儿开始唱歌。"

"孩子们，把电视关掉[1]。"

"等等，妈妈。"

科里根坐在电视后面的小木头桌子边。他背对着我。每次他靠近我那亡夫的肖像，我的心都在颤抖。他从未要求我将照片拿开。他永远也不会。他知道照片存在的原因。不错，我这丈夫是个畜生，死在了克萨尔特南戈附近山区，但这些都不重要，重要的是孩子们

---

[1] 原文为西班牙语。

得有个父亲。此外,这也只是一张照片。它没有优先权。它不会威胁到科里根。他知道我的来历。它包含在这样的时刻里。

隔着桌子看着他,我突然心想,这样的日子会一直继续到未来。我们所看见的未来。那转向,那静止。那信心,那怀疑。科里根也向我看过来,脸上带着微笑。他的手指翻着我的医学课本。他甚至随机翻到一页,开始浏览起来,但是我知道他心思一点都不在这上面。人体,骨头,软骨的简图。

他很快地翻着书,仿佛是要寻找更多的空间。

"真的,"他说,"这是个好办法。"

"什么?"

"买个钢琴,学着弹。"

"好啊,可是放哪里?"

"放电视机上。对不对,雅各布?嘿,小布,这样行的,对不对?"

"不行的。"雅各布说。

科里根从沙发上靠过去,用指关节敲了敲我儿子的黑发。

"或许我们可以买个里面带电视的钢琴呢。"

"不行的。"

"或许我们可以买个钢琴、电视和巧克力三合一的机子呢。"

"不行的。"

"电视,"科里根面带微笑说,"是一剂良药啊。"

多年来,我第一次盼望自己有个花园。我们走到外面,在凉爽新鲜的空气中坐着,离开孩子们,找个自己的空间,让那附近的建筑,缩短为长长的草叶,让那些石匠,在我们的脚前刻出花朵来。我常常梦见我带他回危地马拉。孩提时,我和朋友经常去一个地方,一个蝴蝶园,我们沿着一条土路,走向萨卡帕。路在林间沉降了下去。那些大树不见了,面前是一个小园子,里面是低低的灌木。花朵是钟形，红色，美丽。姑娘们吸着甜甜的花朵，男孩子把蝴蝶撕开，想看看它们的构造。有些蝴蝶的翅膀五彩缤纷，一定是有毒的。我离开家乡，抵达纽约时，在皇后区租了一个小房间，有一天，我心烦意乱，跑去在脚踝上做了个文身，翅膀张开的文身。这是我做过的最愚蠢的事情之一。我恨我自己变得这么贱。

"你在做白日梦啊。"科里根对我说。

"是吗？"

我的头靠着他的肩膀，他笑了起来，仿佛那笑声想跑很远路，要穿过我的身体。

"科里？"

"嗯？"

"你喜不喜欢我的文身？"

他调皮地戳着我。"我也能接受。"他说。

"跟我说实话。"

"不是，我喜欢的，我真的喜欢。"

"你说谎啊，"我说。他皱起眉头。"骗人家呢。"

"我没有骗。孩子们！孩子们，你们觉得我在骗人吗？"

两个孩子都没说一句话。

"看到没有？"科里根说，"我都跟你说了。"

现在，我对他的欲望，狂野而锐利。我身子前倾，亲吻了他的嘴唇。这是我们第一次当着孩子的面亲吻，但他们似乎没有察觉。我的脖子感到一丝凉意。

有时候——不是太频繁——我希望我根本没有孩子。就让他们消失吧，上帝，哪怕只是一个小时左右，不多，就一个小时，仅此而已。快点，让他们从我眼前离开，让他们变成一阵轻烟，消失，然后原原本本地让他们返回，就仿佛根本没有离开过一样。就让我一个人，和他，和这个男人，这个科里根，单独待一小会儿，就我和他在一起。

我的头靠着他的肩膀。他漫不经心地抚摸着我的脸庞。他会在想什么呢？将他从我身边带走的东西实在太多。有时候，我都觉得他是磁铁做的。他在我周围，在空中跳起，旋转。我去厨房，给他煮咖啡。他喜欢浓浓的、热热的咖啡，里面放三匙的糖。他将汤匙拿出来，得意洋洋地舔着，仿佛这汤匙刚帮他度过一场劫难一般。他对着汤匙呵了口气，然后将它挂在鼻尖上，让它晃荡着，模样荒唐。

他转向我。"你觉得怎样，阿迪？"

"你这小丑。"

"谢谢。"他用糟糕的口音说。

他走到电视机前，汤匙还挂在鼻尖上。汤匙掉了，他捡起来，呵了口气，又玩起他的小把戏了。孩子们狂笑着。"让我来，我来，我来。"

这些小习性我一点点在认识。让汤匙挂在鼻尖上，够可笑的啊。此外，他还喜欢将自己的咖啡吹凉，短短地吹三次，长长地吹一次。此外，他还不喜欢麦片。此外，他还擅长修烤面包机。

孩子们回去接着看电视了。他往后一坐，把咖啡喝完。我知道，他又在想他的上帝，他的教会，还有他如果离开修会，会有怎样的失落。这感觉，就好像是他自己的影子跳了起来，跟他干架。我知道这些，因为他在对我微笑，这笑容无声胜有声，蕴含一切，包括耸肩之姿态，然后，他突然从桌子上起身，身子伸展开，挪到沙发上，从沙发背跌下去，坐在孩子们之间，仿佛他们能保护他似的。他伸开双臂，搂住他们的肩膀。我又喜欢他这样，又不喜欢他这样，矛盾得很。我又感觉出对他的渴望了，这回是嘴里，这渴望尖锐如盐。

"你知道，"他说，"我还有事情要去做。"

"别走,科里。再待一会儿。事情可以等等。"

"是啊。"他说,仿佛他真相信这话似的。

他把孩子们拉得更近了,孩子们也愿意让他这样。我希望他下定决心。我希望听到他说,他能兼顾我和上帝,还有我的孩子们,还有我这小隔板房子。我希望他就这么留住,就在沙发上,不动。

我们在医院里,看到他被撞得整个散了架。他低声跟我说了些什么,向着黑暗咕哝了什么,好像说有个人,高楼什么的,说他永远忘记不了。他的口齿已经不大清晰,到底在说什么,我永远无从知晓了。我只希望在那最后一刻,他心灵是平静的。或许只是一个寻常的想法,或许他已经决意离开修会,没有什么能阻挡他了,他会回到我的家中,或许这话什么都不是,只不过是一瞬的美丽,一个不值得一提的小东西,一次偶遇,一句他和爵士琳、蒂莉说的什么话,一个玩笑,或许他已经决定,是的,他决定离开我了,他可以留在教会,自己做他的事,或许他脑海里一无所有,或许他只是快乐,只是痛苦,或许那吗啡的药效已经散到全身了——或许是所有这些,或许还有更多——但是现在,都无从知晓了。他临终的那些话语,我会一直困惑下去。

有个人在空中走,这事我是听说过。另外,科里根那天晚上是在法庭附近、在面包车里睡的。他还吃了一张罚单。在约翰街。也许他早晨醒来时,迷迷糊糊从车子里下来,看到那高高在上的人,向上帝挑战,一个高于十字架而不在十字架下面的人——谁知道呢?我搞不清。或者,在庭审当中,那个走钢丝的人被释放了,而蒂莉则被判了八个月,或许这事让他恼火——这些事情都很纠结,没有现成答案,或许他只是想应该再给蒂莉一次机会,他愤怒了,觉得她不该去蹲监。或者,他想到了别的什么事情。

他曾经告诉我,没有什么信仰强过受伤的信仰。有时候我在想他是不是一直就是这么做的——伤害自己的信仰,好去验证它——

而我，不过是他和上帝之间的一块石头。

在我情绪最恶劣的时刻，我深信，他是要赶回家说再见，他的车开得太快，因为他下定了决心，而且不可逆转，可是我情绪最好，最最好的时候，我想他是要回来，站到门前，面带微笑，张开双手，为了留下来。

我频频回望，但每次的想象之中，他都是这样离去。那是——目前仍然是——撞车前的一个星期四，可是每天早晨醒来，这样的场景总会重现。他坐在沙发上，在埃利安娜和雅各布之间，黑衬衫上的纽扣也打开着，他的目光向前盯着。无论什么，都无法让他离开那沙发。那沙发，简简单单的，褐色，垫子也不匹配，扶手处磨得厉害，还有个洞，几枚硬币从他口袋里掉下来，掉进缝里。现在，不论我去哪里，萨卡帕，养老院，或是任何其他地方，我都会将这些硬币，带在我的身边。

哈利路亚齐欢呼

　　我一看便知。这两个宝宝要人照顾呢。这是个很深层的感受，一定是来自很久以前吧。有时候回顾一些事情是个错误，一个骄傲带来的错误，可是我想一个人可以在某个时刻里活上好多年的，跟着它一起走，感觉它的增长。它会不断生根，最后触及视野里的一切。

　　我在密苏里南部长大。是家中唯一的女儿，另外还有兄弟五人。那些年还是大萧条的时候。时势艰难，可是我们一家人尽力在撑着。我们住在一处小小的Ａ型架结构的房子里，跟城里黑人区大部分房子一样。木料没有上漆，在门廊周围低垂着。房子的一侧是长客厅，里面有藤椅，一张紫色沙发床，一张长桌子，是用一辆破马车的车板改成的。两棵巨大的橡树遮挡着房子另外一侧，那里的卧室朝东，向着日出方向。我在枝头挂了些纽子和钉子，当风铃来用。在里面，房子的地板铺得很不整齐。到了晚上，雨滴噼噼啪啪滴落在铁皮屋顶上。

　　父亲过去常说，他喜欢坐下来，听形形色色的噪音。

　　我记得最清楚的，是那些平平常常的日子——在开裂的一小块水泥地上跳房子，跟着哥哥们穿过玉米地，将书包在后面的土里拖着。那时候，我哥哥和我看了不少书——流动书摊隔几个月来我们这里街上一次，待上十五分钟。太阳像一个黄色泡泡从破篱笆后面冒出来的时候，我们就从屋子里跑出来，跑到乔叟杂货店后面的小河里去玩。现在看来，这河不过是一条小溪，不过当时看来，它算是一条要去对付的大河了。我们会让蒸汽船沿河而下，我们还想着黑奴吉姆使出浑身力气打汤姆·索亚。哈克贝利·费恩我们不知道怎么处理，所以一般不让他出现在我们的历险中。我们的纸船绕过角落，消失。

父亲大部分时候的工作是给人刷房子，不过他最喜欢的事，是在城里一些店面的入口处，手工油漆招牌。在毛玻璃上漆上一些重要人物的名字。金叶银形状的字形，精心制作的银色花饰。他偶尔能从那些贸易公司、磨坊、小城侦探所拿到一些活儿。隔三差五，还会有博物馆或是福音派教会的人，找他重漆入口的欢迎标记。他的生意几乎都在城里的白人区，不过他在河这边做事的时候，我们就跟着他一起，帮他扶扶梯子，递递刷子、抹布什么的。他给那些在风中晃荡的房产中介、河床蛤、五分钱三明治的木招牌漆字。父亲是个小个子，不过每次出去做事，都穿得一丝不苟，不管他去的是哪里。他的衬衫熨得服服帖帖，领子浆得硬刮刮的，领带别着银色领带夹。他的裤子口滚过边，他还高兴地说，要是他认真看的话，他的鞋上都能照出他做的活儿来。他从来没有跟我们说过钱的事，也不提缺钱的事。到了大萧条的紧要关口，他只是出去，到过去做过活的商家，给他们的招牌重新上漆，希望他们不要破产。这样的话，等时势好转了，大家可以给他块把钱。

我妈也对缺钱不太在乎——作为一个女人，好日子苦日子她都经历过。她这个岁数的人，小时候听过第一手的奴隶故事，又有足够的智慧，知道摆脱奴隶枷锁的好处——尽管她仍在奴隶制阴魂不散的密苏里南部。

外婆被卖掉的收据作为纪念品给了母亲。母亲一直带着，以提醒自己莫要忘记了出身。可是后来有机会将收据卖掉的时候，她还是卖了，卖给了纽约一个博物馆馆长。她用这钱买了一台二手缝纫机。她也有些其他的工作，不过主要是给市中心一家报社打扫卫生。回家的时候，她带回全国各地的报纸，晚上回家，给我们念她觉得比较好的一些，一些能开启我家视野的报道，比如爬树抓猫，童子军帮助消防队这些小小事迹，还有有色人种为着善良、正确——或是母亲所言的"正义事业"——而斗争的相关报道。

她可不是马库斯·加维[1]这伙人中的一员：她并不心怀积怨，也不愿意再回到过去，可是她也不反对让黑人女子在社会上更上一层楼的观念。

母亲容貌姣好，有着一张我认为是世上最美的脸：黑得就像黑夜，饱满得像完美的椭圆，眼睛仿佛是父亲漆出的一般，嘴略略向下，显出一点忧伤，牙齿皓白，笑的时候，脸被额外衬了出来。她读书的时候，用的是一种响亮却又单调的非洲式声音，我猜是从加纳沿袭下来的，被她美国化了，可是这样的声音，又将我们和一个从未见过的故国联系到了一起。

八岁之前，父母一直允许我和哥哥们睡一起。即便是上了八岁后，母亲仍会把我放在他们的床边，给我们一起读书，直到我们一个个入睡。然后，她将胳膊轻轻伸到我身下，把我抱到我自己的床垫上。由于屋子的结构，我的床垫放在她卧室外面的狭窄过道里。时至今日，我仍然可以听到父母睡前的窃窃私语和欢笑：也许这是我唯一想去记忆的吧，或许我们的故事可以快快结束，或许一切都可以在笑声响起来的时候开始并结束，可是没有开始和结束，只有继续向前。

我十一岁那年八月的一个晚上，父亲进门时，鞋子上有油漆印子。母亲那时候正在烤面包，见到了，只是盯着他。过去，他出去做油漆工的时候，从来没有把衣服弄脏过，一次都没有。她手里的一把茶匙掉到了地上。一小块融化的黄油淌了出来。"看在路德的份儿上，你到底是怎么了？"她低声问道。他站在那里，脸色苍白，脸拉长着，手里抓着红白相间的棋格状桌布。他似乎是在吞咽着，

---

[1] 马库斯·加维（1887—1940），黑人出版家、记者、社会活动家。

好让声音平静下来。他结结巴巴地说了点什么，膝盖突然弯了下去。她说："哦，上帝，是中风。"她伸手去抱住他。

她那宽大的手，捧住父亲窄窄的脸。他的眼神，已经对不上母亲的眼睛了。母亲抬起头来，对我喊道："格洛丽亚，去找医生。"

我光着脚就跑出门去了。

那个年头的路还是土路，我都能记得每步踩下去的质地感——我有时候都感觉我现在还在这路上跑。医生因连续醉酒，宿醉不消，正在睡觉。他老婆说，不能去打扰他，我试图从她身边硬闯过去，直接上楼，结果挨了她两个耳光，一边一下。可是我是个女孩，肺又好，于是扯开嗓门大叫起来。不过，看到他来到楼梯上方往下看，然后去拿小黑包，我还是感到吃惊。我第一次坐上了汽车，一路回到家里，父亲正坐在厨房桌子前，抓着自己的胳膊。后来我们发觉，他这是轻度心脏病发作，不是中风，不过这一病对父亲影响倒不大，母亲却给吓垮了。她再也不让他离开自己的视线：怕他随时会旧病复发。她丢掉了报社的工作，因为她坚持要在打扫卫生的时候，让父亲坐在边上，但那些编辑受不了一个男黑人在翻阅他们的报纸，尽管他们并不介意一个黑人女子来翻。

我见过的最美丽的事之一——至今仍是这样——是看见父亲准备出门，和他在当地街角商店结识的一些朋友去钓鱼。他在家里笨手笨脚地张罗着，收拾着。母亲希望他什么都别带，甚至连渔竿和渔具都免了，以防增加他的负担。他则将更多渔具塞进野炊篮子里，喊着说他想带什么该死的东西他就带。他甚至在篮子里给他的朋友另带了一些啤酒和金枪鱼三明治。外头口哨声响了起来，他转过身，在门口亲吻她，拍拍她的屁股，在她耳边低声说了些什么。妈妈的头向后一扬，狂笑起来，多年后，我想，这一定是句很粗俗的话吧。她看着他走，直到他转过街角，几乎从视线中消失，然后她回到屋子里，跪倒在地——要知道，她不是个很敬神的女人。她过去还常说，人心的归宿，是一锹土——可是她开始祈祷下雨，一个十足认真的祷告，祈求上帝把父亲尽快带回来，好和她待在一起。

就是这样平凡的爱，我得学着去应对，如果从小到大就一直这样过来的，你会觉得自己难以做到。我过去总想，父母相亲相爱，对孩子来说其实是很难的事，很难超出这一层爱之茧，因为有时候，处在这样的爱之下实在感到舒适，你都懒得去培育自己的爱了。

几年后，我有两个哥哥于二战末在安齐奥阵亡，那是在日本原子弹爆炸、胜利演说和那些虚情假意的欢迎之后。我则要去北边的纽约州雪城上大学了。那时候父母给我准备的牌子让我终生难忘。那小小的牌子，用的是爸爸最喜欢的油漆，那种宝贵的金色漆，平时做上等油漆活才舍得用的。牌子做得结实如风筝，后有方形衬底，以防牌子在风中打转："早日学成归来，格洛丽亚。"

我并没有很快归来。我根本就没有归来。至少当时没有。我留在了北方，倒也没有野掉，而是在把头脑给了读书，把心灵给了一桩不去匆匆的婚姻，把灵魂交给了伤痕，接着，把大脑和心灵给了三个儿子，再接着，和大家一样，让那光阴荏苒而过，看着自己的脚踝渐渐胖起来，下次真正回到家，回到密苏里，是多年以后的事情了。我坐车参加反种族隔离的自由长征[1]，听人说警察拖出水炮冲向人群的事，我能听到母亲的声音在耳边响起：格洛丽亚，这么久了，你一无所成，虚度了光阴，你都去了哪儿，都做了些什么，为什么不回来，不知道我在祈祷，在求雨吗？

近三十年后，我的模样，人们看起来就说是上教堂的那种。我有一些裙子，在后面拉得紧紧的，这样奶子就不晃荡了。我在最黑的那条裙子的左肩膀处，别了一根金色别针。我拿着一个环状把手

---

[1] 二十世纪六十年代，美国民权运动中的一些人士，为挑战美国最高法院对一黑人学生"私闯"白人餐馆的有罪判决，乘坐长途汽车，进入种族隔离的南方。

的白色手提包,穿着齐膝高的直筒袜,有时候还戴上齐肘长的白手套。

我嗓音也不错,有种逆流感,有时候大家会看着我,以为我会唱起旧时的甘蔗园灵歌来,可事实上,自从早年离开密苏里之后,我就再没见到上帝了,我宁可回去,到自己在布朗克斯的屋子里,将床单高高拉起,听维瓦尔第的乐曲从立体声喇叭里传来,也好过听某个牧师胡说什么拯救世界。

总之,我无法再坐进教堂的长凳上了:侧身走进去,我也一直不觉得自在。

我有过两次失败的婚姻,三个儿子——一去世。他们以不同的方式离开,每次我的心都碎了,可是上帝也不会将这些碎片重新缝合起来。我知道有时候我在作弄自己,我知道,上帝有时候也一样作弄我。我放弃了他,放弃时心里并无多少内疚感。大部分时候,我努力在好好做人,可是我并不是在主的家中这么去努力的。不过,我还是给人以教堂女子这种印象。他们看着我,听着,以为我三句话不到就会传起福音来。每个人都有自己的诅咒——至少有一阵子——我觉得克莱尔就觉得我合乎这一描述。

她看来不像会和我争执的女人。在我看来,她非常和善,性情也很温和。她不像是把泪水往你身上浇的那种。和别人一样,这泪来得很自然。我能看出,她也不好意思,她的这些帘子、瓷器,她丈夫在墙上的画像,茶杯在碟子上的抖动。看起来她紧张得随时能从窗户飞下去的样子。她的头发中有些灰白,她的手臂光着,瘦瘦的,她的脖子上露出青筋。走廊的墙上挂着大学毕业证书,谁都能看出她的养尊处优。她的房子保持得很整洁,擦得很干净。她话里有点南方腔,所以这些女子当中,如果说我和谁感觉像是一家人的话,那非她莫属了。

那天上午的日子一晃而过,就如大部分美好的上午一样。

我们哇啦哇啦说了会儿走钢丝的人，然后从楼顶上下来，吃了些甜甜圈，喝了点茶，又八卦了一会儿。客厅里灯光照得亮堂堂的。家具很有光泽。天花板高高的，带豪华嵌线。在书架上，一个四条腿的小钟摆在玻璃罩里。我的鲜花摆在桌子的中央。由于天热，有的花已经开了。

我能看出，其余那些人都被这公园大道弄晕了。克莱尔进厨房的时候，她们都拿起杯子，看看杯底是什么印记。珍妮特甚至拿起了一个玻璃烟灰缸。里面掐灭了两支香烟。她把烟灰缸也拿起来，想看看能否找到什么印记，仿佛这种印记是伊丽莎白女王本人留下的一般。我几乎忍不住要笑出来。"嗯，难说呢。"珍妮特用一种尖锐的低声说。珍妮特的动作很特别——能将头发甩向两边，而头几乎没怎么动。她把烟灰缸放回桌子上，轻轻吸了吸气，仿佛是在说，你胆子不小。她又甩了甩头发，眼睛向杰奎琳看过去。她们开始了白人女子之间的那种交流。这交流我见过很多次了，一看就知道，全都在眼神里，她们侧一侧身子，眼神对接一会儿，然后看向别处。她们都这样练习了很多个世纪了——我都奇怪怎么没有人在这种姿势中僵住。

我瞟了一眼厨房，但克莱尔仍然在那百叶门后——我能看到她瘦瘦的身影，在忙着，在取着更多的冰。磕冰盒子的声音。水龙头放水的声音。

"我马上就回来。"她从厨房里喊道。

珍妮特站着，踮着脚尖看墙上的肖像。是她丈夫，这像画得非常好，就跟照片似的，坐在古董椅子上，穿着夹克，打着蓝色领带。看不出用笔痕迹的那种画作。他十分严肃地看着我们。秃顶，鹰钩鼻，喉部略略露出一点儿肉垂来。珍妮特溜到画像边，做了个鬼脸。"他看上去就跟屁股后面插了根棍子似的，高高在上得很呢！"她低声说。话说得很风趣，也是事实，我想。不过，我禁不住感觉胸口发紧，我在担心克莱尔随时会从厨房里出来。我对自己说："什么也别说，什么也别说，什么也别说。"珍妮特伸过手，摸着画框。玛西娅脸上带着邪恶的笑容。杰奎琳在咬着她的嘴唇。三个人一个个忍俊不禁。

珍妮特的手沿着画框摸上去，悬在他的大腿上方。玛西娅倒回到沙发上，掩住嘴，仿佛世界上最有趣的事情即将发生一样。杰奎琳说："还是别让这可怜的人激动起来吧。"

出现了一阵沉默，还有几声笑声。我不知道，如果是我起身去摸他的膝盖，用手去摸他大腿内侧，又会如何？——想象一下吧。当然了，事实上我坐在椅子上一动不动。

我们听到百叶门打开，克莱尔出来走动了，手上拿着一大壶冰水。

珍妮特离开了画像，玛西娅转向沙发，假装咳嗽，杰奎琳点燃了一支烟。克莱尔把盘子向我伸过来。两个面包圈和三个甜甜圈。一个是带釉糖的，一个是洒糖粒的，一个是普通甜甜圈。

"我要是再吃一个甜甜圈，克莱尔，"我说，"我会脑满肠肥滚到街上。"

这感觉，就像是气球放气时在屋子里飞一样。我这不是要有意搞笑，不过确实好笑，一屋子人都松了一口气。很快，我们言归正传，严肃起来了——确实，这是一次很不错的谈话，很诚实的谈话，怀念我们的儿子，他们的为人，他们的职业，他们为着什么去作战的。在书橱边一个架子上，一只闹钟在滴答作响。接着，克莱尔陪着我们沿着走廊，经过那些画，经过那些大学证书，去她儿子的房间了。

她推开门，那模样仿佛是好久没开过这门了。门吱吱作响，绕着铰链摆了起来。

房间像是没有动过一样。铅笔，削铅笔刀，纸，棒球表。书架上一排排的书。高脚带镜橡木衣柜。床上方有张米基·曼特尔[1]的海报。天花板上有水渍。吱吱作响的地板。我吃惊的是,房间很小,五个人一起进来很勉强。"我来给窗户开个缝。"克莱尔说。我很小心,坐到床比较结实的那一头,免得床咯吱咯吱叫起来。我把手放床垫上,免得床垫弹起来,我靠到墙上,感受石灰墙壁贴在背上的凉意。珍妮特坐到豆袋椅上——她坐下去,椅子都没怎么陷下去——其他的人坐在床另外一头。克莱尔自己坐在一把小小的白色椅子上,靠近凉风习习的窗户。

"就是这里了。"她说。

她那口气,就像我们是刚长途跋涉过来似的。

"嗯,挺可爱的。"杰奎琳说。

"确实是。"玛西娅说。

天花板上的吊扇在转,灰尘就像一只只小蚊子似的,在我们周围转着。架子上摆着很多无线电的零件和平板,上面放有各样的电子器械,电线从上面垂下来。巨大的电池。三个屏幕,后面打开着,露出里面的管子。

"他喜欢电视?"我问。

"哦,这些是计算机零件。"克莱尔说。

她伸出手,从他的桌子上拿起用银色镜框镶着的照片传给大家看。镜框很重,毛茸茸的镜框背后,贴着"英国制造"的标记。照片上的约书亚是个瘦瘦小小的白人男孩,腮帮子上有雀斑。戴着黑框眼镜,短头发。那眼睛,看着照相机还不大适应的样子。他也没有穿军装。克莱尔说这是他刚从高中毕业时拍摄的。毕业典礼上,他是发言代表。杰奎琳又翻了翻眼睛,但克莱尔没有注意到——她讲儿子讲着讲着就笑容满面。她从他的书桌上拿起一个雪花玻璃球,

---

[1] 米基·曼特尔(1931—1995),美国棒球明星,一九七四年入选棒球名人堂。

上下晃动着。玻璃球是从迈阿密买的,我在想,谁这么搞笑呢,佛罗里达下雪?可是,她把玻璃球倒起来的时候,你感觉世界上好像还存在别的重力似的:她等着每一片小雪花都落下来,然后再次转过去,同时跟我们把约书亚说了个透,他去什么地方上学,他喜欢的钢琴音符,他给国家做的是什么样的事,他怎样读完了书架上所有的书,他甚至自己造了个加法器,上了大学,后来去了什么公园[1]了——他这种男孩,过去是负责送人上月球的那种。

我曾经问过她,在她看来,约书亚和我的儿子是不是好朋友,她说是的,可是我知道,这或许丝毫不符合事实。

我可以毫不羞愧地说,我感觉到了一阵孤独感涌上心头。说来有趣,每个人都守着自己的小小世界,心里都怀有与人交流的深层愿望,人人都有自己的故事,每个故事都从某个奇怪的中间部分开始,讲述者努力想全部表达出来,让它一下子充满意义,充满逻辑,充满终极感。

我也毫不羞愧地说,我让她继续这么聊了下去,甚至是在鼓励她全部给说出来。几年前,我在雪城上大学时,我找到了一种说话方法,能让他人高兴,让他们一直叙述下去,而自己则不用多说。我想我是要建一堵墙,把自己围起来,自我保护。在这富人的屋子里,我又把我主慈悲、我主耶稣啊、我的乖乖啊这些根深蒂固的南方话说得滚瓜烂熟了。这些话是接茬儿话,权当沉默。曾几何时,这些话就一直是我用作倚靠的话,让我稳下来,作我最后的庇护。果然,在克莱尔家,我又陷入这旧习了。她转入她自己的小小世界,一个由电线、计算机和电子器械组成的小小世界,我则转入过去。

倒不是她注意到了,或许她根本都没有留心。不过,她时不时从那灰发之下向我看过来,瞟上一眼,那样子仿佛是感到奇怪:她

---

[1] "公园"(Park)与"帕克研究所"(PARC)同音。

这么在说,怎么居然没人让她打住呢?她的样子仿佛是进入了纯粹的幸福。她的思绪连绵不绝,转着圈,迂回着,一会儿在解释关于电子的什么东西,一会儿又在详细地描述约书亚上学的时候,一会儿又说起佛罗里达的什么钢琴,就好像是在用儿子的一生当成了一个跳房子的游戏,在那上面腾挪进退。

屋子里热了起来,毕竟我们所有五个人都挤在一起。床头桌上的钟指针不在动,或许是电池没电了,不过它开始在我心里滴答作响。我能感觉自己在走神。我不想睡着。我在咬我的唇内,以防打瞌睡。果然,不光我一个人这样,所有人都有点坐卧不宁,我能感觉到,大家的身子在动着,杰奎琳的呼吸出现了些异样,珍妮特不时咳嗽一声,玛西娅用小小手绢擦着额头的汗水。

我越来越有这种如坐针毡的感觉了。我一直想动动我的脚趾,紧紧小腿肌肉——我猜我一定是面露苦相了,在动着自己的身子,发出些许噪音。

克莱尔对我笑了笑,但这种笑仿佛带着拉链,边上有点紧。我也回以一笑,笑得很紧张,唯恐流露出我的烦躁和尴尬。这也不是说她让人觉得乏味,这和她在跟我说的是什么无关,不过是我自己的身体不听使唤吧。我再次收紧我的脚趾,但一点用都没有,我尽可能地悄悄用膝盖敲击床边,想把那半麻木的感觉驱散。克莱尔露出了仿佛很失望的表情来,不过最终站起来的并不是我,是玛西娅。她终于站起来,伸了个懒腰,甚至打了个哈欠,那样子就好像一个小孩子从嘴里拉出口香糖似的,仿佛是在说:你瞧瞧我,我闷死了,我要打哈欠了,谁也挡不住我。

"对不起。"她略带些歉意说。

那一刻,大家定住了,仿佛看到了空气的分解,从中可以看出构成空气的诸种元素。

珍妮特侧身过来,拍拍克莱尔的膝盖说:"接着讲你的故事。"

"我都忘记我说什么了,"她说,"我说什么来着?"

大家一动不动。

"我知道我在说着什么很要紧的东西。"她说。

"是说约书亚啊。"杰奎琳说。

玛西娅从房间那边怒视过来。

"我是打死也想不起来说什么了。"克莱尔说。

她笑了,她露出那拉链式微笑,仿佛她的大脑拒绝接受这么明显的证据。她深深吸了口气,又开始打开话匣子,很快,仿佛乘上了"约书亚号"列车一样,又在全速前进了——他在接触一种尖端而全新的东西,她说,他这一死,世人也无从知晓损失了什么。他把机器发展到了一种能够为人、为全人类造福的地步,有朝一日,这些机器可以相互对话,就如同人一样,或许这一切匪夷所思,不过相信我,她说,世界就是朝这个方向发展的。

玛西娅又站起来,在门口伸了个懒腰。她的第二个哈欠不像第一次那么张狂,但她接着说道:"谁有轮渡的时刻表没有?"

克莱尔戛然而止。

"我没有打断你的意思。对不起。我只是不想赶着高峰期。"玛西娅说。

"现在是吃中饭时间。"

"我知道,但这种时候有时也会忙。"

"哦,是的,是的呢。"珍妮特尖声尖气地说。

"有时候得排好几个小时的队呢。"

"几个小时!"

"甚至周三都要排队。"

"我们可以叫外卖,"克莱尔说,"莱克星顿上面有家中餐馆。"

"真的不用了,谢谢你。"

我能看到克莱尔的脸红了。她想再次露出微笑,一种比较中立的微笑。我突然想起了那句让人诺诺称是的话来：些许毒药帮忙大。这是孩提时母亲教给我的一首老歌。

克莱尔在拽她自己的裙子，给它理直，确保没有打褶。然后，她把约书亚的照片从窗台上拿起来，站了起来。

"嗯，你们能来，我真是感激不尽，"她说，"我都不知道有多久没人进过这间屋子了。"

她那微笑，僵硬得都可以砸碎玻璃。

玛西娅的笑容也硬得如一柄回击的大锤。杰奎琳擦了擦额头的汗，就好像刚受过一通折磨一般。屋子里大家全在支吾，在搪塞，在停顿，在咳嗽，不过克莱尔仍然抓着镜框，抓在自己的裙子里。大家都开始说这个上午过得多么愉快，感谢你的热情款待，约书亚多么勇敢啊，是的，我们还要尽量多见面，真奇妙啊，约书亚这么聪明，这么好吃的甜甜圈，是上帝给我那家面包房地址的：形形色色的无聊搪塞，没话找话，填补着我们四周的沉默。

"别忘了你的雨伞，珍妮特。"

"我生下来手里就抓着雨伞的。"

"不会下雨吧？"

"下雨的时候出租车特别难找。"

在过道里，玛西娅拿出镜子补了补口红，将手提包套在手腕上。

"下次我们要是再在这里见面，提醒我带帐篷来。"

"带什么来着？"

"我就在这里扎营。"

"我也是，"珍妮特说，"这公寓真够气派的，克莱尔。"

"顶楼呢。"玛西娅说。

种种谎言在空中飘扬着，来回穿梭，相互碰撞，甚至玛西娅都怕第一个去开门。她站在抓球式脚的帽架边。她的肩膀碰着了帽子架。架子脚部分有些晃，架子柄也摆动起来。

"下周我一早给你打电话。"

"那就太好了啊。"克莱尔说。

"我们再来我们家聚会吧。"

"好主意,我巴不得。"

"我们会放些黄色气球,"珍妮特说,"还记得这些吗?"

"我们用过黄色气球?"

"在树林里啊。"

"我记不得了,"玛西娅说,"我整个犯晕了。"然后,她斜过身子,对珍妮特耳边低语了些什么,她们一起咯咯笑起来。

我们可以听到外面电梯上下的咔嗒咔嗒声。

"敏感问题?"玛西娅问。她的脸上有些愧色。她轻轻碰了碰克莱尔的前臂。

"拜托,拜托。"

"我们要不要给电梯工小费?"

"哦,不用,当然不用。"

我用过道里的镜子快速照了一下,检查了一下我的手提包扣子,突然间,克莱尔抓住我的胳膊肘,将我沿着过道,向前拉了拉。

"你还要不要吃点百吉饼呢,格洛丽亚?"她用所有人都能听见的声音说。

"哦,我已经吃了不少百吉饼了。"我说。

"再留一会儿吧。"她用几乎听不见的声音说。

她的眼睛有点湿润了。

"真的,克莱尔,我已经吃了不少百吉饼了。"

"待一下吧。"她小声说。

"克莱尔!"我说,我想挣开,可是她的手把我的胳膊肘抓得牢牢的,仿佛抓的是最后一根绳子。

"等所有人离开后?"

我能看见她的鼻孔出现了小小颤抖。她的脸细看起来,仿佛一下子老了。她的声音带着恳求。珍妮特、杰奎琳和玛西娅在过道另外一头,正对着墙上一幅画放声大笑。

当然,我可不想让克莱尔一个人留下来收拾地毯上所有这些面包屑,还有烟灰缸里这些掐掉的香烟,我想我要留下来也不难,卷起袖子,开始洗碟子、洗地板,把那些柠檬放到密封塑料盒子里,不过我又想,多年前我们去搞自由长征,可不是为了如今来公园大道的公寓打扫卫生的,哪怕她十分和善,哪怕她笑容满面。我并不是反感她。她的眼睛又大又长,眼神充满慷慨。我肯定,我坐到沙发上,她一定会尽心尽力来招待,可是我们当年搞游行,也不是为了这个。

"我主慈悲。"我说。

我是禁不住说的。

"咳咳。"杰奎琳在前门发出声音,仿佛是清喉咙,准备发言似的。

"可口可乐一、二、三,出发啦[1]。"玛西娅说。

我可以听到珍妮特的鞋子踩在木地板上的声音。

杰奎琳又轻轻地咳嗽了一声。玛西娅在镜子里整理自己的头发,低声说着什么。

就这样,那一刻我简直都觉得难以置信,三个白人女子指望我跟她们一起走,一个希望我留下来陪她。我整个是进退两难,骑虎难下。我的心七上八下扑腾得厉害。克莱尔的眼睛有点潮湿了,她看着我,好让我尽快做决定。我可以选择跟其他人一起,下电梯,走到街上,我们可以站在那里,相互道别。接下来的选择是留下来,陪克莱尔。可是我又不想厚此薄彼,破坏我们这种上午的聚会安排,

---

[1] 儿童游戏用语,出发时用。

不管她是如何好心,她的公寓何等豪华。于是,我最后只是退后一步,索性跟她说谎了。

"嗯,我得回布朗克斯,克莱尔,我下午教会还有活动,唱诗班的事情。"

我为自己撒这个谎感到十分尴尬。她说当然,是的,她可以理解,她真傻,然后她轻轻吻了吻我的脸颊。她的嘴唇擦着我的发夹说:"不用担心。"

我不知道用什么样的语言来形容她看我的眼神——或许可以这样略作描述吧:有种涌动,有种升起,有种浮出水面的感觉,有种不可言说的意味。那一刻,我感觉像是有东西顺着我的脊椎,一路传下来,我的皮肤收紧了,可是我能说什么呢?她抓住了我的手腕,捏了一下,再一次说她理解,她不想耽误我的唱诗班练唱。我离开了她。结束了,我肯定,圆满解决了,过道又在我眼前明亮了起来,我们中间又露出了笑容来,我们宣布下次去玛西娅家——可是我自己感觉,可能不会有下一次了,此事已经伤透了人心,我知道,这样的聚会要告一段落了,我们都有过机会,让我们的儿子短暂地重现——我们走到门厅,克莱尔按下了电梯。

电梯工打开了电梯的铁门。我是最后一个进去的,克莱尔再一次拉住我的胳膊肘,紧紧拉住我,脸上充满忧伤。

她低声说:"你知道,我很乐意付钱给你的,格洛丽亚。"

我的外祖母是个奴隶。她的母亲也是。曾外祖父也是,但是最后他自己花钱在密苏里把自己赎了出来。他总带着一把鞭子作留念,以防自己遗忘。所以,人想用钱买什么东西,买下来的这种信心,我是略知一二的。我知道一些女人脚踝上留下的痕迹。我知道长期用跪姿在田地里做会在膝盖上留下的疤痕。我听过儿童被人挥槌拍卖的故事。我看过记载着棺材船里发出呻吟的书。我听说过他们在人手上锁着的镣铐。我也听说过女孩初潮那夜发生的那些事。我听说他们喜欢把床单紧紧绑在床上，这样硬币扔上去可以弹下来。我听过那些白衬衫白领带模样清爽的南方男人说话。我见过他们在空中挥拳。我参加过那些歌唱。我坐公交车时，会有人将小孩子举起来，让他们透过窗口向我们吼叫。我闻过催泪弹的气味——可不像有些人说的那么甜。

人开始忘却，便开始迷失。

说完那句话，克莱尔就慌了。她整张脸，仿佛是个漩涡，全都转到了她的眼睛里。她整个人被吸进了她自己无意之中脱口而出的话里。她的下眼皮抖了一下。她伸出一只无力而无奈的手，盯着它，仿佛是在说，她的魂魄已经不在身上，只剩下这只手，举在空中。

我很快走进电梯。

电梯工说："祝您下午好，索德伯格太太。"

门关上的时候，我可以看到她眼神里的温柔与无奈。

门合上了。玛西娅长舒了一口气。杰奎琳咯咯一笑。珍妮特做了个嘘的动作，眼睛盯着前面电梯工的脖子。但我能判断出，她在忍着笑。我只是告诉自己，不要堕落到玩她们这些游戏吧。她们想快快离开，好去飞短流长。**你知道，我很乐意付钱给你的，格洛丽亚**。我敢肯定，这话她们已经听见了，接下来一定要分析个底朝天的，也许会找个咖啡馆、便餐店什么的，可是对我而言，我简直不敢去想以后还怎么一起聊天、看这些门开门关、听这些茶杯的磕碰声。我只想离开她们，提前走，散散步，往市里走走，让脑子想清楚点，溜一溜，一脚前一脚后往下走，把这事在脑海里掂量掂量。

楼下，灯光在地砖上大放光明。门卫把我们拦下说："对不起，各位女士，索德伯格太太刚才用通话器联系了，说等会儿想再见一下各位。"

玛西娅又发出了她那典型的长叹，杰奎琳说，或许她要我们吃她剩下的百吉饼呢,她那口气仿佛这是世上最好玩的事情一般。我的脸火烧火燎。

"我得走了。"我说。

"哎呀呀,有人发烧了呢。"玛西娅说。她走到我身边,伸手摸了摸我的额头。

"我要去唱诗班练唱了。"

"我的天!"她说,她的眼睛眯成了一道缝。

我瞪了她一眼,然后走出门,沿着大道走了,我能感到背后她们辣辣的眼光。

"格洛丽亚!"她们喊道,"格洛丽——亚!"

在我周围,人们在走着,一个个步子沉稳,信心十足。商人,医生,衣着光鲜的女子,一个个在赶路去吃中饭。出租车开着开着,突然把灯关了,因为他们看到了一个黑人女子,他们不愿意载我,尽管我穿着我最好的衣服,在这晴朗的下午,在这样炎热的夏季。或许我会把他们从这个有钱有名画的城里,带到又没钱又没有名画的布朗克斯。所有人都知道,出租车司机痛恨黑人女子——她们不会给小费,顶多也只是给个五分一毛的。大家就是这个思维,想改也改不了,不管你来多少次自由长征都无用。所以,我只是一脚前一脚后地走着。这双鞋子是我最好的鞋子,我去听歌剧时穿的皮鞋,一开始挺舒服,还不算太坏,我想这么走着,也可以排遣掉那孤独感吧。

"格洛丽亚!"我又听到了一次,好像我的名字在空中飘,在离开我。

我没有回头。我肯定,如果回头,克莱尔一定会在后面追我,我也一直在想自己做得对不对,把她这么留下来,让她独自面对儿子一屋子的收音机零件、书籍、铅笔、棒球卡、雪球、削铅笔刀——所有这一切都在架上整整齐齐地摆着。她的脸浮现在我眼前,她的眼中掠过一阵悲伤。

走，还是不走？

我只想回家，蜷缩起来，埋在自己的小公寓里，远离这些交通标志。我不想要这些羞辱，或愤怒，或嫉妒，甚至——我只是待在家里，把门锁住，把立体声喇叭开开，让歌声环绕在四周，我坐在背后破损的沙发上，将那一切淹没，让那一切消失。

走，还是不走？

然后我又想，我不该这样做。或许我全给弄错了，或许事实上，她只是个住在公园大道的孤独的白人女子，就像我死了三个儿子一样，她儿子也死了，她待我不薄，也没向我索取什么，只不过把我请到她家来，在我脸上亲吻，把我的茶杯倒满，不过是一时糊涂，口不择言，说了句犯傻的话而已，我却让这话来败坏了其他的一切。她给我们这么张罗时，我是喜欢她的，再说她也没有恶意，也许她只是紧张吧。人性本来是善的，或者一半是善，或者四分之一是善，一切都在变，可是即便在最佳状态下，人也不会尽善尽美。

我能想象她在那里，盯着电梯，看着数字往下走，咬着手指，看着电梯的下降。为先前的过火之举，踢上自己一脚。跑回去，通过通话器传话，恳求我们再待一会儿。

经过十个街区，我肚子开始有些绞痛，如有针刺。我靠在85街一家诊所门口，在那遮篷下，喘着粗气，掂量着一切，然后我又想，不，我不会回去的，起码现在不会。我要继续走下去。这是我的责任，没有人能阻挡我。

人都有脑筋搭错的时候。我会一路回家，哪怕需要一个星期时间呢，我想，我就要一步步这么走下去，天，我就得这么做，不管怎样，就这么一路走到布朗克斯去。

玛西娅、珍妮特、杰奎琳没有继续在我后面喊。我略感宽慰，很高兴她们让我走了，很高兴我没有屈服，没有回头。我不知道，如果她们一路慢慢跑过来,跟上我,我会有怎样的回应呢?可是我同时又在想,最起码克莱尔应该追过来。

应该对我这样,我希望她跑过来,拍拍我的肩膀,再次恳求我,这样我就知道,这样的聚会还很重要,就好比我们的儿子一样重要。我不希望我们的儿子就这么结束了。

我抬头向大道那头看过去。公园大道是灰色的,开阔,前方有一个上坡,犹如接下来那红绿灯的垫脚石。我扣紧皮鞋扣,走上了人行横道。

离开密苏里州的时候,我十七岁。我来到雪城,靠着奖学金生活。我过得还不错,虽然这只是我自己的说法。我还有些遣词造句的天赋,美国历史我也颇为熟悉,所以,就和其他一些年轻的黑人女子一样——我们被邀请到一些高档场所,一些有着木墙板、摇曳的烛光和水晶玻璃杯的地方,大家要我们发表各种各样的看法:我们在安齐奥[1]的军人状况如何,W.E.B. 杜波依斯[2]是谁,被解放究竟意味着什么,塔斯基吉飞行员[3]的由来,如果林肯活着,会怎样看待我们的成就。人们带着那种云里雾里的眼神,听着我们的回答。那感觉,就仿佛他们真希望相信这些话,可又不敢相信自己真是在听。

晚上,我僵硬地弹着钢琴,但他们似乎是希望有爵士乐从我的指尖流露出来。我不是他们所预料的那种黑人。有时他们会抬起头,身子抖动一下,好像从梦中突然醒过来一般。

我们被各个学院院长带着,出入各样的聚会。我能看出,只有门关上,我们离开之后,那些晚会才真正开始。

去过这些富丽堂皇的地方之后,我都不想再回到小小的宿舍了。

---

[1] 意大利港口城市,也是二战中联军登陆地之一,一九四四年美军曾在这里被德军围攻多日,美军伤亡惨重。
[2] W.E.B. 杜波依斯(1868—1963),美国黑人民权领袖,社会学家,历史学家,作家。
[3] 二战中美国空军的黑人飞行员。

我在城里四处走动，我去桑登公园，去白教堂花园，有时一直待到拂晓，我走路都能把鞋子走出洞。

上大学余下的日子里，我常常是紧抓住书包，贴近胸口，假装不理睬那些兄弟会男生的约请，这些人是不介意找个女黑人当战利品的，他们狩猎的意图很明显。

当然，想到密苏里故乡的小路，我就心痛，可是放着奖学金不要，对父母来说无异于失败。他们根本不知道我的生活是什么样子。他们总以为自己的小女儿是在北方，在一个年轻女子可以跨越财富门槛的地方，学习着美国的真理呢。他们告诉我，我身上的南方气质，会让我所向披靡的。父亲写信的开头总是：我家的小才女。我用航空信纸给他回信。我告诉他们我是多么爱我的历史课，这是真的。我告诉他们我喜欢在林间散步，也是真的。我告诉他们，我宿舍房间的床单总是干干净净的，也是真的。

我说的句句都是实情，却没有半点诚意。

不过，我还是以优异的成绩毕业了。我是从雪城毕业的第一批黑人女子之一。我上了台阶，看着穿学位袍戴学位帽的人群，我走上台的时候，观众惊了一下，然后给了热烈的掌声。小雨飘落在校园里。我从同学身边走过，心中充满惶恐。母亲和父亲从密苏里州远道而来，和我拥抱。他们年迈体衰，老夫妻俩手牵着手，仿佛是一个人。我们去了丹尼餐馆庆贺。母亲说，我们进步很多了，我们一家，还有我们全部黑人。我蜷缩在座位里。他们把车子收拾好，留出地方给我坐。不，我告诉他们。我宁愿留一阵子，如果他们不介意的话。现在回去我还没有准备好呢。"是吗？"他们异口同声地说，面露浅浅的笑容。"你现在成北方佬了。"那笑容里头包裹着苦痛——我想也可以说那是苦笑吧。

母亲坐在乘客座上，出发的时候她调了一下后视镜，看着我离开，从窗户里向我挥手，要我早日回来。

我带着对爱的无知,走进了第一次婚姻。我的未婚夫是来自第蒙市的一户人家。他是个工科生,同时又是黑人辩论队的著名辩手:任何话题他都能玩弄于股掌之间。他皮肤不好,鼻子却是漂亮的钩鼻。他的头发理成保守的黑人发型,发梢略带肉桂颜色。他是那种会用中指去把眼镜扶正的人。我第一次遇见他的那天晚上,他在发言中说,美国意识不到,如果不改变普遍权利,美国会一直存在审查,永远会。这就是他用的语言,他不说民权,他说普遍权利。这些话让整个大厅沉默下来。我顿时喉咙发紧,对他充满欲望。他从屋子里看过来,瞟了我一眼。他身上有种精干,有种孩子气,还有一张饱满的嘴。我们约会了六个星期,然后纵身一跃结婚了。婚礼那天,父母和我剩下的两个哥哥开车到了北方。婚姻安排在城郊一个破旧的大厅里。我们跳舞跳到午夜,然后乐队拖着他们的长号走了。我们四处找着各自的外套。大多数时间,父亲沉默着。他吻我的面颊。他告诉我,现在没有多少人订购手工油漆的招牌,都改用霓虹灯了,可是如果说他还要在世界上漆个招牌的话,他要在招牌上说他是格洛丽亚的父亲。

我的母亲给了我一些建议——我一句都不记得了——然后我的新婚丈夫就把我匆匆带走了。

我向他看过去,微笑着,他也回以微笑,那一刻我们顿时明白,我们犯下大错。

有些人认为爱在道路的尽头,如果你有幸找到了,你就在那里待住。也有人说,路到尽头,就是跌落的悬崖,可是大部分有阅历的人都知道,爱是个日日都会变化的东西,你可以得到它,可以维持它,也可以失去它,全看你的投入多少了,不过有的时候,爱根本就不在那里。

我们的蜜月是一场灾难。寒冷的阳光,从纽约上州小镇一家小客栈的窗户里,斜斜地照射下来。新婚夫妻第一夜不同房的事,我倒是听说过不少。一开始我并无警觉。我见他睡意全无，蜷曲在沙发上，颤抖着，好像在发烧。我可以给他时间。他坚持说他累了，然后一本正经地跟我说一天下来他压力多大——我多年后才发觉，一场婚礼耗尽了他全家的积蓄。我听他演讲的时候，或是听他打电话回来说回不了家的时候，仍对他有一丝欲望。话语这东西似乎对他格外垂青，他演讲起来魔力十足，可是不久之后，连他说话的声音也开始沙哑难听，他渐渐让我想起他住的那些宾馆墙壁的颜色来：那些颜色浸到了他的身上，将他控制住了。

没过多久，他似乎连名字都没了。

一九四七年，我们结婚十一个月后，他说，他在找另外一个空盒子，把自己装进去。这就是过去黑人辩论队的大明星！**找另外一个空盒子！**那一瞬间，我蒙了，就跟脑袋整个搬了家一样。我离开了他。

我不愿回家。我编造借口，我精心编造谎言。父母亲仍放不下我，我伤害他们又有什么好处呢？可是骨子里，我知道，他们也看出了我的失败。这让我无法忍受。我甚至没有告诉他们我离婚了。我打电话给母亲，总说丈夫在洗澡，在篮球场，或是去波士顿某个工程公司，去应聘一项要职。我会把电话一直拉到门口，自己按门铃说："哎呀，不能多讲了，妈妈，托马斯有朋友来了。"

现在他走了，他又有了名字。托马斯。我用眼线笔，将这个名字写在浴室镜子上。我透过这个名字看过去，看我自己。

我本该回密苏里，找个好工作，和家人住到一起，甚至去找个不那么害怕世界的丈夫。但是我没有回去。我一直欺骗自己，说自己会回去的，可是不久，父母一一去世。妈妈先走，父亲顿时如风中残烛，一个星期后也走了。我记得我想过，他们走的时候也是相亲相爱。他们离开了对方都活不了。他们一辈子相濡以沫，连呼吸都像是共同的。

一种迷失感在我心里点燃,还有一种愤怒感,我希望去看看纽约城。我听说这是一个舞动的城市。我拿着两个非常精美的手提箱,穿着高跟鞋,戴着帽子,来到汽车站。有男人想要给我提箱子,但我继续向前,昂首阔步,沿着八大道一直走。我找了个公寓,应聘一个学术基金会,但是没有下文,接着找到的第一份工作我就接受下来,在贝尔蒙特赛马场的博彩公司当职员。我在窗口卖票。有时候,我们入错行,却不肯承认。我们觉得这像是一件衣裳,耸耸肩衣裳就能抖落,问题是它并非衣裳,而像是一层皮肤。我做这事,是大材小用了一点,可我还是做了。我每天去赛马场。我想过几个星期,我就能换个别的工作,现在这事,不过是过渡一下,让一个知道快乐为何物,却又不尽知其滋味的姑娘,暂时找找乐子。我二十二岁了。我只想过一段刺激的生活:将每一天的寻常事物,赋予别样的意义。我对过去没有义务。此外,我喜欢马蹄声。比赛之前的每天上午,我会去马槽走走,闻一闻草料、肥皂和马鞍皮革的气息。

我内心隐隐知道,或许我们在离开一个地方之后,我们还会在那里继续存在。在纽约,在赛马场。我喜欢近距离看着马。它们的侧面是蓝色,若昆虫的翅膀。它们的鬃毛在空气中挥动着。它们就像我的密苏里州。它们的气息就如我的故乡,原野,小溪两侧。

一个男子手里拿着毛刷,绕过角落过来了。他身材高大,皮肤黝黑,气质不凡。他穿着连裤工作服。他的笑容开朗,牙齿洁白。

我的第二次也是最后一次婚姻,让我住到布朗克斯公寓的十一层,给我带来三个儿子,从某种意义上说,还带来了这两个女婴。

有时候,你得升到高处,才能看出过去对于现在会产生什么样的影响。

我沿着公园大道一直走,到了116街,在人行横道上,我开始考虑怎样过河。当然，我总可以从桥上过，可是我的脚已经开始肿胀，我的鞋有点硌脚后跟。鞋大了半码。我是特意这么买的，好穿这鞋去听星期天的歌剧，这样我可以把身子往后一靠，把鞋子蹬掉，让脚凉快下来。可是现在每走一步，鞋跟都往上蹭，把脚跟割出个小沟来。我试着系紧鞋带，可这样又会把脚背的皮磨掉。我每走一步，后跟都被割得更深一些。我有一角钱，要去坐公共汽车或者地铁也可以，可是我拒绝乘车，我要这么走下去，靠着自己的力量走下去，一步一步地走下去。所以，我一直往北走去。

哈莱姆的街道，就好像在被人围攻一样——围栏，斜坡道，铁丝网，窗户上的收音机，人行道上的孩子。高楼窗户上，有女子以手托腮，倚窗张望，仿佛在回味青葱年华。下面，坐着轮椅、胡子拉碴的乞丐，见红灯一停，便比赛一般冲向停下的车子：他们把这轮椅飞车大赛很当一回事，赢的人能弯下腰，拣起一枚硬币。

我能瞥见人们的房间：白色搪瓷缸靠在窗框上，圆圆的木桌子，上面铺着报纸，白色褶皱垫子，盖在绿色椅子上。我好奇的是，这些屋子里装满的是什么样的声音呢？我以前没有想过，不过现在我突然发现，在纽约，万事万物都相互联系，这里没有孤立的东西，任何事物就和先前的事物一样奇怪，但又相互关联。

我每走一步，脚跟就跟刀片割了一样疼痛，不过我还能对付——世界上比脚后跟磨破更惨的事，多了去了。我记起了一首流行歌曲来，南希·西娜屈唱的，歌词中说她的靴子专为散步而造。我在想，或许我这么哼下去，脚痛会减轻一些吧。将来哪一天，靴子会走在你上面。从一个街角走到另一个街角。又走过一个人行道的裂缝。我们所有人散步的时候都是这样：让我们分神的东西越多越好。我开始大声哼唱起来，我也不管被谁看见，被谁听着了。再过一个角落，再唱一首。孩提时，我就从田野里走回家，我的袜子走着走着就不知退到鞋子里的什么地方了。

依然是红日高悬。我走得比较慢，走了两个小时了吧。

水沿着排水沟流淌过来：前方有些小孩打开了消防栓，穿着内裤在那飞溅的水下跳舞。他们的身子小小的，亮亮的，黑黑的，很是漂亮。大点的孩子三三两两在门口台阶上，看着弟弟妹妹穿着潮湿的内裤在玩，或许内心巴不得自己也能回到这么小的时候呢。

我过了街，到了光照的一侧。

多年来，在纽约我被打劫过七次。这种遭遇是免不了的。你都可以感觉到它的到来，哪怕打劫者是来自背后。空中似有波纹传来。有种意图。在远处，在垃圾桶附近，等着你过来。在一顶帽子下，在汗衫下。眼睛飞快地向别处看。然后又瞥上一眼。它的发生迅雷不及掩耳，那一刻你都感觉不在世上。你在你的手提包里，这手提包却在跑开。就是这样的感觉。我的生命就这样顺着街，被一个逃窜的人带走了。

这次是个年轻姑娘，波多黎各人，从127街的一个门厅出来的。她一个人。步伐招摇。安全梯的影子，在她身上犬牙交错。她把刀子拿在自己的下巴上。眼神有吸过毒的那种亮光。这神情我以前见过。如果她不拿刀来划我，她会划伤自己的。她的眼皮涂成了银白色。

"这个世界已经够糟糕的了。"我用我的教会腔跟她说，可是她只是将刀片指向我。

"把他妈的手提包给我。"

"让它更加败坏是一种罪啊。"

她将手提包卷在刀刃上。"口袋。"她又说。

"不用这样吧。"

"闭他妈的嘴！"她说。她将手提包高高拉到胳膊肘处。好像她已经从它的重量上看出里面并没有什么，其实只有手帕和一些照片。然后，她拿着刀片，迅速斜过身来，割开了我裙子侧边口袋。刀片贴着我的臀部。我的钱包，我的驾照，还有我两个儿子的照片，放在口袋里面。她将另外一侧也割开。

"胖母狗。"她绕过拐角时说。

周围的街道一片悸动。这完全是我自己的错，和他人无关。一只狗叫着飞奔而过。我在想，我已经没有什么放不下的了，我应该跟着她，将空手提包从她手里抢回来，把旧的自我拯救回来。最让我恼恨的是那些照片。我走到街角。她已经从街上走出很远了。照片一溜撒在人行道上。我弯下腰，将儿子仅存的照片一一拣起。我看到一个更年迈的女子，从窗口向我看过来。她在腐烂的窗框里。窗台上有些石膏圣人像，还有几朵假花。那一刻，我都恨不得自己的一生和她对调，可是她只是关上窗户，转身走了。我把白色手提包放到门口台阶上，丢下它接着往前走。她想要要好了。全都拿走，除了照片。

我伸出一只手，一辆黑车立即停下。我坐到后座上。他调了调后视镜。

"哪儿？"他问道，手在方向盘上敲着。

有些日子放在秤上量量如何？

"嘿，女士，"他叫道，"你要去哪里？"

有些日子放在秤上量量如何？

"76街和公园大道。"我说。

我不知道为什么。有些事情我们真的无法解释。其实我要是回家也可以，我在家里的床垫下藏的钱，付这出租十倍的钱都够了。布朗克斯比克莱尔家更近，这些我都知道。但是，我们还是进入了车流。我没有让司机掉头。街道一条条闪过，一种恐惧感在我心里升起。

门卫用通话器叫她，她从楼梯上跑下来，直接出来，付钱给了出租车司机。她看了看我的脚——我脚后跟上淌的血已经在鞋跟上结了一层。我的裙子口袋也割裂了——似乎有一把钥匙,打开了她心里的什么地方,我看到她一下子满脸的温存。她念着我的名字,让我略感不适。她伸臂抱住我,将我直接带进电梯,沿着走廊,向她卧室走去。窗帘拉上了。她身上有浓浓的香烟和香水混杂的气味。"坐这儿。"她说着,仿佛这是世界上唯一的地方。她去放洗澡水的时候,我坐在干干净净的床单上。水在飞溅着。"你这可怜的人啊。"她叫道。空气中有一种香水盐的气味。

我能从卧室的镜子里看到自己。我的脸看来肿胀而疲惫。她在说着什么,但是被水的噪声盖住了。

床的另一侧有凹陷。看来,她先前一直在这里躺着,也许是在哭。我都想一下子倒在那印子上,让它扩大为原来的三倍。门慢慢打开了。克莱尔站在那里,微笑着。"会把你拾掇好的。"她说。她到床边来,扶住我的胳膊肘,将我带到浴室,让我坐在浴缸边的一个木凳子上。她俯下身,用指关节试了试水温。我把长筒袜脱下来。脚上有皮脱落。我坐在浴缸边,将腿顺着浴缸沿放到水里。水把脚刺得很痛。血顺着脚流下来。红红的一片在水中散开,如落日余晖。

克莱尔在浴室的地板中间,在我的脚边,铺了一块白毛巾。她递给我一些创可贴胶布,上面的纸已经撕掉。我忍不住在想,她像是要用头发擦干我的脚呢。

"我没事,克莱尔。"我告诉她。

"他们抢走什么了?"

"只有手提包。"

我突然被一阵害怕攫住了:或许她以为我只是为钱,为她事先要给我的钱来的呢。我是来讨我的赏金,讨我的奴隶式工钱。

"里面没钱。"

"可是该报警还得报警的。"

"报警?"

"干吗不报？"

"克莱尔……"

她茫然地看着我，然后眼神里现出些理解来。人们总以为自己能了解他人骨子里的秘密。其实大家并不知道。没有人真正了解，除了日复一日拖着这些秘密走的我们自己。

我弯下腰，把胶布贴到脚跟上。胶布不够宽，盖不住伤口。到时候将这些胶布撕下来的疼痛，我现在都能想见。

"你知道最糟糕的是什么吗？"我问。

"什么？"

"她说我胖。"

"哦，格洛丽亚。我为你感到难过。"

"这都是你的错，克莱尔。"

"什么？"

"都是你的错。"

"哦。"她说。她的嗓音里有种紧张的颤抖。

"我都跟你说过的，我们甜甜圈吃得已经够多了。"

"原来如此！"

她的头向后一仰，脖子拉紧了，她伸出手，牵住我的手。

"格洛丽亚，"她说，"下次我们就只提供面包和水了。"

"或许还有小点心。"

我俯下身来，用毛巾擦我的脚趾。她的手移到我肩膀上，但是接着她站起来说："给你拿拖鞋去。"

她在衣橱里，给我找了双皮拖鞋，还给我找了件睡袍，一定是她丈夫的，因为她的我也穿不下。我摇摇头，把睡袍挂在门后的钩子上。"请别介意。"我说。我穿我的破裙子还是可以的。她把我带到客厅。早先聚会时的盘子和杯子都还没有洗。一瓶杜松子酒放在桌子中央。已经喝掉了一大半。碗里有冰在融化。克莱尔用的是我们切的柠檬，而不是酸橙。她将杯子在空中举起，耸了耸肩。她问也没有问，便又拿过一只玻璃杯。"对不起，我就用手指拿了。"她说，她放了几块冰在玻璃杯里。

我已经好多年没喝过酒了。它在我喉咙后面，感觉凉凉的。那一瞬的味道，让其他一切都变得不重要了。

"上帝啊，太好了。"

"有时候酒是良药呢。"她说。

阳光透过玻璃杯照过来。阳光照到了柠檬的颜色，玻璃杯在她的手里转着。她看上去，仿佛是在掂量整个世界。她往后面的白沙发上靠了靠说，"格洛丽亚！"

"什么？"

她扭过头，从我头上方看过去，看着房间角落里的一幅画。

"真相？"

"真相。"

"我通常不喝酒的，你知道。只是今天破例，你知道，在这些谈话之后。我想我今天有点出丑了。"

"你没事啊。"

"你不觉得我犯傻？"

"你没事的，克莱尔。"

"我恨我自己这么出丑。"

"你没有啊。"

"你肯定吗？"

"肯定，我肯定得很。"

"真相并不愚蠢。"她说。

她转着玻璃杯，看着杜松子酒在旋转，如同一阵旋风，她想把自己沉进去，淹没。

"我的意思是，关于约书亚的这些。而不是其他的东西。我的意思是说，我觉得自己说愿意给你钱，让你留下来的时候，我觉得自己很傻。我只想要你留下来陪陪。你知道，跟我，跟我聊聊。挺自私的，真的，我感觉很糟糕。"

"谁都会遇到这种事。"

"我其实不是这个意思。"她转过脸去，"你离开的时候，我叫你的名字，我想追过去找你。"

"我需要走走，克莱尔。仅此而已。"

"其他人在笑我。"

"我想她们不会的。"

"我想我以后也不会再见到她们了……"

"当然还会再见面的。"

她长叹一声，将酒一饮而尽，又给自己倒了一杯，不过这次是奎宁水兑得多过杜松子酒了。

"你为什么要回来，格洛丽亚？"

"为了拿钱啊，当然。"

"什么？"

"跟你说笑呢，克莱尔，说笑而已。"

我能感觉到杜松子酒的酒劲在我舌下发作了。

"哦，"她说，"我今天下午脑子不大好使。"

"我一点看不出，真的。"我说。

"我很高兴你回来了。"

"也没有更好的事情可做。"

"你很有趣。"

"这东西可不是什么趣事。"

"不是什么趣事？"

"我是说真相。"

"哦！"她说道，"你的唱诗班练唱。我倒是给忘记了。"

"我什么?"

"你的唱诗班啊。你不是说你要去唱诗班吗?"

"我没有什么唱诗班,克莱尔。从来没有。永远不会有。对不起。没有这回事。"

这个说法让她沉思了一会儿,然后,她的脸上绽放出笑容来。

"你留下来一会儿可以吧?你得歇歇脚。留下来吃饭吧。我的丈夫应该是六点左右回家。你留下来可以吧?"

"这个,我看可能不妥吧。"

"二十美元一小时怎样?"她微笑着说。

"这回被你逗着了。"我笑起来。

我们快乐地、静静地坐了一会儿,她的手指摩挲着玻璃杯子边缘,接着她振作起来,突然说道:"再说说你儿子吧。"

她这说法让人不快。我现在不愿意想我的儿子了。奇怪的是,我现在只想让他人陪着,在他人的家里。我拿了一片柠檬,塞进我的牙齿和牙龈间。那酸味很刺激。我希望听到完全不同的问题。

"我可以问你一件事吗,克莱尔?"

"当然。"

"我们能不能放些音乐?"

"什么?"

"我的意思是说,我怕是还有点惊吓。"

"什么样的音乐?"

"随便,你有什么放什么。我不知道,这样或许会静下来吧。我想听听管弦乐。你有歌剧没有?"

"恐怕没有。你喜欢歌剧?"

"我所有的积蓄都花在听歌剧上了。我一有机会,就去大都会。感觉如上九霄。我会把鞋子脱掉,逍遥起来。"

她站起身,走到唱机旁,拿出唱片,不过封套是什么我没看清。

她用黄色的软布,擦了擦那塑料唱片,然后将唱针抬起。所有小事她做起来,都显得特别郑重,特别必要。音乐充满了房间。深沉的,刚硬的钢琴曲,琴键如波浪一样荡漾而过。

"是个俄国钢琴家,"她说,"他的手指伸开能弹十三个键。"

我的第二任丈夫后来找到了一个更为年轻的"火车",飞速驶向寂寂无闻。那一天我很高兴。他头上戴的帽子也始终是大了一号。他远走高飞了,给我留下了三个儿子,和迪根高架的风景。我不在乎。对于他,我最后的想法,是希望这个世界上再也不要有人如此孤独,如此在默默之中走开。可是,将他拒之门外的时候,或是屈尊收他的赡养支票时,我都不感到伤心。

布朗克斯的夏季太热,冬季太冷。孩子们戴着有耳罩的棕色猎人帽。后来,他们将帽子扔掉,留起了非洲式发型,长大了。他们把铅笔藏在头发里。我们有过愉快的日子。我记得有年夏天,我们四个人下午一起去食品国商店,在冷藏食品区,我们推着购物车,沿着过道来回跑着在这里乘凉。

是越南将我打垮的。越南来了,在我眼皮底下,将我三个儿子一一带走。她将孩子们从床上拉起,抖了抖他们的床单,说,这些孩子是我的。

有一天,我问克拉伦斯他去参战是为了什么,他说了些关于自由的什么话,可是他去,最主要还是因为无聊。征兵卡到我们信箱来的时候,布兰登和贾森说的也是同样的话。这些公寓信箱里唯一不被人偷走的东西就是这种征兵卡。邮差背着大包小包,里面装的都是忧愁。这些年,公寓四周到处都有人吸海洛因,我想或许几个儿子说得也是,他们是在争取自由。我见过太多孩子,晃荡在角落里,胳膊上有针,衬衫口袋里有小小汤匙伸出来。

我几乎是打开了窗户给他们放行,叫他们高高兴兴飞走。他们飞走了。但是没有一个人飞回来。

每次我的枝条长大的时候,风就吹起来,将枝条刮断。

我坐在客厅椅子上,看着下午的肥皂剧。我想我吃了不少吧。我想我是这么做的。我什么都吃。就我一个人。四周放满一包包的卡夫芝士和盐脆饼干,努力不去回想,只是不停换频道,吃饼干、芝士,不给自己记忆的机会。我眼睁睁看着脚踝肿起来。每一个女人都有自己的诅咒,我想我的也不比其他那些人更惨。

最终,一切都落入音乐之手。唯一能拯救我的,是听那高音歌唱。一个声音里,会积淀着很多岁月。我开始每个星期天都听收音机,把政府给的抚恤金都用来买票听大都会演出了。我觉得我的屋子里充满声音。那音乐从布朗克斯倾泻出来。我有时候把喇叭开得震天响,邻居都会去投诉。我买了耳机。很大的那种,能把我的头的一半包起来。我根本都不想照镜子。可是音乐有疗效。

那天下午,坐在克莱尔家客厅里,我就让音乐向我倾泻而下。这不是歌剧,是钢琴曲,不过这里面有一种新的快乐,它刺激着我。

我们听完了三四张唱片。在下午还是傍晚,我都说不准。可是我睁开眼睛的时候,她拿出一条薄薄的毯子,盖在我膝盖上。她靠在白色沙发背上,玻璃杯放在嘴前。

"你知道我想干什么吗?"克莱尔问。

"什么?"

"我想抽烟,就在这里,就现在,在这屋子里。"

她在桌子上摸索着,找出一包烟。

"我丈夫很反感我在室内抽烟。"

她抽出一根烟来。烟在嘴里放反了,一开始,我还以为她会就这么点着,但是她笑了起来,将烟掉了个头。火柴湿了,一碰火柴头就散了。

我坐起来,从桌子上拿起另外一小包火柴来。她碰了碰我的手。

"我想我可能有些醉了。"但是她的声音很优雅。我又产生了那种可怕的感觉——就在那个时候——怕她会斜过身子来亲吻我,或是做出些其他古怪动作,就像那些杂志上说的那样。有时候我们会迷失自我。我觉得心里空荡荡的,似乎有风在我体内游走,就如同街上吹的微风。最后,完全不是这样——她只是往后一坐,把烟吐向天花板,由着那音乐冲刷着我们。

过了一会儿,她去把桌子收拾好,摆上三人用的餐具,然后将一个鸡肉馅饼热上。电话铃响了几次,但她没接。"我猜他今天大概要迟点回家吧。"她说。

第五次响的时候,她接听了。我能听到他的声音,但听不清说的都是什么。她把话筒拿得很近,我能听到她说"亲爱的","所尔","我爱你"这些,不过这些对话声音很快很尖锐,仿佛就她一个人在说似的,我有个奇怪的感觉:他在那头沉默以对。

"他在他最喜欢的餐馆里,"她告诉我,"在和地区检察官庆贺呢。"

其实,他会不会来对我来说没什么两样——我又不是想让他从墙上走下来,对我客客气气的,可是克莱尔眼神里有种对往昔的追忆,仿佛她希望我问到他,所以我也就问了。这一问,她打开了话匣子,跟我说起了她曾经的一次散步,有个男人,穿着法兰绒长裤,向她走过来。他和一些著名诗人是好友,他们过去每个周末都去迷思蒂克,去一家小餐馆,品尝那里的马提尼。她滔滔不绝地说着,眼睛看着前门,等着他回家来。

我脑海里这时候匆匆飘过一个想法:此刻,在夜幕逐渐降临时,我们这么坐着,一起家长里短地聊着,在外人看来,是何等的不寻常啊!

我已经记不得我怎样在《村声》背面找到这则小小广告的。这报纸不是我特别喜欢的那种，可无巧不成书，它就那么出现了，上面登着玛西娅的广告，真是说多怪就多怪，广告居然是玛西娅登出来的。我坐在厨房的小台子前写信，来来回回写了大概五六十次吧。我把三个儿子的事情说了一遍又一遍，天知道我一共讲了多少次，我还说我是个黑人，住的地方很差，可是我收拾得很齐整很干净，我有三个儿子，有过两任丈夫，我很想回密苏里，可是我一无机会二无勇气，还说结识其他同类的母亲，我会何等高兴，何等荣幸。每次到最后，我都把信给撕掉。每次读起来都觉得不对劲。最后，我只是写道：你好，我叫格洛丽亚，我也想参加聚会。

她丈夫跌跌撞撞地进门的时候，都快晚上十点了。他从走廊上就开始叫道："亲爱的，我回家了。"

在客厅，他停下来瞪着眼睛，仿佛是跑错地方了。他拍了拍口袋，仿佛口袋里能掏出一串不同的钥匙似的。

"出什么问题了吗？"他问克莱尔。

他看上去就像是从墙上的画像里走出来的一样，只不过老了一些。他的领带有点歪，但他的衬衫一直扣到了脖子上。他的秃头亮亮的。他拿着一个皮公文包，上面有个银色抓扣。克莱尔把我介绍了一番。他定了定神，走过来与我握手。他身上有淡淡的葡萄酒气味。"很高兴认识你。"他说，那口气，仿佛是在说他根本不知道有什么好高兴的，不过是随便说说，纯属客套。他的手胖胖的，暖暖的。他把公文包放在桌脚边，对着烟灰缸皱起眉头。

"女士放假日？"他问。

克莱尔吻他的脸颊，吻他的眼圈附近，然后解开他的领带。

"我今天有些朋友过来。"

他拿起杜松子酒的酒瓶对着灯光。

"来跟我们一起坐坐。"她说。

"我得去冲个澡,亲爱的。"

"来跟我们一起坐坐吧,来来。"

"我现在累得像死狗,"他说,"不过,我的天,我可有新鲜事跟你说呢。"

"哦,是吗?"

"我的个天。"

他在解衬衫纽扣,那一刻,我感觉他会当着我的面脱掉衬衫,站在屋子中间,就跟一条白白的、圆头圆脑的鱼。

"有个伙计走钢丝,"他说,"世贸中心那边。"

"我们也听说了。"

"你们听说了?"

"嗯,是的,每个人都听说了。全世界都在说这事呢。"

"我得判他。"

"判了没有呢?"

"判得还很完美。"

"他被逮捕了?"

"我赶紧洗个澡。是的,当然了。洗完跟你好好讲。"

"所尔。"她说,拉了拉他的袖子。

"我马上就出来,跟你好好说说。"

"所罗门。"

他看了我一眼。"等我洗洗。"他说。

"不要,先告诉我们,告诉我们吧。"她站着说,"拜托?"

他朝我扫了一眼。我可以看出他对我的怨恨,我能看出他觉得我一定是什么清洁工,或是耶和华见证人教会的人,不知怎么跑他家来了,打乱了他的节奏,把他留给自己的什么庆祝活动给搅和了。他又打开了他衬衫上的一个纽扣。他就像是打开胸前的什么门,把我给推出去。

"地方检察官想做点正面宣传,"他说,"城里所有人都在谈论这个家伙。所以,我们也不好把他关起来。另外,港务局想把这双塔里的办公室租出去。现在一半是空的。任何宣传都是好的。可是你也晓得,我们还得判他,所以得判得有点创意。"

"然后呢?"克莱尔问。

"所以他承认有罪,我判罚款,每层楼一分钱。"

"我明白了。"

"每层楼一分钱,克莱尔。我罚了他一块一。一共一百一十层。明白没有?地区检察官高兴坏了。你等着瞧吧。看明天的《纽约时报》怎么写。"

他到酒柜那边,他的衬衫四分之三打开了。我都能看到他松弛的胸部。他给自己倒了一杯深琥珀色的酒,深深闻了一下,然后呼了口气。

"我还判他再表演一次。"

"还是走钢丝?"克莱尔问。

"是的,是的。我们会拿到前排的票。在中央公园。给孩子们表演。克莱尔,你就等着看这号人物吧。这家伙可不是什么等闲之辈。"

"他还要走?"

"是的,是的,但这次是个安全的地方。"

克莱尔的目光在屋子里乱转着,仿佛她是在看不同的画,想把它们全部拼起来似的。

"不错吧,对不对?每层楼一分钱?"

所罗门自己拍了拍手:他正自鸣得意着呢。

克莱尔看着地上,仿佛她的目光能一路看下去,看到一切的本质。

"你猜他是怎么把钢丝牵过去的?"所罗门问。他伸手到嘴边,咳嗽了几声。

"哦,我不知道,所尔。"

"来,猜一猜。"

"我真的无所谓。"

"猜一猜。"

"扔的?"

"那东西重二百磅呢,克莱尔。他跟我全都交代了,在法庭上。明天报纸上都会登。猜猜看!"

"是用起重机或什么的?"

"他是用非法手段完成的,克莱尔。在夜深人静的时候。"

"我真的不知道,所罗门。我们今天有个聚会。我们来了四个人,还有我,还有⋯⋯"

"他用的是弓箭!"

"⋯⋯我们坐在一起聊天。"她说。

"这家伙真该参加绿色贝雷帽组织。"他说,"他全跟我说了。他的伙伴先射钓鱼线过去。用的是弓和箭。对着风中射。角度判断得很准。击中了楼边缘。然后他们开始拉线过去,一直拉一直拉,直到最后能承受钢丝的重量。很了不得,对不对?"

"是的。"克莱尔说。

他哐当一声,把钟形的玻璃杯放咖啡桌子上,然后闻了闻袖子口。"我真是要去淋浴了。"

他向我走过来。他意识到自己衬衫敞着,于是给拉上,但是并没有扣起来。他身上有威士忌的气息。

"嗯,"他说,"我的老天,真抱歉。我其实没有听清你的名字。"

"格洛丽亚!"

"晚安,格洛丽亚。"

我费力吞咽着。他其实意思是跟我道别。我根本不知道他指望我怎么回答。我只是跟他握握手。他转过背,沿着走廊走开了。

"很高兴认识你。"他又转过身来说了声。

他兀自哼着个什么小曲子。迟早他们都会转背。他们都会离开。这是笃定的。我经历过。我也看过。他们都这样。

克莱尔笑着耸了耸肩膀。我可以看出,她对他是有些失望的,一定有什么比较好的理由,让她嫁给了他,她希望他把这样的理由展示出来,可是他没有展示出来,甚至还要把我赶走,她终于忍无可忍了。她两颊通红。

"请稍等。"

她沿着走廊走了下去。她的卧室里传来咕哝声。浴室里轻轻的放水声。他们的声音忽高忽低。我感到惊讶的是,他和她没多久就一起出来了。他的脸色柔和了些:仿佛和她在一起待上一会儿,他放松了些,他变成了一个不同的人。我想这就是婚姻,从古至今,从今往后。你卸下面具。你把疲倦放进来。你斜过身子亲吻岁月,因为这些东西才重要。

"听说你儿子的事情了,我很难过。"他说。

"谢谢。"

"我不是有意要这么唐突的。"

"谢谢。"

"可否允许我离开一下?"他说。

他转过身来,然后,眼睛看着地上,又说了句:"有时候我也想念我儿子。"然后,他就走了。

我想,人想做一个从头到尾都一样的人也难。那改变的钥匙就插在心门里,随时可以打开。

克莱尔站在那里,脸上布满笑容。

"我送你回家吧。"她说。

这个主意顿时让我满心温暖,可是我嘴上说:"不了,克莱尔,不用了。我叫个出租车好了。你别担心。"

"我送你回家吧。"她突然带着一种非常清晰的口吻说。

"拜托,这拖鞋你就这么穿走吧。我给你找个袋子装你自己的鞋子。我们这一天够长够累的了,我叫专车服务吧。"

她翻遍了抽屉,拿出一个小电话本。我能听到浴缸里的水还在淌。那些水管子打开了,墙里面发出一声呻吟般的声音。

外面的夜幕已经降临了。司机在等着,抽着香烟,身子靠着车子的引擎盖。他是老式的那种司机,戴着高顶帽子,穿着黑西装,打着领带。他突然把香烟掐掉,跑到车后门处,给我们打开门。克莱尔先坐了进去。她身子敏捷地从后座上滑过去,腿从座位中间的凹陷处摆过去。司机抓住我的胳膊肘,扶我进去。"您就坐这儿。"他用一种很假的声音跟我说。我有了一种老年黑人的感觉,不过也无妨,他不过是特意要客气一番,倒无意让我不舒服。

我告诉了他我的地址,他犹豫了一会儿,点了点头,然后走到车前。

"女士们。"他说。

我们默默地坐着。在桥上,她向城里迅速回看了一眼。四处都是光亮——写字楼仿佛在俯视着虚空。街灯的灯光,一团一团的,随机分布着。车前灯的灯光照到我们的脸上。浅色的水泥柱一个个从边上闪过。形状奇特的钢梁。裸露的柱子,顶着钢铁横梁。下面的一片河面。我们过了桥,到了布朗克斯,经过装上百叶窗的酒窖,门口虎视眈眈的狗。成片瓦砾。扭曲的钢管。被打烂的石器一片片散落在地。

我们驶过铁轨,驶过次第出现的高架阴影,驶过火光照耀下的夜晚。

有人在垃圾桶和成堆垃圾之间缓缓移动。

克莱尔往后一靠。

"纽约，"她叹了口气，"所有这些人。你有没有想过我们是怎么坚持下去的？"

我们相视一笑。我们已经心照不宣，我们已经成了朋友，什么都改变不了这一点了，我们已经上了这条路了。我可以让她屈尊来过我的生活，或许她也能对付过去。她也可以让我屈尊过她的生活，我也能凑合下来。我伸出手，握住她的手。我不害怕了。我喉咙里突然出现了一种铁质的感觉，仿佛是咬了舌头，有血流下的感觉，不过很让人高兴。灯光匆匆而过。我想起了孩提时候，我把花朵丢进大瓶墨水里。花朵会在上面漂上一会儿，然后花枝湿掉，然后是花瓣，然后便是一朵黑花在绽放。

车子停下来的时候，公寓楼前有些吵闹。没有人注意到我们的车。我们沿着栅栏缓缓开过来，开在立交桥的阴影下。街灯把黑黑的钢梁照亮。那天晚上，没有女子外出，不过公寓入口处，有两个穿短裙的姑娘偎在一起。一个靠在另外一个的肩膀上，在哭着。

我从来没有时间理睬她们，这些妓女，一直没有时间。我倒不是对她们心存芥蒂，也不是因为自己心碎的缘故迁怒于她们。她们有她们的皮条客，有那些同情她们的白人。这是她们的生活。是她们自己的选择。

"女士。"司机说。

我的手仍然抓着克莱尔的手。

"晚安。"我说。

我打开门，就在这时，我看见她们出来了，两个可爱的小女孩，在街灯的灯光下出来了。

我认得她们。我以前见过她们。她们是一个妓女的女儿。那妓女住我上面，跟我隔两层楼。我一直远离这些。一年又一年。我不让她们接近我的生活。我在电梯里见过她们的母亲，那女子自己也还是个孩子，很漂亮，也很凶狠，每次遇着，我都直盯盯看着电梯按钮。

两个女孩是被一男一女带着，沿着小路走过来的。是社会工作者，他们白皙的皮肤上有光辉，他们神情庄严。

姑娘们穿着粉红色的小裙子，胸口的蝴蝶结系得高高的。她们的头发编成了珠子式发型。她们脚上穿着塑料拖鞋。她们不过两三岁吧，像是双胞胎，但实际上不是。她们都面带微笑，现在回想起来觉得很奇怪，因为她们根本不知道发生了什么事。她们看上去都十分健康。

"好可爱啊。"克莱尔说，但我能听到她声音里的恐惧。

社会工作者目不斜视。他们推着孩子往前走，想从余下那些妓女中间走过去。一辆警车在街区的远处转悠。围观者试图向小女孩挥手，想弯下腰来说点什么，甚至想抱一抱她们，不过社会工作者一直在把这些女子推开。

生活中有些事情很明朗，我们不需要另外找理由：那一刻，我就知道自己该做什么了。

"他们是要把孩子带走呢。"克莱尔说。

"我想也是。"

"会带到哪里去？"

"找个什么社会机构吧，也不知道什么地方。"

"可她们还这么小啊。"

孩子们上了车子后面，系好了安全带。一个女孩开始哭起来。她抓着车子的天线，就是不肯放手。社会工作者拉着她，但是孩子就是抓着不放。那个女的绕到车子的另外一边，把孩子的手指抠开。

我走了出去。我都觉得这身体不是我的了。我的步子轻快。我走下人行道，上了马路。我还穿着克莱尔的拖鞋。

"等一下。"我喊道。

我曾经想过，一切都在过去什么时候结束了，一切都已经了结，已经消失了。可是万事万物都不会有结束的时候。如果我活到一百岁，我还会在那条街上。

"等一下。"

珍妮丝——是大的那个——手指伸开，向我伸手过来。好久以来，我都没有过比这更好的感觉了。另一位，小爵士琳，哭得非常伤心。我扭头看了看克莱尔，她还坐在车后座里，她的脸在顶灯下闪闪发亮。她看起来又害怕又开心。

"你认得这两个孩子？"警察说。

我想我说是的。

这，就是我终于说出来的，就跟其他谎言一样："是的。"

第 四 部

向着大海咆哮而去[1]

二〇〇六年十月

她常想，那个人是靠着什么，悬于那高空的呢？是什么的本体论之胶水，把他粘在了那里？在那上面，在那鬼魅附体的侧影之中，一个黑黑的形体，衬在天幕下，一个小小的、简笔画一般的人形，在那一片广袤之中。地平线上的飞机。大楼边缘间牵着的一根细线。手里的横杆。无限延伸的天空。

照片是在她母亲去世的同一天拍摄的。竟能与这般美丽的情景巧合上，仅仅是这个事实，就可作为她受到照片吸引的原因之一了。四年前，在旧金山的一次车库销售上，她发现了这张发黄、磨损的照片。放在一盒照片的底部。这个世界总有惊喜。她买了下来，装上镜框，从一个宾馆到另外一个宾馆的时候，一直将它带在身边。

一名男子在空中行走，一架飞机在消失，似乎是要消失进楼的边缘。历史的小小残片遇见更大的历史残片。仿佛那走钢丝的人能预见到以后会发生的事。时间和历史的侵入。不同故事的撞击点。我们等着那一声爆炸，但是爆炸一直没有发生。飞机过去了，走钢丝的人到了钢丝的那一端。世间事物不会就那么土崩瓦解。

在她眼中，这照片是永恒的一瞬：一个孤零零的人，衬托在那苍穹之下，诸般现实铁证凿凿，他却反其道而行，将那神秘表演出来。这照片成了她最喜欢的财物——要是不带上，她的行李箱就觉得不对劲，仿佛掉了一把锁一样。每次出差，她总是将照片用卫生纸包着，放在其他纪念品一起：一对珍珠，妹妹的一缕头发。

---

1 英国桂冠诗人丁尼生（Alfred Lord Tennyson）的名诗《洛克斯莱大厅》(Locksley Hall) 最后一句，诗中记载了诗人对大同世界的浪漫憧憬。

在小石城，她排队安检的时候，站在一个高个男子身后，那人穿牛仔裤，上身穿破旧的皮夹克。英俊，洒脱。应该是三十末或四十出头的模样，或许比她大五六岁吧。排队往前走的时候，他的步子有点蹦蹦跳跳的感觉。她挨近了他一点。他的行李标签上写的是：无国界医生组织。

安检员突然面露愠色，仔细打量着他的护照。

——先生，请问带了什么液体没有？

——只带了八品脱。

——对不起，先生？

——八品脱血啊。我想这血也不会洒出来的。

他拍了拍自己的胸部，她笑了笑。她能看出他是意大利人：话音中带着一种抒情意味的卷曲。他转身向她微笑，但安检人员往后一站，盯着那男子，如同在看画一样，然后说：先生，请从队里站出来。

——什么？

——请站出来，请，马上！

另外两个警卫人员跑了过来。

——听着，我只是开个玩笑，那意大利人说。

——先生，请。

——一个玩笑而已，他说。

他们从他身后，要把他推向办公室。

——我是个医生，我只是在开玩笑。就带着八品脱的血，仅此而已。我这是说笑呢。不怎么高明的笑话。仅此而已。

他甩甩手以示抗议，但是手迅速被反剪到身后，他被推走，进门后门砰一声关上了。

一种憎恶感沿着队伍，传染开来，传给了她，传给了安检区的所有人。安检人员狠狠瞪着她,叫她感觉脑后发凉。她有一小瓶香水,放在小小易拉式密封塑料袋里,她小心翼翼地放在托盘上。

——小姐,这个为什么要随身携带?

——它不超过三盎司。

——请问你的旅行目的是什么?

——个人原因。去看一个朋友。

——最终目的地哪里,小姐?

——纽约。

——商务还是休闲?

——休闲,她说,这个词堵在了她的喉咙后面。

她平静地回答着,训练有素,控制得当。过安检门的时候,她自动地伸开双臂接受搜查,尽管她并没有触发警报声。

机舱里几乎空无一人。那个意大利人终于无精打采地进来了,一副沉默、尴尬、懊悔的模样。他的肩膀有点佝偻,如同对自己的高个子无所适从一般。他的头发是淡褐色,乱蓬蓬的。他的腮上是淡淡的灰色络腮胡。他坐在她后面的座位上,与她的目光对接上了。两人相视一笑。她能听到,他在她身后脱下皮夹克,叹息一声坐到自己位子上。

飞到一半的时候,她要了一份杜松子酒,他伸出一张二十元美钞给她付账。

——过去这些他们是免费供应。

——你过去旅行是不是也这么气派?

她讨厌自己这么口不择言。这样的快嘴快舌,并非出自她的本意,可是这种事有时难免发生,张错口,说错话,听来她仿佛从一开始就处在一种戒备状态。

——哪里,我是不会的,他说。气派与我无缘。

看看那衬衫的宽领子，和胸口袋上的墨水印，她能判断出他此言不虚。从他那样子看，他就像理发都会自己动手的那种人。不像是个典型的意大利人，可是典型的意大利人又是什么模样呢？她开始讨厌人家说她不是典型的非裔美国人，这些话听起来，仿佛世上有个巨大的叫"典型"的盒子，能从里面抽出瑞典人、波兰人、墨西哥人一般。他们说她不是典型非裔美国人又是什么意思呢？是说她不戴硕大的圆形金耳环？是说她举止严谨，穿着保守，一切井井有条？

——说说看，她说，他们在机场都跟你讲什么了？

——叫我不要再开玩笑了。

——上帝保佑美国。

——专管恶劣笑话的警察。这个笑话你听说过没有……

——不要啊，不要！

——说是有个男的，鼻子上放根胡萝卜去看医生。

她已经笑起来了。他指了指靠过道的座位。

——当然可以，请坐吧。

让她感到惊讶的是，把他请过来坐，甚至转向他，而后又在中间座位上相互挨近，这一切，顿时让她放松下来。她是一个美女，高而苗条，肉桂色皮肤，牙齿洁白，嘴唇严肃，脸上不化妆，但一双黑眼睛呼之欲出，似要与那姣好的面容分道扬镳。这外貌给了她一种别样的特质：她给人的印象是既聪明又危险，像一个来自异国的不速之客[1]。有时，她想去抓，去挠，好越过这样的难堪，但最终却屡屡在窒息之中跌落。所有那些原始的野性，仿佛都在她体内冒泡，却始终不能沸腾。

上班的时候，大家觉得她是个冷面无情的上司，血管里流动的

---

[1] 《异国》，泰德·威廉姆斯所著的一部科幻小说。

仿佛是冰。办公室里如果有什么笑话邮件在传播，大家一般也不抄送她：她倒是希望大家能抄送，可是很少有人这么去做，即便是关系最密切的那些同事。在基金会，那些义工在背后议论她。她有时候也穿上牛仔裤和T恤，一起上阵做事，但是这身装束总有些僵硬，她的肩膀依然抬得笔直，她的举止依然考究。

——……医生说，我完全知道你得的是什么病。

——然后呢？

——你吃得不好。

——这不小菜一碟吗，她的头令人吃惊地挨近了他的肩膀。

四个小塑料瓶的杜松子酒在飞机托盘上哗啦啦响起来。她在想，即便是现在去看，这人都已经太复杂了。他是热那亚人，离异，有两个孩子。他曾在非洲、俄罗斯、海地工作过，在新奥尔良待过两年，在九区当医生。他刚搬到小石城，他说，他在那里开了个移动诊所，专门服务回国的老兵。

——我叫皮诺，他伸手说。

——爵丝琳。

——你呢？他问。

——我什么？

他的眼中充满魅力。

——你是什么情况？

她能跟他说什么呢？跟他说上面几辈人都是妓女，外祖母死在牢房里，她和姐姐被人收养，从小在波基普西长大，她们的妈妈格洛丽亚满屋子唱着跑调的歌剧？跟他说后来她上了耶鲁大学，而她的姐姐选择了参军？跟他说她上了戏剧系，但没有念完？跟他说她将爵士琳的名字改作了爵丝琳？跟他说这不是因为耻辱，根本不是因为耻辱？跟他说格洛丽亚曾经讲过，世界上没有什么羞耻的事情，生活就是为了抵挡羞耻?

——嗯,我算是个会计吧,她说。

——算是个会计?

——是这样的,我在一个小基金会工作。我们帮人报税。这不是我梦寐以求的职业,我的意思是说,不是我以前更年轻时梦寐以求的职业,不过我喜欢。还不错。我们去那些房车公园、宾馆一类的地方。丽塔和卡特里娜飓风后这些。我们帮人填税表,处理有关事项。因为这些人有时候连驾照都没了。

——多伟大的国家。

她疑惑地看了他一眼,不过又在想他会不会真是这个意思。或许会呢——有可能呢,她想——凭什么不可能呢,即便是在如今这样的时代。

他越是谈,她就越是发现,他带着几个大陆的口音,仿佛是每降落到一片大陆上,他就学到了该大陆的一些声音。他告诉她,他童年在热那亚的时候,经常去看足球比赛,帮那些在体育场上打架受伤的人包扎伤口。

——伤得不轻。尤其是桑普多利亚跟拉齐奥踢的时候。

——什么来着?

——你根本不知道我在说什么,是不是?

——我是不知道,她笑着说。

他又把一小瓶杜松子酒的瓶口打开,一半倒在她的杯子里,一半倒在自己杯子里。她觉得自己在他旁边更放松了。

——嗯,她说,我过去在麦当劳做过。

——你是在开玩笑吧。

——有点吧。我想当演员。其实一回事,真的。都得背台词——要不要加薯条?一语中的——要不要加薯条?

——电影演员吗?

——话剧演员。

她伸手去拿她的杯子，举起来，喝着。这是多年来她第一次向一个陌生人这么敞露胸怀。她感觉自己仿佛咬破了一个杏子的皮。

——干杯。

——祝健康，他用意大利语说。

飞机在城市上空侧飞而过。外面有风暴云，瓢泼大雨砸向窗户。纽约城的光在云的下面，如光之暗影，阴森森，湿漉漉，朦朦胧胧。

——就是这？他说，他向窗外打手势，一片黑暗笼罩在肯尼迪机场上空。

——什么？

——纽约。你待多久？

——哦，我要去看个老朋友，她说。

——我明白了。多大年纪？

——很老。

她还小，不那么害羞的时候，常跑到波基普西街上，在自己的小屋子外面，她会一只脚踩着人行道，一只脚踩着马路就这么跑着。这需要一点体操技能：她得伸出一条腿，另外一条腿轻轻弯曲着，几乎是用正常步子跑着。

克莱尔乘坐专职司机开的林肯城市车来看望。有一次，她坐着开开心心地看着那把戏好久，说爵丝琳这是在做加长版的昂特雷沙[1]，一半开，一半闭，一半开，一半闭，一半开。

后来，克莱尔和格洛丽亚坐在后花园的木椅子里，靠近塑料泳池，靠近红色的篱笆。她们看起来极其不同，克莱尔穿着整洁清爽的裙子，格洛丽亚则穿着大花裙子，两人也像是在不同的路面上一

---

[1] 芭蕾舞动作。

起跑动似的，用的是一个身体，两个身体合而为一。

在行李传送带处，皮诺站在她旁边一起等着。他没有行李箱可取。她紧张地搓着手。为什么她骨子里总有这种小小的紧张感呢？喝下自己那两瓶杜松子酒都无济于事。但她注意到，他也很紧张，支地的那只脚一直在换着，肩上的包也在调来调去。她乐得看到他紧张——这种紧张让他变得真实，让他感觉实在。他早先向她建议过，如果她愿意，两人可以合乘一辆出租车去曼哈顿。他想去村里，去听听爵士乐。

她想告诉他，他看上去不像听爵士乐的人，他身上倒有些民谣摇滚的味道，把他写进鲍勃·迪伦的歌里倒是恰如其分，从他口袋里翻出斯普林斯汀[1]的歌谱来也不足为奇，可是爵士对他就不合适。不过，她喜欢复杂化。她真想转过来说：我喜欢打乱我平衡的人。

她常常梦想着说些什么话，最终却不曾开口，无端耗掉时间。她真想转向皮诺，告诉他，今晚她会跟他一起，找个爵士俱乐部，找张带流苏台灯的桌子坐下来，感觉那萨克斯声从她体内颤抖般经过，而后站起身，走下舞池，在他身边，站直她那修长的身体，甚至允许他的嘴唇擦过她脖子。

她看着行李箱一个个从传输带上跌落，跌到下面的行李传送转盘上：她的不在其中。一群孩子在传送转盘上跳上跳下，他们的父母乐呵呵地看着。她向那边挥挥手，向坐在一个红色大行李箱上、年龄最小的那个孩子挥挥手。

——你的孩子，她转向皮诺问道，有照片吗？

这个问题愚蠢而尴尬。她是不假思索说出来的，她靠他太近，问题问得也太多了。但他拿出手机，用滚屏从存储照片中找到一张

---

[1] 布鲁斯·斯普林斯汀（1949— ），美国摇滚巨星和词曲作者。

少女的照片：肤色黝黑，神情严肃，容貌俊美。他又开始滚屏，找到他儿子的照片，这时候一个安检人员走到他身边。

——机场内不可使用手机，先生。

——什么？

——机场内不可使用手机，不可使用相机。

——今天你运气不佳啊，她微笑着说。说着，她弯腰拿起小小的旅行袋。

——或许吧，不过也难说呢，他说。

对面传来一声尖叫。那保安又去跟那些传送转盘上骑行李箱的孩子们过不去了。她和皮诺对看一眼。她突然觉得年轻了好多：这调情的刺激，让她整个身体飘飘欲仙。

从机场出来的时候，他说如果她不反对的话，他们走昆斯伯罗大桥。他会先把她送到，然后再前往市中心。

看来他对这个城市挺熟，她想。他来过这里。这地方也是属于他的。又是一个惊喜。她始终认为，纽约的美丽之一，是不管你从什么地方来，一踏上它的土地，一会儿工夫就觉得这是自己的城市。

萨宾关，约翰逊河，博勒加德和威尔米龙，阿凯迪亚和新伊比利亚，梅里维尔和德里德，蒂博多和玻利瓦尔港，拿破仑维尔和斯劳特，拜洛希和卡西诺·罗，莫斯·拜特和帕斯·克里斯琴，埃斯坎比亚和沃尔顿，戴尔蒙德和琼斯·米尔，阿梅里克斯，美国。

名字涌进她脑海里，泛滥成灾。

机场外有雨。他站在一个小小窗台下，从口袋里拿出一包香烟。他用掌跟把烟压紧，然后向上抖出一支来，问她要不要。她摇摇头拒绝了。她过去抽烟，已经戒了，抽烟是她在耶鲁时染上的恶习。

剧院里几乎所有人都抽烟。

但她喜欢他把烟点上，向她吹来，染到她的头发上，她可以把这气味留到以后。

雨中，出租车疾驰而过。最后一场暴雨落在城市上方，这是最后的一击，如强弩之末。出租车在公园大道的雨棚边停下来之前，他给了她一张卡片。他将自己的名字和手机号码匆匆写在卡片后面。

——很壮观啊，他说，眼睛打量着街道。他把她的小袋子从出租车后拿出来，侧过来，亲吻了她的两边脸颊。她面带微笑地发现，他一只脚在路沿上，一只脚在下。

他在口袋里摸索着。她脸侧过去，突然听到咔嚓一声。他用他的手机给她拍照了。她不太知道该如何回应。删掉，归档，当成屏保？她想到了自己，在那里，像素化，和他的孩子们一起，装在他的口袋里，带到他去的爵士乐俱乐部，带到他的诊所，带到他家。

她以前从来没有对男人这样，但是她拿出了自己的名片，塞到他的衬衫口袋里，用她的掌心拍拍那口袋，将其合上。她再次觉得自己的脸绷紧起来。太主动。太轻浮。太随便了。

少年时，想到母亲和外婆是站街女，她感到非常难过。她认为这个传统有朝一日会在她身上死灰复燃，她会发觉自己成为情场中人，为爱而爱。或者发觉爱之肮脏。或者是被她的朋友得知底细。或者，更糟的是，她会让某个男友为爱付钱。在高中同学当中，她是最后一个跟男孩接吻的：学校里的一个小子甚至称她为古板的非洲女皇。她的初吻是在科学课结束之后，社会研究课之前。那男孩有张宽阔的脸，乌黑的眼睛。他在门口抱住她，脚抵着门框。后来是老师不断敲门，两人才分开了。那天，她跟他一起走回家，手拉手，穿过波基普西的街道。格洛丽亚从她们的小房子门廊上看到了她，发自内心地笑了。她和那男孩的恋爱一直持续到上大学时。她甚至考虑嫁给他,但他去了芝加哥,做一份经纪的工作。她回到家,回到格洛丽亚身边,哭了一整天。

之后,格洛丽亚对她说,人有必要热爱沉静,可是没听过噪音,也爱不了沉静。

——所以你会打电话给我了?她问他。

——我会打电话给你,是的。

——真的吗?她扬起眉毛问了一声。

——当然,他回答说。

他开玩笑地做了个扩胸动作。她像在卡通里一样,身子往后一摆,她的双臂伸开着,挥舞着。她不知道她为什么这样做,但在这样的一刻,她也无所谓,这中间有种电力,这么做让她发笑。

他又吻了她,这次是吻着嘴唇,如蜻蜓点水,轻巧机灵。她几乎都希望自己的同事们在现场,看到她在这公园大道上,在这样的黑暗,这样的阴冷,这样的风雨,这样的黑夜里,跟一个意大利男子,一个医生,在道别。仿佛有个隐秘的摄像头,将这一场景传回小石城,所有人都从税表上抬起头来,看着她挥手道别,看着他在出租车后转过身,抬起手臂,脸上有阴影,也有笑容。

车子开走了,她听到了车轮嘶嘶擦地的声音。然后,她手捧着伸到雨棚外,接了些雨水,理了理头发。

门卫笑了,虽然她好多年没有见过他了。一个威尔士人。过去,格洛丽亚、她还有姐姐星期天来拜访的时候,他总是在唱歌。她不太记得他的名字。他的胡子已经灰色。

——爵丝琳小姐啊!你这些年都去哪儿啦?

这时候她记起来了:梅尔文。他伸手来接她的小包,那一刻,她想他会说她都长这么大了。不过,他只是带着感恩的口吻说:他们让我值夜班了。

她拿不定主意，要不要亲吻他的脸颊——这一晚上亲吻可够多的——不过他转过身，给她解了围。

——梅尔文，她说，你一点也没变。

他拍拍他的肚子，面带微笑。她对电梯比较紧张，她宁可走楼梯，不过一个十几岁的孩子在电梯里，戴着帽子，手上有白手套。

——太太好，电梯男孩说。

——你这次会留些时间吗，爵丝琳小姐？梅尔文问，但电梯门开始关了。

她从电梯里向他微笑。

——我会打电话给索德伯格太太，他透过格栅说，告诉他们你来了。

电梯男孩凝视着前方。他对这奥的斯电梯非常认真。他不跟她对话，他的头略微倾斜着，向着天花板，他的身体好像是在打着拍子数节奏一样。她有种感觉，从现在开始十年，二十年，三十年后，他还会在这里。她真想从他后面过去，对着他的耳朵，轻轻地说一声：嘘！可是最后，她只是看着电梯控制板，看着一路上升的小小白色指示灯。

他把横杆拉上，让电梯和地板完美无缺地对齐。他将脚滑出来，检验自己的技能。一个精确的年轻人。

——夫人，他说。是右边第一个门。

一个高大的牙买加男护士打开了门。他们都有点迷惑，仿佛他们应该在什么地方见过一样。对话如连珠炮。我是索德伯格夫人的侄女。哦，我明白了，请进。其实也不是她真正的侄女，不过她总这么叫我。请进来。我早先打过电话。是的，是的，她现在睡了。进来吧。她怎么样？喔……他说。

这个"喔"他是用拖长的声音说出来的，是停顿，而非肯定——克莱尔身体一点都不好，眼下如在暗井井底[1]。

爵丝琳听到了其他人的声音：或许是收音机呢。

公寓就好像陷进了一块肉冻一般。她和姐姐还小的时候，和格洛丽亚一起上纽约城来，走过这幽暗的过道，看到这些艺术品，闻到这些陈年木器的气味，她们俩还感到害怕。她和姐姐在走廊上走的时候手拉着手。最糟糕的是墙上有死者的画像。这画像画得很特别，那眼睛仿佛一直跟着她们转。克莱尔要是说起他来会没完没了，所罗门喜欢这个，所罗门喜欢那个。她卖掉了其他一些画作，包括她的米罗的画作，来帮助支付部分费用，但是所罗门的画像留着。护士拿过她的包，放在角落里，靠着帽子架。

——请，他指着客厅跟她说。

她吃惊地看到，里面有六个人，大多数和她自己年龄相仿，围着桌子坐在沙发上。他们穿着随便，但在喝着鸡尾酒。她的心贴着胸膛怦怦跳。他们看到她也呆住了。原来如此。原来如此。或许是真正的侄女、侄子、堂兄弟吧？所罗门之雅歌。他死了十四年了，但她可以在他们的脸上看到他。其中之一几乎可以肯定是克莱尔的侄女，她的头发上也有一缕灰白。

他们盯着她。她周围的空气仿佛冻住了。她真懊悔没带皮诺一起上楼，这样他可以帮着周旋，让一切平静、顺利下来，至少可以吸引掉一些注意力。她仍然可以感觉到她唇上的亲吻。她用手指碰了碰嘴唇，仿佛她能从这里将记忆留存下来。

——大家好，我是爵丝琳，她挥挥手说。

一个十分愚蠢的挥手。几乎都像那种总统的挥手。

——你好，一个高个子黑发女郎说。

她觉得自己好像被钉到了地上，可是其中一个侄儿从房间对面

---

[1] "喔"，"身体好"，"井"，英文都是"well"一词。

走了过来。他身上有种大学男生式的任性。他的脸胖乎乎的，白衬衫，蓝色夹克，胸前的口袋里放有一方红手帕。

——我叫汤姆，他说。我很高兴，爵丝琳，终于见到你了。

他说她的名字仿佛是在说一个他要从鞋子上弹走的什么东西，这口气最终成了一种责备。如此看来，他知道她的底细。他都听说了。他可能以为她是来淘什么的。真是这样又怎样？淘金者。事实上，她根本懒得理睬什么遗嘱不遗嘱的。她就是真继承到了什么，也会给捐出去的。

——喝一杯？

——不了，谢谢。

——我们在想，即便是状况最差的时候，姑妈也希望我们开开心心的。他低下声音说：我们正在调曼哈顿酒。

——她怎么样？

——她在睡觉。

——都这么晚了，我非常抱歉。

——我们也有汽水，要不要喝点？

——她是不是……

她没法把句子说完。那些词语悬在她和汤姆之间的空气里。

——她状况不佳，他说。

又是这个词。空洞的回音，一路落到地上。没有溅落在水上的声音。不断出现的自由落体。喔，不佳，井底。

看到他们在喝酒，她很不高兴。但她知道，她应该加入进来，不该不合群。把皮诺叫回来，让他在他们中间使点魅力出来，靠着他的胳膊，依偎着他的皮夹克，跟着他，走进夜里。

——也许我也可以来点酒吧。

——说说看，汤姆说，究竟是什么风把你吹来的？

——你说什么？

——我的意思是，你现在做什么工作？你是不是给民主党做事什么的？

她听到房间的那头传来轻轻的咯咯笑。他们面对着她，所有人，都在看着，仿佛她终于走上了舞台。

她喜欢那些带着坚忍含辛茹苦而活的人，那些把痛苦当作必要而非诅咒的人。他们把自己的生活摆在了她面前，几张纸，一张工资单，一张福利部门发的支票，他们只剩这些。她将数字加起来。她对免税项目，那些漏洞，那些出口和入口都了如指掌，当然还有那些要打的电话。有个客户的房子漂到了海里，她努力帮他们取消房款按揭。有些客户的车子沉到了河底，她帮他们要保险钱。她试图阻止那些小小白棺材的账单。

她看到小石城基金会的其他同事，瞬息间就能把人分解得通通透透，可是她却没办法这么容易进入他们的内心。起初，他们跟她虚与委蛇，但她已经学会如何继续倾听。过一个半小时左右，她就让他们放开了。

他们跟她说话的时候，就好像在自言自语，好像她是他们面前的镜子，让他们审视自己的历史。

她被他们的幽暗吸引住了，但她喜欢他们蓦然回首，回味和自己擦肩而过的一些意义："我真是爱她的。他从闸门前漂出前，我把他的衬衫松开了。我丈夫用小额支付方法预购了炉灶。"

神不知鬼不觉地，他们的税表就填完了，保险理赔表完成了，按揭公司的信发出去了，那些文件从桌子上推过来，让他们签字。有时，要他们签字不知要等多久，因为他们有别的东西要说，他们开始打开话匣子，说起他们买的车子，他们爱过的恋人。他们有深层的倾诉欲望，就想说说故事，不管这些故事是多么渺小，抑或是何等张狂。

听这些人讲话就如同听树的声音——迟早，这些树会被剖开，那年轮会透露出它们曾经的岁月。

大约九个月前，有个老妇人，坐在她小石城的宾馆房间里，她的裙子拉开着以免压皱。爵丝琳帮她调查为什么她没有拿到退休金。

——我儿子是邮递员，老妇人说。就在九区。他是个好孩子。三十八岁。如有必要，他会加班到很晚。他干活可卖力了，我这可不骗你。大家喜欢从他手里收到信。他们等着他来。他们喜欢他来敲门。你还在听吗？

——是的，太太。

——然后那风暴来了，他再也没有回来。我等啊等。我把他的晚餐准备好了。我当时住在三楼。等着。只不过再没什么消息。所以，我等啊等。两天后，我下楼去找他。所有这些直升机都在上面飞，对我们也不理睬。我涉水到街上，水漫到了我的脖子，我就快淹死了。我找不到任何迹象，什么都没有。后来去兑支票的店里，发现有一个邮袋在漂，我给拉过来。我心里在想：天哪。

老妇人的手指像夹子一样夹下来，紧紧攥住爵丝琳的手。

——我肯定他会从下一个角落漂过来，还活着。我看着，看着。但我一直没有看到我的儿子。我真想当场淹死。两个星期后，我才发现他高高挂在树枝上，在酷热中腐烂。穿着他的邮递员制服。想想看，挂在树枝上。

老妇人站起身，走过宾馆房间，走到一张廉价的梳妆台前，拉开一个抽屉。

——我这里还有他的邮件。你如果想要的话，可以拿走。

爵丝琳双手拿起信袋。里面信封一个都还没拆。

——请收下吧，老妇人说。我再也忍受不了它了。

她把一袋信，拿到小石城郊外"迈向自然"组织[1]附近的湖边。在落日余晖中，她走在湖畔，鞋子踩进松松的土里。鸟儿成双成对，飞向天空，在头顶盘旋，太阳把它们弯曲的翅下照得红红的。她不知道该如何处理这些信件。她坐在草地上，把它们整理出来，杂志，传单，还有私人信件，可以在上面贴上说明退回："此信曾经失落，现予退回，希望您不介意。"

她把所有的账单都烧了，所有账单。维森公司。联合爱迪生。联邦税务局的。这样的悲伤现在不需要了，不，再也不要了。

她站在窗口，夜色降临了。屋子里传来聊天的声音。她想起了白色的鸟儿，扑着翅膀。她手里拿的鸡尾酒杯子，感觉很脆弱。她在想，如果抓得太紧，杯子都会碎掉呢。她来是想和克莱尔住一两天的。睡在空房里。在她死亡的时候，陪在她身边，就如同六年前格洛丽亚死亡的时候一样。车子慢慢开回密苏里。格洛丽亚面带笑容。爵丝琳的姐姐珍妮丝，在前排座位上驾驶，用后视镜玩着游戏。两人用轮椅推着格洛丽亚在河畔散步。沿着一条懒洋洋的河流，知更鸟的歌声唤醒新的清晨，我们日子缓缓走过。那是庆祝的一天。她们的脚够到了幸福，她们不想放开。她们扔树枝到漩涡当中，看着它们打转。铺开毯子，吃一顿从旺德面点买的三明治。快到傍晚，也无特别的原因，就在葡萄酒瓶塞噗一声打开之时，如天气突变一般，她姐姐哭了起来。爵丝琳递给她一张双层纸巾。格洛丽亚嘲笑她们，说她老早就战胜了悲恸，说人人都想上天堂，却没有人愿意去死，她都对此厌烦了。唯一值得悲伤的，是生命中实在有太多美丽，多到让这个世界不堪承载。

格洛丽亚是带着笑容走的。眼里仍照着太阳的光辉。她们将她

---

[1] 一家旨在促进可持续发展的教育、研究和咨询的非营利性国际机构。

的眼睛合上,将轮椅推上山,俯瞰着下面的大地,直到山间的虫子开始聚集过来。

两天后,她们将她下葬在她家老宅后的一块地里。她曾经告诉过爵丝琳,人想埋葬到哪里,哪里就是他的故乡。葬礼很安静,只有两个姑娘还有一个牧师。她们把格洛丽亚葬下,一起埋葬的,还有她父亲的老式手漆招牌,还有她从她母亲手里接手的针线盒。人离世,若有好走坏走一说,那她这也算是好走了。

是的,爵丝琳想,她想留下来,同样和克莱尔一起待一阵子,安安静静地,让时光悄悄溜走。她甚至连睡衣、牙刷、梳子都带上了。但很明显,她现在不受欢迎。

她已经忘记了,或许还有其他人,人的一生可以以多种方式过完——很多未曾开启的信封。

——我能去看看她吗?

——我想还是不要去干扰她吧。

——我就伸头到门里看看就好。

——有点晚了。她在睡觉。你要不要再来一杯⋯⋯

问这个问题的时候,他声音高了起来,话没有说完,仿佛在搜肠刮肚想她的名字。但他知道她的名字。白痴。一个粗鲁而笨拙的蠢货。他希望自己占有这悲伤,甚至为之开一个庆祝会。

——爵丝琳,她淡淡一笑。

——再来一杯,爵丝琳?

——谢谢你,不用了,她说,我在雷吉斯订下了房间。

——雷吉斯呢,真棒。

这是她所能想到的最高档的酒店,最昂贵的地方。她甚至都不知道它在哪里,只知是附近某处,不过这个名字让汤姆脸色一变,他笑了,露出很白的牙齿。她在自己的酒杯底下垫了一张纸巾,放到玻璃咖啡桌子上。

——那好,该跟大家道声晚安了。很高兴见到各位。

——请让我送你下去。

——没关系,真的。

——哪里?哪里?我一定要送一下。

他碰了碰她的肘部,她退缩了。她忍了好久,才没去问他以前是不是什么兄弟会合租屋的主席。

——真的,她在电梯口说,我自己能出去。

他倾下身子,要吻她的脸颊。她勉强把肩膀凑过去,轻轻推了一下他的下巴。

——再见,她用一种单调而果断的声音说。

楼下,梅尔文给她叫了一辆出租车,很快,她又孤身一人了,就仿佛晚上的一切都没有发生。她从口袋里拿出皮诺的卡片。用手指翻过来。她仿佛感到电话已经在他的口袋里响起。

在圣雷吉斯一晚要四百二十五美元。她想着要不要另找一家酒店,甚至想过去打个电话给皮诺,可还是在柜台刷了卡。她的手在抖动:这几乎是她在小石城半个月的租金呢。柜台后的女孩要她的身份证件。她前面的那对夫妻她就没要证件,不过现在也不是跟人争吵的时候。

房间很小。电视高高架在墙上。她按了按遥控器。风暴结束了。今年没有飓风。棒球比分,橄榄球比分,伊拉克又有六人阵亡。

她跌倒在床上,手枕在脑后。

攻打阿富汗后不久,她就去了爱尔兰。这本来算是度假。她姐姐所在的部队,负责协调美国飞机过境香农机场事宜。在戈尔韦的街道上,她们离开一家餐馆时,有人向她们吐唾沫。"他妈的美国佬滚回去。"不过这总比被人叫成黑鬼强。有次她们去租车,方向开错,就有人叫她们黑鬼。

爱尔兰让她吃惊。她以为会看到绿荫中的偏僻小道,高高的篱笆,黑发的男子,山上孤零零的小屋。结果她看到的却是那些立交桥、上下坡道,还有胖脸的醉鬼跟她们长篇大论地讲国际政策的意义。她发觉自己如同缩到了壳里,对这些充耳不闻。关于科里根,那位和自己母亲一起死去的男子,她零零星星听说了一些。她想进一步了解他。她的姐姐则相反——珍妮丝不愿意和过去有任何瓜葛。过去让她尴尬。过去是一架带着中东的死人躯体飞过来的喷气式飞机。

于是,爵丝琳没有带姐姐,孤身一人驱车前往都柏林。不知怎的,泪水濡湿了她的睫毛:她得把泪水挤掉,好继续看清道路。路开阔起来,她深深地、默默地吸着气。

找科里根的哥哥很容易。他是一家互联网公司的首席执行官,公司在利菲一幢高高的玻璃面大厦里。

——来找我吧,他在电话中说。

都柏林是一个新兴城市。沿着河畔都是霓虹灯。海鸥像刺绣一般在其间穿梭。凯兰六十出头,前额一缕头发形如半岛。他有些美国口音——他说他的另外一个分公司在硅谷。他穿着十分考究:西装,昂贵的开领衬衫。灰色胸毛如在偷窥。他们坐在他的办公室里,他说起了他已故的弟弟科里根的一生,一个听来颇为稀奇,颇为极端的一生。

窗外,在林立的高楼前,起重机的长臂在摆动着。爱尔兰的日光似乎很漫长。他带她过了河,到了一个酒吧。酒吧藏在深巷,一个真正的酒吧,里面是硬木装修,飘着啤酒的香味。外面是一排银色的酒桶。她点了一品脱健力士。

——我妈妈和他相爱吗?

他笑了。哦,我想没有,没有。

——你肯定吗？

——那天，他在捎她回家，仅此而已。

——我明白了。

——他爱上了另外一个女人。从南美洲来的，具体什么地方我也记不清了。哥伦比亚吧，我想，或者是尼加拉瓜。

——哦。

她觉得母亲有必要爱过，哪怕只有一次。

——很可惜。她说，她的眼睛潮了。

她用袖子擦了擦眼睛。她一直讨厌看到眼泪。过于外显，过于感伤，这些都是她最不喜欢的东西。

凯兰不知道该怎么对她。他走了出去，打手机给他妻子。爵丝琳留在酒吧里，又喝了一杯啤酒，感觉温暖，但是头重脚轻。也许科里根偷偷爱着她的母亲呢，也许他们开车去什么地方约会呢，或许，在最后一刻，两人坠入了爱河呢。她突然想起，如果母亲在世，今年应该才四十五六岁。她们或许可以成为朋友。她们或许可以谈论这些事情，或许可以一起坐在酒吧里，一起度过点儿时间，一起喝啤酒。但这很荒谬，真的。她的母亲又怎能从那样的生命中爬走，重新活过呢？她怎有可能完好无损地离开？那样的拾掇，需要什么样的扫帚，什么样的簸箕？在这里，亲爱的，把我的高跟皮靴拿起来，放进大车里，我们向西去。这么想很蠢，她知道。可是，就一晚上也好啊。陪母亲一起，看她怎样涂指甲油，或者看她怎样倒咖啡到杯子里，或者看她怎样把鞋子踢掉，看一看这样寻常的时刻。放洗澡水。唱跑调的歌。切烤面包。什么都行。"沿河悠悠走，我们多快乐。"

凯兰一阵风似的回到酒吧，用纯粹的美国口音跟她说：猜猜谁来吃晚饭？

他驾驶着崭新的银色奥迪。那房子就在海边，粉刷过，前面有玫瑰，黑色的铁篱笆。这还是兄弟俩长大的地方。他卖出去过一次，不过后来用一百多万买了回来。

——你信不信？他说。居然一百多万。

他的妻子莱拉，在花园里忙着，用修枝剪剪着玫瑰。她模样善良而温和，灰白的头发挽到脑后，打了个髻。她有一双澄蓝的眼睛，看起来如同九月的天空。她把园艺手套拽下来：她手上有些颜料。她把爵丝琳拉近，拥抱的时间长得有些异样：她身上有油漆味道。

室内墙上有很多画作。他们随意走着，每人手里拿着一杯清醇的白葡萄酒。

她喜欢这些画：颇极端的都柏林景观，转换成了线条、阴影、颜色。莱拉出过一本画集，在梅里昂广场的户外艺术展上卖了几本，不过她说她把自己的美国特色丢了。

她身上有一种美丽的失败。

最后，他们一起到后花园，坐在院子里，天空一缕白光。凯兰谈到了都柏林的房地产市场：但实际上，爵丝琳感到，他们在谈论潜在的损失，而不是利润，多年来他们错过的一切。

晚餐后，三个人一起沿着海滨，经过圆碉堡，然后绕回来。都柏林上空的星星，就如同点点油漆一样在天空上。海潮早没有了。一片巨大的沙滩，延伸着，消失在黑夜里。

——那边是英国，凯兰说，她不知道他为什么要告诉她这个。

他脱下夹克给她穿上，莱拉挽住她的臂弯，大家一起走着，她夹在两人当中。她婉转地跟她们告辞了，次日一早开车回利默里克。她姐姐脸上容光焕发。珍妮丝刚认识一个人。他在进行第三次巡演，她说——了不得吧！

她又挤挤眼睛，补充了一句说：他的鞋子是十四码呢。

她的姐姐两年前被派到巴格达大使馆了。她时不时还能收到一张明信片。其中一张是一个穿着布尔卡长袍的女子照片：阳光下的欢乐。

天亮的时候，外面是那种冬日的晨光。早晨她才发现，住宿费不含早餐。她只能笑笑。四百二十五美元，居然不包早餐。

她把楼上所有的浴室肥皂、沐浴液、擦鞋布都拿走了，可是还给服务人员留了小费。

她在附近步行着，找地方去喝咖啡。

全世界到处都有星巴克，这里她偏偏找不到。

她最后到了一个小小熟食店。咖啡里倒上乳脂。百吉饼抹上黄油。她又转回到克莱尔的公寓。站在外面，向上看着。楼很漂亮，砖结构，带飞檐。可是她又觉得，现在去，太早了点儿。她转身往东，走向地铁，小袋子挎在肩膀上。

一走进村里，顿时感到了它的活力，这活力让她感到欣喜。仿佛那些吉他突然喜欢上了安全梯似的。阳光洒在砖墙上。高高的窗台上放着花盆。

她穿着一件没扣扣子的衬衫，下身穿紧身牛仔裤。她觉得自在，仿佛那些街道将她释放了。

一个衬衫里揣着条小狗的男子从她身边走过。她笑了，看着他们离去。狗爬到那男子肩膀上，回头看她，狗眼睛大大的，眼神温柔。她挥挥手，看狗再次钻进那人衬衫里。

她在默瑟街一个咖啡店里找到了皮诺。就和她所想的一样简单。不知为什么，她一直认为不难找到他。她可以打他手机，但是她决定不打。最好自己去找，在这人口数以百万计的城市，将他找到。他独自一人，弓着腰，喝着咖啡，在看一份《共和国报》。她突然害怕附近会有一个别的女人，或者是随时会有人来找他，可是她也无所谓了。

她买了杯咖啡，将椅子拖到后面，坐到他的桌子前。他将自己的眼镜架到额头上，往椅子上一靠，笑了。

——你怎么找到我的？

——我脑子里有全球导航系统啊。你的爵士乐怎样？

——还行，很爵士就是。你的老朋友怎么样？

——还不知道，现在。

——现在？

——我今天稍晚些会去看她。告诉我。我可不可以问一下？就是，这个，你知道。什么风把你吹来的？到这个城市来？

——你真的想知道吗？他问。

——我想是的，是啊。

——你准备好没有？

——洗耳恭听。

——我是来买一盘棋。

——你什么？

——手工制作的东西。汤普森街上有个工匠。我是来取货的。那是我一大嗜好吧。其实是为我儿子。它是用一种特殊的加拿大木料做的。那家伙是个大师级人物……

——你一路从小石城赶来，就是为了取一盘棋？

——我想我也要出去走走吧。

——不会是开玩笑吧？

——很好，这个，我会送到法兰克福去给他。跟他一起待几天，玩一玩。然后回小石城，继续工作。

——这碳足迹你算过没有？

他笑了，将咖啡一饮而尽。她已经预料到，他们会在这里度过一上午，在村里打发掉时间，他们会一起吃个早午餐，他会把身体向前倾,碰到她的脖子,她会抱住他的手,他们会去他的宾馆,做爱,然后把窗帘打开,讲故事,一起笑,她会再次入睡,手放在他胸口,然后跟他吻别,而后,回到阿肯色,他会打电话在她的留言机上留言,她会把他的号码放在床头柜上,以便做决定。

——再问你一个问题?

——问吧。

——你手机上有多少女人照片呢?

——不是很多,他笑了笑说。你呢?很多人吗?

——数以百万计,她说。

——真的吗?

——事实上,几十亿呢。

她只回到迪根一次。那是十年前,她刚从大学毕业时。她想知道她母亲和外婆站街的地方。她开着从肯尼迪机场租的车,遇上了堵车,堵得死死的。前面的车排了起码有半英里。从后视镜看,后面的车也把她牢牢堵住了。好个布朗克斯三明治。

总之,她回到了家乡,可又没有返乡的感觉。

五岁之后,她就离开了这个区。她只记得淡灰色的走廊,还有塞满广告传单的信箱。

她换上停车挡,正在摆弄音响,突然看到前方路上有些动静。一名男子在一辆轿车顶上站出来,模样奇怪,如半人半车。她先看到他的头,然后是他的躯干从车天窗里出来。然后,他的头猛然转动,仿佛被枪打中了一样。她都以为会有血喷到他车顶上。可是那人却伸出手,指指点点,仿佛在指挥交通。他再次转动。每次转得都比上次快,越来越快。他就像一个古怪的指挥,穿着西装,打着领带。在那车顶,他那伸出的领带看上去就像一根指针。他用双手两边撑着,整个身子从天窗里出来,人站到车顶上,双腿张开,手指也张着。向附近的司机咆哮着。

她注意到其他人都出来了，胳膊搭在打开的车门上，一排脑袋朝着同一个方向，如同向日葵。他们之间有些什么秘密。附近一个女人开始按车喇叭，她听到尖叫声，这时候她才看到有只草原狼在车流中小跑着。

它看起来十分平静，在烈日下大步慢跑着，有时候停下来，扭扭身子，仿佛它是在什么奇怪的仙境，是要让人来惊叹的一般。

怪的是，狼是向着城里跑，而不是城外。她仍然坐着，看着它朝她跑过来。它在她前面隔两部车的地方换了车道，从她车窗边跑过。它没有向上看，但她可以看到它那黄黄的眼睛。

她在后视镜里看着它。她想对它尖叫一声，让它转过来，告诉它路跑错了，它要顺原路返回，转身吧，跳开吧，你就自由了。在后面，她远远看到有警示灯亮了。动物控制局的。三个男子拿着网，在车流中转来转去。

听到猎枪响时，她一开始还以为是车发生逆火爆鸣。

她喜欢"母亲"这个词，以及它所蕴含的种种复杂。至于是不是真正的母亲，或曰"生母"，或是"养母"，或是世上所言的形形色色其他称谓的母亲，她都无所谓。格洛丽亚是她的母亲。爵士琳也是。她们俩就如阳台上的两个陌生人，格洛丽亚和爵士琳，夕阳西下：她们只是一起坐着，谁也猜不透对方的心思，所以只是默默坐着，看着天色黯淡。其中一个人说晚安，另外一个在等着。

他们慢慢地找到对方，带着几分谨慎，几分羞涩，身子分开，复合，她这时候突然意识到她从未接触过他人的身体呢。之后，他们躺着，都没有说话，他们的身体轻轻碰着，之后她站起来，静静地把衣服穿上。

买花的时候,她想这些花很便宜。包花的蜡纸,薄薄的花瓣,有点奇特的香味,就如熟食店的人在上面喷了什么人造香水一样。不过,她也没找到其他开门的花店。光线暗淡下来,夜晚的时间匆匆而过。她向西,面向公园大道走去,她的身体里仍有刺痛,臀部仍有那幻影手放在上面的感觉。

在电梯里,花那廉价的香味在上升。她本该多转转,找个像样的商店,不过现在已经太迟了。无妨。她到了顶层,她的鞋沉入柔软的地毯里。地上有张报纸,在克莱尔门边,战争带来的那种轻佻的歇斯底里感。今日十八人阵亡。

她的手臂上发出一阵颤抖。

她按下门铃,听到门闩拉开时,她把花靠在门框上。

是那个牙买加护士再次给她开门的。他的脸宽阔而放松,头上是一头短辫子发型。

——噢,你好。

——还有其他人吗?

——什么?他问。

——我想知道还有没有其他人在家?

——她的侄子在另外一间屋子里,在打盹。

——他来多久了?

——汤姆?他是在这里过夜的。他来了有几天了。一直请人过来。

两人间出现了短短的一阵尴尬。那护士似乎在想她究竟为什么回来了,想来要什么,会待多久。他手一直扶在门框上,然后他斜过身子,神神秘秘地说:跟你说吧,他带了几个房产中介来参加晚会了呢。

爵丝琳微笑着摇摇头：无所谓。她不允许自己有所谓。

——你觉得我能去看她了吗？

——欢迎去看吧。你知道她中风了吧？

——知道。

她停在过道上。

——她收到我的贺卡没有？我送了一张又大又蠢的卡。

——噢，那是你送的？护士说。那卡挺好笑。我喜欢。

他沿着过道把手挥过来，给她指着那房间。她在半明半暗中移动着，仿佛是在推开一层纱。她停下来，转动卧室门的玻璃把手。门咔哒一声转开了。她就像从窗台上跳下一般。屋子里黑暗，沉重，有种厚重味。窗帘缝隙处，露出小小的三角形的光亮。

她站了一会儿，让眼睛适应过来。爵丝琳想让黑暗向两边分开，打开窗帘，敲碎窗户，但克莱尔睡着了，眼睛闭着。她拉过一张椅子到床边，靠着一个输生理盐水的架子边。输盐水的针头没有接上。床边的桌子上有一只玻璃杯。一根吸管。一支铅笔。一份报纸。还有她的卡片，放在其他很多卡片间。她向黑暗中看去。"早日康复，你这滑稽的老鸟。"她现在根本都不知道这么说幽默不幽默了，或许她该买点可爱、温存的东西。说不准的。没法知道。

克莱尔胸脯一起一伏。现在她身子骨瘦如柴。乳房萎缩着，厚重的眼皮，颈部满是横纹，旁枝错节的关节部位。她的生命写在她身上，从她身上退却。她眼皮抖动了一下。爵丝琳侧下身子挨近她。空气中有些陈腐的气味。一只眼皮又抖动了一下。眼睛睁开了，凝视着。黑暗衬着她的眼白。克莱尔睁开眼睛，又睁大了些，没有微笑，也没有说一句话。

拉了拉床单。爵丝琳低头看着克莱尔的左手在动。手指上上下下，如同在弹钢琴。发黄的，古老的皮囊。她想，对于一个人，我们知其始，却未必知其终。

钟响了。

晚上再也没有别的分散注意力了，只有这样一只钟，这个时间，离现在不算太远，离过去也不算远，不可名状的前因后果在展开，伸入明天，那些简简单单的事物，灯光下床头木的纹理，老妇人头上残存的一点黑色，塑料救生袋里的一丝潮湿，卷曲的花瓣，剥落的相框，杯子的边沿，杯边的一点茶渍，一个未曾完成的填字游戏，在桌子边沿晃动的黄色铅笔，一端削过，橡皮那头悬在空中。人类秩序的碎片。爵丝琳把铅笔放到安全的地方，然后站起身，从床那头绕过去，走向窗户。她的双手按在窗台上。她把窗帘打开了些，开了道三角缝，将窗子往上推了一点点，感觉微风悠悠吹到脸上：那灰，那尘，那光，把那一切之中的阴暗挤走。现在，我们跌跌撞撞前进，我们把光从黑暗中滤出来，使之地久天长。她把窗口又抬高了些。在这里的一片寂静中，外面声音更显清晰，先是车流声，机器的轰鸣，起重机的声音，游乐场，儿童，大道上树枝相碰击的声音。

帘子垂了下来，不过地毯上还是照出了一道光亮。爵丝琳再次走到床前，脱掉鞋，丢下来。克莱尔的嘴唇轻轻张了张。没说一个字，但她的呼吸里有些异样，有种节制和优雅。

我们跌跌撞撞继续前进，爵丝琳在想，给这寂静带点噪音来，在他人身上找到我们自己的延续。能这样，差不多就够了。

悄悄地，爵丝琳坐到床沿，伸出脚，慢慢将腿搭上床，动作很小心，不让床垫动起来。她把一只枕头放好，斜靠着，把克莱尔嘴里的一根头发拿开。

爵丝琳又想到了杏子，她也不知道这是为什么。不过这就是她想到的，杏的皮，杏的味，杏的甜。

世界在旋转。我们跌跌撞撞前进。这就够了。

她躺在克莱尔身边，躺在床单上。空气里闻得到老年女子那淡淡的口气。时钟。风扇。微风。还有那旋转的世界。

作者后记

菲利普·珀蒂一九七四年八月七日在世贸双塔之间走钢丝。我在本小说中记载了此次事件,小说中其他事件及人物均属虚构。珀蒂走钢丝一事的细节或与现实有出入,但我尽量真实地处理那个时刻的质感和周遭的环境。对走钢丝事件有兴趣的读者可参看他的传记《直上九霄》(费柏与费柏出版社,2002年版)。〔本书中所用照片是雷克斯影像公司维克·德卢卡于一九七四年八月七日所拍,版权归美国雷克斯所有。再次对二位艺术家深表感谢。〕

本书书名来自阿尔弗雷德·丁尼森的诗歌《洛克斯莱大厅》。此诗受创作于六世纪的七首阿拉伯长诗"穆阿莱葛特诗"(又称"悬诗")影响。丁尼生的诗中提到"那紫色黄昏的飞行者,把那沉痛的灾祸降下",穆阿莱葛特诗中问道:这般的荒凉里,还有没有什么希望,给我带来安慰?文学能提醒我们,不是所有的生命都已记载:人类还有很多的故事有待去讲。